William Maxwell
Zeit der Nähe

Roman

Aus dem Amerikanischen
von Helmut Mauró

Carl Hanser Verlag

Die Originalausgabe erschien erstmals 1945
unter dem Titel *The folded leaf*
bei Harper & Brothers in New York.
Die deutsche Übersetzung basiert auf einer
vom Autor leicht veränderten späteren Fassung.

ISBN 3-446-15833-2
Alle Rechte der deutschen Ausgabe:
© Carl Hanser Verlag München Wien 1991
Satz: Fotosatz Reinhard Amann, Aichstetten
Druck und Bindung: May + Co, Darmstadt
Printed in Germany

Für Louise Bogan

Tief in der Wälder dunklem Raum
Löst sich das junge Blatt vom Baum,
Und Winde spielen in den Zweigen.
Und wie die Säfte höher steigen,
In Mittagspracht und Mitternacht,
Färbt es sich gelb und welkt und fällt
Und tanzt den stillen Todesreigen.
Und reif von eines Sommers Pracht,
Von Herbst und Süßigkeit geschwellt,
Hörst du den Apfel fallen in der Nacht.
Alfred Tennyson

Erstes Buch

Das Schwimmbad

1.

Die blauen Linien auf dem Boden des Schwimmbeckens zitterten und bewegten sich unablässig, und in dem langen, schmalen und bis zur Decke gekachelten Schwimmbad hallten laut die Stimmen wider, die im Freien, draußen auf dem Sportplatz der Schule, so gedämpft klangen. »Leichtathleten raus! Leichtathleten raus!« riefen sie einander übers Wasser hin zu.

Sie waren alle nackt, und bevor Mr. Pritzker erschien, konnten sie das Wasser nur von oben betrachten, hinein durften sie nicht. Sie drängelten sich auf dem Sprungbrett, stießen einander, stellten sich gegenseitig ein Bein und rauften miteinander ohne rechte Freude. Die am Rande des Beckens teilten harmlose Püffe aus und drohten einander, was nicht ernst gemeint war, aber die Zeit verkürzte.

Die Schwimmstunde nahm fast immer den gleichen Verlauf. Zuerst Verlesung der Anwesenheitsliste, dann eine Viertelstunde Unterweisung im Rückenschwimmen, im Kraulen oder in Atemtechnik und als Abschluß Stafettenschwimmen. Mr. Pritzker rief zwei Jungen auf, sie sollten sich ihre Mannschaft auswählen. Mit ernster Miene gingen sie von einem zum anderen, zeigten zuerst auf die besten Schwimmer, dann auf die zweitbesten und so fort. Im Grunde aber kam es dabei nur auf den an, der zuletzt übrigblieb. Die Partei, die Lymie Peters nehmen mußte, verlor jedesmal. Lymie beherrschte das australische Kraul nicht. Woche für Woche starteten sie das Stafettenschwimmen mit großem Eifer, schwammen zum einen Ende des Beckens und wieder zurück, bis Lymie an der Reihe war. Wenn er hineinsprang und sich langsam und fahrig vorwärtsbewegte, war es mit dem Rennen aus, und es wurde still in der Halle.

Da er ein schlechter Sportler war, tat Lymie das Vernünftigste, was er tun konnte: er drückte sich. An den Tagen, an denen sie Turnen im Freien hatten, spielte er sich beim Baseball aufs rechte Feld hinaus und sah von diesem verhältnismäßig sicheren Ort aus dem Spiel zu. Dorthin verirrte sich nur selten ein Ball, und der Spieler im Mittelfeld wußte, daß Lymie ihn ohnehin nicht fangen konnte. In der Schwimmstunde aber gab es für ihn kein Ausweichen. Er stand abseits von den anderen, ein magerer, flachbrüstiger Junge mit dunklen Haaren, die ihm bis in die Stirn wuchsen, und großen, unschlüssig blickenden braunen Augen. Wenn er drankam, war er stets entschlossen, sein Bestes zu tun, und niemand nahm es ihm übel, daß er das Wettschwimmen trotzdem immer ungünstig entschied. Andererseits gaben sie sich auch nicht die Mühe, diese Tatsache zu verbergen.

An diesem Tag kam es zu zwei ungewöhnlichen Vorfällen. Mr. Pritzker brachte etwas mit, das wie ein Basketball aussah, nur größer, und es gab einen neuen Jungen in der Klasse. Der Neue hatte helles Haar und graue, etwas zu eng beieinanderstehende Augen. Er sah nicht ausgesprochen gut aus, aber sein Körper war für einen Knaben ungewöhnlich gut gebaut und von einer natürlichen männlichen Anmut. Hin und wieder gibt es Menschen wie diesen Jungen, die jene idealen, fast abstrakten Regeln des Ebenmaßes ins Gedächtnis rufen, nach denen der menschliche Körper, wie unvollkommen er auch sein mag, gestaltet ist. Es gab Jungen in der Klasse, die größer und muskulöser waren; aber als der Neue in die Reihe trat, die am Rande des Beckens aufgestellt war, erschienen die anderen schwerfällig, die Arme und Beine waren zu lang oder die Knie zu groß. Sie musterten ihn mit verstohlenen, abschätzenden Blicken. Er senkte den Blick zum gefliesten Boden oder sah an ihnen vorbei ins Weite.

Mr. Pritzker öffnete sein kleines Buch. »Adams«, begann er, »Anderson... Borgstedt... Catanzano... de Fresne...«

Der Neue hieß Latham.

Mr. Pritzker, der sich von den Schülern durch Größe und Alter unterschied und als einziger eine Badehose trug und um den Hals eine Schnur mit einer Pfeife dran, erklärte die Regeln des Wasserpolo. Lymie Peters war alles andere als ein schlechter Schüler, im Sport jedoch verließ ihn die Sicherheit. Die Furcht, er könnte plötzlich im Mittelpunkt stehen und der Ausgang des Spiels hinge von ihm ab, lähmte ihn. Er sah die Worte »fünf Mann auf jeder Seite« förmlich vor sich, sah sie wie die Linien auf dem Boden des Beckens auseinanderlaufen und wieder zusammentreffen.

Schließlich war er an der Reihe, aber statt mit den anderen zu schreien und herumzuspritzen und um den Ball zu raufen, hielt er sich dicht am Rand des Beckens. Er zappelte hektisch, aber völlig ziellos hin und her, wenn sich das Kampfgetümmel näherte, und kam auch dann kaum zur Ruhe, wenn es sich (das Wasser spritzte in einem Sprühregen über das Becken hinaus, und Mr. Pritzker pfiff ein ums andere Mal ab) ans andere Ende des Schwimmbeckens verlagerte. Alle sechzig Sekunden sprang der Minutenzeiger der Wanduhr mit einem hörbaren Ruck weiter, den Lymies Gehirn genau registrierte. Die Zeit, das langsame Verrinnen der Zeit, war alles, was Lymie interessierte, war seine einzige Hoffnung, bis plötzlich der Ball ohne jede Vorwarnung direkt auf ihn zuschoß. Er blickte verzweifelt um sich, aber er war allein an diesem Ende des Beckens. »Fang ihn, Lymie!« gellte eine Stimme von der anderen Seite her, und er fing ihn.

Was danach geschah, mußte er willenlos über sich ergehen lassen. Von allen Seiten umtobte ihn das Spritzen, und er wurde in die Tiefe gezogen. Zwischen Armen, die nach ihm griffen, zwischen Schenkeln, die seine Taille gepackt hielten, ging er unter, dorthin, wo er keine Luft mehr bekam. Seine Lungen weiteten sich zum Bersten, und in wilder Panik umklammerte er den Ball. Nach endlos langer Zeit gaben ihn die Arme ohne jeden Grund frei, ebenso die Schenkel, und er fand sich wieder an der Oberfläche, wo

Licht und Leben waren. Der Ball wurde ihm aus den Händen geschlagen.

»Warum hast du ihn festgehalten?« fragte ein Junge namens Carson. »Warum hast du nicht losgelassen?«

Lymie sah Carsons Gesicht ungeheuer vergrößert im Wasser vor sich.

»Wenn der Neue dich nicht herausgezogen hätte, wärst du ersoffen«, sagte Carson.

Von einem Gefühl plötzlicher Dankbarkeit übermannt, sah sich Lymie nach seinem Retter um, aber der war nicht mehr da. Er war irgendwo am anderen Ende des Beckens im wilden Getümmel der Wasserschlacht.

2.

Wenn Miss Frank den Gang zwischen der äußeren Bankreihe und den Fenstern abschritt, konnte sie, wenn sie ihren Blick von der Klasse abwandte, den Schulhof sehen und die Mauern von dreistöckigen Wohnhäusern, die ihn umschlossen. Dann wurde es in den Bänken unruhig. Unmerklich glitten die Schüler immer mehr in ihre Sitze hinein. Ihre Köpfe sanken immer tiefer. Mit ihren Beinen umschlangen sie die metallenen Stützen der Bank vor ihnen. Das unterbrach aber ihre Ruhelosigkeit nur für ein paar Minuten; dann suchten sie sich wieder eine neue Stellung. Auf die Ränder ihrer Schulbücher – Eigentum der Schulverwaltung von Chicago – zeichneten sie die unmöglichsten Gesichter oder spielten irgendwie herum. Und die ganze Zeit, während Miss Frank sich bemühte, ihnen den Unterschied zwischen Partizipium und Gerundium klarzumachen, wanderten ihre Augen ruhelos durch den Raum wie Schafe auf einer abgegrasten Weide.

Die Tür des Schulzimmers befand sich rechts, den Fenstern gegenüber. Vorne auf einem Podium stand Miss Franks Pult, das viel größer war als die Pulte der Schüler;

außerdem war es beweglich. Wenn sie einmal zufällig die Klasse verlassen hätte, das Pult allein hätte genügt, die Buben und Mädchen in Zaum zu halten, auf ihre Sitze zu bannen und ihr lautes Geschrei zu einem Geflüster zu dämpfen. Hinter dem Pult, einen Teil der Tafel überdeckend, hing ein Kalender, der den Oktober 1923 anzeigte, die vier Sonntage prangten in roten Lettern. Über dem Kalender hing ein großes, gerahmtes Bild. Es war der Schule einmal von einer der abgehenden Klassen geschenkt worden; ein Metallplättchen auf dem Rahmen verzeichnete diese Tatsache ebenso wie den Gegenstand des Bildes und den Künstler. Das Metall war aber matt geworden, und man konnte nicht mehr unterscheiden, welcher Klasse damit ein Denkmal gesetzt werden sollte. Wenn zu bestimmten Tageszeiten, besonders am Nachmittag, Sonnenkringel oder die Umrisse von Wolken und Gebäuden sich im Glas widerspiegelten, wurde das Bild (»Andromache in der Verbannung« von Sir Edward Leighton) unsichtbar.

Miss Frank hielt in ihrer Wanderung inne und begab sich zur Wandtafel. Ein Satz erschien, Wort für Wort, wie eine Reihe von bunten Tüchern, die ein Zauberer aus einem Zylinderhut zieht. Es war schön und erregend, aber der Ausdruck auf den Gesichtern veränderte sich kaum. Sie hatten das Kunststück schon zu oft gesehen, als daß sie noch Überraschung dabei empfunden oder sich den Kopf darüber zerbrochen hätten, wie es zustande kam. Miss Frank drehte sich um und blickte die Klasse an.

»Mr. Ford, fangen Sie an.«

»*Zu* ist eine Präposition.«

»Richtig.«

»*Erst* ist ein Adjektiv.«

»Adjektiv, Mr. Ford?«

»Adverb. *Erst* ist ein Adverb, Objekt von *zu*.«

Ford hatte zwar nach dem Fußballtraining sein Buch mit nach Hause genommen, aber die falsche Lektion vorbereitet. Er hatte sich die letzten vier Seiten des Kapitels über die Relativpronomina angesehen.

»Präpositionen haben keine adverbialen Objekte, Mr. Ford... Miss Elsa Martin?«

»*Erst* ist ein Substantiv, Objekt von *zu*. *Menschen* ist ein Substantiv, Subjekt des Verbums *waren*...«

»Und wovon noch?«

»Subjekt des Satzes. *Waren* ist ein intransitives Verb, *Entzückt* ist ein Adjektiv, das *Menschen* näher bestimmt, *Als* ist eine Konjunktion...«

»Welcher Art?«

Wenn man die Ziffern umdrehte und sie von rechts nach links las, konnte man die 203 auf der Glasscheibe der Klassenzimmertür, die von draußen gelesen werden sollte, auch von innen entziffern. Carson – dritte Reihe, zweiter Sitz – wiederholte dieses Spiel unablässig und konnte nicht aufhören damit.

»Nein, Sie nicht, Miss Martin. Ich merke, daß Sie Ihre Lektion gelernt haben... Mr. Wilkinson, was für eine Konjunktion ist *als*?«

»*Als* ist...«

Janet Martin, Elsas Zwillingsschwester, aber, wie alle Leute behaupteten, so verschieden von ihr, wie nur zwei Schwestern verschieden sein können, öffnete ihre blaue Puderdose und warf einen Blick hinein.

»Mr. Harris?«

»*Als* ist...«

»Mr. Carson?«

»Ich weiß es, aber ich kann mich nicht ausdrücken.«

Miss Frank trug, scheinbar unbeteiligt, mit einem unauslöschbaren Bleistift etwas in ihr Notizbuch ein.

»Gut, Mr. Carson, ich werde Ihnen helfen. Das heißt: ich werde mir eine gute Note geben und Ihnen eine schlechte. *Als* ist eine Konjunktion, durch die der untergeordnete Teil eines Satzes eingeführt wird: *als sie hörten, was der tapfere Oliver getan hatte*... Miss Kromalny, sagen

Sie uns doch bitte so einfach und kurz wie möglich, was *sie* ist.«

Trotz aller Vorsichtsmaßnahmen schnappte die Puderdose plötzlich hörbar zu. In der ganzen Klasse fuhren die Köpfe hoch. Janet Martins Kopf fuhr gleichzeitig mit den Köpfen der anderen hoch. Sie unternahm keinen Versuch, die Puderdose zu verbergen, und ließ sie, für alle sichtbar, auf der Bank liegen. Auf mehreren Bänken lagen Puderdosen, die genau wie ihre aussahen. Miss Frank schaute von einem Mädchen zum anderen, und da sie nicht wußte, wer für die Störung verantwortlich war, richtete sich ihr Stirnrunzeln gegen die Klasse insgesamt. Sie trat vor ihr Pult.

»Richtig, Miss Kromalny. *Was* ist ein Relativpronomen, das als Objekt des Verbums *getan hatte* gebraucht wird. *Der tapfere Oliver hatte was getan.* Fahren Sie bitte fort.«

»*Tapfer* ist...«

Aber wer weiß, was *tapfer* ist? Miss Frank sicherlich nicht. Ihre Stimme und ihre durchdringenden, farblosen Augen, ihre hervorstehenden Knöchel drücken Furcht aus, nichts als Furcht. Was die anderen betrifft, und besonders die Jungen – Ford, Wilkinson, Carson, Lynch, Parkhurst und all die übrigen –, so hat es den Anschein, als ob Tapferkeit etwas wäre, was völlig außerhalb ihres Wissens und ihrer Erfahrung liegt. Alle blicken auf Miss Kromalny und erwarten Aufklärung von ihr.

»*Tapfer* ist ein Adjektiv, das sich auf das Substantiv *Oliver* bezieht. *Hatte* ist...«

In der zweiten Reihe, nahe am Durchgang, sitzt ein Junge, der der Klasse etwas verraten könnte, was keiner von ihnen weiß, nicht einmal Miss Kromalny. Aber er ist im Augenblick nicht an der Reihe, und außerdem hört er gar nicht zu. Sein Gesicht ist dem Fenster zugewendet und sein Mund fest geschlossen. Zwei Schlägertypen von der Westseite erwarten ihn an der Stelle, wo die Hochbahn die Foster Avenue überquert. Um drei Uhr wird er an seinen Spind stürzen und die Bücher herausnehmen, die er für die

Hausaufgaben braucht – ein lateinisches Lesebuch und das Geometrie-Lehrbuch –, und dann die Schule verlassen. Während er auf der Treppe steht, die zum Eingang der Schule hinaufführt, zwergenhaft aussehend neben den großen Türen und den riesigen steinernen Säulen, wird immer noch Zeit sein, sich die Sache anders zu überlegen. Die Wilson Avenue ist breit, und an verschiedenen Straßenkreuzungen stehen Verkehrspolizisten. Dort wäre er völlig sicher. Nichts kann ihm zustoßen, wenn er diesen Weg wählt. Aber statt dessen klappt er seinen Mantelkragen hoch und schlägt die Richtung nach der Hochbahn ein...

»Was ist *getan*, Mr. – ah – Charles Latham?«

Spud sah sich von zwei Seiten bedroht, auf der einen von der Gefahr, in die er sich absichtlich begeben hatte, und auf der anderen durch die unerwartete Frage der Lehrerin. Er ballte und öffnete die Fäuste. Er hatte plötzlich zu viele Feinde. Während er sich dem einen widmete, würde der andere ihn von hinten anfallen. Er öffnete den Mund, brachte aber keinen Laut heraus.

»Mir war es doch, als wäre Mr. Latham zu Beginn der Stunde in unserer Mitte gewesen. Jetzt muß ich ihn leider als abwesend betrachten.«

Die Klasse durfte sich auskichern.

»Miss Janet Martin, was ist *getan*?«

Das Blut wich langsam aus Spuds Gesicht. Er sah und hörte wieder, was um ihn vorging. Er richtete sich aus seiner lässigen Haltung auf. Nun, da er vorschriftsmäßig saß, machte sich niemand mehr die Mühe, ihn anzublicken. Er war an der Reihe gewesen, und nun würde er bis zum Schluß der Stunde nicht mehr drankommen. Jetzt war er frei, seinen Gedanken nachzuhängen. Sich seinen Kampf mit den beiden Ganoven unter der Hochbahn vorzustellen wollte ihm indes nicht mehr gelingen. Sie existierten plötzlich nicht mehr. In Wirklichkeit hatten sie nie existiert. Er hatte sie erfunden, weil er Heimweh hatte und sich langweilte und weil niemand da war, an dem er seine schlechte

Stimmung hätte auslassen können. Er dachte zurück an Wisconsin – an das hohe, geräumige, altmodische Haus, in dem sie gewohnt hatten, an die dreizehn Fuß hohen Dekken, die unzuverlässige Wasserleitung und an den Geruch, der sich von den Gerüchen in anderen Häusern unterschied, an eine Dachkammer und an Schwalbennester unter den Dachrinnen und an die große, offene Vorhalle, die den See überblickte. Er dachte auch an den See auf der anderen Seite der Stadt. Und an die Segelboote, die im Sommer an dem herüberleuchtenden Kirchturm vorbeigeglitten waren, und an den Bahnhof und den ankommenden Frühzug aus Milwaukee und den Abendzug aus Watertown. Und an das Postamt und das Kino und das Gefängnis. Oder – es war ganz egal, woran er dachte, weil alles dasselbe war – an Peter Draper und Spike Wilson und Walter Putnam und an die alte Miss Blair und die Rimmerman-Mädchen, an Arline Mayer und Miss Nell E. Perth, die seine erste Lehrerin gewesen war, an Abie Ordway, den Neger, an Mr. Dietz auf dem Güterboden, dessen Frau mit einem Reisenden durchgebrannt war, und dessen Sohn Harold; an den presbyterianischen Geistlichen und Vater Muldoon und Fred Jarvis, den Ortspolizisten, und Monkey Friedenberg und Drapers alte, weiße Bulldogge, die sich in toten Fischen herumwälzte, wenn sie welche fand, und an Rheumatismus litt und verrückt war...

Nach einigen Minuten blieben Spuds Augen an der traurigen Gestalt der Andromache haften. Die Klasse machte ohne ihn weiter. Als sie den Satz über den tapferen Oliver zu Ende besprochen hatten, öffneten sie ihre Bücher auf Seite 32 und begannen mit dem Abschnitt über den Konjunktiv.

3

Fünf Minuten vor der vollen Stunde schrillte die Klingel kurz und ohrenbetäubend auf sämtlichen Korridoren. Nach dem ersten Klingelzeichen konnte niemand, nicht einmal Miss Frank, die Schüler daran hindern, laut herauszuschwatzen und unverhohlen zu gähnen. Sie durften in die Gänge treten und ihre Glieder strecken. Die Mädchen durften ihre Taschen öffnen, ohne eine Zurechtweisung fürchten zu müssen, und ihre Locken mit Spucke auffrischen und Rot auf ihre durchsichtigen, jungen Wangen legen. Die Jungen durften sich in die Rippen stoßen. Während sie aus der Schulbibliothek – im zweiten Stock an der Vorderseite des Gebäudes – zum Unterricht in Algebra, Staatsbürgerkunde, Turnen, Gesundheitslehre, Spanisch oder Handelsgeographie strömten, konnte Adams seinem Mitschüler Catanzano auf die Fersen treten, und wenn de Fresne einen Kameraden vor sich auf der Treppe sah, konnte er ihm unauffällig ein Lineal zwischen die Beine stecken, so daß der Betreffende strauchelte. Dies alles gewährte ihnen jedoch nur für kurze Zeit eine gewisse Erleichterung. Wenn das Klingelzeichen zum zweitenmal ertönte, waren sie schon wieder auf ihren Sitzen. Wieder befand sich die Tür zur Rechten, das Fenster zur Linken – wenn sie sich nicht, wie es gelegentlich geschah, umgekehrt hinsetzen mußten –, und der Kalender hing hinter dem Lehrerpult wie immer. Je nachdem, in welchem Klassenzimmer sie gerade Unterricht hatten, stellte das Gemälde bald König Lears Tochter Cordelia dar, die, ganz in Weiß gekleidet, von ihren beiden bösen Schwestern Abschied nahm, bald das Wagenrennen aus *Ben Hur*. Manchmal war es auch eine alte langweilige Ruine wie der Parthenon, der Tempel von Paestum, das Forum Romanum – für sie war da kaum ein Unterschied. Zu einer weiteren Stunde der Untätigkeit verdammt, hockten sie gleichgültig auf ihren Sitzen.

Das Klingelzeichen, das am Nachmittag fünf Minuten vor drei ertönte, war anders. Obwohl es nicht lauter war als die früheren, hatte es eine Belebung des ganzen Nervensystems zur Folge. Alles, was sich während des langen Tages an Unlust und Unruhe in ihnen aufgespeichert und angesammelt hatte, entlud sich jetzt. Die Klassenräume leerten sich, und diesmal blieben sie leer. Die Türen der Spinde wurden aufgerissen, man sah Bilder von Filmgrößen, Fußballspielern, Karikaturen und Umschlagseiten der Zeitschrift *College Humor*. Blindlings wurden Bücher hineingestopft und Mützen, Halstücher, gelbe mit den Initialen des Besitzers versehene Kappen von den Haken gezerrt.

Alle hatten irgend etwas vor, wollten irgendwohin.

Die Martin-Zwillinge trafen sich vor ihren Spinden – zweiter Stock in der Nähe des Mittelaufganges – und trennten sich sofort wieder. Elsa und ihre Freundin Hope Davison zogen Kittel über und begaben sich in die Aula, wo die Schüler der Klasse für Bühnendekorationen mit großen Pinseln und Eimern voller Farbe dabei waren, die Seeküste von Illyrien zu entwerfen. Janet Martin ging den Korridor entlang bis zu einer anderen Treppe und verließ das Schulgebäude durch einen Nebenausgang. Als sie hinaustrat, kam ihr Harry Hall entgegen, der, gegen eine Säule gelehnt, auf sie gewartet hatte.

Carson und Lynch gingen in ein Kino an der Western Avenue. Der Film hieß »Der abschüssige Pfad«, und ein draußen angebrachtes Plakat wies darauf hin, daß Jugendlichen unter achtzehn Jahren der Eintritt verboten sei. Carson und Lynch waren erst sechzehn, aber sie waren groß für ihr Alter. Sie sahen sich die ausgehängten Bilder an. Junge Männer und halb entkleidete Mädchen, anscheinend bei einem Gelage überrascht, standen ihren Eltern oder der Polizei gegenüber. Die blonde Frau am Schalter nahm ihr Eintrittsgeld gelangweilt entgegen.

Rose Kromalny, in deren Familie niemand etwas von

Kunst und Musik verstand, wartete auf Miss Frank, um mit ihr den Heimweg anzutreten.

Die drei Jungen, von denen jeder Assistent beim Manager des Fußballklubs werden wollte, trafen sich in Mr. Pritzkers Büro am anderen Ende der Turnhalle und versuchten sich nicht anzusehen.

Auf dem Schulhof traten unter Führung von Unteroffizier Cline die Kadetten Helman, Pierce, Krasner, Becket, Millard, Richardson und Levy zum Exerzieren an. Wie immer blieben einige von den Schülern als Zuschauer zurück.

In Zimmer 302 fand eine Sitzung der Vertrauensleute aus den unteren Klassen statt, und in Zimmer 109 tagte der Verlagsstab des *Quorum*. Die Vertreter der Oberklassen trafen sich hinten in der Aula zu einer kurzen Beratung. Das Orchester übte wie gewöhnlich auf 211. Es gab zwei neue Stücke: Mozarts »Menuett in e-Moll« und die »Norwegischen Tänze und Volksweisen« von Grieg.

Spud Latham, der nichts vorhatte und dem es nicht eilig damit war, nach Hause zu gelangen, wo er sich fremd und überflüssig vorkam, stand vor seinem hölzernen Spind und spielte an der Drehscheibe des Zahlenschlosses herum. Er träumte, der Direktor hätte seine früheren Zensuren noch einmal durchgesehen und dabei festgestellt, daß sie Fehler enthielten und er viel bessere Noten verdient hätte. Und er malte sich weiter aus, wie er vor seine ungläubige Familie hintreten und ihr die Mitteilung machen würde, daß man ihn aus der Klasse mit einer Lobrede verabschiedet habe, und daß er der begabteste Schüler sei, den die Schule je gehabt habe.

Der Zeiger an dem Kombinationsschloß rutschte an der letzten Ziffer vorbei, und er mußte noch einmal von vorn anfangen. Endlich hatte er Erfolg. Die Spindtür öffnete sich. Seine englische Grammatik flog auf den Boden und landete neben seinen Turnschuhen. Er griff nach seiner Manchesterjacke und schloß die Tür, ohne an das lateinische Lesebuch und das Geometriebuch zu denken, das er hatte mitnehmen wollen. Während er die Drehscheibe bewegte, schaute er über seine Schulter und erblickte einen Jungen in einer Lederjacke. Der Junge wartete anscheinend auf ihn. Für einen Augenblick konnte Spud sich nicht entsinnen, ihn jemals gesehen zu haben, doch dann erinnerte er sich. In der Schwimmhalle, während des Wasserpolospiels. Der Kerl, der sich so unvernünftig an den Ball geklammert hatte...

Spud drehte sich rasch um und ging seines Weges.

4.

Auf dem Heimweg kam Lymie Peters an LeClercs Konditorei vorbei. Ohne den Kopf zu wenden, warf er einen Blick hinein und sah Mark Wheeler, der trotz des milden Wetters einen Mantel aus Waschbärfell trug, und Bea Crowley und Sylvia Farrel, die einem braun und weiß gefleckten Foxterrier eine Erdnußstange hinhielten, um ihn dazu zu bewegen, Männchen zu machen. Und neben Bob Edwards stand Peggy Johnston in einem dunkelroten Kleid und einem breiten schwarzen Lackledergürtel. Auf einem der kalten Heizkörper saßen Janet Martin und Harry Hall so dicht beieinander, daß sich ihre Hände fast berührten. Noch viele andere waren an diesem Nachmittag in der Konditorei. Lester Adams, Barbara Blaisdell oder ein Mädchen, das aussah wie Barbara Blaisdell, Bud Griesenauer und Elwy Glazer standen in einer Gruppe beisammen. Weiter hinten war eine zweite und vor dem Ladentisch eine dritte Gruppe. In den elf oder zwölf Schritten, die Lymie brauchte, um an dem Laden vorbeizugehen, sah er sie alle, einschließlich Mrs. LeClerc mit ihrer dunklen Haut und dem glänzenden schwarzen Haar. Den Rest des Heimweges legte er in einem entrückten Zustand zurück, ohne von dem, was rings um ihn vorging, das Geringste zu hören oder zu sehen. Blindlings stolperte er über verkehrsreiche Straßen-

kreuzungen. Straßenbahnen, Taxis und zweistöckige Auto-
busse sausten an ihm vorbei, ohne daß er sie wahrnahm. Er
kümmerte sich weder um Reklameplakate, Tankstellen
noch Immobilienagenturen. Er ging unter der Hochbahn
hindurch und kam auf der anderen Seite wieder heraus,
ohne daß es ihm bewußt wurde. Er dachte an das LeClerc
und die Mädchen dort, die wunderbare tropische Vögel waren wie Papageien und Flamingos, wie die grünen Urwald-
vögel Javas, die Ibisse, Kakadus und kammgeschmückten
Kraniche. Sie wußten das vielleicht sogar selbst. Jedenfalls
klangen ihre Stimmen schrill, und in ihrem Lachen war
nichts Gütiges. Manche trugen das Haar in der Mitte gescheitelt, andere seitwärts und ließen es in einer schwung-
vollen kühnen Locke über ihre Wangen fallen. Ihre Kleider
waren einfach, gerade richtig für die Schule, aber stammten nichtsdestoweniger von Marshall Field's oder Mandel
Brothers, niemals aus billigen Läden. Und ihre schwarz
umrahmten Augen wußten alles.

Die Jungen, die im LeClerc verkehrten, waren breitschultrig, und wenn sie es nicht waren, sorgte die Wattierung
ihrer Jacken dafür. Sie trugen für gewöhnlich weite Hosen,
einige unter ihnen hatten ganz besonders weite. Ihre Beine
waren wohlgeformt. Ihre Fliegen waren selbstgebunden
und nicht, wie die Lymies, an einem Stück Gummiband befestigt. Die kleinen Käppis, die auf ihren Hinterköpfen klebten, stimmten nach Farbe und Muster genau mit ihren hellen, fast weißen Fischgrätanzügen überein. Sie verfügten
über einen Vorrat von feststehenden Redensarten, die sie
immer wieder anwendeten, und die Tatsache, daß es in der
Welt eine Menge von Dingen gab, von denen sie nichts wußten und die außerhalb ihrer Erfahrung lagen, beunruhigte
sie nicht.

Noch vor einem Jahr war eine griechische Zuckerbäcke-
rei in der Nähe der Schule ihr Stammlokal gewesen. Obwohl das Essen in der Schulkantine billiger und nahrhafter
war, bildete sich eine große Anzahl der Schüler ein, ihren

Lunch bei Nick einnehmen zu müssen, so daß man nur unter Anwendung von Gewalt in das Lokal gelangen konnte. Man mußte sich hineindrängen, und wenn man nicht einen Freund hatte, der Platz machte, war es überhaupt unmöglich, bis zur Theke vorzudringen. Doch auch wenn das gelungen war, mußte man besonderes Glück haben oder über eine außergewöhnlich laute Stimme verfügen, um in den Besitz einer Flasche Milch, eines Schinken-Sandwiches oder einer Zimtrolle zu gelangen. Im Frühjahr aber bewog sie plötzlich etwas (vielleicht derselbe Wandertrieb, der die Stare lenkt?), das Lokal zu wechseln und sich im LeClerc niederzulassen, wo es noch enger war. Hier traf man jeden Nachmittag all die Mädchen an, die sich in der Schule nie auszeichneten, nie einen Posten bekleideten und nie Theater oder Bratsche spielten und die, wie Lymie nicht umhin konnte zu bemerken, viel hübscher waren als die anderen.

Am Spätnachmittag war das LeClerc selten überfüllt. Wenn Lymie die Tür aufgestoßen und sich hineinbegeben hätte, wäre niemand über sein Erscheinen verwundert gewesen. Wheeler hätte vielleicht über die Köpfe von einigen der Anwesenden hinweg gesagt: »Na, du«, und Peggy Johnston, die mit ihm in dieselbe Klasse ging, hätte vielleicht gelächelt, vieldeutig und verheißungsvoll, aber da waren die anderen, jene drei oder vier Gruppen, neben denen er hätte stehen können, ohne daß auch nur einer die geringste Notiz von ihm genommen hätte. So war es den anderen auch ergangen. Ray Snyder und Irma Hartnell und Lester Adams hatten auch zuerst, von niemandem beachtet, außerhalb des Kreises gestanden, ehe sie aufgenommen worden waren. Aber Lymie brachte es nicht über sich, diesen Weg einzuschlagen.

Er war vielleicht zu stolz und zugleich seiner selbst nicht sicher genug. Es hing vielleicht auch damit zusammen, daß seine dünnen Beine ihm nicht erlaubten, Knickerbocker zu tragen, und daß er nicht über einen Vorrat von feststehenden Redensarten verfügte. Dazu kam noch, daß er von dem einzigen Mädchen, das er unter Aufbietung seines ganzen Mutes um ein Stelldichein gebeten, einen Korb erhalten hatte. Peggy Johnston war so begehrt, daß er sie mindestens zwei Tage früher darum hätte bitten sollen. Es tue ihr leid, hatte sie erwidert, aber sie sei bereits mit Bob Edwards im Edgewater Strand-Hotel verabredet, und Lymie hatte ihren Worten Glauben geschenkt. Er zweifelte nicht an ihrer Aufrichtigkeit. Aber nachdem er mit ihr telefoniert hatte, wußte er tief im Innern, was geschehen wäre, wenn er früher angerufen hätte. Und weil ihn das immer noch bedrückte, schaute er nur gedankenverloren auf all das, was es hinter dem großen Glasfenster vom LeClerc zu sehen gab, und ging weiter.

Vielleicht war es gut so; Lymie war ja erst fünfzehn.

Aber er war stolz und in mancher Hinsicht über sein Alter hinaus, warum zog es ihn also in den Candyshop weiter oben an der Straße, und warum kam er kurz darauf mit einem großen roten Sahnekuchen wieder heraus und verschmierte sich mit ihm das ganze Gesicht, vor allen Leuten, auf der Straße?

5.

Obwohl es draußen noch hell war, drehte Mrs. Latham die Lampe an, die neben ihr stand, und das Licht fiel in ihren Schoß, auf dem sich eine Menge Gardinenstoff häufte. Das Sofa und der Boden zu ihren Füßen war bedeckt von diesem Stoff, und man konnte sich kaum vorstellen, daß all dies weiße Zeug an den Fenstern Platz finden würde, die jetzt leer waren und den Blick auf einen Park freigaben.

Sie saß, ohne sich anzulehnen, in einem großen Polstersessel und hielt den Kopf über ihre Näharbeit gebeugt. Im Schatten war ihr Gesicht ausdrucksvoll und nicht ohne Charakter, doch wenn das Licht darauf fiel, erhielten ihre

Züge etwas Verschwommenes und Bleiches. Es war das Gesicht einer Frau, die etwas kränkelte. In ihrem weichen braunen Haar zeigten sich nur wenige graue Strähnen. Sie trug es in einer Frisur, die während ihrer Mädchenjahre modern gewesen sein mochte. Wäre jemand in das Zimmer getreten und hätte sie in dem bleichen gelben Schein der Lampe sitzen sehen, so wäre sie ihm sehr sympathisch und anziehend vorgekommen. Ohne erraten zu können, was sie denken mochte, wenn sie die Spule an ihre Lippen führte und den weißen Zwirnsfaden entzweibiß, hätte er gefühlt, daß sie eine Menge durchgemacht hatte; daß sie sich mit Leib und Seele für Dinge eingesetzt hatte, die ihr hätten gelingen müssen, ihr aber fehlgeschlagen waren, und daß sie aller Wahrscheinlichkeit nach völlig ahnungslos war.

Inmitten des Parks – der kaum mehr war als ein offenes, von jungen Ulmen regelmäßig umstandenes Stück Feld – waren Jungen beim Fußballspiel. Ihre Stimmen drangen durch die geschlossenen Fenster bis in das Wohnzimmer. Es war nicht ersichtlich, ob Mrs. Latham sie hörte oder nicht; jedenfalls ließ sie sich nicht stören. Der Lieferwagen einer Bäckerei fuhr draußen vorbei und einige andere Fahrzeuge, von denen eines knatterte und fauchte. Das Geräusch von Schritten auf dem asphaltierten Bürgersteig veranlaßte sie, den Kopf zu heben und zu lauschen. Der oder die Erwartete konnte es jedoch nicht sein, denn sie senkte ihn sofort wieder und wandte sich erneut ihrer Näharbeit zu, ohne einen Blick aus dem Fenster zu werfen.

Trotz einer Reihe von Fenstern war das Wohnzimmer fast dunkel. Es lag wohl an der Tapete und den Möbeln, die sämtlich vor langer Zeit und zu geringen Kosten, mehr oder weniger zufällig, angeschafft worden waren. Das Zimmer war so spärlich möbliert, daß es kaum wohnlich zu nennen war. Ein einfacher, graublauer Teppich bedeckte den größten Teil des Fußbodens. Das Sofa und der Stuhl, auf welchem Mrs. Latham saß, waren in einem fahlen Grün gepolstert. Es gab auch ein Grammophon und drei

unbequeme, hölzerne Stühle. Der Tisch war im Missions-
stil gehalten und mit einem gestickten Deckchen bedeckt.
Eine Lampe aus Ton mit einem braunen Schirm stand darauf, außerdem ein runder Aschenbecher mit einer unter
dem Glas angebrachten Verzierung sowie eine kleine kupferne Schale für Visitenkarten. Sie war leer bis auf einen
Schlüssel (für einen Koffer vielleicht oder einen Abstell-
raum im Keller) und einige Reißnägel. Auf dem Brett unter
dem Tisch lagen zwei Bücher, ein Album mit einigen Pho-
tographien und ein etwas größeres Buch mit farbigen Ab-
bildungen der Täler von Wisconsin.

Die gegenüberliegende Wand des Wohnzimmers wurde
unterbrochen von einem Kamin aus glatten, grünen Ka-
cheln, die das Aussehen von Ziegeln hatten. Der Gasbren-
ner war hin und wieder gebraucht worden, brannte aber an
diesem Tage nicht. An den Enden des Kaminsimses standen zwei kupferne Kerzenhalter, in denen Reste von blauen
Kerzen steckten. Dazwischen hing ein gerahmter Sepia-
Stich, ein englisches Cottage bei Dämmerung darstellend.
Die Hütte hatte ein hohes strohgedecktes Dach und war
von alten Weiden umgeben. Das einzige andere Bild im
Zimmer hing in Augenhöhe über dem Sofa. Es war ein
Farbdruck und zeigte ein junges Mädchen, dessen Haupt
von einem Turban umwunden war und auf dessen Gesicht
ein einfältiges, süßliches Lächeln lag. Eine ihrer Brüste
war (überraschenderweise) entblößt.

Hinter dem Wohnzimmer lag der Korridor mit der verrie-
gelten und zugeketteten Wohnungstür und einem wackeligen Telefongestell. Zur Rechten befand sich eine Tür mit
einem großen eingelassenen Spiegel und eine andere Tür,
die in Mr. und Mrs. Lathams Schlafzimmer führte. Weiter
hinten lag das Eßzimmer, das zwei große Fenster hatte, die
auf eine nackte Wand hinaussehen ließen (Mrs. Latham
hätte diese Wohnung nie genommen, wenn sie genug Geld
gehabt hätten), und das so schmal war, daß man sich während der Mahlzeiten nur unter Schwierigkeiten zwischen

Tisch und Schrank hin und her bewegen konnte. In der Mitte des Eßzimmertisches stand auf einem kleinen gehäkelten Untersatz eine Zimmerpflanze, ein Brasilianisches Veilchen, das nicht blühen wollte.

Hinter dem Eßzimmer kam die Küche und rechts daneben ein Schlafzimmer – dem Toilettentischchen und dem weißangestrichenen Bett nach zu urteilen das Zimmer eines Mädchens. Auf dem Toilettentisch lag ein Brief. Das Zimmer hatte nur ein einziges Fenster und am anderen Ende eine Schiebetür. Die Gardinen schienen ursprünglich für ein anderes Zimmer bestimmt gewesen zu sein, denn sie reichten nicht einmal bis auf das Fensterbrett hinab. Sie waren aus Organdy und mit Spitzenkrausen versehen. Das Glas an den Schiebetüren war mit weißem Tüll bespannt. Es war leicht zu erraten, daß die Tür mit dem eingelegten Spiegel im Korridor einen Wandschrank verbarg. Aber diese beiden Schiebetüren waren so dicht geschlossen, daß man nicht wissen konnte, was dahinter lag.

Als draußen die Straßenbeleuchtung aufflammte, erhob sich Mrs. Latham, säuberte sich von den Fäden und ging zu der Schiebetür. Sie legte ihre Hand auf den Glasknopf und schob die Tür langsam auseinander. In dem Raum dahinter lag die vollständig bekleidete Gestalt eines Jungen, der nur die Schuhe abgelegt hatte, auf einer Pritsche, die viel zu kurz für ihn war. Seine Lage – die Knie gekrümmt, der rechte Arm herabhängend – war für einen Schlafenden ungewöhnlich. Es sah vielmehr so aus, als wäre er vor ganz kurzer Zeit erst mit verbundenen Augen zur Exekution hinausgeführt worden. Aber solche Dinge tragen sich selten in einer Schlafkammer zu, als welche dieser Raum augenscheinlich diente, und außerdem war der Junge unverletzt.

6

Als Mrs. Latham eine Decke über Spud breitete, wälzte er sich auf den Rücken. Sein im Schlaf entspanntes Gesicht war der Zimmerdecke zugewandt.

Als sie sich über ihn beugte, fühlte Mrs. Latham ein tiefes Bedauern darüber, daß sie gezwungen gewesen waren, Wisconsin zu verlassen, wo sie jedermann gekannt und die Kinder viele Freunde gehabt hatten. Aber Evans hatte wenigstens wieder eine Stellung gefunden. Das war nicht immer einfach für einen Mann seines Alters. Und vielleicht hielten die Leute ihr Versprechen und erhöhten nach einiger Zeit wirklich sein Gehalt, so daß er wieder ebensoviel verdienen würde wie vorher. Die Kinder waren ja noch klein. Sie würden bald neue Freundschaften schließen und sich anpassen. Sie öffnete eines der Fenster einen Spalt weit und machte die Tür leise hinter sich zu.

Als Spud erwachte, war es fast sechs. Er zog sich die Decke über die Schultern, ohne darüber nachzudenken, wo sie hergekommen sein mochte. Für einen Augenblick war er fast glücklich. Dann wurde ihm bewußt, wo er sich befand. Aufseufzend drehte er sich auf die Seite und lag mit zwischen den Knien zusammengepreßten Handflächen still da.

Im Zimmer nebenan ging das Licht an, und er erblickte seine Schwester Helen durch die Vorhänge an der Tür. Sie schien weit weg. Entrückt und wie im Traum las sie einen Brief.

Der Brief, dachte Spud, ist wahrscheinlich von Peter Drapers Bruder Andy. Sie hatten ihn »Gump« genannt. Drei Jahre war er mit Helen gegangen, aber seine Familie war dagegen gewesen, daß er sie heiratete, weil sie nicht katholisch war. Andy war jeden Freitagabend gegen halb acht in seinem dunkelblauen Anzug und mit frisch gekämmtem Haar vor dem Haus erschienen. Manchmal ging er mit Helen ins Kino, oder sie sahen sich ein Basketballspiel an.

Einmal, als Spud auf seinem Fahrrad von einem Boy-Scout-Treffen nach Hause zurückkam, hatte er die beiden am Seeufer entlanggehen sehen, und Andy hatte seinen Arm um Helens Hüfte gelegt. Er war von ernstem Wesen, gar nicht wie sein Bruder Peter. Am Abend vor ihrer Abreise aus Wisconsin hatte Helen mit Andy auf der Veranda gesessen, und sie hatten sich lange unterhalten. Spud lag bereits im Bett, schlief aber noch nicht. Niemand im Hause schlief. Seine Eltern waren in ihrem Zimmer, und die Mutter packte. Er konnte hören, wie sie Schranktüren und Schubfächer öffnete, und er hatte sich unruhig von einer Seite auf die andere gewälzt und daran gedacht, wie es wohl in Chicago sein würde. Sein Fenster lag direkt über der Veranda, und er konnte Andy und Helen sprechen hören. Wenn sie schwiegen, vernahm man nur das Knarren der Verandatür. Nach einer Weile setzten sie ihr Gespräch gedämpft und ernsthaft fort. Einmal schien es Spud, als ob Andy weine, aber das konnte auch eine Täuschung sein. Und um dreiviertel zwölf kam sein Vater in seinem Bademantel herunter und schickte Andy nach Hause.

Die Art, wie Helen den Brief auf das Bett warf, ohne ihn zusammenzufalten und wieder in den Umschlag zu stecken, verriet Spud, daß seine Schwester nicht zufrieden war. Sie hatte wahrscheinlich etwas anderes erwartet, als in dem Brief stand, doch wie dem auch sein mochte, er würde es nie erfahren. Sie vertraute ihm ebensowenig wie er ihr.

Spud und seine Schwester waren sechs Jahre auseinander, und um nur etwas wie Freundlichkeit für sie zu empfinden, mußte er sich in die Zeit frühester Kindheit zurückversetzen und sich daran erinnern, wie sie sich den ganzen Tag um ihn gekümmert und ihn gegen Ameisen, Spinnen und fremde Hunde verteidigt und zwischen ihm und den Geräuschen der Nacht gestanden hatte. Jetzt sah er innerlich völlig unbeteiligt zu, wie sie Hut und Mantel in den Schrank hängte und sich das Haar aus der Stirn strich. Seine Mutter hätte sich im Dunkeln gekämmt, um ihn nicht aufzuwekken. Oder, wenn sie wirklich Licht gebraucht hätte, hätte sie die kleine Lampe neben dem Bett eingeschaltet, nicht die grelle Deckenbeleuchtung. Helen nahm niemals Rücksicht auf ihn. Auf andere Leute Rücksicht zu nehmen ging gegen ihre Grundsätze.

Da das Licht ihn blendete, richtete Spud sich auf. Er schob die Decke beiseite, ließ die Füße über den Bettrand hängen und streckte sich so lange, bis seine Schulterblätter knackten. Die Luft, die durch das geöffnete Fenster drang, war feucht und schwer und roch nach Regen. Er rieb sich die Augen mit dem Handballen, gähnte ein- oder zweimal und bückte sich nach seinen Schuhen. Nachdem er sie gefunden hatte, schien es, als wisse er nicht, was er mit ihnen anfangen sollte. Er nahm einen davon in die Hand und starrte ihn an, als wäre sein Leben (und Sterben) durch irgendeinen unglücklichen Zufall mit seinem rechten Schuh unlöslich verknüpft. Als das Licht nebenan erlosch, fiel ihm der Schuh aus der Hand. Er gähnte, schüttelte kaum merklich den Kopf und ließ sich wieder auf das Bett zurückfallen. Dort blieb er mit offenen Augen so lange unbeweglich liegen, bis Mrs. Latham an die Tür kam und ihn rief.

Nachdem sie gegangen war, brachte er es zuwege, sich wieder aufzurichten, die Schuhe anzuziehen und aufzustehen. Wie ein Matrose, der mitten in der Nacht aus dem Schlaf gerissen wird und über schlingernde Leitern in tiefer Benommenheit auf das Deck des Schiffes zu gelangen sucht (oder der blindlings, wie das Schiff selbst, einen vorgeschriebenen Kurs verfolgt), ging Spud durch die verschiedenen Zimmer, bis er endlich im Badezimmer vor dem Waschständer stand. Er benetzte sein Gesicht mit kaltem Wasser und tastete mit geschlossenen Augen herum, bis er das Handtuch fand. Es hing an einem Handtuchhalter, der mit SCHWESTER gezeichnet war, doch ehe ihm sein Irrtum bewußt wurde, war der Schaden bereits geschehen. Er legte das nun feuchte und schmutzige Handtuch zusammen und hängte es so wieder hin, wie er glaubte, daß es vorher gehangen habe. Dann kämmte er sich mit großem Ernst, schnitt seinem Spiegelbild eine gequälte Fratze und sagte so laut:»Ach, Quatsch!«, daß seine Mutter und Helen ihn draußen in der Küche hörten und ihre Unterhaltung unterbrachen.

Ihr Erstaunen war jedoch nicht von Dauer. Als er auf der Schwelle erschien, nahmen sie kaum Notiz von ihm. Er zog einen Schemel unter dem Tisch hervor, setzte sich und begann seine Schuhe zuzuschnüren. Als er damit fertig war, richtete er sich plötzlich kerzengerade auf. Etwas quälte ihn, etwas, was er getan oder nicht getan hatte. Doch ehe er sich daran erinnern konnte, was es war, mußte er Helen Platz machen, die das Brotmesser aus der Tischschublade nehmen wollte, und er vergaß darüber, was ihn eben noch beschäftigt hatte.

Die Küchengerüche, die Art, wie seine Mutter mit einer langen Gabel die grünen Bohnen abschmeckte, die auf dem Herd in einem Topf kochten, die Vertrautheit all ihrer Bewegungen gaben ihm seine Unbekümmertheit zurück. Es war fast wie in der Küche im Haus von Wisconsin. Plötzlich rasselte in der Wohnungstür ein Schlüssel, und Mr. Latham trat ein, müde und entmutigt. Noch ehe Mr. Latham seinen Mantel in den Wandschrank auf dem Korridor gehängt hatte, war die Atmosphäre der Sorglosigkeit und Vertrautheit zerstört. Nichts war übriggeblieben als eine dürftige Mietswohnung, in der es nie so sein würde wie in dem früheren Haus. Und als sie sich zum Essen niedergesetzt hatten, schien es sich kaum zu lohnen, die Speisen auf den Tisch zu bringen.

7.

Evans Latham war ein ehrlicher und fähiger Mann. Er hatte sein ganzes Leben schwer gearbeitet und nur immer daran gedacht, daß er für seine Familie sorgen müsse, doch irgendwie war immer alles anders gekommen, als er es beabsichtigt hatte. Stets war irgendein zufälliges Ereignis eingetreten, eine Verkettung von Umständen, die weder vorauszusehen waren noch sich hätten vermeiden lassen. Er war vom Unglück verfolgt, wo immer er auch hinging. Es war nicht das Werk von Feinden (er hatte keine), und so konnte man sich sein Pech nur aus einer Bosheit des Schicksals erklären.

Wenn die Lathams sich entschlossen hätten, ihre Wohnung eines Morgens sehr früh zu räumen – wozu Mrs. Latham sich kaum bereit gefunden hätte – und sich vorübergehend in dem Park jenseits der Straße zwischen Kindermädchen und Kinderwagen einzurichten; wenn Mr. Latham, nach Beratschlagung und mit Hilfe der Männer und Knaben, die an den Spätnachmittagen im Park Ball spielten, etwas geopfert hätte, das Grammophon vielleicht oder den Aschenbecher mit den Verzierungen; wenn er dann seine Freunde oder vielmehr, da er keine Freunde hatte, seine Nachbarn aufgefordert hätte, sich bei Mondlicht mit geschwärzten Gesichtern oder maskiert, mit Säbeln, Schrotflinten, Revolvern oder Golfstöcken bewaffnet, einzufinden; und wenn sie dann alle miteinander auf ein Signal von Pastor Henry Roth, Prediger an der evangelisch-lutherischen Kirche, in die verlassene Wohnung eingedrungen wären, ihre Flinten abgefeuert und jeden Gegenstand, der einem bösen Geist als Versteck dienen könnte, umgeworfen, die Wohnung ausgeräumt und gegen Wände und Fenster geklopft hätten; und wenn die alten Männer und die jungen Burschen dann unter Gebrüll, Geklapper und Abbrennen von Feuerwerkskörpern neunmal um das Mietshaus herummarschiert wären, indes die Kindermädchen die Kellertreppe hinunter- und heraufrannten; wenn all dies von Leuten mit gläubigem Herzen ausgeführt worden wäre, so wäre der böse Geist wahrscheinlich ausgetrieben worden, und Mr. Lathams Bemühungen wären wenigstens eine Zeitlang von Erfolg gekrönt gewesen.

Unglücklicherweise verfiel niemand auf dieses Hilfsmittel, das seit Jahrhunderten bald auf diesem, bald auf jenem Kontinent angewendet wird und sich immer als nützlich erweist. Mr. Latham machte weiter, Tag für Tag, auf die alte Weise, und gab sich die redlichste Mühe. Nicht die Tatsache, daß andere Leute reich wurden, wo er nichts als Fehlschläge erlitt (zwei Jahre, nachdem er die Farm in Montana verkauft hatte, war man dort auf Öl gestoßen), nicht die einzelnen Nackenschläge, sondern ihre regelmäßige Folge hatten ihn endlich völlig zerbrochen, so daß er kaum noch wie früher hoffnungsvoll und zuversichtlich war.

Wenn er, wie an diesem Abend, keine Lust hatte zu reden, spürten die anderen das, und keiner versuchte heiter zu erscheinen. Helen richtete eine gelegentliche Bemerkung an ihre Mutter, aber die Antworten, die sie erhielt, waren wenig ermutigend und führten zu nichts.

Spud aß schweigend und brachte nur dann ein Wort heraus, wenn er um die Butter, das Brot oder das Gelee bitten mußte. Die meiste Zeit war er mit seinen Gedanken anderswo. Mr. Latham mußte ihn zweimal fragen, ob er noch etwas haben wolle. Spud reichte seinen Teller hin, ohne seinen Vater anzublicken, und sagte: »Was gibt es denn zum Nachtisch?«

»Bratäpfel«, sagte Mrs. Latham.

»Back doch wieder einmal einen Schokoladenkuchen – du weißt schon – den mit Zuckerguß obendrauf.«

Mrs. Latham betastete die Erde in dem Blumentopf und goß Wasser aus ihrem Glase auf das Brasilianische Veilchen.

»Wenn es uns wieder bessergeht«, sagte sie.

»Ich mag keinen Bratapfel«, sagte Spud. »Ich hab' keinen Hunger mehr.«

»Das ist ja ganz was Neues bei dir«, sagte Mr. Latham. »Ist dein Magen nicht in Ordnung?«

»Doch«, erwiderte Spud. »Ich hab' nur keinen Appetit mehr, nicht so wie früher. Seit wir hier in Chicago sind, habe ich kaum je einen richtigen Appetit verspürt.«

Mrs. Latham machte ihm ein Zeichen, daß er still sein sollte, aber er achtete nicht darauf. »Es ist die ganze Atmosphäre«, fuhr er fort, »all dieser Qualm und Schmutz.«

Mr. Latham spießte ein paar Bohnen auf seine Gabel. »Du kannst ja wieder nach Wisconsin zurückgehen«, sagte er scharf. »Ich kann mich nicht entsinnen, daß du kräftig zugelangt hast, als wir dort wohnten.«

»Ich würde es sofort tun, wenn ich könnte«, sagte Spud.

»Es hält dich niemand zurück«, sagte Latham.

Mrs. Latham zog die Stirn in Falten. »Bitte, Evans«, sagte sie, »iß dein Abendbrot!«

»Es ist wahrhaftig kein Vergnügen, wenn man nach einem schweren Tag heimkommt und euch alle mürrisch und unzufrieden vorfindet«, gab er an seine Frau gewendet zurück.

»Sofern man dies als ein Heim bezeichnen kann«, sagte Spud.

»Ein besseres kann ich euch nicht bieten«, sagte Mr. Latham zu ihm. »Und solange du nicht damit zufrieden bist, bleibst du vielleicht besser den gemeinsamen Mahlzeiten fern.«

Spud legt seine Serviette neben den Teller, stieß seinen Stuhl zurück und verließ das Zimmer. Kurz danach hörten sie die Korridortüre ins Schloß fallen. Helen und ihre Mutter sahen sich an. Mr. Latham, der ihren Seitenblicken geschickt auswich, ergriff das Tranchierbesteck und schnitt sich eine dünne Scheibe von der Lammkeule ab.

8.

Zwei Bilder standen nebeneinander auf Lymie Peters' Kommode. Eines war bereits leicht verblichen und stellte einen flotten jungen Mann mit einer ins Genick geschobenen Melone dar, der eine Chrysantheme im Knopfloch trug. Auf dem anderen sah man eine dunkelhaarige Frau mit großen ausdrucksvollen Augen. Das Bild des jungen Mannes war im Jahre 1897, kurz nach Mr. Peters' neunzehntem Geburtstag, aufgenommen worden. Der hohe steife Kragen und die seltsame Krawatte muteten sechsundzwanzig Jahre später unweigerlich komisch an. Mrs. Peters war nicht besonders gut getroffen. Das Bild war nach einer alten Photographie neu aufgenommen. Sie hatte ein schwarzes Samtband um den Hals und trug ein Kleid aus einem schweren Stoff, Satin oder Samt, das ihre Schultern frei ließ. Der Photograph hatte ihr Gesicht retuschiert, das zu jugendlich und zu unbedeutend ausgefallen war. Lymie hatte keine rechte Erinnerung mehr, wie seine Mutter in Wirklichkeit ausgesehen hatte, und das Bild verwirrte ihn nur.

Er war in das Schlafzimmer getreten, nicht um die Bilder zu betrachten, sondern um auf dem Wecker nach der Uhrzeit zu sehen. Der Wecker stand auf einem Tischchen neben dem Bett. Das Zimmer war klein und dunkel und befand sich in beträchtlicher Unordnung. Das Bett war nicht gemacht. Ein Paar lange Hosen hingen verkehrt herum aus dem obersten Schubfach der Kommode. Der einzige Stuhl im Zimmer lag voller schmutziger Wäsche. Auf dem Fußboden neben dem Fenster stand ein pelzbesetzter Hausschuh. Unter dem Bett häuften sich dicke Staubflocken. Die Möbel waren von einer dicken Staubschicht bedeckt. Die gerahmte Reproduktion von Watts »Hoffnung«, die über der Kommode hing, war nicht nach Lymies Geschmack. In den vergangenen fünf Jahren hatten Mr. Peters und Lymie zuerst in billigen Hotels und danach in einer Reihe von kleinen möblierten Wohnungen gelebt, die sämtlich so düster und unfreundlich gewesen waren wie die jetzige.

Die Standuhr im Korridor und der Orientteppich in Lymies Zimmer waren aus früheren Tagen herübergerettet worden. Der Teppich war bereits sehr dünn und hatte aufgebogene Ecken, aber wenn Lymie das Licht andrehte, wurden auf ihm die wie von einem Kind gemalten Bilder tanzender Tiere sichtbar – es war nicht ganz klar, ob Hunde oder Rehe, das Ganze war von wechselnden abstrakten Mustern durchwirkt –, und die Farben traten hervor. Wie spät es auch sein mochte, die Standuhr zeigte stets fünfundzwanzig Minunten nach fünf an, aber der Wecker funktionierte und verriet ihm, daß es zwanzig Minuten nach sieben war.

Lymie ging in das Badezimmer und nahm die einzelnen Teile von seines Vaters Rasierapparat, die verrostete Klinge, den Rasierpinsel und die Tube mit Rasiercreme vom Waschständer und legte sie auf das Fensterbrett. Er ließ das heiße Wasser für einen Augenblick mit voller Kraft laufen, um das Becken auszuspülen, wusch sich Hände und Gesicht und fuhr mit einem Kamm durch sein widerspenstiges Haar. Es war abgemacht, daß er allein in das Alcazar-Restaurant in der Sheridan Road gehen und dort essen sollte, wenn sein Vater nicht bis halb acht nach Hause gekommen war.

Pünktlich um sieben Uhr dreißig verließ er das Haus durch den Vordereingang. Die Jungen aus der Nachbarschaft hatten bereits gegessen und tummelten sich draußen. Milton Kirshman warf einen Gummiball gegen die Hauswand. Die übrigen standen um Gene Halloways neues Fahrrad. Sie nickten Lymie zu, als er vorüberging. Das Fahrrad war rot und silbern gestrichen und hatte ein elektrisches Licht, das aber nicht funktionieren wollte. Ein leichter Wind trieb die Blätter westwärts über die Bürgersteige, und über dem See zogen Wolken auf.

Das Alcazar-Restaurant lag an der Sheridan Road in der Nähe der Devon Avenue. Es war lang und schmal, mit Tischen für zwei Personen an der Seite und Tischen für vier in der Mitte. Die Dekoration war modern, wenn man von einigen Wandmalereien, auf denen die vier Jahreszeiten dargestellt waren, und den kränklichen Farnen am Fenster absah. Lymie nahm an dem zweiten Tisch neben der Kasse Platz und bestellte sein Essen. Das Geschichtsbuch, das er gegen die Ketchupflasche und die Zuckerschale lehnte, war schon durch viele Hände gegangen. Die leeren Seiten hinten und vorn waren mit Landkarten, Zeichnungen, Daten, Karikaturen und sonstigen Kritzeleien beschmiert. Die Namen und Eintragungen waren kaum noch leserlich und hatten für niemanden mehr einen Sinn. Auf fast jeder Seite waren Randbemerkungen mit Tinte oder hartem Bleistift eingetragen. Und falls nicht jemand ein Glas Wasser über das Buch gegossen hatte, mußten die Flecken auf Seite 177 von Tränen herrühren.

Während Lymie über den Pariser Frieden las, der am 30. Mai 1814 zwischen Frankreich und den Alliierten unterzeichnet worden war, war er mit der rechten Hand mechanisch beschäftigt, sich den Mund zu füllen. Er hatte keine Ahnung, was er aß, und schluckte die Speisen bald gekaut, bald unzerkaut hinunter. Der Wiener Kongreß trat mit absichtlicher Verspätung im November desselben Jahres zusammen, und alle beteiligten Mächte entsandten ihre Bevollmächtigten. Es war die bei weitem prächtigste und wichtigste Versammlung, die je zusammengerufen worden war, um die Geschicke Europas zu erörtern und festzulegen. Der Kaiser von Rußland, der König von Preußen, die Könige von Bayern, Dänemark und Württemberg waren sämtlich am Hofe Kaiser Franz' I. in der österreichischen Hauptstadt anwesend. Als Lymie seine Gabel aus der Hand legte und an den Fingern seiner linken Hand nachzuzählen begann, ob er auch keinen von den Kaisern und Königen vergessen hatte, trat die Kellnerin, die Irma hieß und der Meinung war, er habe seine Mahlzeit beendet, an seinen Tisch und wollte abräumen. Er winkte ab. Fürst Metternich (sein rechter Daumen) hatte den Vorsitz über den Kongreß, und Fürst Talleyrand (der Zeigefinger) vertrat Frankreich.

Eine Gesellschaft von vier Personen, zwei Männer und zwei Frauen, die alle gleichzeitig redeten, kam in das Restaurant und nahm am Mitteltisch neben Lymie Platz. Die

Frauen hatten glatt anliegendes Haar und trugen kurze, enge Röcke, die über ihre Knie hinaufrutschten, als sie sich setzten. Eine der beiden Frauen war ziemlich dick. Die andere hatte ein Knabengesicht, doch durch irgendeinen Kunstgriff (Rouge, Lippenstift, Puder, nasse Locken, die an der hohen Stirn klebten, und ein Paar langer, herabhängender Ohrringe) hatte sie es fertiggebracht, wie eine Frau von fünfunddreißig auszusehen, was so ziemlich der Wahrheit entsprach. Die Männer waren älter. Während sie berieten, ob sie eine Suppe oder einen Shrimps-Cocktail bestellen sollten, lachten sie ohne ersichtlichen Grund und viel zu laut. Aber es war hauptsächlich der Tonfall der beiden Frauen, die nicht ganz nüchtern zu sein schienen, der Lymie beunruhigte, so daß er zwei Seiten las, ohne sich erinnern zu können, was er gelesen hatte. Er las sie deshalb noch einmal, da er sonst wahrscheinlich nie etwas über den Geheimvertrag zwischen England, Frankreich und Österreich erfahren hätte, der sich gegen Preußen und Rußland richtete. Die auf dem Kongreß erzielten Ergebnisse waren unten auf Seite 67 und oben auf Seite 68 zusammengefaßt, doch ehe Lymie sie zur Hälfte durchgelesen hatte, bemerkte er seinen Vater, der seinen Mantel an dem Haken neben seinem Stuhl aufhängte. Lymie klappte das Buch zu und sagte: »Ich hatte gar nicht mehr damit gerechnet, daß du noch kommen würdest.«

»Ich bin aufgehalten worden«, sagte Mr. Peters. Er legte seine Mappe auf einen Stuhl und nahm Lymie gegenüber Platz. Sein Atem roch nach Alkohol. (Er kam wahrscheinlich von einem Kunden, mit dem er in der North Dearborn Street oder irgendwo im Hinterzimmer einer italienischen Pizzeria gesessen hatte, die in Wirklichkeit ein Speakeasy war.) Seine blutunterlaufenen Augen und seine leicht zitternden Hände verrieten, daß Mr. Peters zuviel trank.

Das Alter verfährt mit Leuten, die ihr Leben lang sogenannte lustige Kumpane waren, wahrscheinlich um nichts unfreundlicher als mit anderen, aber irgendwie tritt der körperliche und moralische Verfall bei ihnen stärker in Erscheinung. Mr. Peters Haar war bereits stark ergraut und zeigte Ansätze einer Glatze. Er war mager geworden und füllte seine Anzüge nicht mehr wie früher aus. Seine Gesichtsfarbe hatte etwas Ungesundes, und die Blume aus seinem Knopfloch war verschwunden. Ihre Stelle wurde von einem Bändchen der American Legion eingenommen.

Er selbst schien sich nicht darüber klar zu sein, daß er sich verändert hatte. Selbstbewußt rückte er seinen Schlips zurecht, und als Irma ihm die Speisekarte reichte, gestikulierte er damit herum, damit die beiden Frauen am Nebentisch den Diamantring am vierten Finger seiner rechten Hand bemerken sollten. Seine Hände waren maniküirt, und sein ganzes Verhalten war das des jungen Mannes von einst, der sich mit einem ins Genick geschobenen Derbyhut und später mit einem Mädchen auf einer Mondsichel sitzend hatte photographieren lassen. Er war dieser junge Mann geblieben, dieser junge Mann steckte in ihm und ließ ihn Dinge tun, die sich für einen Mann von fünfundvierzig kaum noch schickten.

»Keine Suppe heut, Irma«, sagte er. »Ich habe keinen großen Hunger. Nur etwas gebratene Leber mit Zwiebeln.« Er wandte sich zu Lymie. »War Mrs. Botsford da?«

Lymie schüttelte den Kopf. »Vielleicht ist sie krank.«

»Wenn sie krank ist, ruft sie immer im Büro an«, sagte Mr. Peters. »Wahrscheinlich hat sie sich eine andere Stelle gesucht. Sie hat einen weiten Weg zu uns, und vielleicht hat sie etwas in ihrer Nähe gefunden. Aber wenn sie tatsächlich aufgehört hat, wird sie sich noch mal melden. Sie kriegt noch vier Wochen bezahlt.«

»Ich war der Meinung, du hättest ihr das Geld neulich gegeben«, sagte Lymie.

»Ich wollte es«, sagte Mr. Peters, »aber ich kam nicht dazu.« Er streifte den Nachbartisch mit einem Seitenblick. »Wie war es in der Schule?«

»Wie immer«, erwiderte Lymie.

»War was Besonderes?«

Lymie hörte plötzlich, wie Mr. Pritzker auf seiner Pfeife pfiff, das Wasser schlug gurgelnd über ihm zusammen, und er wurde in die Tiefe gezogen. Aber das würde seinen Vater kaum interessieren. Schule und Häuslichkeit waren zwei getrennte Welten. Lymie bewegte sich täglich zwischen beiden hin und her, ohne je imstande zu sein, eine Verbindung zwischen ihnen herzustellen. Wenn er es jetzt, in diesem Augenblick, versuchen wollte, würde sein Vater zwar so tun, als höre er zu, aber sein Blick würde unbeteiligt in die Ferne schweifen, und er würde es kaum bemerken, wenn Lymie aufhörte zu reden.

»Nein«, sagte Lymie, »es war nichts Besonderes.«

Mr. Peters legte die Stirn in Falten. Er hätte es gern gesehen, wenn die Leute am Nachbartisch aufmerksam geworden wären und gehört hätten, wie klug Lymie war und was für gute Zensuren er bekam.

Ein längeres Schweigen trat ein. Lymie hätte ebensogut lesen können, aber er fand es unschicklich, sein Buch aufzuschlagen, während sein Vater ihm gegenübersaß, ohne etwas zu lesen zu haben oder jemanden, mit dem er sprechen konnte. Als Irma die gebratene Leber mit Zwiebeln brachte, atmeten beide erleichtert auf. Mr. Peters schnitt sich ein kleines Stück zurecht, spießte es mit der Gabel auf und führte es zum Mund. In dem Augenblick, als er es zu sich nehmen wollte, lehnte Irma sich über den Tisch und stellte ein Glas Eiswasser vor ihn hin. Er legte die Gabel aus der Hand, brach sich ein Stück Brot ab, bestrich es umständlich mit Butter und legte es auf das Tischtuch neben den Teller. Dann führte er die Gabel wiederum zum Mund, doch anstatt sich den Bissen einzuverleiben, sagte er gedankenvoll: »Irma ist ein tüchtiges Mädchen. Viel zu schade für diese Arbeit. Sie müßte in einem Büro sitzen und fünfundzwanzig Dollar in der Woche verdienen.«

Lymie erwiderte nichts darauf. Er hatte beobachtet, wie sein Vater sich vorbeugte und einen Blick in Irmas Brustausschnitt warf. Noch immer hielt er die Gabel mit der Leber in der Hand. Endlich legte er sie beiseite, trank einen Schluck Wasser und ergriff sie dann noch einmal, als ob er jetzt ernsthaft die Absicht hätte, etwas zu sich zu nehmen. In diesem Augenblick ging die Tür auf, und ein Mann und eine Frau betraten das Restaurant. Mr. Peters wandte sich nach der Frau um, als sie nach hinten ging, und betrachtete ihre Beine. Das Stück Leber fiel von der Gabel, er spießte statt dessen eine Scheibe gebratener Zwiebeln auf und führte die Gabel halb bis zum Mund.

Diese Komödie setzte er fast zwanzig Minuten lang fort, dann winkte er der Kellnerin, den Teller wegzunehmen.

»Du hast ja gar nichts gegessen«, sagte Lymie.

»Ich hatte keinen Hunger«, entgegnete Mr. Peters. »Eine Tasse Kaffee ist alles, was ich haben möchte.« Wieder schwiegen sie und dachten vergeblich darüber nach, was sie sich sonst noch sagen könnten.

9.

Spud setzte die Auseinandersetzung, die während des Abendessens begonnen hatte, in Gedanken fort und dachte sich Antworten aus, die seinen Vater zum Narren machten. Als er den Park verließ, wo er die vergangenen anderthalb Stunden allein auf einer Bank gesessen hatte, gelangte er in eine Gegend, wo nur noch vereinzelte Miethäuser standen. Die dazwischenliegenden Grundstücke standen fast sämtlich zum Verkauf, das Licht einer Straßenlaterne fiel auf die schäbigen Schilder, auf denen die Vorzüge angepriesen wurden und die fast alle von hohem Unkraut zur Hälfte verdeckt waren. Manchmal stand auf einem großen, viereckigen Grundstück nur ein einziges dreistöckiges Gebäude, und weder Baum noch Strauch nahmen den kantigen Umrissen etwas von ihrer Schärfe. Die Luft hier draußen, obwohl mit rußigem Qualm durchsetzt, hatte etwas Befreiendes und war fast wie auf dem Lande.

Zuweilen kam ein Fahrzeug vorbei und veränderte das Bild der Straße mit seinen Scheinwerfern und ließ alles wie eine Theaterlandschaft aussehen. Die Fußgänger, die Spud überholte, mochten jung und schön sein und gewillt, sich ihm auszuliefern, oder alt wie der Tod, für ihn waren sie nur Schatten. Er ging an ihnen vorbei, ohne sie auch nur mit einem Blick zu streifen. Als er zu einer eisernen Brücke kam, blieb er für eine Weile zögernd stehen und schaute in das Wasser, das unten dahinfloß. Seltsamerweise holte ihn niemand ein. Die anderen – das Mädchen mit der künstlichen Rose am Hut, der Anhänger der Christlichen Wissenschaften, der Knabe mit dem Beutel voller Zettel, der Klavierstimmer und die Frau, deren Blutdruck für ihr Alter zu hoch war –, all diese Leute hatten irgendein Ziel oder wurden irgendwo erwartet. Spud wurde nur von seiner eigenen Furcht getrieben.

Er ging an einer Fabrik für Farben und Lacke vorbei. Vor dem Tor stand im Schein einer elektrischen Lampe der leere Stuhl des Nachtwächters. Auf der anderen Straßenseite zog sich eine Reihe von baufälligen, niedrigen Häusern mit spitzen Giebeln und wackeligen Haustüren über mehrere Blocks hin. Dann erhob sich die Zukunft über die Vergangenheit, größere Mietshäuser tauchten auf, dazwischen leere Grundstücke und immer wieder Schilder und Baustellen, auf denen das Unkraut wucherte.

Eine große Irin in einem schwarzen Mantel kam Spud auf der falschen Seite des Bürgersteiges entgegen. Sie war angetrunken und tat sich selbst leid, und das mindeste, was sie von anderen Leuten erwarten zu können glaubte, war, daß man ihr aus dem Wege ging. Spud lief direkt auf sie zu. Ihre wilde Entschlossenheit, niemandem auszuweichen, verwandelte sich im letzten Augenblick in Furcht, und sie trat vom Bürgersteig auf die Straße. Doch da er nicht blind war, wie sie angenommen hatte, rief sie ihm nach: »Verdammte Lausejungen! Tun, als ob ihnen die Welt gehörte...«

Spud drehte sich um. Er nahm die angetrunkene Frau erst in diesem Augenblick wahr. Er schüttelte den Kopf und setzte seinen Weg fort. Seine eigenen Familienangehörigen – sein Vater, seine Mutter und seine Schwester –, alle waren gegen ihn; es war nicht verwunderlich, ohne zu wissen, wie oder warum, daß er auch den Unwillen Fremder auf sich zog.

An der Christina Avenue hörte der Bürgersteig plötzlich auf, und da er keine Lust hatte, weiter durch den Dreck zu stapfen und seine Schuhe zu putzen, wenn er wieder nach Hause kam, wandte er sich nach Süden. Nach einigen Häuserblocks war auch die Christina Avenue zu Ende, und er wandte sich wieder nach Osten und irrte für eine Weile durch die Gegend, bis er endlich eine Brücke fand und auf einer Straße bis an den Westrand des Parkes gelangte. Bei dem Trinkbrunnen im Park fand Spud endlich, was er schon den ganzen Tag gesucht hatte.

Der andere Junge saß rittlings auf einem Fahrrad, anscheinend tief in ein Gespräch mit zwei Mädchen vertieft. Als Spud vorüberging, blickte er auf. Keiner von beiden verriet durch irgendein Zeichen, ob er den anderen kannte oder nicht. Der andere Junge versuchte, sich im Gleichgewicht zu halten, indem er das Vorderrad hin und her bewegte und sich mit dem rechten Fuß auf den Sockel des Brunnens stützte. Er trug sein glattes blondes Haar in der Mitte gescheitelt wie auf den Reklameschildern für Arrow-Hemden, aber es fiel ihm dauernd in die Stirn, und so war es ihm zur Gewohnheit geworden, den Kopf mit einer nervösen Bewegung nach hinten zu werfen.

Spud setzte sich auf eine Bank in der Nähe eines jungen Ahornbaumes und kreuzte die Beine, so daß sein rechter Knöchel auf dem linken Knie zu liegen kam. Die Mädchen kicherten dumm, wie es nicht anders zu erwarten war, und als sie sich über den Trinkbrunnen beugten, ließ der blonde

Junge den Wasserstrahl in ihre Gesichter spritzen. Nachdem er ihnen diesen alten Streich gespielt hatte, wollten die beiden Mädchen sich gegenseitig beim Trinken behilflich sein, aber der blonde Junge legte die Hand aufs Herz und versprach die Dummheiten zu unterlassen, bis sie endlich nachgaben und ihm verziehen. Spud hätte ihnen gleich sagen können, was geschehen würde. Er wußte auch, daß alles, was sich dort am Brunnen abspielte, an ihn gerichtet war. Wäre der blonde Junge seiner Sache gewiß gewesen, so hätte er die wertvolle Zeit nicht damit verschwendet, Mädchen mit Wasser zu bespritzen und so zu tun, als wollte er mit dem Vorderrad über ihre Füße fahren.

Spud legte den Kopf so weit zurück, bis er in die Straßenlampe blicken konnte, die hinter ihm stand, und kümmerte sich nicht mehr um das, was am Brunnen vorging. Sein Hals war trocken, und er fühlte die Schläge seines Herzens unter dem Hemd. Er beobachtete, wie die Motten gegen die Glaskugel anflogen, die groß und rund war und den gelben Ahornblättern einen hellen Glanz verlieh.

Nach einer Weile entfernten sich die beiden Mädchen (niemand hätte sagen können, ob in gespieltem oder echtem Zorn). Der blonde Junge beschrieb mit seinem Rad einen Kreis um die Fontäne und fuhr dann so langsam an Spud vorbei, daß das Fahrrad schwankte und er fast umkippte. Spud wartete, bis er sich das Haar aus der Stirn geschüttelt hatte, und sagte leise: »Du solltest Stehgeiger werden.« Der blonde Junge gab keine Antwort. Er fuhr noch ein Stück, drehte plötzlich um, kam zurück und hielt dicht vor Spud an, einen Fuß auf dem Pedal, den anderen auf dem Boden. »Deine ganze Art gefällt mir nicht«, sagte er.

Spud räusperte sich und spuckte aus, haarscharf am Rad des blonden Jungen vorbei. Das Rad wurde um einige Zentimeter zurückgezogen.

»Willst du Streit?«

»Wenn es einen gibt«, sagte Spud. »Ich wüßte nicht, warum ich weglaufen sollte.«

Sie gingen jetzt in Stellung, und ihre Bewegungen waren dabei genau festgelegt, wie bei den Fruchtbarkeitstänzen der Wilden.

»Wenn du unbedingt Streit willst«, sagte der blonde Junge, »wäre es mir ein Vergnügen, dir den Arsch zu versohlen.«

»Du und wie viele andere Schweden?«

Das war offenbar zuviel, denn der blonde Junge ließ sein Fahrrad los, das klappernd umfiel, und Spud kam ihm von der Bank entgegen. Sie maßen sich von oben bis unten. Der blonde Junge war etwas größer als Spud, er hatte einen stärkeren Hüftumfang und war von gröberem Knochenbau. Sie belauerten einander und warteten auf das erste Zucken, auf jene falsche Bewegung, die den Mechanismus ihrer Arme in Gang bringen würde. Sie konnten nicht kämpfen, bis der Kampfeswille, der wie Quecksilber in einer Glasröhre in ihnen aufstieg, einen bestimmten Punkt erreicht hatte. Das erst gab den Ausschlag, nicht das, was sie sagten oder taten oder das Abwägen zwischen einer Verunglimpfung, die man hinnehmen konnte, und einer Beleidigung, für die man Genugtuung fordern mußte.

»Dort drüben ist ein besserer Platz«, sagte der blonde Junge, indem er auf ein dunkles Gebüsch wies.

»Einverstanden«, sagte Spud.

Sie begaben sich auf eine Lichtung zwischen den Büschen, legten Jacken und Schlipse ab, knöpften sich die Hemden auf und rollten die Ärmel hoch, als ob sie gegenseitig ihre Impfmale untersuchen wollten. Einen Augenblick lang standen sie sich hilflos gegenüber. Dann begann das Quecksilber erneut zu steigen. Der blonde Junge schüttelte sich das Haar aus den Augen, verlagerte sein Gleichgewicht, und Spud wußte so genau, als ob es im Radio angesagt worden wäre, was im nächsten Augenblick geschehen würde. Er duckte sich gerade noch rechtzeitig.

Man kann sich die beiden Kerle unter der Hochbahn leicht vorstellen. Jetzt hatte Spud einen Feind aus Fleisch und Blut, einen blonden Kerl mit einem grausamen Mund und mörderischen hellblauen Augen. Der Schwede durchbrach Spuds Deckung und landete einen Kinnhaken. Das machte Spud jedoch nur stärker und sicherer. All sein Groll auf den Vater, sein Heimweh, seine Furcht vor Miss Franks spöttischen Bemerkungen, seine Verachtung für die gut angezogenen Jungen in seiner Klasse, seine Abneigung gegen die Mädchen, die sich schminkten, und auch gegen die anderen, die immer vorbereitet waren und alles wußten, seine Scham, daß er fast, aber nicht ganz arm war und durch das Schlafzimmer seiner Schwester gehen mußte, wenn er in sein eigenes gelangen wollte – all das sammelte sich nun in seinen Fäusten. Jeder Schlag, den er austeilte, befreite ihn von einem Teil des Elends, das sich in ihm angespeichert hatte, und er fühlte sich überlebensgroß.

10.

Janet Martin unterschied sich mit ihren gelockten Haaren und sauberem Gesicht ohne Rouge, Puder und Lippenstift nicht wesentlich von ihrer Schwester Elsa. Sie plauderten, nur durch den schmalen Spalt zwischen ihren Betten getrennt, im Dunkeln miteinander, gähnten, und redeten nach einem plötzlichen Schweigen weiter. Dann wurden ihre Stimmen schläfrig und die Themen intimer.

Carson und Lynch fielen sofort in einen traumlosen Schlaf, kaum daß ihre Köpfe auf den Kissen lagen, trotz allem, was sie im Kino an der Western Avenue gesehen hatten.

Um dreiviertel elf war Lymie Peters noch immer wach.

Auf dem Nachhauseweg vom Restaurant hatte Mr. Peters bei einem Zigarrenladen angehalten, um einen Anruf zu erledigen, der offenbar den gewünschten Erfolg gehabt hatte. Als sie wieder in der Wohnung waren, ging er in die winzige Küche und nahm zwei grüne Korbflaschen von einem Brett. In der einen war Alkohol, und die andere war halb voll mit destilliertem Wasser. Dann ging er an das Wäschespind, wo er das Glyzerin und ein Fläschchen mit Wacholdersaft aufbewahrte. Nachdem er dem Wasser die richtige Menge Alkohol, Wacholdertropfen und Glyzerin zugefügt hatte, nahm er die Flasche und schüttelte sie kräftig mit weit schwingenden Bewegungen. Nach einer Weile erlahmten seine Arme, er rief Lymie, der herbeikam und ihn ablöste.

Früher einmal hatte Lymie mit dem Wort *Feier* die Vorstellung von Geburtstagsgeschenken in weißem Seidenpapier verbunden und an Speiseeis in Form von Tauben gedacht oder Osterlilien oder an Spiele wie London Bridge und Hefte-dem-Esel-den-Schwanz-an. Jetzt war es mit einem Telephongespräch im Zigarrengeschäft an der Ecke und heruntergelassenen Vorhängen verbunden. Die Frauen, die zu seinem Vater kamen, trugen Bubiköpfe, und die Mehrzahl von ihnen hatte gefärbte Haare. Sie rauchten Zigaretten und hatten rauhe, heisere Stimmen, und ihre Röcke rutschten dauernd bis über ihre Knie hinauf.

Wenn Lymie in das Wohnzimmer trat, machten sie meist ein großes Getue und forderten ihn auf, sich neben sie auf das Sofa zu setzen. Manchmal rückten sie seinen Schlips zurecht, strichen sein Haar glatt und fragten ihn, ob er viele Mädchen habe und ob er wisse, wann Pfaue ihr Rad schlagen. Er wußte es natürlich, aber er stellte sich dumm. Was er auch äußerte, immer lachten sie, und ihr Gelächter stand in keinerlei Verbindung zu dem, was sie sagten, und bezog sich stets auf irgendeinen Witz, von dem man annahm, daß ihn Lymie in seinem Alter noch nicht verstand. Er hielt sich niemals lange im Wohnzimmer auf und war froh, wenn sein Vater ihm durch einen Blick zu verstehen gab, daß es für Lymie an der Zeit wäre, sich zu verabschieden und auf sein Zimmer zu gehen.

Als es an diesem Abend klingelte, hob Lymie den Kopf und lauschte. Er war auf das, was kommen würde, gefaßt. Es war schon so oft geschehen. Trotzdem lag ein Ausdruck von Besorgnis auf seinem dünnen, spitzen Gesicht. Er vernahm die Schritte seines Vaters auf dem Korridor. Mr. Peters drückte auf den elektrischen Türöffner. Kurz nachdem er die Korridortür aufgeschlossen hatte, vernahm er vom Treppenaufgang her eine Stimme, die Stimme einer Frau. Als sie oben angelangt war, vernahm man nun auch Mr. Peters; beide sprachen sehr laut.

»Mein Gott, ich bin völlig außer Atem. Lymon, wenn du wieder umziehst, dann bitte in den zweiten Stock, sonst kriege ich vom vielen Treppensteigen noch Herzbeschwerden.«

»Du wirst dick, daran liegt's.«

»Ich werde nicht dick... warum sagst du mir so was?«

»Und was ist das hier... fühl mal...«

»Sei nicht albern, das ist doch meine...«

Lymie erhob sich geräuschlos und schloß die Tür seines Zimmers. Das änderte nicht viel. Die Stimme der Frau wäre auch durch Steine gedrungen. Nachdem er sich ausgezogen hatte und zu Bett gegangen war, lag er für eine Weile lauschend auf der Seite. Dann dachte er an das Haus, in dem er zur Welt gekommen war. Es war ein zweistöckiges viktorianisches Haus mit einem Mansardendach und Gitterstäben, an denen sich zwei verschiedene Arten von wildem Wein hochrankten. Das Haus lag ein Stück von der Straße entfernt, der Vorgarten war von einem eisernen Zaun umgeben, und an einer Stelle fehlte ein Pfahl. Als Kind war er nur dann durch die Vorderpforte gegangen, wenn ein Erwachsener dabei war. Durch das Loch im Zaun zu kriechen gab ihm das Gefühl, an einen sicheren und geheimen Ort zu gelangen.

Es war befremdend, aber als er jetzt in Gedanken einen Gang durch das Haus machte, merkte er, daß ihm Fehler unterliefen. Er irrte sich in der Lage von Zimmern und dem Standort von Möbelstücken und mußte sich oft korrigieren, ehe es ihm gelang, sich alles so vorzustellen, wie es wirklich gewesen war.

Zwei Seiten des Hauses waren mit einem Vorbau versehen, und das Dach hing so tief herab, daß es den zweiten Stock verdeckte. Die Vordertür führte in eine Halle mit Treppenaufgang, dann kam die Tür zur Bibliothek und anschließend die Tür zum Wohnzimmer. Hinter dem Wohnzimmer lag das Speisezimmer, und dahinter die Küche. Die Treppe lief im Bogen um einen Absatz herum und mündete oben in eine zweite Halle. Die Tür seines Zimmers, des Gästezimmers und die Türen zu den Schlafzimmern seiner Eltern und zum Nähzimmer gingen sämtlich auf diese Halle. Ein Roßhaarsofa stand dort, auf dem er manchmal, wenn Gäste da waren, in seinem Nachthemd gesessen hatte, um zu hören, was unten vorging. Heraushängende Roßhaare hatten ihn an den Beinen gekitzelt. In der oberen Halle befanden sich außerdem ein Bücherregal mit Büchern und ein Pult, und über dem Pult hing das Bild eines Knaben mit Pfeil und Bogen neben einer Gasflamme, die die ganze Nacht brannte. Das Badezimmer lag am Ende eines langen Ganges eine Stufe höher. War man an das Ende des Ganges gelangt, mußte man sich nach rechts wenden, wenn man ins Badezimmer wollte, und nach links, wenn man den Wäscheboden, die Mädchenkammer oder die Hintertreppe betreten wollte. Die Hintertreppe flößte ihm sogar bei Tage Furcht ein, und nachts wagte er nie, nach links zu blicken, wenn er an das Ende des Ganges gelangt war.

An das Badezimmer hatte er keine klare Erinnerung mehr. Manchmal stand die Waschschüssel auf der einen, manchmal auf der anderen Seite. Die Badewanne war groß und ruhte auf klauenartigen Füßen, das wußte er noch genau. Aber hatte sie hinten unter dem Fenster gestanden, oder war dort die Toilette gewesen?

Er gab es auf, die Einrichtung des Badezimmers zu rekonstruieren, und dachte an die Anrichte, die er vorher völlig vergessen hatte. Sie stand zwischen dem Speisezimmer und der Küche, dort, wo sich die Kellertür befand. Wenn man diese Tür öffnete und die Treppen hinunterging, gelangte man in den Heizungsraum, der finster war und voller Spinnweben hing. Die Treppe hatte kein Geländer.

Es gab außerdem noch eine andere Tür, die aus der Küche in einen anderen Keller führte, wo seine Mutter allerhand Eingemachtes in einem offenen Regal aufbewahrte.

Die Erinnerung an diese zwei Treppen, die er völlig vergessen gehabt hatte, bereitete Lymie ein tiefes Vergnügen. Er dachte für mehrere Minuten an nichts anderes, und dann war das Haus plötzlich aus seinen Gedanken spurlos verschwunden. Er lag wieder in seinem Bett, und die drückende Stille um ihn herum ließ ihn nicht einschlafen.

11.

Mrs. Latham war noch wach, als Spud nach Hause kam. Sie rief ihm mit weicher Stimme aus dem Schlafzimmer zu: »Bist du's, Junge?« Es konnte niemand anders sein, und sie wollte ihn eigentlich etwas ganz anderes fragen. Er antwortete, und der Klang seiner Stimme beruhigte sie offenbar. »Mach das Licht im Korridor aus«, sagte sie. »Und schlaf gut.«

»Du auch«, sagte Spud.

Er fuhr mit der Zunge über den Schnitt an der Innenseite seiner Wange. Ein leichter Geschmack von Blut lag ihm im Mund. Sein Hemd wies an der Rückseite einen langen Riß auf. Sein Haar war voller Schmutz und Laub. Er war froh, daß seine Mutter sich bereits hingelegt hatte. Sie hätte sich nur aufgeregt, wenn sie bemerkt hätte, daß er sich gebalgt hatte.

Er versuchte, geräuschlos durch Helens Zimmer zu schleichen, stolperte aber über einen kleinen Schaukelstuhl, dessen Lage er nicht mehr genau in Erinnerung hatte. Indem er sich aufrichtete, wußte er so genau, als hätte sie ihren Zorn über die Störung in Worte gekleidet, daß seine Schwester wütend auf ihn war. Sie rührte sich jedoch nicht, nicht einmal die Sprungfedern des Bettes knarrten.

Als Spud sich ausgezogen hatte, war er so müde, daß er nur noch zwischen seine Decken kriechen konnte. Müde und glücklich. Zum erstenmal empfand er dieses Zimmer als sein eigenes. Es war gar nicht so übel, viel besser, als er immer gedacht hatte. Da gab es diese vielen Fenster. *Der blonde Junge wich zurück und ging in die Verteidigung über. Miteinander kämpfend, überquerten sie die Lichtung Schritt um Schritt und befanden sich plötzlich mitten im Gebüsch. Ihr Atem und die niedersausenden Faustschläge waren das einzige Geräusch, nichts existierte außer ihnen. Als der blonde Junge beim Zurückweichen stolperte und das Gleichgewicht verlor, stürzte sich Spud auf ihn.* Carlson hieß er, Verne Carlson. Ein Schwede also. Er unterschied sich kaum von einer gewissen Sorte Jungen, die es auch in Wisconsin gab, Kerlen wie Logan Anderson oder Bob Trask, die sich einbildeten, stärker zu sein, als sie in Wirklichkeit waren. Andererseits (Spud gähnte) waren sie gar nicht so übel, man mußte sie nur erst richtig kennenlernen.

Der Nachthimmel wurde durch einen Blitz zerrissen und nach einer Weile durch einen zweiten, schwächeren. Falls es regnete, würden das Fensterbrett und der Fußboden naß werden, aber das war gleichgültig. Alles war jetzt gleichgültig. *Der blonde Junge zeigte Anzeichen von Ermüdung. Er schlang seine Beine um Spuds Unterleib, hatte dann aber nicht die Kraft, ihm die Luft abzuschnüren. So lagen sie, ineinander verschlungen, unbeweglich, bis sich Spud plötzlich durch einen Ruck aus der Umklammerung der Beine befreite.* Er wälzte sich im Bett, bis er die passende Lage gefunden hatte. *Der blonde Junge unternahm mehrmals den Versuch, ihn zu packen, ohne daß es ihm gelang. Spud war auf der Hut. Er paßte die Gelegenheit ab und nagelte den blonden Jungen mit den Schultern an die Erde. ›Gibst du auf?‹ fragte er. ›Gibst du auf?‹ Keuchend, das Gesicht von Schweiß und Schmutz verschmiert, mit geschlossenen Augen lag der blonde*

Junge da. Aber er gab keine Antwort. Spud wäre gern so lange wach geblieben, bis es anfing zu regnen, doch die Augen fielen ihm von selbst zu, und er wollte sie nicht wieder öffnen. Unten vorm Haus wurde irgendwo ein Fahrzeug angelassen, man hörte die Stimmen von Leuten, die sich gute Nacht sagten ... und die Stimme der Frau, die auf dem Bürgersteig an ihm vorübergegangen war ... Nein, das hatte seine Mutter gesagt. Schlaf gut, hatte sie gesagt. Er krümmte seine Finger, atmete tief und war schon am Einschlafen, als ihm noch etwas einfiel. Das gurgelnde Wasser und das Geschrei im Schwimmbecken. Aber das war es nicht. Es war nicht während des Wasserpolospiels gewesen, sondern danach. Es war jener schlaksige Junge, der ...

Zweites Buch

Teils Stolz, teils Neid

12.

Der Weg über das Auge ist von den vielen Arten, Menschen kennenzulernen, der bei weitem verläßlichste, aber Spud Lathams Augen, die nur Feinde sahen, hätten nie wahrgenommen, daß der Junge vor ihm nicht wie die anderen war. Seine Augen waren zugebunden, und die ausgestreckte rechte Hand auf eine nackte Schulter gestützt, lief er hinter ihm her und ließ sich auf diese Weise führen. Die Schulter war sehr schmal. Der Junge vor ihm (wer er auch sein mochte) wäre bei einer Schlägerei kaum von Nutzen gewesen, aber in eine Schlägerei waren sie ja auch im Augenblick nicht verwickelt. Die Schulter spannte sich bei Gefahr, und wenn die Gefahr vorüber war, entspannte sie sich. Mit tiefem Erstaunen fühlte Spud, wie sich Schlüsselbein und Sehnen bewegten, und er beschloß, seinem Vordermann bedenkenlos zu folgen.

Die Einweihungszeremonie hätte eigentlich in einer länglichen Hütte im dunkelsten Urwald abgehalten werden müssen, aber das ließ sich nicht machen, da es Urwälder in der Umgebung von Chicago ja nicht gibt. Die Bruderschaft hatte deshalb eine Zimmerflucht im vierten Stock eines Hotels auf der Nordseite gemietet. Die Mitglieder, in deren Händen die Leitung lag, hatten sich bereits früher eingefunden und alles für die Einweihung Notwendige mitgebracht. Leider hatten sie weder Masken, gespaltene Gongs noch Instrumente, auf denen man das Gebrüll von wilden Tieren nachahmen konnte. Niemand hatte sie auf die Bedeutung dieser Dinge aufmerksam gemacht. Dafür hatten sie aber Bananen, Limburger Käse, ein Knäuel Bindfaden, saure Milch, irgendeine scharfe Soße, Austern und eine Milchflasche voll abgestandenem Tee mitgebracht. Da ihnen für die Abwicklung eines Rituals, für das, wenn man es vorschriftsmäßig hätte erfüllen wollen, eine Zeitspanne von zwei bis drei Monaten kaum ausgereicht hätte, nur ein einziger Abend zur Verfügung stand, zogen sie in aller Eile die Vorhänge herunter und räumten die Möbelstücke hastig beiseite. Sie hätten sich später Unannehmlichkeiten und auch einige Unkosten ersparen können, wenn sie die Teppiche, die von blutroter Farbe waren, zusammengerollt hätten. Aber daran dachte keiner. Dede Sandstrom zerriß ein altes Laken seiner Mutter in Streifen. Diese Streifen sollten als Augenbinden dienen. Die anderen Jungen schnitten sich jeder eine Länge Bindfaden ab und befestigten je eine Auster daran.

Kurz nach sieben Uhr fanden sich die Neulinge, einer nach dem anderen, im Vestibül des Hotels ein. Ihre Taschen waren mit Schokoladeriegeln, Drops, Konfekt und Kaugummi vollgestopft. Ihre frisch gewaschenen Gesichter glänzten, und sie hatten sich wie für einen Freitagabend im Edgewater Strandhotel angezogen. Es war aber ein Mittwoch – Mittwoch, der fünfundzwanzigste Januar. Der Fahrstuhlboy fuhr sie einzeln hinauf in den vierten Stock, wo sie sich nur widerwillig von ihm trennten – als wäre er ihr Freund – und dann den Korridor entlanggingen und jede Zimmernummer mit besonderer Aufmerksamkeit lasen. Lynch griff nach seiner Krawatte und vergewisserte sich, ob sie auch ordentlich saß, und etwa zwei Minuten später fuhr sich Carson am selben Ort mit der Hand über das nasse, glatt zurückgekämmte Haar. Catanzano, der vor seinem Spiegelbild, das ihn aus einem florentinischen Spiegel anblickte, erschrocken war, gewann seine Fassung zurück, indem er seinen Stiernacken streckte und seine breiten Schultern zurechtrückte. Lymie Peters schlug trotz der roten Pfeile, die gegenüber dem Fahrstuhlschacht auf die Wand gemalt waren, die falsche Richtung ein und mußte wieder zurückgehen. Sein Gesicht war rot angelaufen, und er hatte Seitenstechen, weil er gerannt war. Er hatte geglaubt, rechtzeitig von zu Hause aufgebrochen zu sein, doch dann war er vor einem Fleischerladen in der Sheridan Road zwischen der Albion und der Northshore Avenue stehengeblieben. Der Laden war bereits geschlossen, der Boden mit frischem Sägemehl bedeckt, und hinter der Tür sah man eine Gipssau mit vier Ferkeln. In das zeitlose, rosige Licht gebannt, schauten sie Lymie an, und er schaute sie an, bis ein Blick auf die große runde Uhr an der Wand des Fleischerladens ihn aus seiner kindlichen Selbstvergessenheit riß und seinen Weg eiligst fortsetzen ließ.

Spud Latham kam als letzter, mit einigen Minuten Verspätung. Er kam absichtlich zu spät. Er war besser gekleidet als im vergangenen Oktober und hatte so breite Hosen an wie Mark Wheeler und Ray Snyder, die er zu seinen unzähligen Feinden rechnete. Er wußte, daß sie ihn haßten (oder daß ihnen zumindest sein Verhalten nicht gefiel), und er blieb vor der Tür zu Zimmer 418 mit zusammengepreßten Kinnladen stehen, als erwarte er einen Angriff. Als sich nichts dergleichen ereignete, wurde er ungeduldig, hob die Faust und klopfte mit den Knöcheln gegen die Tür.

»Wer ist da?«

Die Stimme hinter der Tür klang böse und hohl.

Spud antwortete verabredungsgemäß: »Ein Neuling, der die Insel Thura zu betreten wünscht.«

»Schließe deine Augen, Neuling, und dreh dich um, wenn du nicht sofort den Tod erleiden willst.«

Die Tür in seinem Rücken öffnete sich. Hände legten eine Binde über seine Augen, andere zerrten ihn roh ins Zimmer, zogen ihn aus und beschmierten seinen Körper mit Carters Zeichentinte und Jod. Er ließ sich alles widerstandslos gefallen. Daß er überhaupt hergekommen war, bedeutete schon einen Akt der Unterwerfung. Aber Spud brauchte nicht nur Feinde, er hatte auch das Bedürfnis, Freunde zu haben und von den richtigen Leuten anerkannt zu werden.

Er wurde zwischen Lymie Peters und Carson in die Reihe

der nackten, mit verbundenen Augen vorwärts torkelnden Neulinge gestoßen. Hinter Carson kam Lynch, dem man den Schlips um den nackten Hals gebunden hatte. Dann kamen Ford, Catanzano und de Fresne – alle stützten sich mit der rechten Hand auf die Schulter ihres Vordermannes. Sie wurden immer wieder im Kreise herumgetrieben und mußten abwechselnd laufen, rennen, auf einem Bein hopsen oder sich wie Enten vorwärts bewegen, bis ihnen weich in den Knien wurde. Unter dem Lärm von Paddeln, die man gegeneinanderschlug, trampelnden Füßen, schreienden Stimmen, dem Sausen eines (auf wessen Hinterteil?) niederfallenden Besens und anderen unerklärlichen Geräuschen wurden sie von einem Zimmer ins andere und wieder zurückgetrieben und mußten über Stühle klettern und unter Stühlen durchkriechen.

Die Mitglieder des Einweihungskomitees amüsierten sich königlich. Sie waren sämtlich einmal auf dieselbe Weise erniedrigt worden und fanden es nur gerecht, daß die anderen dasselbe durchmachen mußten. Aber der eigentliche Grund, warum sie so vergnügt waren, lag wahrscheinlich tiefer. Ohne daß es ihnen bewußt war, wiederholten sie ein Spiel aus den frühesten Zeiten des Menschengeschlechts. In diesem Spiel blickten die Männer des Dorfes voller Mißgunst auf die heranwachsenden Jungen und fürchteten sich wohl vor ihnen. Als Vergeltung für irgendein Vergehen, das man den Jungen nachsagte oder das man von ihnen erwartete (ein Vergehen, dessen sich die erwachsenen Männer einst selbst gegen die Alten schuldig gemacht hatten), wurden sie aus den Armen ihrer Mütter gerissen, zusammengetrieben und für eine Weile einer grausamen Tortur unterworfen. Diese Tortur stellte vielleicht sogar einen symbolischen Ersatz für die Todesstrafe dar. Auf alle Fälle hatte das damit beschäftigte Komitee von zwanzig Minuten nach sieben bis um dreiviertel elf alle Hände voll zu tun.

Gemeinsam wurden die Neulinge für etwa eine halbe

Stunde gequält, dann wurden sie einzeln den verfeinerten Graden der Marterung unterzogen. Carson wurde auf alle möglichen Arten in Versuchung geführt. Lynch mußte einen Frosch mimen und Ford eine gewaltige Mahlzeit verschlingen. De Fresne rieb sich die Nasenspitze wund, indem er ein Pfennigstück über den roten Teppich schob. Und Catanzano, der unter den Neulingen der größte war und zur Fußballmannschaft gehörte, mußte so viele Liegestützen machen, wie er konnte, und dann noch zehn weitere. Beim dritten legte sich eine Hand in sein Genick, die ihn grausam hinunterdrückte, wenn er sich aufrichten wollte. Nach einer Weile brach er erschöpft zusammen und ließ sich auspfeifen und verhöhnen, ohne darauf zu reagieren. Er war erledigt. Er gehörte zu den Ausgestoßenen. Er wunderte sich, daß er überhaupt hier war.

Die Tatsache, daß Lymie Peters sportlich ein Versager war und nicht bei LeClerc verkehrte, hätte eigentlich genügt, um ihn von dieser Veranstaltung auszuschließen, aber Mark Wheeler hatte darauf bestanden, daß er teilnahm, und gesagt, es könne nicht schaden, wenn jemand darunter wäre, auf dessen Zensuren man sich berufen konnte, falls einmal eine Vorladung zum Direktor käme, und damit hatte er die anderen überzeugt. Dafür, daß er sich so für ihn eingesetzt hatte, schlug er ihn jetzt mit einer Bratpfanne zu Boden. Bob Edwards hielt Lymie das glühende Ende einer Zigarette unter die Nase, wobei dieser eine Spalte im Telefonbuch lesen mußte. Die übrigen verfuhren etwas rücksichtsvoller mit ihm. Im entkleideten Zustand sah Lymie noch zarter aus, als er in Wirklichkeit war, und sie fürchteten, ihn zu verletzen. Außerdem waren sie auf Frenchie de Fresne gespannt, den sie unbedingt zum Weinen bringen wollten.

Als dieser an der Reihe war, begannen sie als erstes, ihn mit einem Besen zu schlagen, um ihm zu zeigen, daß sie nicht spaßten. Er mußte mit verbundenen Augen boxen, und sie versetzten ihm ab und zu einen Hieb und lenkten ihn so nah an die Wand, daß er sich die Knöchel am rauhen Mörtel aufriß. Sie rieben die feinen Härchen in seinem Nacken und versetzten ihm Schläge auf das Schlüsselbein (was einen jähen Schmerz zur Folge hatte), zählten 1, 3, 4, 7, 8, 2, 10, 6, 14, 19, 9... und ließen ihn entsprechend oft in die Kniebeuge gehen. Als sie glaubten, daß er nahe am Zusammenbrechen wäre, schrie ihm Ray Snyder plötzlich zu: »Nenne ein Wort mit neun Buchstaben, das mit S anfängt und N aufhört, sonst wirst du in eine verteufelte SituatioN geraten. Wir werden dich in den Fluß SheboygaN werfen, Neuling. Dort ist es verdammt kalt, und keine barmherzige SamariteriN wird dich vor einer Lungenentzündung retten. Wir werden den Verdacht auf andere zu lenken wissen, Neuling, laß also alle Gedanken an Rache fahren!« – und während er diese Worte ausstieß, knetete er Frenchies Bizeps und schlug ihm auf die Brust. Frenchie war so verwirrt, daß ihm kein einziges Wort einfiel, und dafür bekam er mehrere kräftige Ohrfeigen. Als er zurückwich, schlugen sie noch heftiger zu, bis er stillhielt. Nachdem sie ihn etwa fünfzehn- oder zwanzigmal derb geohrfeigt hatten, brach Frenchie in Tränen aus. Damit hatten sie erreicht, was sie wollten, und konnten sich dem nächsten Punkt in ihrem Programm zuwenden.

Die Neulinge mußten sich noch einmal in Reihe aufstellen und wurden einem Verhör unterzogen, um festzustellen, ob sie bereits Geschlechtsverkehr gehabt hätten. Alle sieben wurden schuldig gesprochen und mußten eine Pille schlucken. Dann mußten sie zur Erprobung ihres Mutes einzeln auf eine hohe Leiter steigen, von welcher sie auf ein bestimmtes Zeichen ins Leere springen sollten. Die Binden wurden ihnen für einen Augenblick von den Augen genommen, so daß sie gerade so viel Zeit hatten, einen Blick auf das mit rostigen Nägeln bedeckte Brett zu werfen, auf das sie fallen würden. Carsons Augenbinde saß nicht so fest, wie sie hätte sitzen sollen. Er sah, wie man das Brett im letzten Augenblick mit einer Gummimatte vertauschte, aber Lymie glaubte, daß er sich in die rostigen Nägel stürzte, und nur die Hoffnung, daß Mark Wheeler ihn auffangen würde, gab ihm Kraft dazu. Niemand fing ihn auf. Er landete ziemlich unsanft auf Händen und Füßen, und die Stimme, die vor Schmerz aufschrie, war nicht die seine.

Spud Latham, der nach ihm an der Reihe war, riß sich die Binde herunter und sah, daß alles Täuschung war. Seine eigenmächtige Handlung löste Erstaunen bei dem Komitee aus, man war in Verlegenheit und wußte nicht, was man tun sollte. Endlich kam man überein, daß es reizlos sei, Spud zu dem Sprung zu zwingen, da er ja doch Bescheid wisse. Man band ihm die Augen fester zu als vorher und führte ihn beiseite. Catanzano kam als nächster, dann war Ford an der Reihe, der auf das Zeichen hin zögerte und rückwärts herunterzusteigen versuchte. Er gab lange Erklärungen darüber ab, daß er sich im vergangenen Sommer am Genfer See einen rostigen Nagel in den Fuß getreten habe, bis sie ihn endlich mit einem Stoß in die Tiefe beförderten.

Die Erde ist groß und unendlicher Wiederholungen fähig. Zu keiner Zeit braucht man sich, wenn man die Wahrheit sucht, auf irgendeinen einzelnen Vorgang zu beschränken. Quälereien finden vielerorts statt, nicht nur im Hotel Balmoral, und wer sich für Pubertätsriten interessiert, kann seinen Blick auch nach Neuguinea oder Neusüdwales wenden, wo er sie ebensogut (wenn nicht besser) studieren kann. Zu diesem Zweck braucht man nur eine große, rechtwinklige Hütte im Urwald ausfindig zu machen, über deren Eingang zwei riesige gemalte Augen leuchten. Es gehört schon fast Tollkühnheit dazu, durch diese Tür zu gehen, und wer es trotzdem wagt, muß damit rechnen, daß er seinen letzten Gang antritt. Einmal im Innern der Hütte, wird er bald die Erfahrung machen, wie man sich im Bauche Thuremlins befindet (oder Daramuluns, Twanyirikas oder Katajabinas – der Name wechselt bei den verschiedenen Stämmen), dieses Wesens, das Knaben verschlingt und sie nach einer gewissen Periode der Verdauung dem Leben zurückgibt, manchmal mit einem ausgebrochenen Zahn und immer ohne Vorhaut.

Hat man sich erst auf den schmutzigen Fußboden hingehockt, wird man bald darüber hinwegsehen, daß die Haut Pokenaus, des Jungen, der rechts, und Talikais, des Jungen, der links von einem sitzt, dunkler ist als die Fords und Lynchs, und es wird einem kaum auffallen, daß ihr Haar schwarz und kraus ist. Es wird in der Finsternis auch niemand merken, was man selbst für Haar hat und welcher Rasse man angehört. Der Geruch, der einem dort entgegenschlagen würde, ist derselbe, den man aus dem Hotel Balmoral kennt. Der Geruch der Angst ist überall der gleiche.

Im Bauche Thuremlins entsteht zwischen Pokenau, Talikai, Dobomugan, Mudjalamon, Beiman, Ombomb, Yabinigi, Wabe und Nyaelahai eine Freundschaft fürs ganze Leben. Bei jeder Begegnung in den Bergen oder auf dem Fluß werden sie sich sofort daran erinnern, wie sie einmal für mehrere Monate zusammengekauert, mit gekreuzten Beinen, jeder Bewegungsfreiheit beraubt dagesessen haben; wie all die fremdartigen Geisterstimmen nicht durch das Ohr allein, sondern durch den ganzen Körper in sie eindrangen; wie sie lernten, jenes dumpfe Gesumm auszuführen, das die Weiber in Schrecken versetzt; wie ein Geheimnis nach dem anderen enthüllt wurde – zuerst die heiligen Masken, dann die in der Mitte gespaltenen Gongs und zuletzt der Sitz der Gottheit, eine Statue mit riesenhaftem Kopf und glänzenden Perlmuttaugen.

Während sie singen und essen, fühlen sich die Knaben immer wieder daran erinnert, wie sie als kleine Kinder stets in der Nähe ihrer Väter waren und wie ihre älteren Brüder sie verfolgt haben. Morgens und abends ertönt Flötenspiel, und wenn man die Knaben zum Baden an den Teich führt, biegen die Geister ihrer Ahnen die Zweige zurück, die den Pfad säumen.

Unter primitiven Menschen werden die dunklen Triebe wie Neid, Eifersucht, Haß, die den Bestrebungen der Zivilisation entgegenlaufen, toleriert und erkannt, und der Knabe wird in aller Öffentlichkeit durch rituelle Handlungen, Schneiden mit Krokodilszähnen, Zufügung von Verbrennungen, Anwendung von Schlägen und Schnitte am Penis davon befreit. Diese primitiven Bräuche mögen schmerzhafter sein, sind aber kaum grausamer als die Handlungen, die von höheren Schülern begangen werden. Die einzelnen Stadien der Tortur stehen alle in Beziehung zu heiligen Dingen, und die Neulinge sind überzeugt davon, daß sie Muskeln und Knochen bekommen und zu großen, breitschultrigen Männern heranwachsen, daß sie kriegerische Tugenden erringen und zwischen ihren Schenkeln die Kraft haben werden, viele Kinder zu zeugen, wenn sie das Spießrutenlaufen überstehen oder sich mit Nesseln peitschen lassen.

In Neuguinea kommt es zuweilen vor, daß ein Knabe in den falschen Bauch der Gottheit gerät, in jenen Bauch beispielsweise, in dem sonst nur Schweine Aufnahme finden, und daß er aus diesem Grunde nicht wie die anderen dem Leben zurückgegeben werden kann. Aber in der Regel kehren die Knaben sämtlich mit Federn, Muscheln und anderen Schmuckstücken versehen in ihr Dorf zurück, wenn die Periode der Absonderung ihr Ende erreicht hat. Noch sind ihre Augen geschlossen. Noch müssen sie geführt werden, und obwohl sie die Arme ihrer Mütter spüren, die sich um sie schlingen, ist ihnen der Mund wie verschlossen. Selbst nachdem sie den Befehl erhalten haben, die Augen zu öffnen, verstehen sie nichts von den alltäglichen Dingen, die um sie vorgehen. Sie straucheln, wenn ihnen ihr Führer seinen Arm entzieht. Sie haben verlernt, wie man sich hinsetzt, wie man spricht oder durch welche Tür man eine Hütte betritt. Wenn man ihnen einen Teller mit Speisen reicht, halten sie ihn mit der oberen Fläche nach unten. Und erst allmählich lernen sie, selbständig zu handeln und die neue Freiheit zu nützen. Jetzt dürfen sie Waffen tragen und heiraten. Und sie fürchten sich weder vor dem Tode, noch sehnen sie ihn herbei; denn der Tod liegt hinter ihnen.

All das erfordert die Gegenwart und die aktive Teilnahme von erwachsenen Männern. Halbwüchsige Burschen wie Mark Wheeler, Ray Snyder und Dede Sandstrom sind kein vollwertiger Ersatz. Unter ihren Händen erfahren die Geheimnisse der Pubertät eine Trübung, und nur ein Gefühl des Ausgeschlossenseins oder der Rache bleibt zurück. Die Neulinge werden in keiner Weise darauf vorbereitet, in die Welt der Erwachsenen einzutreten und Gefährten ihrer Väter zu sein.

In der Nacht, als Lynch zur Welt gekommen war, starrte sein Vater, damals ein junger Mann von vierundzwanzig Jahren, durch das Fenster auf dem Gang des Krankenhauses auf seinen Sohn, und Tränen rannen ihm über die Wangen. Wo war er jetzt? Catanzanos Vater war tot, aber warum war Mr. Ford an diesem Abend nicht im Hotel Balmoral? Er hätte mit seinem Sohn die Sache in aller Ruhe besprechen und ihn vielleicht dazu bewegen können, freiwillig von der Leiter herunterzuspringen. Wo war Carsons Vater? Und der von Frenchie de Fresne? Und was war mit Mr. Latham? Hätte er nicht wissen müssen, wer neben den vielen Feinden, den eingebildeten und denen aus Fleisch und Blut, auf die Spud so viel Zeit verschwendete, der wirkliche Feind seines Sohnes war, der, dessen Tod der Junge herbeiwünschte? Die Bräuche der Pubertät gestatten dem Vater, den Sohn zu strafen, und dem Sohn, den Vater in Gedanken zu ermorden. Wäre Mr. Latham anwesend gewesen und hätte er an der Zeremonie teilgenommen, hätte er Spud vielleicht für immer von der feindseligen Haltung ihm gegenüber heilen können. Vor allem Mr. Peters hätte dasein müssen. Das Telefongespräch, das er aus dem Zigarrenladen führte, war nicht so wichtig, daß er es nicht bis zum nächsten Abend hätte aufschieben können. Für Lymie bedeutet das, daß er noch lange im Bann der Kindheit und unter dem Zwang stehen wird, vor jeder Gipssau zu verweilen und sich das Gesicht mit irgendwelchen Süßspeisen zu verschmieren.

13.

Mrs. Latham blieb nie länger als bis sechs Uhr im Bett. Das Licht weckte sie. Im Winter, wenn es bis um sieben finster war, stand sie aus Gewohnheit auf, zog sich an, ging in die Küche und machte Frühstück. Um halb sieben weckte sie ihren Mann, und sobald dieser sich rasiert hatte, ging sie in Spuds Zimmer und rüttelte ihn wach.

Am Morgen nach der Einweihungszeremonie entdeckte Spud, noch völlig verschlafen, daß etwas mit ihm nicht stimmte. Für eine Weile weigerte er sich, es zu glauben. Ich träume vielleicht nur, daß ich wach bin und hier im Badezimmer stehe, sagte er sich. Tatsächlich aber war er hellwach. Es gab keine Ausflüchte mehr, und als er sich im Spiegel über dem Waschbecken betrachtete, war er von Krankheit und Angst gezeichnet.

Er klappte den Toilettendeckel zu, setzte sich darauf und lehnte die Stirn gegen das Waschbecken, das kühl war, aber die Kühle barg keinen Trost. »Oh...« stöhnte er wiederholt und hatte das Verlangen, auf der Stelle zu sterben. Die Minuten vergingen, und endlich pochte jemand kräftig gegen die Tür. Dies war weder die Zeit noch der Ort für Verzweiflung.

Er seufzte, erhob sich und nahm seine Zahnbürste aus dem Halter. Weil im Augenblick doch nichts dagegen zu tun war, putzte er sich kräftig die Zähne, wobei er es vermied, in den Spiegel zu schauen. Dann löste er die Schleife an dem Band, das seine Schlafanzughose zusammenhielt, streifte sich die Jacke über den Kopf und streckte die Hand nach dem Duschhahn aus. Der kalte Strahl, der sein Gesicht und seinen Rücken traf, riß ihn aus seinen Grübeleien, doch als er aus der Badewanne stieg und sich abzutrocknen begann, nahm er seine Gedanken genau dort wieder auf, wo er sie unterbrochen hatte. Die letzten Spuren der Tinte und des Jods ließen Flecken auf dem Handtuch zurück.

Indem er sie betrachtete, erinnerte Spud sich an die Vorgänge des gestrigen Abends wie an etwas weit Zurückliegendes. Er dachte daran, wie die Neulinge, nachdem man ihnen am Schluß der Zeremonie die Binden von den Augen gerissen hatte, sich zuerst gegenseitig überrascht angeschaut und dann ihre eigenen schwitzenden und beschmierten Körper betrachtet hatten. Ray Snyder gab ihnen die Parole (Anubis) und zeigte ihnen den Griff, den sie schon von den Pfadfindern her kannten. Doch nach dem, was heute morgen passiert war, war all das ohne die geringste Bedeutung.

Während des Frühstücks hielt Spud den Kopf über seinen Teller mit Haferflocken gebeugt und dachte angestrengt darüber nach, wo und wann er sich angesteckt haben könnte. Mit Mädchen hatte er nichts zu tun gehabt. In Wisconsin hatte er harmlose Gesellschaftsspiele mit ihnen gespielt, und seit der Übersiedlung nach Chicago hatte er nicht ein einziges Mädchen geküßt. Das Dumme an der Sache war nur, daß man sich nicht notwendigerweise mit einem Mädchen eingelassen haben mußte, um sich die Krankheit zuzuziehen. Der Mann, der ihnen in der Aula einen Vortrag darüber gehalten hatte (nur für Knaben, die Mädchen wurden von einer Frau gesondert unterrichtet), hatte gesagt, daß man sich auf verschiedene Arten anstecken könne, selbst durch die Benutzung von Tassen und Handtüchern. Da tausenderlei Möglichkeiten bestanden, hatte es eigentlich gar keinen Zweck, sich den Kopf darüber zu zerbrechen. Das einzige, was Spud befremdete und was er nicht verstand, war, wie man frühmorgens glücklich aufwachen, sich anziehen und frühstücken konnte und wie man es fertigbrachte, seiner Arbeit nachzugehen, ohne Vorsichtsmaßnahmen zu treffen und ohne sich dessen *bewußt* zu sein, daß man überall von Gefahr umgeben war.

Als Mrs. Latham ihn fragte, ob er sich nicht wohl fühle, wollte er ihr sagen, daß man das Geschirr, das er benützte, gesondert von dem übrigen abwaschen solle, auch den Löffel, mit dem er gegessen hatte, und seinen Eierbecher, daß man alles sterilisieren müsse außer seinem Glas, das er nicht berührt hatte. Aber darüber konnte er mit seiner Mutter nicht sprechen. Davon verstand sie nichts, diese Dinge lagen außerhalb ihres Lebens, und ihr zu sagen, was mit ihm los war, wäre dasselbe gewesen, als wenn er sie mit Schmutz beworfen hätte.

Sie legte ihm die Hand auf die Stirn, und obwohl er das Gefühl hatte, daß sie sich daran verbrennen müßte, war sie nicht weiter beunruhigt. »Du scheinst noch nicht ganz bei dir zu sein«, sagte sie, stand auf und ging hinaus in die Küche.

Das Sonnenlicht, das auf die Ziegelmauer vor den Eßzimmerfenstern fiel, ließ Mr. Lathams Gesicht und die Zeitung, die er vor sich ausgebreitet hielt, im Schatten. Als Mrs. Latham mit der Kaffeekanne aus der Küche zurückkehrte, beklagte er sich darüber. Sie schlug ihm vor, den Platz zu wechseln, aber er legte nur die Stirn in Falten und las weiter. Spud beobachtete seinen Vater und hoffte, daß er plötzlich aufschauen würde und nach einem Blick auf seinen Sohn die Morgenzeitung beiseite legen und mit ihm in ein anderes Zimmer gehen würde, wo sie sich ungestört aussprechen könnten.

Helen stand als erste vom Tisch auf. »Was hast du denn vorhin so lange im Badezimmer gemacht?« sagte sie zu Spud und ging, ohne seine Antwort abzuwarten, hinaus, um ihre Toilette zu beenden. Nachdem Helen das Zimmer verlassen hatte, saß Mrs. Latham mit verträumtem Gesicht da, als wäre ihr in der Nacht etwas widerfahren, das sie niemand verraten mochte. Hin und wieder trank sie einen

Schluck Kaffee, und jedesmal, wenn sie die Tasse zurück auf die Untertasse stellte, gab es ein kratzendes Geräusch. Sonst hörte man außer dem Rascheln der Zeitung keinen Laut. Endlich erhob sich Mr. Latham und ging mit der Zeitung in der Hand an Spud vorbei, der ihm einen bittenden Blick zuwarf.

Jeder, der mit Mr. Lathams Gewohnheiten vertraut war, hätte nach den Geräuschen, die aus dem Nebenzimmer drangen, erraten können, daß er einen Schlips von dem Halter an der Innenseite der Schranktür genommen hatte, daß er ihn jetzt vor der Kommode umband und sich den Rockkragen abbürstete. Gleich würde er auf den Korridor hinaustreten, draußen den Schrank öffnen, und dann wäre es zu spät, ihn zurückzuhalten. Sobald er den Hut in die eine und die Mappe, in der sich Muster von Isolationsmaterial befanden, in die andere Hand genommen hatte, war er für seine Familie nicht mehr zu sprechen. Spud schob seinen Stuhl zurück und trat an die Schlafzimmertür.

Er verirrte sich selten in das Schlafzimmer seiner Eltern, und zu dieser frühen Morgenstunde hatte er es noch nie betreten. Mr. Latham stand am Fenster. Er hatte ein Bein auf das niedrige Fensterbrett gestellt und fuhr mit einem Flanellappen über seinen rechten Schuh. Als er sich den anderen Schuh vornahm, ging Spud in das Zimmer hinein und setzte sich auf das ungemachte Bett. Während sein Vater sich am Fenster hin und her bewegte, kam ihm der Gedanke, daß er bis zu dem Zeitpunkt, da die Krankheit sich äußerlich zeigte (zehn Tage oder zwei Wochen hatte der Mann gesagt), seine Schwester und seine Mutter längst angesteckt haben könnte.

Mr. Latham stopfte den Flanellappen in einen kleinen braunen Beutel, der an der Innenseite der Schranktür hing. Dann wandte er sich an Spud und fragte: »Brauchst du etwas Geld?«

Spud schüttelte verzweifelt den Kopf und sah seinen Vater wie durch einen Nebel aus dem Zimmer gehen. Einen

Augenblick später fiel die Korridortür schnappend ins Schloß. Nach einer Weile erhob sich Spud, begab sich in sein eigenes Zimmer und raffte die Bücher zusammen, die er gestern nachmittag mit nach Hause gebracht hatte. Ich muß zusehen, wie ich damit fertig werde, sagte er sich. Ich muß zur Schule, damit man keinen Verdacht schöpft, und wieder nach Hause und ganz normal Abendbrot essen. Wenn es dann finster ist und die anderen zu Bett gegangen sind, kann ich überlegen, wie ich mich umbringe.

Als Spud den Schulhof erreichte, war es zehn Minuten vor acht. Stellenweise war der Schnee bereits weggeschmolzen. Spud erblickte Lymie Peters, der hinter ihm herkam. Er lief schneller, doch Lymie beschleunigte seine Schritte ebenfalls und holte ihn an der Treppe ein. Sie betraten das Gebäude fast gleichzeitig. Keiner von beiden erwähnte die gestrigen Vorfälle, doch als sie an der Knabentoilette im ersten Stock vorbeigingen, sagte Lymie: »Hast du heute morgen grün gepißt?« Und damit raubte er Spud die letzte Hoffnung und den letzten Trost, der ihm verblieben war.

Die Krankheit machte sich sichtbar.

Jedem anderen, der das zu ihm gesagt hätte, wäre er an die Kehle gefahren. Aber mit Lymie konnte man so nicht umspringen. Lymie war kein ebenbürtiger Gegner. Außerdem hatte Spud noch das Bild vor Augen, das sich ihm dargeboten hatte, als man ihnen die Augenbinden herunterriß: Lymie, mager und nackt, den Körper mit Kreuzen und Kreisen beschmiert und mit den Worten ICH FRESSE SCHEISSE, hatte auf dem Boden gelegen und versucht, sich aufzurichten, und niemand hatte ihm dabei geholfen. Dieser Anblick hatte sich ihm unauslöschlich eingeprägt, genau wie die Empfindung, die ihn bei der Berührung von Lymies Schulter überkommen hatte. Jeden anderen hätte er unbedenklich belogen, aber Lymie die Unwahrheit zu sagen war nicht möglich, und so sagte er mit schwacher Stimme: »Ja.«

»Ich auch«, sagte Lymie. »Dachte zuerst, es wäre – na, du weißt schon. Aber dann habe ich meinen Vater gefragt, und er meinte, das käme wahrscheinlich von der Pille, die wir schlucken mußten.«

Die Übelkeit wich und ließ Spud mit zitternden Knien zurück.

»Das kann schon sein«, sagt er. »Man wollte uns einen Schrecken einjagen.« Äußerlich deutete nichts darauf hin, daß er in diesem Augenblick völlig durcheinander war. Er verspürte den Drang, laut herauszulachen, herumzutanzen, jemanden zu stoßen (es war keiner auf dem Korridor, den er hätte stoßen können), jemanden zu schlagen (doch nicht Lymie), seinen Kopf zurückzuwerfen und wie ein Kauz zu schreien. Es kostete ihn Überwindung, ruhig neben Lymie die Treppe hinaufzugehen.

Die Tür zu Zimmer 211 stand offen, erregtes Stimmengewirr schallte heraus. Spud und Lymie traten zusammen ein und gingen durch verschiedene Gänge zu ihren Plätzen. Trotz des Tumults und des Lärms auf den Korridoren vernahm jeder von ihnen die Schritte des anderen; vernahm sie so deutlich wie die Schritte eines Menschen, der spät in der Nacht durch eine verlassene Straße geht.

14.

Das Gruppenheim, das man bei LeClerc nur beiläufig zu erwähnen wagte, bestand aus einer Einzimmer-Kellerwohnung, die Bud Griesenauer durch Vermittlung eines Onkels, der Grundstücksmakler war, zum Preis von fünf Dollar im Monat besorgt hatte.

Sie übernahmen es an Lichtmeß und verbrachten ein ganzes Wochenende damit, die Wände mit einem kränklichen Grün zu tünchen, und scheuerten die Fußböden, die Türen und den Kamin mit Wasser und Seife. Die Rohre, die an der Decke entlangliefen, ließen sie in dem Zustand, in dem sie sie vorgefunden hatten. Sie machten sich nicht die Mühe, Gardinen anzubringen, obwohl zu den Fenstern gelegentlich kleinere Jungen hereinschauten, die sie fortjagen mußten.

Die Wohnung war mit einem ausgefransten billigen Teppich, einer Couch, einem Bücherregal und drei unbequemen Stühlen ausgestattet, die aus der Rumpelkammer von Edwards Eltern stammten. Carson brachte ein altes Grammophon mit, das dauernd aufgezogen werden mußte und mitunter entsetzlich schnarrte. Mark Wheeler steuerte ein großes, eingerahmtes Bild bei, auf dem man einen flotten, jungen Studenten sah, der einen Mittelscheitel trug und selbstbewußt vor seinem Kamin unter Wimpeln und Trophäen saß und aus einer langen Tonpfeife genießerisch Rauchwolken in die Luft paffte. Das Bild hieß »Träume eines Pfeifenrauchers« und erhielt den Ehrenplatz über dem Kaminsims. Damit war ihr Bedarf an Bildern so ziemlich gedeckt, und sie beschlossen, nur noch die Abbildung einer häßlichen englischen Bulldogge, die durch einen Zaun blickte, an die Wand zu hängen. Mr. und Mrs. Snyder hatten dieses Bild vor zweiundzwanzig Jahren zu ihrer Hochzeit geschenkt bekommen. Die Stäbe, die die Zaunlatten darstellten, waren aus richtigem Holz und über dem Glas am Rahmen angebracht.

Um das Heim von der Schule aus zu erreichen, mußten die Jungen eine in südlicher Richtung fahrende Straßenbahn nehmen und an einer windigen Ecke in der Nähe eines Kirchhofs umsteigen und warten, bis die Straßenbahn nach Montrose Street kam. Gewöhnlich dunkelte es bereits, wenn sie dort eintrafen, und ein Erwachsener hätte den Ort ihrer Wahl wahrscheinlich wenig einladend und trostlos gefunden, aber sie hatten von Anfang an eine besondere Vorliebe für ihn. Das lag zum Teil daran, daß die Existenz des Heimes geheimgehalten werden mußte. Bei LeClerc konnte man darüber sprechen, aber nicht in der Schule, wo irgendein Lehrer etwas aufschnappen und damit zum Direktor laufen konnte. Teils lag ihre Vorliebe auch darin begründet, daß sie spürten, die Herrlichkeit würde nicht von langer Dauer sein. Eines Tages würde man sie mit der Begründung, daß sie noch zu jung wären, aus ihrem Heim hinausjagen, und weil sie das ahnten, ergriffen sie so intensiv Besitz davon wie kleine Kinder von den Häusern, die sie sich an Regentagen aus Stühlen und Teppichen, Ofenblechen, Schemeln, Besen und Tischen bauen.

Manchmal fuhren sie nach Schulschluß gemeinsam hinaus, ein andermal zu zweit oder zu dritt. Carson und Lynch gehörten zu den Stammgästen. Ray Snyder kam gewöhnlich in Begleitung von Bud Griesenauer oder Harry Hall. Catanzano und de Fresne kamen in der Regel zusammen, ebenso Bob Edwards und Mark Wheeler. Lymie Peters schloß sich bald dieser, bald jener Gruppe an, wie es der Zufall gerade ergab. Spud Latham erschien eines Tages mit einem blonden Jungen von einer anderen Schule, der die Angewohnheit hatte, sich das Haar mit einer Kopfbewegung aus der Stirn zu schütteln. Er war wenig begeistert von dem Heim und überredete Spud, das Rad zu nehmen und mit ihm eine Spazierfahrt anzutreten. Später machte man Spud Vorwürfe darüber, daß er einen Fremden mit in das Heim gebracht habe, und von diesem Tag an tauchte er nur noch in größeren Abständen auf, und zwar stets allein. Ford kam auch immer allein. Seine Weigerung, mit verbundenen Augen von der Leiter herunterzuspringen, hatte ihm zwei Spitznamen eingetragen: man nannte ihn »Steve Brodie« oder manchmal auch »Taucher«. Seit dieser Zeit ging er nicht mehr ins LeClerc.

Das Heim diente hauptsächlich dazu, alle möglichen Dinge auszuprobieren. Dort rauchten Catanzano und de Fresne ihre ersten Zigarren und kamen hinterher vor Übelkeit fast um. Ray Snyder marterte seine Ukulele und lag im Kampfe mit einer Melodie aus der »Zigeunerin«. Harry Hall erschien eines Tages mit einer Ausgabe von Balzacs

Tolldreisten Geschichten, die er vom Bücherbrett seines Großvaters entwendet hatte. Sie nannten es »das unanständige Buch«, und irgendeiner saß stets abseits in einer Ecke oder lag ausgestreckt auf der Couch, in die Lektüre vertieft.

Als Carson und Lynch eines Nachmittags in das Zimmer traten, fanden sie Dede Sandstrom und ein rundwangiges Mädchen namens Edith Netedu vor, die nebeneinander auf der Couch saßen, einen Aschenbecher und eine Schachtel Pall Mall zwischen sich. Das Mädchen richtete sich auf und nestelte an seinem Haar, und Dede sagte: »Müßt ihr denn immer hierherkommen? Es ist ja fast, als hättet ihr kein Zuhause.«

Carson und Lynch hatten das Gefühl, unwillkommen zu sein, aber sie legten dennoch ihre Mützen und Mäntel ab und blieben da. Dede zog das Grammophon auf und spielte eine Platte, und nachdem das Mädchen einige Male mit ihm getanzt hatte, forderte sie zuerst Carson und dann Lynch zu einem Tanz auf. Der zarte Parfümduft, der von dem Mädchen ausging, ihr Arm, der leicht auf ihren Schultern ruhte, schuf eine völlig veränderte Atmosphäre. Plötzlich war etwas vorhanden, wonach sie sich von Anfang an gesehnt hatten. Sie zogen los zum Drugstore und kehrten bald darauf mit vier Pappbechern zurück, in denen ein süßes Milchgetränk schäumte, es war wie ein Fest, eine Housewarming-Party.

Die anderen Mädchen, die bei LeClerc verkehrten, wußten von der Existenz des Heimes und wurden von der Neugierde geplagt, es kennenzulernen, getrauten sich aber nicht hinzugehen. Edith Netedu hatte als einzige den Mut dazu aufgebracht. Sie war ein häufiger Gast. Sie kam mit Dede Sandstrom, aber sie gehörte allen. Sie zogen sich ihren Mantel an und setzten sich ihren Hut auf und neckten sie wegen ihrer üppigen Hüften und zogen ihr die Stöckelschuhe von den Füßen, versteckten sie oder spielten Ball mit ihnen und stritten und balgten sich um das Vorrecht, mit ihr zu tanzen. Sie war eine ausgezeichnete Tänzerin, und die Jungen waren besonders wild darauf, Walzer mit ihr zu tanzen. Nie wurde ihr schwindlig, so ausgelassen sie sich auch mit ihr im Kreise drehten. Sie lösten einander ab, um sie zu Fall zu bringen, und wenn einer der Jungen genug hatte, trat ein anderer an seine Stelle. Wenn sie dann endlich von ihr abließen und ermattet auf dem Fußboden oder auf der Couch herumlagen, nahm Dede Sandstrom das Mädchen in die Arme und tanzte ruhig mit ihr weiter, Wange an Wange.

Wenn sie da war, war es am schönsten im Heim. Man sang und machte Kartenkunststücke. Ray Snyders Ukulele ging von Hand zu Hand. Manchmal wurde auch nur geschwatzt, über die Schule und welche Universitäten die besten seien, und wieviel Geld sie verdienen würden, wenn sie einst nach abgeschlossenem Studium im Leben ständen. Edith Netedu wollte einen Millionär heiraten und drei Kinder haben, Jungen natürlich, die Tom, Dick und Harry heißen sollten. Wenn sie und Dede Sandstrom ihre Pelzjacken anzogen, ihre Wollschals um den Hals knoteten und schließlich davongingen, blieb jedesmal eine seltsame, traurige Leere zurück.

15.

Als Spud Latham eines Tages Lymie Peters fragte, ob er nicht Lust hätte, zum Essen zu ihnen zu kommen, zögerte Lymie mit der Antwort und schüttelte dann den Kopf.

»Warum denn nicht?« fragte Spud.

»Es erscheint mir nicht ganz richtig«, sagte Lymie.

Es schneite, sie standen an der Kirchhofsmauer und warteten auf die Straßenbahn.

»Du hast also keine Lust?« fragte Spud.

»Lust hätte ich schon.«

»Na also, dann sind wir uns ja einig«, sagte Spud.

Für Lymie indes war die Angelegenheit damit noch keineswegs erledigt. Er mochte Spud leiden und wäre gern so breitschultrig, schmalhüftig und kampflustig wie er gewesen. Aber solange er zur Schule ging, hatte ihn noch niemand zu sich nach Hause eingeladen, und schon gar nicht zum Essen, und er hatte das Gefühl, daß es nicht in Ordnung war. Spuds Eltern würden wahrscheinlich nett zu ihm sein, wie man zu unerwünschten Gästen nett ist, aber hinterher, nachdem er sich verabschiedet hatte...

Eine Straßenbahn kam, die beiden Jungen stiegen ein, bezahlten ihr Fahrgeld und gingen ins Innere des Wagens. Die Bahn zockelte dahin und blieb an jeder Haltestelle stehen, und Lymie hatte genügend Zeit, seine übereilte Zusage zu bereuen. Er versuchte Spud klarzumachen, daß seine Eltern wahrscheinlich ungehalten über den unerwarteten Besuch sein würden, aber Spud hatte keine derartigen Bedenken. Er zog höflich seine Mütze vor einer Frau, die ihnen gegenübersaß und sie anstarrte, so daß Lymie plötzlich auflachen mußte und sich lange nicht beruhigen konnte. Die Frau war beleidigt.

Als die Bahn an der Foster Avenue anhielt, zerrte Spud Lymie am Arm vom Wagen herunter. An der Ecke blieben sie, wild aufeinander einredend, für eine Weile stehen, während sich der Schnee, der aus der Dunkelheit herabfiel, auf ihr Haar und die Mantelaufschläge legte.

»Ein andermal«, sagte Lymie. »Deine Mutter ist auf meinen Besuch nicht vorbereitet, und wenn ich jetzt mitkomme, wird sie...«

»Meine Mutter hat bestimmt nichts dagegen«, sagte Spud geduldig. »Warum sollte sie auch?«

»Weil es Umstände macht, siehst du das nicht ein?«

»Glaub nur nicht, daß sie mich dir zuliebe Eis holen läßt—«

»Das meine ich auch gar nicht«, sagte Lymie. »Aber sie hat vielleicht gerade heute weniger als sonst gekocht, weil sie mit einem Gast überhaupt nicht rechnet.«

»Da kennst du meine Mutter schlecht«, sagte Spud. »Im

Ernst, Lymie, sie hat es gern, wenn ich einen Freund mit nach Hause bringe. In Wisconsin war das bei uns so üblich. Peter Draper hat vielleicht häufiger an unserem Tisch gesessen als bei sich daheim. Wenn sich die Leute bei seiner Mutter erkundigten, wo Peter sein könnte, sagte sie nur: ›Ich weiß nicht, aber fragen Sie doch einmal Mrs. Latham.‹ Jack Wilson und Wally Putnam waren jede Woche mehrmals zum Ballspielen auf unserem Hof. Und Roger Mitchell auch und viele Freundinnen meiner Schwester.«

Es gelang Spud, Lymie zu überreden. Der willigte ein, bereute es aber sofort wieder. Eine Straßenecke vor Lathams Haus gingen sie die ganze Angelegenheit noch einmal durch und stampften dabei, um sich aufzuwärmen, mit den Füßen und schlugen mit den Armen um sich. Noch immer überzeugt davon, daß es verkehrt war und sich nichts Vernünftiges daraus ergeben würde, sah Lymie zu, wie Spud den Schlüssel in das Schloß der Haustüre steckte und die Tür mit dem Fuße aufstieß.

Die Lathams wohnten im zweiten Stock. Nachdem sie die Wohnung betreten hatten, warf Spud Mantel und Schal über einen im Korridor stehenden Stuhl und verschwand. Lymie hob den Mantel, der zu Boden gefallen war, auf, legte ihn auf den Stuhl und breitete seinen eigenen darüber. Als er sich umwandte und ins Wohnzimmer ging, wurde ihm plötzlich bewußt, warum er sich geweigert hatte, die Wohnung der Eltern seines Freundes zu betreten. Aus allen Ekken und Winkeln starrten ihn all die Dinge an, nach denen er sich seit fünf Jahren sehnte.

Er hatte immer geglaubt, sich an Einzelheiten aus der Vergangenheit genau erinnern zu können, doch jetzt fühlte er plötzlich, daß alles von der gleichbleibenden Häßlichkeit der billigen Hotels und möblierten Wohnungen überlagert war, in denen er mit seinem Vater seitdem gelebt hatte – Räume, die einander so ähnlich waren, daß er manchmal nachts, wenn er aufwachte, nicht wußte, ob er sich im Hotel in der Lawrence Avenue, in der Howard

Street oder im Hotel am Lakeside Place befand. Er hatte völlig vergessen, wie verschieden eigene Möbel von den Einrichtungsgegenständen möblierter Wohnungen sind, und daß die Tische und Stühle die Geschichte ihrer Besitzer erzählen konnten.

Seine Augen schweiften durch das Zimmer. Er nahm jede Einzelheit in sich auf, um sie sich (wie er hoffte) für immer einzuprägen: die Gardinen, den blauen Läufer, das Sofa, die brennenden Lampen, das Grammophon, die Stickereien, das Nähkörbchen, dessen Deckel offenstand, die Aschenbecher, die kupferne Schale, das Bündel Pfeifenreiniger, der Kamin, die Kerzenhalter aus Messing, das englische Cottage in der Dämmerung. So also lebten andere Leute, lebten Jungen seines Alters, die sich morgens ihr Frühstück nicht selbst zuzubereiten brauchten und sich nicht in einem schmutzigen Becken waschen oder sich abends in ein ungemachtes Bett legen mußten, Jungen, deren Väter nicht dauernd zuviel tranken, zu laut redeten und scharf auf Kellnerinnen waren.

Als Spud mit seiner Mutter in das Zimmer trat, drehte sich Lymie um. Er wollte irgendeine Entschuldigung stammeln und sich sofort wieder verabschieden. Doch dann sah er, daß Mrs. Latham keinen Bubikopf trug, daß sie nicht geschminkt war und daß ihr Rock über ihre Knie hinabreichte.

»Mutter, das ist Lymie Peters«, sagte Spud.

»Ich freue mich, Sie kennenzulernen, Lymie«, sagte Mrs. Latham und reichte ihm die Hand. Und ehe er ihr erklären konnte, daß er gar nicht die Absicht habe, zum Essen dazubleiben, wandte sie sich an Spud und sagte: »Zeig ihm das Badezimmer und leg ein sauberes Handtuch für ihn heraus. Wir können essen, sobald dein Vater kommt.« Mit diesen Worten entfernte sie sich.

»Na, was hab' ich gesagt?« fragte Spud, als er sich auf die Toilettenschüssel setzte, während Lymie sich die Hände wusch. »Aber du mußtest ja erst ein Theater machen.«

16

Es bedarf keiner großen Lebenserfahrung, um zu erkennen, daß die Welt ungerecht ist. Sich damit ohne Bitterkeit oder Neid abzufinden setzt eine Summe menschlicher Weisheit voraus, die der fünfzehnjährige Lymie Peters nicht haben konnte. Er konnte nicht umhin zu bemerken, daß die Waage des Glücks sich eindeutig zugunsten Spuds neigte und daß er im Nachteil war. Was aber besonders an ihm nagte, war die Tatsache, daß Spud obendrein von Natur aus ein Athlet war, eine Verkörperung jenes Traumes, dem er selbst am häufigsten nachhing.

In diesem Traum sah alles anders aus. Sein Vater mußte aus geschäftlichen Gründen den Aufenthaltsort wechseln und siedelte mit ihm in irgendeine große Stadt wie New York oder Philadelphia über, wo kein Mensch sie kannte oder etwas über ihre Vergangenheit wußte und wo sie sich in einem großen, hübschen Haus niederließen und einrichteten. Sein Vater hörte auf zu trinken und kam jeden Abend zum Essen nach Hause, und sie hatten eine Haushälterin, die für Ordnung in der Wohnung sorgte und zusah, daß seine Lieblingsspeise aus Ananas, Karamel, Apfelsinen, Maraschinokirschen und Schlagrahm mindestens einmal wöchentlich auf den Tisch kam.

Einmal, an einem Samstag morgen, ging er an einer verlassenen Baustelle vorbei, wo ein paar Jungen Baseball spielten. Er blieb stehen und sah zu. In der letzten der neun Runden verstauchte sich der Pitcher den Knöchel und mußte ausscheiden. Man fragte Lymie, ob er mitspielen wolle. Er hatte zwar keine große Lust, aber da er gerade nichts anderes vorhatte, willigte er ein, zog die Jacke aus und warf sie auf die Erde. Dann warf er seine Mütze mit einer lässigen Bewegung daneben, lockerte den Schlips und streifte sich die Hemdsärmel hoch. Man fragte ihn, ob er Pitcher sein wolle, und er sagte: »Klar.« Seine Mannschaft hatte einen geringfügigen Vorsprung. Es stand fünf zu vier, aber drei Mann waren auf den Basen festgenagelt, und niemand war »out«. Lymie (der noch nie Pitcher gespielt hatte) trat in das zertrampelte Rechteck, wo der frühere Pitcher gestanden hatte, setzte drei Mann hintereinander aus dem Spiel und sicherte seiner Mannschaft dadurch den Sieg.

So war es mit allem, was er in dieser Stadt tat, in die er ziehen würde. Es war ihm gleichgültig, ob man ihn leiden mochte oder nicht, und so nahm er auch auf niemanden Rücksicht und geriet zuweilen in eine Schlägerei, weil dem einen oder dem anderen sein Gesicht nicht gefiel, aber stets ging er als der Überlegene daraus hervor, und meistens entschuldigte sich der andere hinterher, und sie wurden die besten Freunde.

Nachdem es sich herumgesprochen hatte, daß er ein guter Sportsmann war, riß man sich bei der Zusammenstellung der Mannschaften um ihn, und die Mannschaft, der er angehörte, gewann immer. Jetzt brauchte er nicht mehr allein umherzuirren, weil nach der Schule stets irgend jemand an seinem Spind auf ihn wartete, und wenn abends das Telefon klingelte, war es unweigerlich für ihn. Die Jungen baten ihn, mit ihnen ins Kino oder sonst irgendwohin zu gehen, aber er blieb Abend für Abend zu Hause und saß neben seinem Vater und las oder hörte Radio und ging früh zu Bett, so daß er immer ausgeschlafen war. Seine Arm- und Beinmuskeln entwickelten sich, da er viel Sport trieb, und wenn er Knickerbocker trug, sah er genauso aus wie die übrigen, nur besser. Die Mädchen lächelten ihm zu, wenn er mit erhobenem Kinn an ihnen vorbeiging, aber er erwiderte ihr Lächeln nicht, sondern nickte nur kurz. Er hatte keine Zeit für Mädchen. Er hatte kaum Zeit genug, seine Hausaufgaben zu erledigen, doch irgendwie gelang es ihm immer, die besten Zensuren zu bekommen. Er wurde zum Präsidenten der Seniorenklasse und zum Spielleiter der Footballmannschaft und anderer Mannschaften und der Fechtriege gewählt, und als er all das erreicht hatte, kehrte er aus seinen Wunschträumen in die Wirklichkeit zurück.

Unter allerlei Geschwätz wurde Lymie von Spud durch das Speisezimmer in die Küche geführt, wo ihm eine solche Menge langvergessener Gerüche entgegenschlug, daß ihm ganz schwindlig wurde. Vorherrschend war der Geruch eines Schweinebratens, der im Ofen schmorte. Ein Mädchen, das genauso blond war wie Spud, stand auf einem Schemel. Sie hielt eine große blaue Platte in der Hand, die sie gerade aus dem obersten Fach des Geschirrschrankes genommen hatte.

»Hallo, Lymie«, sagte sie, nachdem Spud ihn vorgestellt hatte. »Ich hoffe, Sie sind sich klar darüber, daß Sie ungelegen kommen.« Der fröhliche Klang ihrer Stimme stand jedoch im Widerspruch zu ihrer Behauptung. Lymie fühlte, daß sie seine Gegenwart als etwas Selbstverständliches hinnahm. Bis auf die gleiche Hautfarbe hatten die beiden Geschwister keinerlei Ähnlichkeit miteinander und schienen völlig verschieden geartet zu sein.

»Hör bloß nicht auf meine Schwester!« sagte Spud. »Ich höre auch nie zu, wenn sie was sagt. Wenn sie dir auf die Nerven geht, sag ihr, daß sie sich zum Kuckuck scheren soll.«

»Ich bin überzeugt, daß Lymie nicht in diesem Ton mit seiner Schwester redet«, sagte Mrs. Latham. Sie hatte sich die Küchenschürze umgebunden und hielt eine große Schöpfkelle aus Aluminium unter den Warmwasserhahn.

»Lymie hat gar keine Schwester, oder doch?« fragte Spud.

Lymie schüttelte den Kopf.

»Du weißt gar nicht, wie dankbar du dafür sein solltest«, sagte Spud. »Wann essen wir?«

»Sobald dein Vater kommt«, sagte Mrs. Latham. »Es kann heute etwas später werden.«

»*O Nacht, so schwarz von Farb'*«, deklamierte Spud. »*O grimmerfüllte Nacht! O Nacht, die immer ist, sobald der Tag vorbei. O Nacht! O Nacht! O Nacht! ach! ach! ach! Himmel! ach! Ich fürcht', daß Thisbes Wort vergessen worden sei.«*

Helen stieg vorsichtig von dem Schemel herunter und schob ihn unter den Küchentisch. »Es ist schon schlimm genug, dich um sich zu haben«, sagte sie, »auch ohne deine Angeberei.«

»Angeberei?« sagte Spud. »Das ist Dichtung. Shakespeare.«

»Mehr wirst du auch nie von Shakespeare wissen«, sagte sie. Zu Lymie gewandt, fuhr sie fort: »Als er in der siebten Klasse war, haben sie einmal eine Szene aus dem *Sommernachtstraum* aufgeführt. Das hätten Sie sehen müssen. Spud spielte den Pyramus und hatte mit einem sommersprossigen Bengel namens Bill McCann verliebt zu tun. Sie waren beide in weiße Laken gewickelt, in meinem ganzen Leben hab' ich nie wieder so was Komisches gesehen.«

Lymie hatte das Gefühl, daß sie ihn gegen Spud auszuspielen versuchte. Er lehnte sich gegen den Geschirrschrank, um seine Rolle als unbeteiligter Zuschauer zu dokumentieren.

»Dauernd gerieten sie aus dem Konzept«, fuhr sie fort, »und der Lehrer mußte ihnen den Text zuflüstern.«

»Was du nicht sagst!« erhitzte sich Spud. »Und wie war denn das mit dir, als du in der Aula den Vortrag halten solltest? Bist du nicht dagestanden und hast so dumm geschluckt, daß man es noch in der hintersten Reihe hören konnte?«

»Geht ins Speisezimmer, alle miteinander!« sagte Mrs. Latham. »Und hört auf zu streiten!«

Lymie machte einen Schritt, um sich den Geschwistern anzuschließen und mit ihnen die Küche zu verlassen. Zu seiner Überraschung trafen beide keine Anstalten dazu. Mrs. Latham hatte einen Zug um die Mundwinkel, der darauf hindeutete, daß sie in gewissen Augenblicken recht energisch sein konnte. Aber anscheinend war dies kein solcher Augenblick.

Spud zog den Schemel hervor und begann, darauf zu balancieren. »Wenn wir nicht über Shakespeare reden sollen«, sagte er, »worüber sollen wir uns denn dann unterhalten?«

»Du könntest für einen Augenblick den Mund halten und dafür sorgen, daß Brot geschnitten wird und auf den Tisch kommt«, sagte Mrs. Latham streng.

Diesmal gehorchte Spud.

Lymie hätte gern bei dem allgemeinen Geplänkel mitgetan, wußte jedoch nicht, wie er es anstellen sollte. Er blieb am Geschirrschrank stehen, bis Helen herüberkam und sagte: »Augenblick, ich muß da rein.« Er trat schüchtern zur Seite und stützte sich mit den Ellenbogen auf das Fensterbrett.

Nach einer Weile hörte man, wie eine Tür im Korridor aufgeschlossen und wieder zugemacht wurde.

»War das dein Vater?« fragte Mrs. Latham, als Spud aus dem Speisezimmer zurückkam.

»Ja«, erwiderte Spud.

»Der Papa kommt«, sagte Helen auf deutsch.

»Deutsch«, rief Spud ihr mit einem Ausdruck von Verachtung in der Stimme zu, »wie kann man deutsch sprechen? Wenn ich ein Franzose wäre und in einem Bombentrichter säße und du wärst ein klobiger, fetter Dutchman und kämst auf Händen und Füßen auf mich zugekrochen –«

»Du vergißt, daß zwischen Deutschen und Dutchmen ein Unterschied in der Nationalität besteht«, unterbrach Helen ihn. »Dutchmen sind Holländer. Sie haben nicht am Krieg teilgenommen, sie waren neutral.«

»Elende Feiglinge waren sie«, rief Spud.

Mrs. Latham öffnete die Ofentür und nahm den Braten heraus. Es war ein großes Stück Fleisch, braun und knusprig. Sie hatte nichts dagegen, daß Spud die Hand ausstreckte und sich ein an der Seite herabhängendes Stück Fett stibitzte.

»Damit hast du deinen Teil weg. Untersteh dich ja nicht, bei Tisch zweimal zuzugreifen«, rief Helen.

»Mir tut der arme Kerl jetzt schon leid, der dich einmal zur Frau bekommt«, sagte Spud.

Plötzlich vernahm man eine tiefe männliche Stimme: »Jemand zu Hause?«

»Ja, wir sind alle da«, erwiderte Mrs. Latham.

Alle waren mit einemmal beschäftigt, nur Lymie nicht. Helen begann, die Kartoffeln wie wild zu quetschen, Spud drehte den Wasserhahn auf, ließ das Wasser eine Weile laufen und füllte den geschliffenen Glaskrug. Mrs. Latham hob den Braten aus der Pfanne und rührte die Soße auf dem Herd an. Lymie, der sich überflüssig vorkam, nahm die Soßenschüssel und hielt sie Mrs. Latham hin, so daß sie nur einzugießen brauchte. Sie bedankte sich. Und als wisse sie, was in ihm vorging, sagte sie: »Jetzt gehörst du zur Familie, Lymie. Du hast den Durchbruch geschafft.«

Sie lächelte nicht, und Lymie wußte, daß ihre Worte ernst gemeint waren. Von einem plötzlichen und großen Glücksgefühl erfüllt, trug er die Soßenschüssel in das Speisezimmer und setzte sie mitten auf den Tisch.

17.

Während des Essens redete Spud seine Mutter sehr förmlich an. »Mrs. Latham«, sagte er, indem er auf die Platte mit dem Fleisch zeigte, »würden Sie die Güte haben und mir ein Stück mit Kruste reichen?« »Mrs. Latham, mir scheint, Sie verlieren eine Ihrer wertvollen Haarnadeln.« »Geben Sie acht, Mrs. Latham, sonst tunken Sie Ihren Ellenbogen in die Soße!«

Er behauptete so lange, daß jemand unter dem Tisch gegen seine Beine trete, bis sie sich alle zurücklehnten, das Tischtuch lüfteten, unter den Tisch schauten und schlüssig bewiesen, daß kein anderer Fuß in seiner Nähe war.

Lymie hatte so viel Spaß daran, daß ihm die Tränen in die Augen traten. So etwas kam in Alcazar nie vor.

Helen und ihre Mutter räumten den Tisch ab, und jetzt war Mr. Latham an der Reihe. Er stand auf, steckte die Klinge seines Messers zwischen die Zinken der Gabel und übertrug den Klang, der entstand, als er es wieder herauszog, auf Lymies Glas, dann auf Spuds Glas und danach auf alle übrigen Gläser. Er war sogar imstande (ein wirklich erstaunliches Kunststück), den Klang nach Belieben zu dämpfen. Das, erklärte er feierlich, habe er in der Freimaurerloge gelernt. Mrs. Latham brach bei diesen Worten zum erstenmal in ein lautes Gelächter aus. Ihr Gesicht nahm Farbe an, und sie sah fast so jung aus wie ihre Tochter.

Hätte man Lymie gesagt, daß nicht alle Mahlzeiten bei den Lathams so verliefen, hätte er sich geweigert, das zu glauben. Die anderen wußten es zwar besser, aber Mrs. Latham nahm an, daß der ausgezeichnet geratene zarte Braten die fröhliche Stimmung verursacht habe. Mr. Latham hatte das Empfinden, als ob die Wohnung, die ihm stets besonders dunkel und unwohnlich vorgekommen war, endlich etwas Anheimelndes bekäme. Spud stellte keine Untersuchungen an. Helen allein wußte den wahren Grund – sie spürte, daß Lymies ganze Art, seine Freude darüber, in ihrer Mitte zu weilen, sie angesteckt und in ihnen ein Gefühl der Zusammengehörigkeit hervorgerufen hatte, das er stillschweigend voraussetzte und das an anderen Tagen nicht vorhanden war. Er tat ihr leid, gleichzeitig war er ihr aber verdächtig. Aus Wisconsin trafen keine Briefe mehr ein. Der letzte war im Dezember angekommen, zwei Tage nach Weihnachten. Für Helen gab es weder Güte noch Freundlichkeit, für sie schwand die Jugend einfach dahin, die Menschen wurden alt, ohne Liebe zu finden, und Glück war nur eine Täuschung.

Die Jungen nahmen sich zweimal von dem Pfirsichkompott, schoben ihre Stühle zurück und begaben sich in Spuds Zimmer. Mr. Latham zog sich mit seiner Zigarre ins

Wohnzimmer zurück. Mrs. Latham und Helen räumten den Tisch ab und trafen Vorbereitungen zum Abwaschen.

Als Mrs. Latham am Waschbecken stand und das Wasser schaumig rührte, drehte sie sich plötzlich um und sagte: »Wo mag Spud nur diesen Jungen aufgelesen haben, was meinst du? Er ist ja noch ein halbes Kind.«

»Wo er alle seine Bekannschaften aufliest«, sagte Helen. »Auf der Straße oder wo er sich sonst herumtreibt.«

Mrs. Latham schüttelte den Kopf. »Manchmal bringt er schon eine merkwürdige Gesellschaft mit nach Hause –«

»Merkwürdig!« warf Helen dazwischen.

»– nur um jemanden zu haben, mit dem er Football spielen kann. Ich nehme an, daß er das auch mit diesem Jungen vorhat.«

»In dieser Jahreszeit?« fragte Helen. »Kein Mensch spielt Football, wenn Schnee liegt. Hast du dir übrigens seine Hände angesehen?«

»Nein«, sagte Mrs. Latham. »Was ist mit ihnen?«

»Nichts, aber mit solchen Händen hat man, glaube ich, nicht viel für Football übrig.«

»Hm«, machte Mrs. Latham und legte die Gläser nacheinander in das kochend heiße Wasser. »Er sieht so heruntergekommen und abgemagert aus, daß ich ihn am liebsten für einen Monat oder sechs Wochen hierbehalten würde.«

»Und wo willst du ihn unterbringen?« fragte Helen, indem sie ihre Hand nach dem Geschirrtuch ausstreckte.

»Ach, wir würden schon Platz für ihn finden.«

»Ich wüßte nicht, wo. Er ist zu lang für die Couch im Wohnzimmer, und bei mir kann er nicht schlafen.«

»Sei nicht so ordinär!«

»Ich bin nicht ordinär!« rief Helen, »nur praktisch. Mag er doch bleiben, wo er hingehört!«

»Es wird ihm wohl nichts anderes übrigbleiben«, sagte Mrs. Latham. »Aber er bekommt bestimmt nicht das richtige Essen. Vielleicht wächst er auch zu schnell und hat nicht den rechten Appetit.«

»Soviel ich gesehen habe, hat er ganz kräftig zugelangt und durchaus nicht hinter Spud zurückgestanden«, sagte Helen.

Beide schwiegen eine Weile. Helen trocknete die Gläser ab und stellte sie mit der Öffnung nach unten auf ein Aluminiumtablett auf dem Küchentisch. Mrs. Latham packte das Drahtgestell mit Geschirr voll. Während sie heißes Wasser aus dem Teekessel darübergoß, bemerkte sie einen Schatten in der Tür und schaute auf. Der Schatten war Spud. Er hatte Lymie die Krawatten gezeigt, die er besonders gern trug, ebenso die Golfstrümpfe mit den Troddeln, die er stets anzog, wenn er rauflustig war. Lymie hatte den indianischen Läufer auf dem Fußboden und das Bild mit dem Viermastschoner bewundert, der sich seinen Weg durch indigoblaue Wellen bahnte. Jetzt saß er auf dem Bettrand und schaute sich die Bilder im *Mr. Midshipman Easy* an, und Spud nahm die Gelegenheit wahr, in die Küche zurückzugehen. Er kniete sich vor den Schrank und begann im untersten Fach zu wühlen. Sechs Riegel Kernseife fielen polternd auf den Küchenboden. Es folgten der Handfeger, einige Drahtbürsten, eine Schachtel mit Nägeln, ein Hammer, ein Spachtel, eine Büchse mit Silberpolitur und ein Knäuel Bindfaden.

»Weißt du eigentlich, was du suchst?« fragte Helen.

»Das Stiefelfett«, erklärte Spud.

»Brauchst du es denn gerade jetzt?« fragte Mrs. Latham. »Hat das nicht bis später Zeit?«

Spud schüttelte den Kopf. »Was habt ihr denn damit gemacht?« fragte er. »Es hat doch immer hier irgendwo gestanden.«

Mrs. Latham öffnete beide Flügel der Schranktür und nahm eine mit breitem Gummiband verschlossene Zigarrenkiste heraus. »Hast du hier drin schon nachgeschaut?«

Das Fett war in der Zigarrenkiste.

»Möchtest du nicht den Schrank wieder aufräumen«, sagte Helen, als Spud schon halb zur Tür hinaus war. Er

warf einen Blick auf das Durcheinander, das er angerichtet
hatte.

»Keine Zeit jetzt«, sagte er. »Wir wollen meine Reitstiefel
einfetten – später.«

»Der Junge, den du mitgebracht hast, gefällt mir«, sagte
Mrs. Latham. »Wo wohnt er denn?«

»Irgendwo am See«, erwiderte Spud.

»Er weiß, was sich gehört. Man merkt, daß seine Mutter
ihn ordentlich erzogen hat«, sagte Mrs. Latham.

»Er hat keine Mutter mehr«, sagte Spud. »Seine Mutter
ist tot.«

»Ach, wie traurig!« rief Mrs. Latham aus.

»Vielleicht ist es ein Segen«, sagte Helen. Mrs. Latham
fand die Bemerkung unpassend.

»Wer kümmert sich denn um ihn?« fragte sie.

»Weiß ich nicht«, sagte Spud. »Wahrscheinlich niemand.
Sein Vater und er essen im Restaurant.«

»Kein Wunder, daß er so mager ist. Nichts als Restaurant-
essen«, sagte Mrs. Latham.

»Ich habe einmal im Palmer House gegessen und muß
sagen, daß das Essen dort vorzüglich war«, bemerkte Hellen, indem sie den letzten Teller abtrocknete.

»Wenn du täglich dort essen müßtest, wärst du bald anderer Meinung«, sagte Mrs. Latham. Und dann zu Spud:
»Du mußt ihn wieder einmal herbringen, hörst du?«

Spud blieb auf der Schwelle zum Eßzimmer stehen.

»Wen?« rief er zurück.

»Diesen Jungen, wen denn sonst«, sagte Mrs. Latham.
»Er kann so oft kommen, wie er mag.«

Aber Spud war schon zur Küche hinaus. Mrs. Latham
goß das Abwaschwasser aus, es gurgelte in der Leitung und
machte für einen Augenblick jede Unterhaltung unmöglich. Dann sagte sie nachdenklich: »Ich bin recht froh,
Spud braucht jemanden. Er langweilt sich allein und weiß
nichts mit sich anzufangen. Es wundert mich zwar, daß er
sich mit einem Jungen wie Lymie angefreundet hat, aber er

ist ein netter, wohlerzogener Kerl und hat vielleicht guten Einfluß auf Spud.« Es entstand eine Pause im Gespräch. Helen hängte das Geschirrtuch zum Trocknen auf. Dann sagte Mrs. Latham: »Das erklärt alles, nicht wahr?«

»Was erklärt alles?« fragte Helen. Sie hatte begonnen, den Schrank einzuräumen.

»Ich meine die Tatsache, daß seine Mutter tot ist. Vom ersten Augenblick an wußte ich, daß etwas bei ihm nicht stimmt«, sagte Mrs. Latham. Sie spülte die Abwaschschüssel aus und hängte sie an einen Nagel unter dem Ausguß. Dann blieb sie plötzlich mitten in der Küche stehen und lauschte. Die einzigen Geräusche, die zu vernehmen waren, kamen aus Spuds Zimmer. Die beiden Jungen fetteten die Stiefel ein. Ihre Stimmen klangen erregt und vergnügt.

18.

Am zehnten März, dem Todestag von Mrs. Peters, standen Lymie und sein Vater zeitig auf und gingen zum Bahnhof. Von Chicago nach der kleinen Stadt, wo sie früher gewohnt hatten, fuhr man knapp zwei Stunden mit der Chicago-Burlington-und-Quincy-Bahn. Sie machten diese Reise jedes Jahr. Die Landschaft war ziemlich uninteressant – im März bieten die Felder von Illinois einen monotonen und wenig erfreulichen Anblick –, und sie verbanden keinerlei freundliche Erinnerungen mit dieser Fahrt. Aber schon die Tatsache, auf der Welt zu sein, bedeutet ja, zu einer Art Reise verdammt sein.

Wenn man irgendwohin aufbrechen möchte und nicht kann, weil man gebunden ist oder keinen Reisegefährten hat oder sich einen Termin gesetzt hat, vor dem man nicht abreisen will, so ist das noch kein Grund zur Beunruhigung. Ohne sich dessen bewußt zu sein, ist man schon unterwegs. Auf einer Erde, die sich dreht, in einem Weltall, wo alles kreist, gibt es keinen ruhigen Punkt.

Weder das Ziel noch der Ausgangspunkt sind von Bedeutung. Es gibt Reisen, die man völlig unbeabsichtigt antritt und von denen man nicht weiß, wo sie anfingen. Worauf es ankommt, sind die Mitreisenden, der Mensch, der sich im Zug von Asheville in North Carolina nach Knoxville in Tennessee gerade den leeren Platz neben dir aussucht.

Oder von Knoxville nach Memphis.

Oder von Memphis nach Denver in Colorado.

Zum Beispiel eine Frau mit einem marineblauen Turban auf dem Kopf und Perlenohrringen, mit einer Handtasche voll Photos, die man alle anschauen muß, und mit großer Erfahrung auf dem Gebiete ansteckender Kinderkrankheiten.

Oder es ist ein Mann, der sagt: *Ist dieser Platz noch frei?* oder er sagt gar nichts und verstaut seinen Koffer, seinen zerdrückten grauen Filzhut, seinen Schal und seinen Mantel sowie das in blaues Papier eingeschlagene, mit rotem Bindfaden umwickelte Päckchen im Gepäcknetz. Ehe er aussteigt (in Detroit vielleicht oder in Kansas City), weiß man, was das Päckchen enthält. Ob man will oder nicht, breitet er seine ganze Lebensgeschichte vor einem aus. Und wenn er damit fertig ist – einen so sonderbaren Geisteszustand erzeugt das Reisen –, will er Einzelheiten aus deinem Leben wissen, und du wirst sie ihm beichten. Gelegentlich, aber nicht oft, sitzt neben dir ein Mädchen oder ein junger Mann, dessen Kleidung, Gelenke, Hände, graublaue Augen so viel Charme und Charakter haben, daß, selbst wenn sie nur kurz anwesend sind und sich beim Hinausgehen nicht nach dir umdrehen und keinerlei Bemerkung fallen lassen, du trotzdem keine Wahl hast, als dich hoffnungslos zu verlieben, selbst noch in das Gepäck. Und wenn du wieder allein bist, hast du das Gefühl, dir fehlt ein Arm oder ein Bein.

Auf einer Reise muß man auf Unfälle, Fehlleistungen, Aufregungen, auf Hitze, Menschenmengen und entsetzliche Verspätungen gefaßt sein, wie man darauf gefaßt ist, nachts zu träumen. Ob man Freude hat oder nicht, hängt nur von der inneren Einstellung ab. Wer alles mit sich schleppt, was er besitzt, Bücher, Sommer- und Winterkleider, Schuhspanner, einen Abendanzug, Medikamente, Ferngläser, Zeitschriften und Telefonnummern – der Reisende wider Willen –, macht natürlich eine ganz andere Reise als jemand, der leichten Herzens jeden Ort verläßt, ohne das Bedürfnis zu haben, je wiederzukehren – selbst wenn beide die gleiche Fahrkarte haben. Dasselbe trifft auf die Frau zu, die einmal schön war und jetzt unter fortwährendem Ein- und Auspacken umherreist, um der Wirklichkeit auszuweichen, die ihr noch aus dem kleinsten Spiegel entgegenschaut. Es gilt auch für den ehrgeizigen jungen Mann, der durch einen dauernden Wechsel der Aufenthaltsorte alles verloren hat, sogar seinen heimatlichen Dialekt und die Fähigkeit, sich mit einem bestimmten Himmel oder Geräusch, beispielsweise knarrenden Windmühlen, zu identifizieren, so daß er in Neumexiko von den Bermudas spricht und sich in den Bermudas immer wieder an Barbados erinnert fühlt, doch nie an Iowa oder Wisconsin oder Indiana, nie an zu Hause.

Üblicherweise machen sich die Leute große Probleme mit Fahrscheinen und komplizierten Reiserouten. In Wirklichkeit braucht man sich überhaupt nicht um Fahrscheine zu kümmern. Man kann auf Züge verzichten, wenn man ohne diese Schwierigkeiten reisen will. An Tankstellen und Straßenkreuzungen halten dauernd Kraftfahrzeuge aller Art an. Man braucht nur mit dem Daumen zu winken, und fast immer wird sich einer finden, der einen bis in das nächste Städtchen mitnimmt, wo man unter den zweitausend oder mehr Einwohnern irgendeine Möglichkeit findet, etwas zu essen und einen Schlafplatz zu ergattern, und sei es im Bezirksgefängnis.

Man wird vielleicht vergessen müssen, daß man an einem bestimmten Tag zur Mittagsstunde auf der Treppe zum Gerichtsgebäude von Amarillo in Texas mit jemandem verabredet ist. Besonders dann, wenn man zu lange hat hungern müssen oder nur von gestohlenen reifen Tomaten gelebt hat, so daß man plötzlich nicht mehr weiß, was man redet. Oder wenn man vor Hitze umfällt und in einem Krankenzimmer wieder zu sich kommt. Aber wenn es einem dann wieder bessergeht, wenn die Tage kommen, an denen man für eine Weile aufstehen darf, wird man anfangen, neue Reisepläne zu machen. Und wenn man will, kann man sich neu verabreden.

Das Hauptproblem liegt darin, wie man es schafft, immer auf Reisen zu sein und doch nur das zu sehen, was man sehen würde, wenn es einem gelänge, zu Hause zu bleiben: eine schwarze Katze im Garten, die durch die Schwertlilienstauden hinter dem Fliederbusch schleicht. Das große Problem liegt darin, über so viel Abstand und innere Ruhe zu verfügen, daß man die Bewegungen der Katze, wenn sie auf den Zaun hinauf- und wieder herunterspringt und verschwindet, auch wirklich sieht und sie sich einprägt und nicht gerade in diesem Augenblick daran denkt, daß man trockene Hände hat.

Man sollte meinen, daß es nichts ausmacht, ob man gerade diese eine Katze über einen der vielen Gartenzäune springen sieht oder nicht, aber offenbar tut es das. Es macht etwas aus, denn auf die Katze, auf das deutliche Sehen kommt es an, darauf, daß man Gerüche unterscheiden, sich an Geräusche erinnern und durch die bloße Berührung einen Gegenstand, einen Körper vom anderen unterscheiden kann. Die bloße Wahrnehmung von Fischern, die ihre weiten, kreisförmigen Netze einholen, tropischen Dörfern, umgeben von Palmenhainen, oder dem doppelten Regenbogen über Fort-de-France genügt nicht. Man muß tiefer eindringen und versuchen, wenn auch nur für eine Woche oder eine Nacht, mit den Leuten in ihren Häusern zu leben, so daß man wenigstens die elementarsten Dinge lernt – welche Türen bei einem plötzlich aufkommenden Wind zuschlagen, wo das Telefonbuch liegt und wie ihnen zumute ist, wenn sie des Nachts aufwachen und in der Dunkelheit nach der zweiten Decke am Fußende des Bettes tasten.

Man sollte all ihre Besitztümer durchgehen, ihre Gardinen anfassen, nach dem Firmenzeichen auf der Unterseite ihres Festtagsgeschirrs schauen und vor ihren Bildern stehenbleiben (besonders vor denen, die sie selbst malen mußten und die einem zuerst schlecht erscheinen, die man erst verstehen und würdigen lernt, wenn man sich so lange in der Gegend, der sie entstammen, aufhält, bis man sie bei verschiedener Beleuchtung kennengelernt hat), die Deckel ihrer Zigarettendosen aufklappen, an ihrem Pfeifentabak riechen und ihre Schranktüren eine nach der anderen öffnen. Man sollte ihr Radio einschalten, ihren Likörschrank mit den Fingernägeln zu öffnen versuchen und Schärfe und Form ihrer Scheren ausprobieren. Auch Briefe, die sie unvorsichtigerweise liegengelassen haben, sollte man lesen. All diese Dinge, Boden und Keller und Werkzeugschuppen muß man durchforschen, bis man die Menschen findet, die an dem Ort, wo man sich gerade aufhält, wohnen oder gelebt haben und die jetzt in London, in Acapulco oder in Galesburg in Illinois weilen. Oder die bereits tot sind.

19.

»Wenn du älter wirst«, sagte Mr. Peters, »wird niemand mehr da sein, der dir die Probleme aus dem Weg räumt.«

Lymie, der seine Rückfahrkarte verloren hatte und dem diese Ermahnung galt, lief seinem Vater ein Stück voraus, den weißbestreuten Weg auf dem Friedhof entlang. In der Rechten hatte er einen länglichen, schmalen, in grünes Papier eingeschlagenen Pappkarton. In der anderen Hand trug er eine mit Wasser gefüllte Vase, die bisweilen überschwappte. Seine Schuhe, die er sich auf dem Bahnhof gleichzeitig mit seinem Vater hatte putzen lassen, waren bereits wieder schmutzig. Er hatte keinen Hut auf. Die Sonne schien, es war windig, aber nicht kalt.

»Die Zeit wird kommen, wo du ein nettes Heim dein eigen nennen und all die Bequemlichkeit genießen möchtest, an die du gewöhnt bist«, sagte Mr. Peters. »Du wirst heiraten und eine Familie gründen wollen, aber dazu wirst du nie imstande sein, wenn du so weitermachst wie bisher und den ganzen Tag Bücher liest und in Museen läufst.«

Mr. Peters war überzeugt, daß zwischen Lymies Vergeßlichkeit und seiner Vorliebe für künstlerische und unpraktische Dinge ein direkter Zusammenhang bestand. Er wäre gern stolz auf seinen Sohn gewesen, und es erfüllte ihn mit Genugtuung, daß Lymie ein aufgeweckter Bursche war, aber schließlich war er kein Millionär (sein genaues Einkommen ging niemanden etwas an), und deshalb hatte er Lymie klarzumachen versucht, daß man erst den Wert des Geldes schätzenlernen müsse, ehe man das Recht habe, sich irgendwelchen unpraktischen Dingen zu widmen. Wenn man all seine Zeit dazu verwenden und all seine Kraft dazu aufbieten müsse, um seinen Lebensunterhalt zu verdienen, so habe man sich eben damit abzufinden. Es habe keinen Zweck, sich etwas vorzumachen und sich einzubilden, das Leben sei ein sonntäglicher Schulausflug. Nur durch schwere Arbeit könne man etwas erreichen. Doch wer ehrgeizig sei und wirklich den Willen habe, etwas aus sich zu machen, wer trotz aller Rückschläge den Kopf oben behalte, nie klage und nie Entschuldigungen und Ausflüchte vorbringe, wer sich nach Erreichung des gesteckten Zieles nicht auf seinen Lorbeeren ausruhe (und imstande sei, stets sein inneres Gleichgewicht zu wahren und mit den Füßen auf der Erde zu bleiben), der werde Erfolg haben und könne der Zukunft getrost entgegensehen.

Diese Philosophie war zu materialistisch, als daß Lymie sich mit ihr hätte befreunden können, und in Wirklichkeit glaubte Mr. Peters selbst nicht recht daran. Diese Philosophie war nicht das Ergebnis seiner Erfahrungen (seine eigenen Geschäftsmethoden waren ganz anderer Art), er hatte sie vielmehr aus dem Gerede von Geschäftsleuten aufgeschnappt, die er beneidete und bewunderte. Niemand konnte sagen, wo diese Leute das herhatten.

Als Geschäftsmann war Mr. Peters nie sehr erfolgreich, aber auch nie völlig ohne Erfolg gewesen. Mehr durch Zufall als aus Neigung war er Vertreter geworden. Seine erste Stellung hatte er bei einer Firma für Anschlagsäulen und Reklametafeln gehabt, und sie hatte ihm Freikarten zu Zirkusveranstaltungen, Volksfesten und Kinovorstellungen eingetragen. Er dachte gern an diese Zeit zurück. Danach hatte er in der Immobilienbranche und in der Lebensversicherung gearbeitet, die beide ihre Schattenseiten hatten. Als seine Frau starb, hatte er sich entschlossen, den Ort zu wechseln und irgendwohin zu ziehen, wo ihn nichts an sie erinnerte, und eine Stellung in einer Großhandelsfirma für Briefpapier angenommen, die das ganze Gebiet um Chicago belieferte. In den letzten fünf Jahren war er in dieser Branche geblieben, wenn er auch die Firmen häufig gewechselt hatte. Jede dieser Firmen war für eine Weile die beste gewesen, von Männern geleitet, für die zu arbeiten eine Ehre war. Diese Meinung wurde jedoch nach einer gewissen Zeit immer wieder und unabänderlich revidiert, bis ein Punkt erreicht war, wo es sich mit den Grundsätzen von Mr. Peters nicht mehr vereinen ließ, noch länger für solche Strolche zu arbeiten. In der Regel kündigte er, bevor er entlassen wurde.

Als Mr. Peters auf dem Weg zwischen den Gräbern stehenblieb, um sich eine Zigarette anzustecken, blieb Lymie ebenfalls stehen und ließ seine Blicke über die Grabhügel, die verblichenen amerikanischen Fahnen in ihren sternförmigen Haltern und die Grabsteine schweifen, die in endlosen Reihen alle dasselbe sagten: *Henry Burdine, gestorben… Mary, seine Frau, gestorben… Samuel Potter, gestorben… Jesse Davies, gestorben… Temperance, seine Frau, gestorben…*

»Man kriegt aus dem Leben nur soviel heraus, wie man hineinsteckt«, sagte Mr. Peters, indem sie weitergingen.

Das Grab von Mrs. Peters lag am hinteren Ende des Friedhofs inmitten einer rechtwinkligen Einfriedung. Im Hintergrund erhob sich ein einfacher, etwa sechs Fuß hoher Grabstein aus Granit. Auf dem Stein stand weiter nichts als der Name *Harris*. Zwei kleinere Grabsteine kennzeichneten die letzte Ruhestätte von Lymies Großeltern mütterlicherseits. In einiger Entfernung davon befanden sich zwei weitere Gräber, eines von normaler Größe und ein kleineres, das wie ein Kindergrab aussah. Die Inschrift auf dem Stein des größeren Grabes lautete: *Alma Harris Peters, 1881–1919*.

Lymie setzte die Vase ab und riß Schnur und Papier von dem Karton, der ein Dutzend kurzstielige rote Rosen enthielt. Er gab sich Mühe, in der Vase einen hübschen Strauß zu arrangieren, aber der Wind blies so stark, daß sie sich alle nach einer Seite neigten und die Vase beinahe umgekippt wäre, wenn er sie nicht im letzten Augenblick noch ergriffen hätte. Er lehnte sie gegen den Grabstein und höhlte das Erdreich etwas aus, so daß sie Halt bekam, aber mit den Rosen selbst war nichts zu machen.

»Schade«, sagte Mr. Peters. »Dabei sind sie so hübsch.«

Er stand mit dem Hut in der Hand da und schaute mit bekümmerter Miene auf das Grab.

Lymie war peinlich berührt, weil er nichts Besonderes empfand und glaubte, er sei verpflichtet, etwas zu empfinden. Er blickte auf den niedrigen Hügel mit dem verwelkten Gras und versuchte, sich seine darunter ausgestreckt liegende Mutter vorzustellen, versuchte die Zuneigung, die er einst für sie verspürt hatte, auf das Grab zu übertragen. Er wartete darauf, daß sein Vater die Frage an ihn richten würde, die er stets stellte, wenn sie hier waren.

Obwohl sich Lymie an die Stimme seiner Mutter, ihre Frisur, das Zusammensein mit ihr im selben Zimmer deutlich erinnern konnte, vermochte er nicht, sich ihr Gesicht vorzustellen. Viele Male schon hatte er es versucht, aber es blieb verschwunden. Es würde nie mehr zurückkommen.

Auf der anderen Seite der Einfriedung ging es jäh in die Tiefe. Der Friedhof verlief am Rande eines Steilhanges, und man konnte über die Wipfel der Bäume hinweg die Felder und flachen Wiesen des Hinterlandes sehen. Die Rosen waren das einzige Farbige in dieser winterlichen Landschaft.

»Deine Mutter ist nun fünf Jahre tot«, sagte Mr. Peters. »Und noch immer kann ich es nicht glauben. Es ist, als wäre es nicht möglich.«

Lymie erinnerte sich, daß seine Mutter seinen Vater *Lymon* genannt hatte, *mein Lymon*, stolz und immer zärtlich.

Er entsann sich der Erregung, die ihn befallen hatte, wenn er seiner Mutter unerwartet auf der Treppe begegnet war. Des Klanges ihrer Stimme, ihres weichen Nackens und des Males, das auf seiner Stirn zurückblieb, wenn sie ihn geküßt hatte. Wie sie ihn manchmal auf den Schoß genommen, wenn er geweint hatte, und daß sie ihm erlaubt hatte, ihre schönen, langen weißen Ziegenlederhandschuhe zu betrachten.

Er erinnerte sich, nachts manchmal aufgewacht zu sein und sofort gewußt zu haben, daß sie, ohne daß er etwas davon gemerkt hatte, in seinem Zimmer gewesen war – in jenem Zimmer, das er so deutlich vor Augen hatte und das seinem Herzen und seinem Gemüt wie ein Handschuh paßte. Er dachte an das Bett, in dem er aufgewacht war, an die Kommode, die alle seine Sachen enthielt, an die blauweiße Tapete, an das Licht und den Lichtschalter an der Tür, neben dem ein eingerahmter Brief hing, der mit den Worten begann: *Liebe gnädige Frau, mir ist aus den Akten des Kriegsministeriums ein Schriftstück gezeigt worden…* und der die Unterschrift trug: *Aufrichtig und achtungsvoll der Ihre, Abraham Lincoln,* und an das Bild am Kopfende des Bettes mit einem pausbackigen Jungen und einem klei-

nen Mädchen mit gelben Locken auf einem Schaukel-
pferd. Und an den Bären, mit dem er immer einschlief...

»Ehe sie starb«, sagte Mr. Peters, »stand ich auf der Höhe
des Lebens. Und wenn ich mich umschaute und sah, daß
andere Leute nicht recht vorankamen, dachte ich, es sei
ihre eigene Schuld.«

Was mag aus dem Bären geworden sein? dachte Lymie.
Wenn ich das nur wüßte! Ob jemand ihn an sich genommen hat?

»Ich hatte nie das Gefühl, dem Schicksal zu besonderer
Dankbarkeit verpflichtet zu sein«, sagte Mr. Peters. »Wenn
ich es gewesen wäre –« Aber anstatt den Satz zu beenden,
fragte er plötzlich, worauf Lymie schon lange wartete:
»Entsinnst du dich noch deiner Mutter, Sohn?«

»Ja, Dad«, erwiderte Lymie, mit dem Kopf nickend.

Er dachte an den Augenblick, als seine Mutter vor einer
Maus kreischend auf einen der Eßzimmerstühle und von
dort auf den Tisch geflüchtet war. Sie hatte eine tödliche
Angst vor Mäusen. Und wenn sie abends manchmal in den
Zirkus gegangen war, hatten sie nie bis zu der Wildwest-
Einlage bleiben können, weil seine Mutter nervös wurde,
sobald sie sah, daß man Vorbereitungen dazu traf. Aber für
Gewitter hatte sie eine besondere Vorliebe gehabt.

Er selbst hatte sich vor allen nächtlichen Geräuschen gefürchtet und vor den Schatten, die durch das Gaslicht auf
dem Gang entstanden. Das Gaslicht flackerte und warf be-
wegliche Schatten. Aber es leuchtete ihm auf dem langen
Weg über den Gang von der Tür seines Zimmers bis zu der
Tür des Badezimmers, durch die er jedesmal rasch eintrat,
ohne einen Blick nach links zu werfen, wo Gefahr, Dunkelheit und die Hintertreppe lauerten. Auch er hatte Furcht
verspürt, eine entsetzliche Furcht tief in seinem Innern,
wenn der Mann sich vornübergebeugt und seinen Kopf in
den Rachen des Löwen gesteckt hatte. Aber darüber hatte
er nie mit jemandem gesprochen.

»Deine Mutter war eine wunderbare Frau«, sagte Mr.

Peters. »Ich wußte gar nicht, was ich an ihr gewonnen hatte, als ich sie heiratete. Sie war damals ein blutjunges, hübsches Ding und immer lustig und damit beschäftigt, sich Schleifen ins Haar zu binden, und ich hatte nur den einen Gedanken: die oder keine. Aber so war sie in Wirklichkeit gar nicht, ich kam erst nach einer ganzen Weile dahinter.«

Lymie erinnerte sich, wie sein hoher Kinderstuhl einmal so unglücklich auf ihn gefallen war, daß er fast darunter erstickt wäre. Und wie er später, als er schon größer war, mit den Erwachsenen am Tisch hatte sitzen dürfen, auf einem Stuhl mit zwei untergelegten dicken Büchern. Und wie man ihm irgendeine Medizin durch eine Glasröhre eingeflößt hatte. Und wie er manchmal Lebertran schlucken mußte. Und an den viereckigen Glasschirm mit den Fransen aus grünen und roten Perlen, der über dem runden Tisch im Eßzimmer hing. Und den Kamin und die Kaminverkleidung mit der bunten Tapete, die im Sommer davorgestanden hatte. An den Wintergarten und den Miniatur-See, der mit Glaserkitt eingeböscht war, an aufgehende Grassamen und sprießendes grünes Möhrenkraut und einen eigenartigen, unangenehmen Geruch. Und an den richtigen Garten draußen im Freien hinter der mit Wein umrankten Pforte. Und die beiden Palmenkübel zu beiden Seiten des Vordereingangs...

»Was sie auch tat oder dachte«, sagte Mr. Peters, »es erwies sich immer als das Richtige.«

Er sprach in diesem Ton, um sich einzureden, daß er leide (auch er konnte sich nicht mehr recht an das Gesicht seiner Frau erinnern, und die letzten Jahre seiner Ehe waren nicht so glücklich gewesen wie die ersten, es hatte Streitigkeiten und Mißverständnisse gegeben, und da war auch dieses Mädchen aus dem Friseurladen gewesen), und er erwartete keinen Trost von Lymie. Er zog seine Uhr heraus, warf einen Blick darauf und steckte sie wieder ein.

Der marmorne Grabstein auf dem kleinen Hügel trug die Inschrift:

Töchterchen von Lymon und Alma Peters
gestorben am 14. März 1919
im Alter von vier Tagen

Lymie warf einen Blick darauf und fühlte, daß er noch nicht fähig war, diesen Ort zu verlassen. Sein Inneres war plötzlich mit Erinnerungen an den Klang des Namens seiner Mutter angefüllt. *Alma...* alle hatten sie so genannt. Welche Fülle und Wärme war in diesen vier Buchstaben! *Alma... Alma...* Es war wie die Beruhigung, die er empfunden hatte, wenn er sich gegen ihre Schenkel schmiegte.

Wenn sie einmal nicht zu Hause war, war die Zeit überhaupt nicht vergangen. Selbst wenn sie nur einkaufen oder irgendwo zu Besuch war. Obwohl er wußte, daß sie um fünf wieder daheim sein würde, wieso war er sich so sicher, daß es überhaupt fünf Uhr wurde? Und als seine Eltern einmal zu einem Besuch in Cincinnati gewesen waren, war es ihm wie eine Ewigkeit vorgekommen. Und schließlich waren sie heimgekommen, und sie hatte ihm erzählt, daß sie ein Malbuch für ihn in ihrem Koffer habe, und dann, daß ihr Gepäck unterwegs abhanden gekommen sei.

Als er sich von dem Grab abwandte, haftete ihm von allen Erinnerungen am deutlichsten die Frage im Gedächtnis, die ihm stets auf den Lippen gelegen hatte, wenn er die Tür öffnete. *Wo ist sie?* und gleich darauf: *Ist sie hier? Ist sie schon zurück?* Und aus den Zimmern, aus der Halle, wo ihre Handschuhe lagen, aus dem Wohnzimmer, wo ihr Notizbuch auf dem Mahagonitisch lag, und aus der Bibliothek, wo sie ein kleines, rundes, in weißes Papier eingeschlagenes Päckchen zurückgelassen hatte, von überallher kam die Antwort: *Sie ist hier.* Aus allen Räumen schallte es. *Alles ist gut. Sie ist zu Hause.*

20

Im April gab es Scherereien wegen des Heimes. An einem regnerischen Montag nachmittag fing es an. Sechs von ihnen waren anwesend. Catanzano lag mit einem verstauchten Knöchel auf der Couch. Die anderen spielten mit seinen Krücken. Lynch war gerade dabei, ein Potpourri aus »No, no, Nanette« aufzulegen, als der Hausmeister, ein Belgier, hereinkam. Er befand sich in Begleitung von zwei anderen Personen – einem langen Mann, dessen Gelenke aus den Ärmeln seines schwarzen Mantels herausschauten, und einer Frau in einem rötlichen Kostüm und einem billigen Pelzumhang, gelb gefärbtem Haar und auffallend roter Haut. Sie schaute sich prüfend um und sagte: »Vierzehn Dollar?«

Der Hausmeister nickte.

»Na ja«, sagte die Frau. »Ich weiß nicht recht.« Sie durchquerte das Zimmer und wäre über Catanzanos verbundenen Fuß gestolpert, wenn er ihn nicht noch gerade im letzten Augenblick zurückgezogen hätte. Die übrigen Jungen verhielten sich still und standen wie Schießbudenfiguren herum.

Der Mann mochte höchstens fünf Jahre älter als Mark Wheeler sein, aber man sah ihm bereits an, daß er das Leben als eine Last empfand. Sein langes, dünnes Gesicht war fast farblos. Die Haut spannte sich über hervortretende Backenknochen. Das Haar an seinen Schläfen lichtete sich bereits, und etwas an ihm – hauptsächlich der Ausdruck seiner Augen – erweckte den Eindruck, als warte er nur auf eine Gelegenheit, alles Fleischliche abzustreifen und ganz zum Skelett zu werden.

Die Frau hätte seine Mutter sein können, aber es lag nichts Sanftes und Mütterliches in ihrer Erscheinung. Sie ging in das Badezimmer, kam wieder heraus, schaute in den einzigen Wandschrank, entdeckte, daß keine Haken an der Wand waren, und sog prüfend die Luft ein, die stark nach nasser Wolle roch. Unschlüssig ging sie wieder zur Tür.

»Ich habe noch nie in einer Parterrewohnung gewohnt«, sagte sie und wendete sich an ihren Begleiter, »und ich habe Angst vor der Feuchtigkeit, wegen meines Asthmas.«

»Die Wohnung ist nicht feucht«, sagte der Hausmeister.

»Während der Heizperiode vielleicht nicht, aber im Sommer ist sie bestimmt feucht... Was meinst du, Fred?«

Der junge Mann warf einen Blick auf das Bild mit der englischen Bulldogge. »Du mußt die Entscheidung treffen«, sagte er. »Ich werde ja doch kaum zu Hause sein.«

»Ich werde es mir noch überlegen«, sagte die Frau, indem sie ihren Pelzumhang zurechtrückte. Sie sah aus, als ob sie schmollte, aber in Wirklichkeit dachte sie nur nach. »Ich möchte mir nicht die Mühe eines Umzugs machen und dann plötzlich merken, daß ich die Luft nicht vertrage«, sagte sie. Und dann zu dem Hausmeister. »Wir geben Ihnen noch Bescheid.«

Sie blickte noch einmal auf die Jungen, ohne sie wahrzunehmen, und ging hinaus. Der Hausmeister und hinter ihm der junge Mann, der plötzlich einen Hustenanfall hatte, folgten ihr nach und ließen die Tür weit offen.

Lymie Peters kam als erster zu sich. Er stand in der Zugluft und mußte niesen. Dede Sandstrom ging zur Tür und warf sie krachend zu. Als ob ein Bann gebrochen wäre, erklangen aus dem Grammophon die ersten Takte von »I want to be happy«, und auf einmal fingen alle an zu reden. Ihrer Erregung, dem Tonfall ihrer jungendlichen Stimmen, den Bewegungen, mit denen sie ihre Worte begleiteten, und ihrer erzwungenen Schnoddrigkeit lag die Angst zugrunde, die sie nicht auszusprechen wagten: die Angst, daß ihnen das Heim (an das sie dachten wie an eine schöne Frau, die sie nie besitzen würden, weil sie noch zu jung waren) schon so gut wie genommen war. Wenn diese Leute die Wohnung nicht mieteten, würden andere sie nehmen.

Die Platte war zu Ende, und der Plattenteller lief, sich

stetig verlangsamend, weiter, bis er endlich zum Stillstand kam. Mark Wheeler und Dede Sandstrom gingen und riefen Bud Griesenauer an, der aber nicht zu Hause war. Seine Mutter wußte nicht, wo er sein könnte. Auf dem Rückweg begegneten sie in der Einfahrt dem Hausmeister. Mark Wheeler trat an ihn heran und sagte: »Was soll das eigentlich heißen?«

Der Hausmeister zuckte mit den Schultern. »Ich zeige die Wohnung her, das ist alles.«

»Die Wohnung gehört aber uns«, sagte Dede Sandstrom. »Wir bezahlen die Miete dafür.«

»Vielleicht zahlen andere Leute mehr«, erwiderte der Hausmeister und verschwand im Kesselraum.

Die zweite Protestversammlung dehnte sich bis in die Abendstunden aus. Auf dem Heimweg rief Lymie Peters aus einem Laden Bud Griesenauer an. Diesmal war er zu Hause. Man habe ihn schon verschiedentlich zu erreichen versucht, sagte er. Wheeler und Hall, Carson und Lynch, überhaupt alle. Er habe auch seinen Onkel angerufen. Es beruhe wahrscheinlich alles auf einem Mißverständnis, habe sein Onkel gesagt, und es bestehe immer noch die Möglichkeit, daß die Leute die Wohnung nicht nähmen. Aber falls sie sich dazu entschließen sollten, könne man wenig dagegen tun. Die Jungen hätten keinen Mietvertrag, und man könne es dem Hausbesitzer nicht verübeln, wenn er soviel wie möglich aus der Wohnung herauszuschlagen versuche.

Am nächsten Nachmittag hielten sie eine außerordentliche Sitzung ab. Es wurde beschlossen, daß täglich einer sich nach Schulschluß in das Heim begeben sollte, um aufzupassen, ob der Hausmeister weitere Interessenten hineinführte. Auch nachts müsse jemand in der Wohnung wachen. Man müsse sich ablösen. Während der übrigen Stunden sollte die Wohnung durch ein neues Schloß gesichert werden. Sie schrieben die Wochentage auf Papierstreifen, warfen sie in Mark Wheelers Hut und ließen den

Hut die Runde machen. Lymie zog das Los für den kommenden Freitag, und Spud Latham erklärte, daß er mit ihm zusammen die Nachtwache übernehmen wolle.

Als sie am Freitag abend ankamen, hatte Lymie drei Militärdecken unter dem einen und eine Kaffeeflasche unter dem anderen Arm. Spud hatte einen Rucksack auf dem Rücken, der alles enthielt, was zu einem kräftigen Lagerfrühstück gehörte.

Die Wohnung war gut durchgewärmt, aber sie machten trotzdem Feuer im Kamin. Lymie saß auf dem Fußboden vor dem Feuer und zog sich die nassen Schuhe aus, lockerte seinen Schlips und knöpfte sich das Hemd auf. Spud zog sich bis auf die kurzen Unterhosen aus. Dann leerte er den Rucksack auf dem Herd aus und stellte den kleinen Kessel, die Kaffeeflasche, den Rost, die Teller, Messer und Gabeln, Pfeffer und Salz griffbereit auf, um am nächsten Morgen sofort an die Zubereitung des Frühstücks gehen zu können. Die Eßwaren legte er im Badezimmer auf das Fensterbrett, und die Decken breitete er eine über der anderen auf der Couch aus. Jede Bewegung seines Körpers war anmutig, ungezwungen und beherrscht. Lymie, der dauernd in einem Kampf mit seinen Gliedmaßen lag, hatte Freude daran, ihn zu beobachten. Im Schein der Flammen, bei abgeschaltetem Licht, glich Spud einem Eingeborenen, eine Rolle, die er mit Hingabe spielte.

Als er die Couch hergerichtet hatte, streckte er sich auf den Decken aus, und plötzlich war es so harmonisch im Zimmer, daß er sagte: »So müßte es immer sein. Keine Schule morgen. Niemand da, der einen ins Bett schickt. Genügend zu essen und ein warmes Feuer. Warum haben wir nicht schon früher daran gedacht?«

»Ich weiß nicht«, sagte Lymie, »warum eigentlich nicht?«

»Weil immer irgend etwas ist«, sagte Spud. Obwohl das mehr eine Andeutung als eine Erklärung war, spürten beide die tiefe Bedeutung dieser Bemerkung. Spud griff nach dem Balzac-Band und las, mit angezogenen Knien auf dem Rücken liegend, für eine Weile. Lymie blieb ihm gegenüber vor dem Feuer sitzen. Aus seinen Blicken sprach teils Stolz (er hatte noch nie einen Freund gehabt), teils Neid, wenn er sich auch über seine Empfindungen nicht im klaren war. Er stellte Vergleiche an zwischen seinen eigenen dünnen Handgelenken, die er bequem mit Daumen und Zeigefinger umfassen konnte, und Spuds starken und kräftig entwickelten. Wenn ihm von jemandem die Erfüllung seines geheimsten Wunsches versprochen worden wäre, hätte er sich einen kräftigen Körper gewünscht, einen Körper von der Stärke und der Schönheit, wie Spud ihn hatte.

Als Spud sich auf den Bauch herumdrehte, stand Lymie auf, setzte sich auf den Rand der Couch neben Spud und schaute über seine Schulter in das Buch: ... *Das Weib allein kann deine Wunden heilen, dir geben, was du selbst bei aller List nie imstande sein wirst zu erhaschen. Das Weib ist dein Reichtum. Habe nie mehr als eine Frau, kleide, entkleide und liebkose sie, gebrauche sie – das Weib ist alles –, sie hat ihr eigenes Schreibzeug, tauche deine Feder tief in dies grundlose Tintenfaß...* Ohne aufzuschauen, rollte sich Spud auf den Rücken, um Lymie Gelegenheit zu geben, sich ebenfalls auszustrecken und bequemer mitzulesen. Aber Lymie rührte sich nicht. Auf seinem Gesicht lag ein gequälter Zug. Er schickte sich an, etwas zu sagen, unterdrückte es jedoch und fuhr fort zu lesen: *Das Weib ist die Werbende; wirb ausschließlich mit der Feder um sie, reize ihre Phantasie und entwirf auf tausend verschiedene Arten tausend heitere Liebesszenen für sie. Das Weib ist freigebig; bald eines für alle, bald alle für eines eintretend, entlohnt es den Maler und trägt Sorge, daß sein Pinsel stets in brauchbarem Zustand ist...* Als Spud die Seite zu Ende gelesen hatte, schaute er auf, um sich zu vergewissern, ob auch Lymie fertig sei. Lymie war schon längst fertig. Er starrte auf Spuds Brust.

»Wollen wir nicht irgend etwas anderes tun?« sagte er.

»Warum?« fragte Spud. »Das ist gerade eine interessante Stelle.« Er wälzte sich wieder auf den Bauch und wollte seine Lektüre fortsetzen, als Lymie ihm zu seiner Überraschung das Buch aus der Hand riß. Es flog quer durch das Zimmer und landete im Feuer, Spud richtete sich auf und stellte mit Bedauern fest, daß die Flammen bereits über die offenen Seiten züngelten.

»Warum hast du das getan?« fragte er.

Statt einer Erklärung stocherte Lymie mit dem Schürhaken in den Blättern, so daß sie rasch verbrannten. Fetzen verkohlten Papiers lösten sich und wirbelten glühend durch den Kamin.

»Du wirst in Teufels Küche geraten, wenn Hall eine Erklärung von dir verlangt«, sagte Spud.

»Ich habe nicht die Absicht, ihm irgend etwas zu erklären«, erwiderte Lymie. Seine Kinnladen waren fest aufeinandergepreßt. Spud merkte, daß er nahe daran war, in Tränen auszubrechen, und ließ sich, als ob nichts geschehen wäre, auf die Couch zurücksinken.

Nach einer Woche, in deren Verlauf, soweit sie informiert waren, keine Besichtigung der Wohnung stattgefunden hatte, stellten sie die Nachtwachen wieder ein, und als es draußen wärmer wurde, ging kaum noch jemand ins Heim. Es nahm zuviel Zeit in Anspruch, und außerdem litten sie unter dem Frühling. Wenn sie um drei Uhr mit gelockerten Schlipsen und aufgeknöpften Kragen aus der Schule kamen, waren sie matt und schlapp. Aneinander angelehnt standen sie im Schulhof herum und sahen den Baseballspielern beim Training zu. Wenn jemand einen Vorschlag machte, wurde er abgelehnt, weil alles mit zuviel Kraftaufwand verbunden war.

Vielleicht hätten sie noch lange in dem Glauben gelebt, mit dem Heim wäre alles in Ordnung, wenn Carson nicht plötzlich seine Platte »I'll see you in my dreams« hätte spielen wollen. Die Platte befand sich im Heim, und er bat Lynch, mit ihm hinzufahren. Lynch hatte schlechte Zensuren nach Hause gebracht, und seine Eltern hatten ihm verboten, wochentags nach dem Abendbrot noch einmal auszugehen, so daß Carson allein fahren mußte. Als er um die Ecke des Mietshauses bog und die Einfahrt durch Möbelstücke verstopft sah, blieb er stehen und wollte seinen Augen nicht trauen.

Die Couch war vom Regen durchweicht und fleckig. Die Stühle gingen aus dem Leim. Das Bild des Studenten, unter dessen Glasrahmen ebenfalls Wasser gedrungen war, hatte Falten bekommen, und der Läufer verströmte einen muffigen Geruch. Die englische Bulldogge fehlte, aber Carson war viel zu aufgeregt, als daß er das bemerkt hätte. Am meisten bekümmerte ihn der Zustand seines Grammophons. Die Filzauflage auf dem Plattenteller wies Moderflecken auf, das eichene Sperrholz am Kasten löste sich, und Nadel und Tonabnehmer waren verrostet. Als er den Apparat aufzuziehen versuche, gab dieser ein derart schnarrendes Geräusch von sich, daß er davon abließ und sich auf die Suche nach dem Hausmeister begab. Er fand ihn weder im Kesselraum noch in den übrigen Kellerräumen. Er kehrte um und versuchte die Wohnungstür zu öffnen. Das Schloß, das sie angebracht hatten, war verschwunden und durch ein anderes ersetzt. Niemand öffnete ihm.

Die Schallplatten krümmten sich und waren wahrscheinlich nicht mehr zu gebrauchen, aber er nahm sie trotzdem mit und lief um das Haus herum in der Absicht, einen Blick durch die Fenster zu werfen. Sie waren mit Scheibengardinen versehen und verwehrten ihm jeden Einblick. Die Platten unter den Arm geklemmt, lief er die Straße hinab; er war wütend, und gleichzeitig verspürte er ein melancholisches Vergnügen bei dem Gedanken, die Neuigkeit als erster verkünden zu können.

21

Da das Schuljahr zu Ende ging und die Sommerferien vor
der Tür standen, empfanden sie den Verlust des Heimes
kaum. Spud Latham und Lymie Peters trafen sich nach
Schulschluß gewöhnlich vor Spuds Spind und zogen zusammen los. Manchmal kehrten sie bei LeClerc ein, Lymie
trank einen Malzdrink und Spud einen Milchshake, und
dann ging jeder seines Wegs, oder Lymie ging mit Spud
nach Hause. Nie lud er Spud zu sich ein, und Spud drang
auch nie darauf. Für Spud gehörte Lymie zur Familie und
hatte kein anderes Zuhause.

Lymie konnte kommen, wann er wollte – immer schien
Mrs. Latham hocherfreut, ihn zu sehen. Ohne daß er es
merkte, behielt sie ihn im Auge. Wenn er sich, ohne zu fragen, etwas zu essen aus dem Eisschrank nahm und sie ihn
dabei antraf, sagte sie nur: »Im Kasten ist noch Kuchen,
möchtest du dir nicht lieber davon etwas nehmen?«

Zu den Mahlzeiten hatte er seinen festen Platz am Tisch
neben Spud. Helen saß ihm gegenüber und neckte ihn oft
mit seiner Abneigung gegen Petersilie oder machte ihn darauf aufmerksam, daß es höchste Zeit sei, sich das Haar
schneiden zu lassen, und Mr. Latham benutzte seine Gegenwart als Vorwand, lange Geschichten aus seinem tollen
Berufsleben zu erzählen.

Nach dem Essen machten Lymie und Spud ihre Schular-
beiten in Spuds Zimmer, bis ihre Aufmerksamkeit nachließ
und sie anfingen zu gähnen. Dann gingen sie in den Park
auf der anderen Straßenseite, legten sich ins Gras, schauten in den Abendhimmel und stellten Betrachtungen über
ihre Zukunft an. Spud entwickelte seinen Lieblingsplan
von einer Blockhütte in den Wäldern des Nordens, wo sie
beide (er setzte als selbstverständlich voraus, daß Lymie da-
beisein würde) wohnen, im Sommer fischen und im Winter
Fallen stellen und dann in der Hütte um das Feuer sitzen
würden, während draußen der Wind heulte und der

Schnee die Fenster zuwehte. Lymie kaute indes an einem Grashalm und legte sich auf nichts fest. Alles war möglich. Man mußte nur von der richtigen Seite an die Sache herangehen, dann würde sie sich auch (verlockend, wie sie war, wenn sie auch nur geringe Aussicht auf Verdienst bot) durchführen lassen.

Um halb oder dreiviertel zehn veranlaßte er Spud, sich zu erheben, und kehrte mit ihm in die Wohnung zurück. Dort packte er seine Bücher und Hefte zusammen. Beim Weggehen blieb er an der Wohnzimmertür stehen und sagte: »Gute Nacht allerseits«, und sowohl Helen als auch Mr. Latham nickten ihm wohlwollend zu, nicht anders, als ginge er nur eben mal zum Drugstore hinunter und würde in wenigen Minuten wieder zurück sein.

Eines Tages, nachdem Spud und Lymie auf dem Läufer im Wohnzimmer Liegestütze ausgeführt hatten, entdeckte Mrs. Latham, daß an Lymies Hemd ein Knopf fehlte. Man schaute unter die Möbel, konnte ihn aber nicht finden, so daß sie Lymie mit in ihr Schlafzimmer nahm, wo sie in ihrem Nähkasten nach einem passenden Knopf suchte. Etwas in ihrer Stimme ließ Spud aufhorchen. Regungslos, mit leicht verstörtem Gesichtsausdruck, stand er lauschend in der Mitte des Wohnzimmers. Seine Mutter schimpfte auf jene gutmütige Art mit Lymie, wie sonst nur mit ihm. Er verspürte einen fast schmerzhaften Stich von Eifersucht. Einen Freund zu haben war ja ganz schön, wenn aber... Er betrachtete nachdenklich den Aufschlag seiner Jacke. Dort, wo ein Knopf sein sollte, hing nur noch ein Faden.

»Da wir gerade bei Knöpfen sind«, sagte er leise.

»Schon gut«, antwortete Mrs. Latham aus dem Schlafzimmer. »Ich wollte ihn schon längst annähen, bin aber vor lauter anderer Arbeit nicht dazu gekommen. Leg die Jacke auf dein Bett, wenn du morgen zur Schule gehst... Halt still, Lymie, sonst steche ich dich noch... Und gib das nächste Mal auf den Knopf acht, hörst du? Es ist nicht immer einfach...«

Sie beendete den Satz nicht, aber Spuds Gesicht hellte sich auf. Er war wieder beruhigt und zweifelte nicht mehr daran, daß die Liebe seiner Mutter vor allem ihm gehörte. Sie hatte ihn durch zwei Zimmer hindurch gehört, ohne daß er die Stimme im geringsten gehoben hatte, und sofort gewußt, welchen Knopf er meinte.

Eines Nachmittags, als sie aus der Schule zurückkehrten, war Spud unruhig und wollte unbedingt im Regen spazierengehen. Sie liefen ein ganzes Stück in westlicher Richtung, bis sie zu den Schienensträngen der Nordwest-Eisenbahn gelangten, wo ein endloser Güterzug ihnen den Weg versperrte. Sie blieben stehen und zählten die Güterwagen, die Kohleloren und die Tankwagen. Plötzlich lief eine Erschütterung durch den Zug, die Wagen prallten aufeinander, und er blieb stehen. Inzwischen war ihnen die Lust vergangen, so lange zu warten, bis der Weg frei war. Sie drehten um. Ihre Schuhsohlen waren durchweicht, und die nassen Hosenbeine schlenkerten um ihre Knöchel. Als sie zu Hause angelangt waren, hängten sie ihre gelben Käppis auf der hinteren Veranda zum Trocknen auf und gingen mit einer Flasche Milch und einer Packung getrockneter Feigen in Spuds Zimmer. Spud stellte fest, daß Lymie dunkle Ringe unter den Augen hatte, und bestand darauf, daß er sich für eine Weile hinlege. Bis zum Essen war noch viel Zeit. Er machte sich daran, Lymies Schlips aufzubinden. Doch Lymie wehrte ihn ab. Er war ärgerlich, daß Spud ihm keine Zeit ließ, sich zu überlegen, ob er müde sei oder nicht. Es gelang Spud, ihm den Schlips abzubinden, doch als er versuchte, Lymies Hemd aufzuknöpfen, wurde Lymie wütend und stieß ihn zurück. Da er noch niemals ernstlich mit jemandem gekämpft hatte, wußte er nicht, daß er über beträchtliche Kraft verfügte, und schlug blindlings zu.

Für eine Weile amüsierte sich Spud, doch plötzlich wurde es eine Angelegenheit auf Leben und Tod. Lymie kannte keine Regeln und schlug mit den Händen, Füßen und Knien um sich, und Spud wußte nicht recht, wie er ihn packen sollte. Immer, wenn er ihn gefaßt zu haben glaubte, entwand sich Lymie seiner Umklammerung. Der Lärm, den sie verursachten, wenn sie gegen Möbel rempelten und sich bald auf das Bett, bald auf den Fußboden warfen, erregte Mrs. Lathams Aufmerksamkeit, die die Tür öffnete und sie aufforderte, voneinander abzulassen. Keiner von beiden beachtete sie. Es war nicht Haß, was Lymies verkrampftes Gesicht ausdrückte, aber es fehlte nicht viel dazu. Spud war ruhig und beherrscht. Für ihn handelte es sich nur darum, Lymie zum Hinlegen zu bewegen, um sich vor dem Abendessen auszuruhen. Er riß ihm erst den einen, dann den anderen Schuh von den Füßen. Ihm die Hosen auszuziehen, dauerte bedeutend länger und war bedeutend schwieriger. Aber es gelang. Gleichzeitig mit den Hosen streifte er einen von Lymies Socken herunter. Mit jedem Kleidungsstück, das er verlor, setzte sich Lymie erbitterter zur Wehr. Er kämpfte mit der Energie eines Volkes, das sich gegen fremde Eindringlinge verteidigt. Er wollte sich nicht vergewaltigen lassen. Er stieß mit dem Kopf, mit den Füßen zu. Plötzlich, ebenso überraschend für ihn wie für Spud, gab er nach und blieb still liegen. Wie im Traum ließ er sich von Spud zudecken. Etwas in seinem Innern, etwas, das mehr war als irgendein Organ, war geborsten. Wie Blut floß es aus ihm heraus. Und obwohl er atmete, obwohl sein wild pochendes Herz sich langsam beruhigte, hörte es nicht auf zu fließen und war wie ein unterirdischer Fluß, der von nun an durch Jahre hindurch strömen würde, ohne zu versiegen oder auszutrocknen.

Er sah, wie Spud die Vorhänge herunterzog und das Zimmer verließ, ohne zu ahnen, was er angerichtet hatte.

DRITTES BUCH

Ein kaltes Land

22

»Alastor ist keineswegs asozial«, sagte Professor Severance und verzog den Mund. Er hätte anscheinend gern noch eine etwas leichtfertige Bemerkung daran geknüpft, verkniff sie sich aber, weil er fürchtete, damit die Herrschaft über die Klasse zu verlieren (oder zum mindesten in die Gefahr zu geraten): »Alastor gelangt zu einem besseren Verständnis der Menschen, indem er sich von ihnen zurückzieht, anstatt sich von ihnen herumstoßen zu lassen.« Köpfe beugten sich über die Hefte, Füllfederhalter begannen zu kratzen. »Nur in der Einsamkeit können wir zu vollkommener Harmonie mit der Natur und unserem innersten Wesen gelangen«, sagte Professor Severance, leicht mit dem Oberkörper schaukelnd. Er sah müde aus, und auf seinem Gesicht, dem Gesicht eines Gelehrten in reiferen Jahren, deutete nichts darauf hin, daß ihm noch vor kurzem eine leichtfertige Bemerkung auf der Zunge gelegen hatte: »Von der Liebe geht der Dichter dazu über, die Liebe begreifen zu wollen.«

Mrs. Lieberman – eine kleine, vorzeitig weißhaarige Frau mit einem ruhigen Gesicht, die in der dritten Reihe nahe dem Fenster saß – hielt das für reinen Unsinn. Ihr Füllfederhalter lag untätig in ihrer Hand. Sie war als Gasthörerin eingeschrieben, und so war es unwichtig, ob sie während der Vorlesung Notizen machte oder nicht. Man würde sie nicht eines Tages auffordern, in einem Examensheft auf zwei Seiten Satz für Satz zu wiederholen, was Professor Severance nun wie ein Kartenhaus vor ihnen aufbaute.

»Alastor liebt mehr als nur das arabische Mädchen«, fuhr er fort, »und versteht die von allen Bindungen losgelöste menschliche Natur.« Er richtete seine Worte direkt an Mrs. Lieberman, da sie ihn als einzige in der Klasse anschaute. Er sieht stets äußerst gepflegt aus, ohne Zweifel, dachte sie. Doch wer kümmert sich um ihn? Immer steckte ein frisches weißes Taschentuch in seiner Brusttasche, und nie vergaß er seine Brille. Und doch sah Professor Severance nicht wie ein verheirateter Mann aus. Er ließ sich nie gehen, und seine Vorträge – stets in schöne Worte gekleidet, Musterbeispiele, was Aufbau, Stil und Diktion anlangte – verrieten zuweilen (oder schien es nur so?) einen beinahe erschütternden Mangel an Lebenserfahrung.

Er griff nach Shelleys *Gesammelten Dichtungen*, um daraus vorzulesen oder um den Eindruck zu erwecken, als läse er daraus vor, denn seine Augen überflogen die Seiten nur gelegentlich.

Erde, Meer, Luft, geliebte Bruderschaft...

Professor Serverance las mit hoher, wie Schilf schwankender Stimme. Der junge Mensch mit dem großen Buchstaben auf seinem weißen Pullover, ein blonder Athlet, der rechts neben Mrs. Liebermann saß, streckte ein langes, muskulöses Sportlerbein in den Gang und schaute gequält drein. Der Junge in der Reihe vor ihm, sein genaues Gegenteil – flachbrüstig, mit einem langen, spitzen Gesicht und glattem Haar, das tief in seiner Stirn ansetzte –, schien ebenfalls nicht zuzuhören. Seine Augen waren ins Leere gerichtet. Doch als Professor Severance sich räusperte und sagte: »Mr. Peters, bei welchem anderen Dichter der englischen Romantik finden wir die gleichen ›nicht mitteilbaren Träume‹, diese ›Phantome des Zwielichts‹, die ein tieferes Eingehen auf ›die ineinander verwobenen Hymnen von Nacht und Tag‹ erst ermöglichen?«, nahm Lymie seine unter der Bank verschlungenen Beine auseinander und erwiderte: »Wordsworth.«

»Jawohl!« rief Professor Severance aus, und Mrs. Lieberman kam zu dem Schluß, daß er bei seiner Mutter leben müsse.

Es hat immer etwas Verwirrendes, wenn man alte Bekanntschaften nach Jahren zu erneuern sucht. Die Menschen verändern sich, so daß man es (auf die eine oder andere Art) mit Fremden zu tun hat. Dennoch stellt man meistens fest, daß sie sich nicht so verändert haben, wie man erwartet oder gehofft hatte. In dem Sommer, als Lymie siebzehn wurde, hatte Mr. Peters ihn bei der Stadtverwaltung in einem Rechnungsbüro untergebracht. Er wollte, daß Lymie den Wert des Geldes schätzenlernte, indem er selbst Geld verdiente. Als Lymie im September in die High-School zurückgekehrt war, hatte er feststellen müssen, daß die anderen Jungen seines Alters an Gewicht zugenommen hatten. Manche bis zu fünfundzwanzig und dreißig Pfund. Fast alle waren während der Ferien dicker geworden. Die Gesichter waren dieselben geblieben, aber sie bewegten sich anders als zuvor. Ihre Schultern waren breiter geworden, ihre Arme und Beine waren derber, und auch über die Brust waren sie weiter geworden und nicht mehr die mageren, schlaksigen Kerle, die sie früher gewesen waren. Ford, der nie genug gewogen hatte, um etwas anderes zu treiben als Leichtathletik, spielte jetzt Football. Carson und Lynch ebenfalls. Lymie war durch das viele Sitzen im Büro noch rundschultriger geworden. Das war die einzige körperliche Veränderung an ihm. Er machte abends und morgens bei geöffnetem Fenster Freiübungen, aber das half nichts. Und er hatte das beklemmende Gefühl, daß er seine Chance verpaßt habe.

Vielleicht nahm er das Körperliche zu wichtig. Schließlich stellt es doch nur eine von den kleineren Hürden im großen Hindernisrennen des Lebens dar. Der Durchschnittsmensch setzt mit Erfolg darüber hinweg (oder auch nicht) und stürmt weiter, um über die metertiefe Grube der Schüchternheit zu springen (oder hineinzufallen), die acht Fuß hohe Mauer des Geldes zu übersteigen (oder sich an ihr vorbeizudrücken), über das schwankende Seil der Liebe zu balancieren (oder kopfüber abzustürzen), und so weiter und so weiter. Die einen versagen hier, die anderen dort. Die Verständigen suchen das nächste Hindernis zu nehmen, wenn sie beim ersten scheitern. Die mit zuviel Phantasie halten sich bei dem ersten, über das sie nicht hinwegkommen, auf, als ob alles davon abhinge, und vergessen darüber, daß sie die übrigen vielleicht mit Leichtigkeit schaffen würden. Die Tatsache, daß Lymie in der High-School ein sportlicher Versager gewesen war, hatte ernsthafte Folgen. Jetzt, da er das zweite Jahr studierte, spielte es nicht mehr die Rolle wie damals. Aber er stand noch immer vor diesem unüberwindlichen Hindernis.

Mit neunzehn Jahren war er fast peinlich mager. Alles Jungenhafte war aus seinem Gesicht gewichen, sein Haar war nicht mehr so widerspenstig, und seine Hände hatten die Form angenommen, die sie für den Rest seines Lebens behalten sollten. In seinen Augen lag noch immer jener unschlüssige Ausdruck, der auch dann nicht wich, wenn Professor Severance ihn aufrief und er die richtige Antwort wie aus der Pistole geschossen hervorsprudelte. Es war die Folge der Fehlschläge, die er während seiner High-School-Zeit auf dem Baseballplatz und im Schwimmbad erlitten hatte. Oder lag der Grund für seine Fehlschläge in dieser Unschlüssigkeit, diesem dauernden Mangel an Selbstvertrauen?

Als Professor Severance in seinem Vortrag fortfuhr, kritzelte Lymie etwas auf seinen Notizblock, was offensichtlich nichts mit Shelley oder Wordsworth zu tun hatte, denn die beiden Mädchen neben ihm kicherten, als sie es heimlich lasen. Er war mit beiden befreundet. Meistens betraten sie den Hörsaal miteinander, und oft gingen zusammengefaltete Zettel zwischen ihnen hin und her, sehr zum Verdruß von Professor Severance, der jedoch, als ein Gentleman, dieser Ungezogenheit nicht anders zu begegnen wußte, als daß er sie ignorierte.

Sally Forbes, die neben Lymie saß, trug eine Jacke aus rotem Leder und einen enganliegenden grauen Filzhut mit einem Federbüschel über jedem Ohr. Ihr Vater war ordentlicher Professor an der philosophischen Fakultät. Die Federn waren von hellgrüner und hellblauer Farbe und fielen über den Hutrand bis auf ihre gebräunten Wangen herab. Sie hatte glattes, fast schwarzes Haar. Über der Stirn war das Haar in Wellen gelegt. Ihr Mund war etwas zu groß, aber nichts vermochte die Wirkung ihrer schönen, lebendigen dunkelbraunen Augen zu beeinträchtigen oder zu zerstören. Sie hatte ihr Studium mit sechzehn Jahren begonnen. Jetzt war sie siebzehn, sah aber älter aus. Ihre Schultern waren eckig, ihr Rücken gerade wie der eines Kindes, und sie hatte noch immer die kindliche Angewohnheit, an ihren Fingernägeln zu kauen. Sie hatte schmale Hüften und schlanke, aber kräftige Beine. Ihre Brüste waren klein, und es lag überhaupt keine Weichheit in ihrer ganzen Erscheinung.

Lymie und Hope Davison, das andere Mädchen, hatten sich bereits in der High-School gekannt, wenn auch nur oberflächlich. Freunde waren sie erst im College geworden. Das braune Kostüm, der weiße Sweater und die braun-weißen Schuhe, die Hope trug – alles besagte: *Man kann sich richtig, aber auch falsch anziehen.* Sie verabscheute grelle Farben, Leute, die laut sprachen, und Angeberei. Sie hatte ein kleines, sanftes und ernstes Gesicht. Ihr Mund war wohlgeformt, aber eigensinnig, und ihre hellblauen Augen konnten Lehrer, die es noch nicht gewohnt waren, vor einer Klasse zu sprechen, in Verlegenheit bringen. Sie ließen Geheimnisse oder Unklarheiten nicht zu. Wenn sie die Stimmen aus dem brennenden Dornbusch gehört hätte, hätte sie höchstwahrscheinlich erwartet, daß es dafür eine ganz natürliche Erklärung gab.

Professor Severance hatte nichts dagegen, daß man ihn anstarrte. Er hielt nun schon seit zwanzig Jahren Vorlesungen und wußte, daß die Gesichter, die zu ihm aufblickten, bald wieder von anderen, ganz ähnlichen abgelöst würden. Sein eigenes Gesicht wandte sich in diesem Augenblick zum Fenster.

117

Er sah, wie draußen das Laub in einem aufkommenden Windhauch zur Erde fiel, und sprach plötzlich mit solcher Eindringlichkeit von der Verzweiflung, die jede Hoffnung töte, und der Auferstehung, die durch Selbstgeißelung bewirkt werde, daß seine Hörer in den Bann seiner Worte gerieten. Sie merkten, daß er nicht mehr über Shelley redete, sondern daß seine Worte sich irgendwie auf ihn selbst bezogen. Die Federn hörten auf zu kratzen.

»Nur dadurch, daß man ans Kreuz geschlagen wird«, sagte Professor Severance, »erhebt man sich zu einem neuen Leben. Der Tod ist ein bloßer Zwischenfall, denn Alastor stirbt täglich und kommt der Ewigkeit immer näher, so daß sein eigentlicher Tod in einem gewissen Sinne als überfällig erscheint.«

Als er geendet hatte, entstand eine feierliche Pause.

»Am Mittwoch«, sagte Professor Severance, »werden wir uns der Moralphilosophie Shelleys und seinen sprachlichen Eigenarten zuwenden. Bereiten Sie sich bitte auf folgende —« Ehe er seinen Satz beenden konnte, ertönte das Klingelzeichen, und mit dem Klingelzeichen verließ ihn seine Kraft wie Samson, den man seiner Haare beraubt hat. Überall im Saal wurden Stimmen laut. Seine Hörer, die eben noch folgsam und jedes seiner Worte über das Leben in der Einsamkeit emsig mitschreibend auf ihren Plätzen gesessen hatten, standen polternd auf und drängten sich in den Gängen. Professor Severance verstaute Shelleys Werke in seiner alten Mappe und griff nach seinem Hut, seinen grauen Handschuhen und seinem Spazierstock. Zwischen den Bänken war es fast leer geworden. Mit einer leichten Verbeugung ließ er Mrs. Lieberman den Vortritt, ging hinter ihr zur Tür hinaus und mit energischen Schritten den Gang entlang.

Draußen war das prächtigste Herbstwetter. Der Himmel war klar und außerordentlich blau. Die Luft war mild, und es regnete Blätter von den Bäumen. Mrs. Lieberman ging hinter den beiden Mädchen über die eiserne Treppe des

Hinterausganges hinaus. Durch den Strom der Ankommenden und Gehenden wurden sie vom Bürgersteig hinuntergedrängt. Für eine Weile blieben sie schwatzend stehen, bis ein Windstoß ihnen Staub und Blätter ins Gesicht wirbelte und sie sich umdrehen mußten.

Hope sagte: »Halt dich fest, Lymie – wir möchten dich nicht gern verlieren.«

»Okay«, erwiderte er und ergriff sie leicht am Arm.

»Wenn du etwa glaubst, daß deine Bemerkung besonders geistreich war, Davison«, sagte Sally, »so irrst du dich ganz gewaltig.«

»Kann schon sein«, erwiderte Hope. »Ich hab' es auch so ernst nicht gemeint.«

»Du meinst nie etwas ernst«, sagte Sally. »Warum haust du ihr nicht eine runter, Lymie?«

»Ich bring's nicht über mich«, sagte Lymie. »Das liegt wahrscheinlich an meiner Erziehung.«

»Meinst du, *mir* hätte man's anerzogen?« sagte Sally. »Und trotzdem hab' ich mit neun Jahren, ohne daß mich jemand dazu angeleitet hätte, einen Jungen derart zugerichtet, daß er genug hatte. Ich habe einfach einen Ziegelstein genommen und ihn damit geschlagen. Er hieß Johnny Mayberry. Ein netter Kerl. Ich weiß nicht mehr, warum ich so wütend auf ihn war, jedenfalls mußte die Wunde genäht werden, und ich durfte mich lange nicht bei ihnen auf dem Hof zeigen.«

Während sie sprach, öffnete sie ein Buch und nahm einen grauen Briefumschlag heraus, der zwischen den Seiten steckte. Dann richtete sie einen seltsam fragenden Blick auf Lymie und sagte: »Würdest du mir einen Gefallen tun und deinem Freund, mit dem du ja ein Herz und eine Seele zu sein scheinst, diesen Brief geben?«

Lymie nahm den Umschlag und steckte ihn in eine Manteltasche. »Ein Herz und eine Seele ist leicht übertrieben«, sagte er langsam. »Ich glaube, du irrst dich.«

»Ich weiß.« Sally nickte. »Ich hab' es auch nur so hingesagt. Aber gib ihm bitte den Brief, ich weiß nicht, ob ein Zettel —«

Es entging Hope nicht, daß etwas wie Enttäuschung über Lymies Züge huschte. War er enttäuscht, weil er den Mittler zwischen Sally und einem anderen Jungen spielen sollte? fragte sie sich. Hätte er lieber selbst der Empfänger des Briefes sein wollen? Wenn das der Fall war, konnte er einem leid tun. Sallys Briefe würden immer an einen anderen gerichtet sein. Aber Lymie brauchte jemanden. Man sah es ihm an. Er brauchte mehr als das übliche Maß an Liebe. Als Hope sich von den beiden getrennt hatte und im Schatten der Ulmen dahinging, die ihre Zweige über ihr wölbten, wurde ihr bewußt, daß sie ihm nur deshalb gern gelegentlich eine Spitze versetzte, weil er so ahnungslos war und nicht merkte, daß sie schließlich auch noch da war und auf ihn wartete.

23.

Der vordere Gang der Männerturnhalle war leer bis auf eine Waage, die gegenüber der Tür stand, und eine Glasvitrine, in der sich Siegestrophäen befanden. Chlorgeruch aus dem Schwimmbecken füllte die Luft. Zu beiden Enden des Ganges führten Stufen hinauf und hinunter, und dahinter schlossen sich lange Reihen von Metallspinden, hölzernen Bänken und Duschkabinen an. Die Temperatur war in diesem Teil des Gebäudes stets zu hoch, und der abgestandene Geruch von männlichen Körpern und Abflüssen aller Art machte sich unangenehm bemerkbar.

Im dritten Stock des Gebäudes lag unter einem hohen Dach aus Stahlkonstruktion eine große, helle und sonnige, von einer Galerie umgebene Halle. Da keine Wände gezogen waren, wurde sie nur durch das umherstehende Gerät in verschiedene Teile geteilt. Die Hälfte der Halle wurde von Ringen, Barren, Sprossenwänden, Sprungmatten und einem Pferd ausgefüllt. Über den restlichen Raum waren Trapeze verteilt. Unter der Galerie lagen einige Ringkämpfermatten, und in der gegenüberliegenden Ecke hing ein Punchingball. Zwei Treppen führten zur Galerie hinauf, die bei schlechtem Wetter als Rennbahn diente, sich in den Kurven stark neigte, sonst aber eben verlief. Drei weitere Treppen führten hinunter zu den Umkleideräumen.

Nach vier Uhr nachmittags glich die Turnhalle einem Klub. Man sah fast täglich die gleichen Gesichter, und fast alle kannten sich gegenseitig, wenn nicht beim Namen, so doch gut genug, um ein paar Worte miteinander zu wechseln. Lymie kam aus den unteren Räumen, er hatte sich nicht umgezogen und trug sein in Leder gebundenes Notizheft, ein Logikbuch und eine Anthologie von Gedichten aus dem neunzehnten Jahrhundert unter dem Arm. Als er die oberste Stufe erreicht hatte, blieb er für einen Augenblick stehen und nahm mit einem Blick alles auf, was sich in der Halle abspielte. Er sah die kleine Gruppe am Barren, die Springer, die sich überschlugen, sah den Mathematikprofessor, der Gewichte stemmte, und die beiden Jungen, die mit dem Kopf nach unten an Ringen schaukelten. In einer entfernten Ecke entdeckte er endlich die Person, die er suchte – einen Boxer, der regelmäßig zehn Minuten nach vier in kurzen Hosen, leichten, weichen Schuhen, mit bandagierten Handgelenken und schweinsledernen Handschuhen, aus denen die Finger herausgeschnitten waren, zum Training erschien. Dieser Boxer war Spud Latham. Es war unmöglich, ihn zu verkennen, obwohl sein Gesicht in den letzten vier Jahren härter und magerer geworden war und sein Kinn stärker hervortrat.

Spud sprang Seil, als Lymie sich ihm näherte, und gab durch Kopfnicken zu verstehen, daß er von seiner Gegenwart Kenntnis genommen habe. Als er neununddreißig zählte, verfing er sich mit der Ferse im Seil. Sein Gesicht entspannte sich, und er sagte: »Das ist ein beschissener Ort. Niemand will mit mir boxen.«

»Hast du dich schon an Armstrong gewandt?« fragte Lymie.

»Der hat noch vom letztenmal genug«, sagte Spud.

»Du bist wahrscheinlich zu grob gewesen.«

»Nicht mit Absicht«, sagte Spud. »Es ist mit mir durchgegangen, und eh' ich mich's versah, saß er auf dem Arsch.«

»Na ja«, sagte Lymie. »Man kann ihm wohl kaum einen Vorwurf daraus machen, wenn er das nicht noch mal will.«

»Ich hab' ihm nicht weh getan«, sagte Spud. »Ich hab' ihn nur ein bißchen aufgemischt. Die Turnhalle wimmelte von Kerlen, und man sollte annehmen, daß der eine oder andere auch noch für etwas anderes Interesse hat, als auf den Händen zu laufen.«

»Wie ist es mit Maguire?« erkundigte sich Lymie.

»Dieselbe Geschichte.« Spud warf das Springseil beiseite und begann, den Punchingball zu bearbeiten. Seine Bewegungen waren rasch, beherrscht und bestimmt, und in seinen Augen glänzte ein grausames Licht.

Lymie zog sich die Schuhe aus, um Seilspringen zu üben. Er hatte längst nicht Spuds Fertigkeit. Er war zu verkrampft. Schon bei dreizehn trat er daneben und mußte von vorn anfangen.

Spud war ein Jahr älter als Lymie, und sein Körper zeigte das. Sein Wachstum war abgeschlossen. Sein Körper war der eines Mannes, schlank, wohlproportioniert, kräftig und schön. Während des Sommers war er als Rettungsschwimmer in einer von den vielen Badeanstalten in Chicago tätig gewesen, und seine Haare und Augenbrauen waren von der Sonne ausgebleicht. Er hatte eigentlich eine helle Haut, aber jetzt war er gerade so braun, daß es natürlich wirkte. Er hätte ein Portugiese sein können. Obwohl Lymie ihn schon häufig beim An- und Auskleiden beobachtet hatte, war er immer wieder von neuem erstaunt und tief verwundert und spürte das Verlangen, das ihn manchmal überkam, wenn er Plastiken betrachtete – nämlich seine Hand auszustrecken und Spuds Körper zu berühren, die festen Muskelstränge an seiner Seite, seine Schulterblätter, seinen Rücken, seinen festen Bauch, die Adern an seinen Handgelenken oder seine kleinen, spitzen Ohren.

Spud drehte dem Punchingball den Rücken und ging hinauf auf die Galerie, wo die Rudermaschinen standen. Während er oben war, nahm ein untersetzter rothaariger Junge die Boxhandschuhe auf, die Spud beiseite geworfen hatte, und fing an, den Punchingball zu bearbeiten. Spud kam sofort herunter, stellte sich dicht neben ihn hin und beobachtete ihn. Als der rothaarige Junge eine Pause machte, sagte Spud: »Hättest du nicht Lust, mir etwas Boxen beizubringen?«

Der Rothaarige warf ihm einen mißtrauischen Blick zu und sagte: »Such dir jemand, der was davon versteht.«

»Hier versteht niemand etwas davon«, sagte Spud. »Die meisten sind Akrobaten oder so was. Soviel ich gesehen habe, kannst du mehr als ich. Und wenn du mir ein paar Tricks zeigen könntest —«

Der andere streifte sich sein Sweatshirt über den Kopf. »Okay«, sagte er. »Wenn du so versessen darauf bist, können wir ja eine Runde machen.«

Lymie legte Spud die Boxhandschuhe an und ging dann zu dem rothaarigen Jungen hin, der sich bereits den einen umgebunden hatte und dabei war, den anderen zu befestigen. Er half ihm, und der Rothaarige sagte »Danke« und schaute an ihm vorbei auf Spud.

»Drei Runden von je einer Minute«, sagte Spud, »und ein bißchen lebhaft.«

»Zwei genügen auch«, sagte der Rothaarige.

Mit Spuds Uhr in der Rechten trat Lymie ein paar Schritte zurück und rief »Los!«. Die beiden Boxer gingen vorsichtig aufeinander zu. Der Rothaarige wog mindestens zwanzig Pfund mehr als Spud. Aber er bewegte sich sehr langsam. Spud tänzelte im Kreis herum, machte hin und wieder einen kurzen Ausfall, wehrte mit Schultern und Ellenbogen ab und atmete durch den Mund ein und durch die Nase aus. Lymie warf einen Blick auf die Uhr und schaute sofort wieder auf Spud. Einmal, als Spud sich duckte, machte auch Lymie eine ähnliche Kopfbewegung. Es war eine kaum merkliche Bewegung, fast so als schliefe er und träumte, daß er im Ring stehe und kämpfe.

Am Anfang boxten die beiden sehr schulmäßig und bedachtsam, doch gegen Ende der zweiten Runde landete Spud einen Hieb. Er stieß einen kurzen Ruf des Bedauerns aus, und der Kampf ging weiter. In der dritten Runde wiederholte sich dasselbe, doch diesmal entschuldigte Spud sich nicht. Auch der Rothaarige nicht, als er Spud überrumpelte und ihn für einen Augenblick zu Boden schickte.

Lymie rief laut: »Halt!«, aber keiner beachtete ihn. Spud stand auf und umtänzelte seinen Gegner von neuem, boxte aber nicht mehr so gut wie zuvor. Der Rothaarige landete immer wieder einen Hieb, bald auf Spuds Kinn, bald an den Schläfen, bald über dem Auge. Spud begann zurückzuweichen und ließ sich bis an den Barren abdrängen. Armstrong, der daran turnte, sprang wütend herunter und trennte die beiden.

»Was soll das, Latham? Warum bleibst du nicht drüben, wo du hingehörst?« sagte er.

»Ach, red keinen Quatsch«, erwiderte Spud und drehte ihm den Rücken zu. Lymie, der den beiden Kämpfern auf ihrem Weg quer durch die Halle in größter Spannung gefolgt war, band ihnen die Boxhandschuhe auf. Spud und der Rothaarige streiften ihre Handschuhe ab, schüttelten sich die Hände und gingen gemeinsam duschen.

Lymie, sich selbst überlassen, zog seine Schuhe an und hob seine Jacke, seine Bücher, die Boxhandschuhe und Spuds Springseil auf. Als er sich anschickte, die Treppe hinunterzugehen, sah er auf der großen Wanduhr, daß es bereits fünfundzwanzig Minuten nach fünf war. Die Trapezkünstler hatten ebenfalls Schluß gemacht. Wie reife Pfirsiche ließen sie sich, einer nach dem anderen, in das Netz fallen.

24

Nachdem Sally sich von Lymie und Hope getrennt hatte, eilte sie nach Hause. Ihre Mutter hatte ihren »Besuchstag«, und sie sollte helfen. Die Forbes wohnten in einem zweistöckigen Bungalow, nicht ganz zwei Kilometer vom Campus entfernt, in einer ruhigen Gegend. Die Außenseite des Hauses bestand aus weißem Rohverputz, der von kräftigem dreizackigen Efeu bedeckt war. Mrs. Forbes hatte den Efeu aus einem Ableger gezogen, den sie in ihrer Handtasche aus Kenilworth Castle mitgebracht hatte. Ihr Haus und das Haus der Albrechts zur Rechten standen so dicht zusammen, daß dazwischen kaum genügend Platz für eine schmale, zementierte Auffahrt verblieb. Die Apfelbäume hinter dem Haus der Forbes überschatteten den Blumengarten des Professors der Nationalökonomie und seiner Frau, die in dem Haus zur Linken wohnten. Der Professor der Nationalökonomie erhob Anspruch auf die Früchte, die er von seinem Grundstück aus erreichen konnte, wodurch ein etwas kühles Verhältnis zwischen beiden Familien entstanden war. Zum Teil auch, weil Professor Forbes an Sommerabenden, wenn der Rasen ausgetrocknet war, die Sprinkleranlage oft so aufstellte, daß hauptsächlich der Bürgersteig besprengt wurde und Vorübergehende entweder einen Umweg durch das nasse Gras machen oder auf der Fahrbahn laufen mußten.

Mrs. Forbes »empfing« am zweiten Donnerstag eines jeden Monats. An diesen Tagen hatte Professor Forbes Dienst an der Haustür, wo er die ankommenden Gäste begrüßte und ihnen Hüte und Mäntel und, bei Regenwetter, auch Schirme und Überschuhe abnahm. Während der Herbst- und Wintermonate brannte im Wohnzimmerkamin stets ein Holzfeuer. Die Vorhänge waren heruntergezogen. Die Lampen brannten. Im Eßzimmer standen hohe brennende Kerzen in silbernen Leuchtern, der Tisch war mit einem Spitzentischtuch bedeckt, und darauf sah man handbemalte Teller, blitzendes Silberzeug und Platten mit belegten Broten. Manchmal übernahm Mrs. Somers, die Frau des Universitätsdekans, oder Mrs. Severance, die Mutter von Professor Severance, die Bedienung des kupfernen Samowars. Ein andermal hatte Mrs. Clark dieses Amt inne, deren Mann Vorstand der englischen Abteilung war. Am heutigen Nachmittag war die Philosophie-Mathews an der Reihe, die diesen Namen zur Unterscheidung von Mrs. Mathews trug, deren Mann über Nutztierzucht las.

Mrs. Forbes, mit stets gleichbleibender Freundlichkeit und Anmut, stand zum Empfang im Wohnzimmer. Die Versammlung ihrer Gäste erinnerte an jene riesigen Wandgemälde, auf denen z.B. die »Krönung Napoleons« oder »Gelehrte Männer und Frauen des neunzehnten Jahrhunderts« dargestellt sind. Wie bei allen diesen Bildern mußte man Bescheid wissen, um sie deuten zu können. Ein Fremder hätte nichts weiter wahrgenommen als ein Zimmer voll von älteren und ältlichen Leuten, die in Gruppen zu zweit, dritt oder viert mit Teetassen in der Hand umherstanden und etwas zu laut aufeinander einredeten. Mrs. Wentworth, deren Mann zur psychologischen Abteilung gehörte, und Mary Mountjoy, die Italienisch unterrichtete, stritten sich darüber, wann der günstigste Zeitpunkt zum Umpflanzen von Dahlien sei. Der Direktor der Abteilung für Altertumskunde und ein junger Dozent der Biologie hörten einem Kaufmann zu, der in akademische Kreise eingeheiratet hatte. In der Welt und in seinem Büro, sagte er, könne nichts so Schlimmes passieren, daß ihn zwei Manhattans nicht darüber hinwegbringen würden. Nachdem er diese Behauptung aufgestellt hatte, ohne auf Widerspruch gestoßen zu sein, ging er noch weiter und behauptete, daß die meisten Leute erst richtig in Form kämen, wenn sie Alkohol zu sich genommen hätten. Die Althoffs und Helen Grover stichelten den Direktor der englischen Abteilung wegen seiner morgendlichen Acht-Uhr-Vorträge im Radio. Mrs. Baker, die über den modernen Roman las (mit besonderer Berücksichtigung von Henry James), und Alice Rawlings standen in einer Ecke, um vom Kamin wegzukommen. Sie sprachen über Minnie, Mrs. Bakers farbiges Dienstmädchen, das sich nach siebenjährigem treuen Dienst plötzlich einer schwierigen Operation hatte unterziehen müssen und das anschließend erklärt hatte, ihr Freund würde ihr ein ganzes Jahr Urlaub bezahlen. Alice Rawlings sagte, sie habe es aufgegeben und mache nun alles selbst mit Hilfe eines geschickten Burschen namens Fred, der immer freitags vorbeikomme. Es sei der einzige Tag, an dem er einen so kleinen Haushalt wie den ihrigen versorge, ansonsten arbeite er bei den Wilsons und den McAvoys, und er gebe sich Mühe, eine gewisse Ähnlichkeit zwischen ihrem bescheidenen Gärtchen und den riesigen Besitztümern dieser Leute herzustellen. Kathryn Shorthall sagte, was für eine Wohltat es sei, daß ihr Mann hin und wieder gern auswärts esse, und Sallys Vater unterhielt sich draußen in der Halle mit einem Austauschprofessor von der Sorbonne über Montaigne. Alle kannten einander, und das Ganze war wie eine Whistpartie oder ein ähnliches Spiel, bei dem man öfter den Partner wechseln mußte. Man ging zwanglos zu der Gruppe hin, mit der man sich unterhalten wollte, und alle Gruppen öffneten sich einem automatisch und zuvorkommend, und man konnte die Fäden des gerade begonnenen Gesprächs aufgreifen oder ein neues anfangen.

Es gab mehrere junge Mädchen, unter ihnen Sally, die mit Teetassen und Brötchentellern hin und her eilten. Obwohl Sally manchen Gast ihrer Mutter seit Kindesbeinen kannte und so manchen ordentlichen Professor mit seinem Spitznamen anreden durfte, sah sie heute jeden mit fremden Augen an. Es war kein Platz für sie in dieser Welt. Sie liebte Hunde, Pferde, Segelboote, Flugzeuge, kletterte gern auf Apfelbäume, blieb lange auf, ging im Regen spazieren, fuhr an Sommernachmittagen im offenen Wagen ziellos durch die Gegend, saß abends bei einem Lagerfeuer am Strand, legte sich ins Gras und betrachtete die Unterseite der Blätter, sah hinauf zu den Glühwürmchen und Sternschnuppen; ebenso liebte sie es, ihr Interesse zwischen einem schon oft gelesenen Buch und einem Apfel zu teilen, den Sonnenuntergang und das Heraufziehen des Mondes zu beobachten und darüber nachzusinnen, wie der Junge aussehen würde, den sie einmal heiraten würde, wo er in diesem Augenblick sein mochte und wie lange es noch dauerte, bis er sie finden würde ... Die Liste war endlos und entsprach ganz normalen menschlichen Wünschen. Wenn doch nur das Ziel, respektabel zu werden, dabei gewesen wäre, wäre sie glücklicher gewesen, zumindest wären ihr dann viele bittere Auseinandersetzungen mit ihrer Mutter erspart geblieben. Die Worte »nett« und »ordentlich« wirkten wie ein rotes Tuch auf Sally, und jeder Versuch, ihr Benehmen an konventionellen Maßstäben zu messen, bewirkte, daß sie plötzlich drauflosschwatzte, mit lauter Stimme und wenig Logik.

Sie liebte ihre Eltern, aber nicht die Dinge, die deren Leben ausmachten – professorale Würde, Gelehrsamkeit, alte Bücher, alte Möbel, altes Porzellan und der neueste amüsante Klatsch. Für sie fing das Leben erst mit Gewitterstürmen und anderen erregenden Dingen an, und die Atmosphäre ihres Elternhauses hatte unglücklicherweise etwas durchaus Gedämpftes.

Wenn sich solche Reibereien zu sehr häuften, nahm sie ein paar Kleidungsstücke unter den Arm und zog sich in das Studentinnenheim zurück, wo sie auf dieselben Schwierigkeiten stieß. Man erwartete von ihr, daß sie auf ein gepflegtes Äußeres achte, Rücksicht auf ihre Mitstudentinnen nehme und sich stets bewußt sei, der feinsten Verbindung des College anzugehören. Sie kümmerte sich um keines von diesen Dingen, und so bekam sie immer wieder Vorwürfe zu hören, besonders bei den Versammlungen im Wohnheim. Überall rief sie Mißbilligung hervor, und das machte sie merkwürdigerweise unbeholfen und ungeschickt. Sie blieb in Teppichen hängen und stolperte auf der Treppe. Die Mädchen, an deren Freundschaft ihr etwas gelegen war, mochten sie zwar alle leiden, lachten sie aber gleichzeitig aus, weil sie so übereifrig war und so sehr einem jungen Hund glich. Und das verletzte ihren Stolz.

Die Mädchen, die sich nicht über sie amüsierten, waren entsetzt über ihr Benehmen. Kein Zimmer, das sie betrat, war groß genug für sie, alles entglitt ihren Händen. Ohne daß sie es wollte, hatte sie einmal das Chanel Nr. 5 von Emily Noyes herunterfallen lassen, und ein andermal, als sie Joyce Brenners weißes Abendkleid überzog, hatte sie es in den Nähten aufgerissen. Die Folgen waren jedesmal verheerend. Die Mädchen entrissen ihr zerbrechliche Dinge, sobald sie Anstalten traf, sie in die Hand zu nehmen, und das Mädchen, mit dem sie zusammengeprallt war, als sie auf dem oberen Korridor um die Ecke bog, hatte sich mit kalten Umschlägen um den Kopf zu Bett legen müssen. Ihr schien, als wären alle Mädchen aus Glas und sie allein aus Fleisch und Blut, so daß sie sich an ihnen schnitt. Sie hörte schließlich auf, sich um ihr Wohlwollen zu bemühen.

Obwohl unzweifelhaft ein Junge an ihr verlorengegangen war, lag doch nichts Männliches in ihrer Erscheinung. Sie gehörte zu jenem Mädchentyp, den die Griechen als Jägerin darstellten, mit einem Halbmond auf der Stirn, einem silbernen Bogen in der Linken, einem Köcher mit Pfeilen über die eine Schulter gehängt und mit hochgeschürzten Röcken, die ihre langen Schenkel freiließen, so daß sie ungehindert ausschreiten konnte. Während des Festes, das die Römer ihr zu Ehren jährlich feierten, wurden die Jagdhunde mit Girlanden geschmückt und die wilden Tiere geschont. Wein wurde kredenzt, und das Festmahl bestand aus Kitzbraten und Fladen, die man, heiß, wie sie aus dem Ofen kamen, auf Tellern aus Laub servierte, und aus Äpfeln, die am Zweig herumgereicht wurden. Sie war ein Typ, der im Jahre 1927 auf den Universitäten weder bewundert noch häufig angetroffen wurde.

Hope Davison, das einzige Mädchen, mit dem sie sich angefreundet hatte, war ebenfalls eine Außenseiterin, wenngleich von anderer Art. Sie tat nichts, um die Aufmerksamkeit auf sich zu lenken, hatte keine heimlichen Verabredungen und übertrat nie die Hausordnung. Aber sie hatte eine Art, durch die Leute hindurchzusehen, als ob sie Luft wären. Obwohl es ihr in den seltensten Fällen bewußt war, litten die anderen Mädchen doch darunter, ebenso wie unter ihren Bemerkungen, die oft aufrichtiger waren, als nötig gewesen wäre. Nach Ablauf eines Jahres hatte man noch immer nicht die richtigen Umgangsformen mit ihr und Sally gefunden.

Wenn Sallys Nase glänzte, glänzte sie eben. Wer glänzende Nasen nicht gern sah, sollte in eine andere Richtung schauen. Manchmal fehlte tagelang der Gürtel an Sallys rotem Mantel. Die linke Tasche war eingerissen und nicht gerade sachkundig wieder zugenäht. Das Futter war von Motten zerfressen, und man sah dem Mantel an, daß Mrs. Forbes ihn schon für den Lumpenhändler bereitgelegt hatte. Sally fuhr fort, ihn zu tragen, teils, weil er ihr gefiel, und teils, weil darin eine Herausforderung an alle Mädchen im Heim lag, die etwas auf sich hielten. Einige der Mädchen drohten ihr an, den Mantel zu verbrennen, wenn sie ihn nicht ablegen würde, aber diese Drohung wurde niemals verwirklicht. Es wäre sie auch teuer zu stehen gekommen, und das wußten sie.

Sally und Hope erschienen am ersten Tag des Frühjahrssemesters zusammen in der Rhetorikvorlesung, in der auch Lymie Peters neu war. Das Semester hatte an diesem Tage gerade begonnen. Die beiden Mädchen hatten sich auf die beiden leeren Plätze neben ihm gesetzt, und da der Dozent sich nicht die Mühe machte, seine Hörer alphabetisch zu plazieren, blieben sie einfach sitzen. Am Ende der ersten Woche borgten sie sich bereits die Thesenpapiere von Lymie aus. Und nach der zweiten Woche wechselten Sally und Hope die Plätze, so daß sie ihn zwischen sich hatten.

Nach der Vorlesung gingen sie oft zu dritt in das Café »Schiffslaterne«, das lang, schmal und dunkel war, so daß sie kaum etwas zu unterscheiden vermochten, wenn sie aus der Sonne von draußen hereintraten. Manchmal arbeiteten sie, häufiger jedoch saßen sie schwatzend zusammen, sprachen sich gegenseitig aus und richteten mit geschmolzenem Speiseeis, Strohhalmen, Zigarettenasche und Coca-Cola-Pfützen eine ziemliche Schweinerei auf dem Tisch an.

Eines Nachmittags, bald nach Semesterbeginn, trafen Lymie und Spud vor der Universitätsbuchhandlung mit Sally zusammen. Sie redete Lymie an, und er wäre mit einem kurzen »Hallo« weitergegangen, wenn ihn nicht ein unsanfter Rippenstoß dazu bewogen hätte, stehenzubleiben. Nachdem er sie Spud vorgestellt hatte, entstand ein peinliches Schweigen, und Spud schlug vor, irgendwohin zu gehen und eine Coca-Cola zu trinken. Lymie fand diesen Vorschlag albern, da es fast zwanzig vor sechs war. Doch zu seiner Überraschung nahm Sally die Einladung an, und man ging in die »Schiffslaterne«. Spud machte eine leere Nische im Hintergrund ausfindig und wußte es so einzurichten, daß Sally neben ihm zu sitzen kam. Lymie saß ihnen gegenüber. Lymie hatte Spud noch nie in einem solchen Zustand närrischer Erregung erlebt. Er imitierte ein überreiztes Pferd und jenen Vogel, der rückwärts schwimmt, um kein Wasser in die Augen zu bekommen. Er fand auch eine Gelegenheit, das *»O Nacht, so schwarz von Farb'! O grimmerfüllte Nacht!«* anzubringen und vorzuführen, daß es möglich war, eine brennende Zigarette ohne Schmerz und Beschwerden zu verschlucken.

Sally amüsierte sich und war entzückt von allem, was er sagte. Sie redete auch weniger als sonst. Wenn sie Spuds Blicken gelegentlich kurz begegnete, wich sie ihnen sofort aus und schaute auf seinen Schlips oder auf das Taschentuch, das, säuberlich zusammengelegt, in seiner Brusttasche steckte, oder auf seine breiten Handknöchel. Ihre eigenen Hände mit den abgenagten Fingernägeln hielt sie unter dem Tisch verborgen.

Als Sally um sechs Uhr aufbrach, sagte Spud zu ihr, wenn sie einmal nachmittags mit ihm in die Turnhalle ginge, würde er ihr zeigen, wie man boxte.

»Oh, das wäre schön!« rief sie. Ihre Augen weiteten sich vor Freude, aber dann machte sie plötzlich ein trauriges Gesicht und sagte: »Aber du hältst mich ja doch nur zum Narren.«

»Bestimmt nicht«, sagte Spud. Obwohl er eigentlich nur Spaß machen wollte, bekam die Idee jetzt, als sie so darauf reagierte, einen ganz anderen Aspekt. »Es ist mein voller Ernst«, sagte er.

»Das wäre schön«, wiederholte Sally, »schöner als alles in der Welt!«

»Abgemacht«, sagte Spud. »Ich zeig dir alles übers Boxen. So, nimm die Hände noch höher. Ich könnte dir gleich die erste Lektion geben.« Er ergriff ihre beiden Arme an den Handgelenken und brachte sie in die richtige Stellung. »So«, sagte er. »Alles andere ist kinderleicht.«

Sie kam nicht dazu, die Richtigkeit dieser Behauptung zu prüfen, weil es keine weiteren Unterrichtsstunden gab. Am folgenden Tag begegnete Spud ihr auf der Treppe der Aula, und sie sah zu ihm hinüber, sagte aber nichts. Als er in das Studentenheim kam, wo er und Lymie wohnten, feuerte er seine Bücher wütend in die Ecke und wünschte Sally und alle anderen Weiber zum Teufel.

Lymie sprach Sally darauf an, als sie sich das nächstemal sahen, aber sie wußte überhaupt nicht, wovon er redete. Sie hätte Spud überhaupt nicht gesehen, sagte sie, und das stimmte auch! Es war einfach so, daß sie kurzsichtig war. Sie konnte ihre eigene Großmutter auf mehr als sechs Schritt Entfernung nicht ohne Brille erkennen. Deswegen habe sie ihn nicht angesprochen.

Spud wollte das zuerst nicht glauben, und auch als er es

endlich glaubte, konnte dies sein Gefühl nicht verdrängen, sie habe ihn geschnitten. Er weigerte sich, sie zu sehen oder auch nur irgend etwas mit ihr zu tun zu haben.

25.

Lymie ging die Treppen hinunter, bog nach links ab und ging dann wieder geradeaus, bis er zu Spuds Spind kam. Er legte die Sachen, die er trug, ab und drehte so lange an der Scheibe des Nummernschlosses, bis es sich öffnete. Darauf griff er in das Innere des Spindes und nahm ein frisches Handtuch heraus. Weiter unten im selben Gang zogen sich zwei Jungen an. Lymie breitete das Handtuch über die Bank und ging zu der Tür hinüber, die ins Schwimmbad führte. Etwa ein halbes Dutzend Schwimmer tummelte sich im Wasser. Einer von ihnen schwamm hin und her und schlug mit den Füßen aus, daß das Wasser hoch aufspritzte. Die andern standen am Sprungbrett und warteten, bis sie an die Reihe kamen. Ein Junge mit kurzgeschorenem, lokkigem blonden Haar machte einen Kopfsprung. Danach sprang ein anderer. Er war außerordentlich lang und hatte ein sommersprossiges Gesicht. Sein Sprung mißglückte. Langsam kam er wieder hoch und schüttelte sich das Wasser aus den Augen. Der nächste stützte die Hände auf dem äußersten Ende des Brettes ab und streckte die nackten Beine langsam und mühelos empor. Ein paar Sekunden lang suchte er einen festen Stand zu gewinnen, geriet ins Wanken, kam wieder ins Gleichgewicht und ließ sich kopfüber ins Wasser fallen. Der langaufgeschossene Schwimmer kehrte auf das Sprungbrett zurück, und Lymie konnte aus der Art, wie er sich straffte, entnehmen, daß er seinen Sprung zu wiederholen gedachte.

Die beiden Jungen weiter unten im Gang hatten sich inzwischen fertig angekleidet und schlugen ihre Spindtüren zu. Sie bemerkten das saubere Handtuch auf der Bank und sahen zu Lymie hinüber, der an der Tür stand und seine Nase gegen die Scheibe preßte. Wenn sie das Handtuch erst in Besitz hatten, sollte ihnen einmal jemand nachweisen, daß sie es gestohlen hatten. Als sie auf die Stelle zugingen, wo das Handtuch lag, schielte Lymie über die Schulter nach ihnen. Sie ließen es unberührt liegen.

Auf dem Sprungbrett nahm gerade wieder jemand Anlauf zu einem Sprung. Lymie verließ seinen Beobachtungsposten an der Tür, setzte sich vor den offenen Spind und zog den grauen Briefumschlag aus der Tasche. *Für Spud Latham* stand in Sallys runder, leserlicher Handschrift darauf. Der Umschlag war unverschlossen. Für einen Augenblick war Lymie in Versuchung, den Brief zu lesen. Er beherrschte sich jedoch und steckte ihn beiseite.

Spud kam vor Nässe glänzend vom Duschen zurück, nahm das Handtuch, das Lymie für ihn bereitgelegt hatte, und trocknete sich ab. Seine Augen waren klar und hell und voller Freude. »Die Sache hat sich gelohnt«, sagte er. »Es hat mir richtig Spaß gemacht. Der Kerl ist nicht von Pappe, wenn er erst einmal in Fahrt gekommen ist.«

Lymie nahm Spuds Shorts aus dem Spind und gab sie ihm. »Hast du nicht gehört, daß ich ausgezählt habe?« fragte er.

Spud schüttelte den Kopf. »Ich habe überhaupt nichts gehört«, sagte er. »Ich mußte aufpassen, daß ich nicht umgebracht wurde.«

Er setzte sich auf die Bank, um sich die Füße abzutrocknen. Als er damit fertig war, waren Schuhe und Socken für ihn bereit, und seine Boxerhosen und der Jockstrap, die er vom Duschraum mit heraufgebracht hatte, hingen an einem Haken im Spind. Er ließ sich diese kleinen Handreichungen, die er von keinem anderen als von Lymie geduldet hätte, stillschweigend gefallen, ohne darüber nachzudenken. Außerdem merkte er, daß Lymie eine gewisse Befriedigung darin fand, sich nach dem Handtuch zu bükken, das Spud achtlos hatte fallen lassen, und in die Wä-

134

schekammer zu gehen, um es gegen ein sauberes umzutauschen.

Als er zurückkam, war Spud bereits fertig angezogen und damit beschäftigt, seinen Schlips vor dem kleinen Spiegel am Ende der Spindreihe zu binden. »Ich fühle mich großartig«, sagte er. »Was meinst du, was es zum Abendbrot gibt?«

»Mittwochs Kalbsrouladen.«

»Ich könnte leicht einen ganzen Ochsen verschlingen«, sagte Spud.

Lymie steckte den Kopf in den Spind, um Spuds großen schwarzen Hefter zu suchen, und hörte Spud sagen: »Was ist denn das? Was Amtliches?«, und er wußte, daß Spud den Brief entdeckt hatte.

»Das ist für dich«, sagte Lymie.

Spud riß den Umschlag auf und überflog die Nachricht. »Da«, sagte er und drückte Lymie den Zettel in die Hand. *Lieber Spud*, hieß es darauf, *am Samstag nach dem Jahresfest findet bei uns ein zwangloser Tanzabend statt. Hättest Du nicht Lust zu kommen? Mit herzlichen Grüßen, Deine Sally Forbes.* Lymie faltete den Zettel zusammen, schob ihn wieder in den zerrissenen Umschlag und legte ihn auf die Bank. Das Jahresfest war am fünfundzwanzigsten, der Tanz würde demnach am zweiten November stattfinden.

»Was hältst du davon?« fragte Spud. »Meinst du, ich soll hingehen?«

»Wenn es mich beträfe«, sagte Lymie langsam (er wäre selbst gern eingeladen worden), »würde ich keinen Augenblick überlegen. Du wirst dich wahrscheinlich gut amüsieren.«

»Hat Hope dich schon eingeladen?«

Lymie schüttelte den Kopf.

»Warum denn nicht?« fragte Spud.

»Vielleicht geht sie lieber mit einem anderen«, sagte Lymie. »Vielleicht wartet sie auch nur ab, ob du zusagst oder nicht?«

»Wir werden zusammen hingehen«, sagte Spud plötzlich. »Und die Bude auf den Kopf stellen, was sagst du?«

»Wie du meinst, mir soll's recht sein«, sagte Lymie.

Er warf das Handtuch in den Spind und schloß ihn zu. Auf dem Weg zum Ausgang blieben sie am Trinkwasserbrunnen stehen. Lymie drückte den Knopf für Spud, der in tiefen langen Zügen trank. »Aah«, machte er, als er sich aufrichtete. »Jetzt ist mir wohler. Ich war völlig ausgetrocknet.«

»Du bist immer ausgetrocknet«, sagte Lymie. Er beugte sich flüchtig zu dem emporquellenden Wasser und fuhr sich dann mit dem Handrücken über den Mund.

Im vorderen Gang machten sie an der Waage halt. Lymie legte seine Bücher auf den gekachelten Fußboden und nahm Spud den ledernen Hefter ab. Spud stellte sich mit beiden Füßen fest auf die Waage. Der Zeiger schnellte empor und zeigte auf hundertsiebenundvierzig Pfund. Er trat herunter, und Lymie nahm seinen Platz ein. Diesmal ging der Zeiger nur allmählich in die Höhe und schwankte bei hundertneun hin und her.

»Schau an!« rief Lymie. »Ich habe ein Viertelpfund zugenommen. Das kommt wahrscheinlich vom Seilspringen und von den Freiübungen.«

»Gib meinen Hefter her«, sagte Spud. »Du schwindelst ja.«

Ohne den Hefter wog er nur noch hundertsiebendreiviertel. Mit enttäuschtem Gesicht trat Lymie herunter.

Sie waren schon fast auf der Straße, als ihm einfiel, daß er seine eigenen Bücher vergessen hatte. Er rannte zurück, obwohl er wußte, daß Spud allemal warten würde. Nachdem er die Bücher geholt hatte, rannte er wieder hinaus.

Es gab nur wenige Augenblicke am Tage, in denen Lymie den Freund ganz für sich hatte, und während der beiden vergangenen Sommer waren sie sechs Tage in der Woche getrennt gewesen, wegen ihrer Ferienjobs in Chicago. Und selbst an den Sonntagen, wenn Lymie an den

Strand gefahren war, um in Spuds Nähe zu sein, hatte er ihn mit anderen Leuten teilen und so tun müssen, als hätte er nichts dagegen, daß Spud mit sechs anderen Männern von der Rettungsmannschaft in ein Boot stieg und davonfuhr oder wie ein Herrscher hoch über allen Leuten auf der hohen hölzernen Plattform thronte, die Lymie nicht betreten durfte, wenn ihm auch gelegentlich Gunstbeweise gewährt wurden. Es gab so vieles, was Spud Spaß machte und was Lymie nicht mit ihm tun konnte. Er boxte, spielte Fußball und lernte fliegen, und Lymie stand oft als unbeteiligter Zuschauer abseits und wartete auf Spud, der seltsamerweise immer wieder zu ihm zurückkehrte.

Ehe sie das College bezogen, hatte Lymie angenommen, daß sie beide selbstverständlich einer Studentenverbindung beitreten würden, aber Mr. Latham hatte energisch dagegen protestiert. Er müsse jeden Pfennig zusammenkratzen, um Spud das Studium überhaupt zu ermöglichen, sagte er, und wenn Spud im Heim einer Verbindung wohnen wolle, müsse er sich das Geld dazu selbst verdienen; er, Mr. Latham, sei außerstande, die damit verbundenen Extraausgaben zu tragen. Lymie wollte nur mit Spud zusammen einer Verbindung angehören, und so begruben sie den Plan, und als Bob Edwards, der bereits seit einem Jahr auf der Universität war und ein Sigma Chi war, sie beide aufforderte, während eines Studentenfestes in seinem Heim als Gäste zu wohnen, lehnten sie die Einladung ab.

Im September darauf fuhren Lymie und Spud, Frenchie de Fresne und Ford im selben Zug in die kleine Universitätsstadt, die etwa hundertfünfzig Kilometer von Chicago entfernt lag. Frenchie war in seinem letzten Schuljahr Kapitän der Footballmannschaft gewesen und bezog das Sigma-Chi-Heim. Ford hatte Einladungen sowohl von den Sigma Chis, den Deltas als auch von den Phi Gamas, nahm aber im Psi-U-Heim Quartier; da sein Vater einst ein Psi U gewesen war, war es klar, daß auch er einer werden würde.

Ein Kommilitone dieser Verbindung holte ihn auf dem

Bahnhof ab und nahm seinen Koffer. Frenchie war von fünf älteren Semestern umgeben, von denen drei große Footballspieler waren. Lymie und Spud sahen ihn ein paar Minuten später in einem klapprigen Auto ohne Dach und Kotflügel, das über und über mit Zeichen bemalt war, davonfahren.

Sie ließen ihre Koffer auf dem Bahnhof und nahmen eine winzige Straßenbahn, die förmlich in den Schienen hüpfte und sie nach einiger Zeit mitten auf den Campus trug. Lymie und Spud stiegen aus und schauten sich um. Die Gebäude machten einen geräumigen Eindruck, und die Rasenflächen schienen sich ins Unendliche zu erstrekken. Ehe sie eine passende Unterkunft fanden, gingen sie durch mehrere an den Campus grenzende Straßen. Auch ohne die Schilder mit der Aufschrift ZIMMER AN STUDENTEN ZU VERMIETEN konnte man die Häuser für Studenten und die Privathäuser leicht unterscheiden. Die Häuser für Studenten hatten fast ausnahmslos einen neuen Anstrich nötig. Sie waren weder von Ziersträuchern noch von Blumenbeeten umgeben, und der Rasen – sofern überhaupt welcher vorhanden – war in erbärmlichem Zustand.

Spud hätte gleich in dem erstbesten dieser Häuser ein Zimmer gemietet, aber Lymie hielt ihn zurück. Sie gingen ein Stück weiter, bis sie in eine etwas bessere Gegend kamen. Als sein Blick auf das Haus mit dem Mansardendach fiel, sagte Lymie: »Da werden wir wohnen.« Das Haus war weiß gestrichen und stand etwas von der Straße entfernt, ein verandaartiger Vorbau lief, einen zweiten tragend, daran entlang und erinnerte an die Verdecke eines Flußdampfers.

Sie betraten die Veranda und drehten an der altmodischen Glocke, die hohl dröhnte. Im Innern des Hauses schlug ein Hund an. Durch die weißen Konturen einer Landschaft auf den Scheiben der Haustür konnten sie in die Halle blicken und die Umrisse der dort stehenden, eng aneinandergerückten Möbel erkennen. Es sah aus, als würden die Bewohner des Hauses gerade einziehen. Das Bellen des Hundes wurde lauter. Die Stimme eines Mannes sagte: »Verdammt noch mal, Poo-Bah, es ist ja nur die Klingel.«

Die Tür wurde geöffnet, und sie standen einem Mann in mittleren Jahren gegenüber. Er hatte graues Haar und trug einen Hornzwicker, der an einem schwarzen Band hing.

»Ja?« sagte er.

»Wir suchen ein Zimmer«, erklärte Lymie.

Seine Worte wurden vom Gebell des Hundes übertönt, eines schwarz-weißen Spaniels, der sich zwischen den Beinen des Mannes hindurchzuzwängen suchte.

»Entschuldigen Sie einen Augenblick«, sagte er und ergriff den Hund am Halsband. »Wirst du jetzt ruhig sein, Poo-Bah! Oder muß ich erst die Gerte nehmen und dich durchhauen? Dann kannst du aber was erleben!« Mit allen Anzeichen einer heftigen Gemütserregung wandte sich der Mann dann wieder an Lymie und Spud. »Er hat sicherlich geglaubt, es sei der Briefträger. Zwei Einzelzimmer, sagten Sie? Oder wünschen Sie ein gemeinsames Zimmer?«

»Wir würden gern zusammen wohnen«, sagte Lymie.

»Gut«, sagte der Mann und trat von der Tür zurück. »Kommen Sie nur herein, ich werde Ihnen zeigen, was ich… Hör auf jetzt, Poo-Bah! Ich hab' dieses Herumgejaule satt. Diese beiden jungen Herren suchen ein Zimmer, verstehst du? Noch einen Laut, und ich sperre dich in die Küche.«

Im Gänsemarsch schlängelten sie sich an Spinnrädern, Tischchen, Waschkommoden mit Marmoraufsätzen, Schaukelstühlen, Kamingittern, Roßhaarsofas, Stühlen und allem möglichen anderen Gerümpel vorbei, das die Halle versperrte.

»Ich hoffe, all das stört Sie nicht weiter«, sagte der Mann, indem er auf eine Kollektion von gläsernen Hüten, Hühnern und Händen zeigte. »Mein Schild wird gerade neu gemalt, so daß man von draußen wahrscheinlich gar nicht merkt, daß ich eine Antiquitätenhandlung führe. Das Erdgeschoß dient mir als Laden, wie Sie sehen. Ich versuche zwar, für Ordnung und Sauberkeit zu sorgen, aber immer wieder kommen Leute und bringen mir Sachen, und plötzlich ist alles vollgestopft.«

Als sie an der Treppe waren, schnüffelte der Hund nicht mehr feindselig an Spuds Hosenbein, sondern machte die ersten freundschaftlichen Annäherungsversuche. Spud beugte sich zu ihm hinunter und kraulte ihn hinter dem Ohr.

Die Zimmer im ersten Stock gingen eines in das andere, und keines schien auf gleicher Höhe mit den anderen zu liegen. Die Fenster waren groß, die Decken hoch, aber die Zimmer selbst hatten seltsame, unnatürliche Formen und schienen erst nachträglich aus den ursprünglichen Räumen herausgeschnitten worden zu sein.

»Im Augenblick sind nur zwei frei«, sagte der Mann. »Und das eine ist bestimmt zu klein für Sie. Es ist nur eine Art Kammer. Aber dies hier —« er stieß eine Tür auf »— ist recht ordentlich, vorausgesetzt, Sie nehmen keinen Anstoß daran, daß es nach Norden liegt und daß sich jenseits der Straße eine chinesische Tankstelle befindet.«

Das Zimmer hatte zwei große Fenster und war mit zwei Arbeitstischen, zwei unansehnlichen Holzstühlen, zwei billigen Kommoden, einem Sessel mit einem Zigarettenbrandfleck in der Polsterung und einem kleinen, leerstehenden Bücherregal ausgestattet. Die Gardinen waren aus schlabbrigem Stoff, und der Teppich bedeckte nur einen Teil des Fußbodens und franste an verschiedenen Stellen aus. Lymie ließ seine Blicke von der mit rosa und blauen Blumenmustern verzierten Tapete zu den Fensterläden schweifen, die grün waren und Risse aufwiesen. Sie hatten sich ihr Zimmer anders vorgestellt. Es hatte keinerlei Ähnlichkeit mit dem Zimmer auf dem Bild mit dem pfeifenrauchenden jungen Studenten. Spud schaute Lymie fragend an, dann trat er an den Schrank, der Hund ihm auf den Fersen. Der Schrank war ziemlich groß.

»Mir ist's recht«, sagte er.

»Was soll es kosten?« fragte Lymie.

»Nun ja«, sagte der Mann nachdenklich. »Der letzte Mieter hat mir fünfzehn bezahlt, er war ein reizender junger Mann und bewohnte es allein, im vergangenen Frühjahr hat er seine Abschlußprüfungen gemacht. Aber es ist eigentlich mehr wert: wie Sie sehen, ist es von beträchtlicher Größe, und ich glaube nicht, daß ich es Ihnen billiger als – meine Kohlenrechnung ist extrem hoch und das elektrische Licht ebenfalls. Und selbstverständlich gibt es warmes Wasser und alles, was dazugehört. Also, sagen wir mal, achtzehn Dollar für Sie beide.«

»Pro Woche?« fragte Lymie gespannt.

»Du lieber Himmel, nein! Es würde mir nicht im Traum einfallen, achtzehn Dollar die Woche dafür zu fordern. Nicht für ein solches Zimmer. Ja, wenn es anders möbliert wäre! Achtzehn Dollar im Monat. Neun Dollar für jeden. Ich glaube nicht, daß Sie irgendwo etwas Vorteilhafteres finden könnten. Ein Zimmer von dieser Größe, hell und überhaupt. Es hat keinerlei Nachteile. Das einzige, was Ihnen vielleicht nicht gefallen wird, ist das enge Aufeinanderleben mit den anderen Mietern. Auf dieser Etage wohnen elf Personen – alles Studenten natürlich –, und ich weiß nicht, wie es kommt, aber wenn zu viele Menschen unter einem Dach zusammenwohnen, gibt es irgendwie immer Krach.«

Sie entschlossen sich, das Zimmer zu nehmen.

Am selben Abend, als sie ausgepackt hatten, machten sie einen Spaziergang. Es war Vollmond. Sie konnten sich nicht erinnern, jemals einen Mond von solcher Größe gesehen zu haben. Beide waren durchdrungen von dem Gefühl, daß die Welt größer geworden war, daß sie Geld in der Tasche hatten (wenn auch nicht viel) und daß niemand sich darum kümmern würde, wie sie es ausgaben. Sie waren frei, ihren Familien und der Tyrannei des Elternhauses entronnen. Um all dies zu feiern, kehrten sie in einem Drugstore ein und bestellten Vanilleeis mit heißer Schokoladensoße. Das Eis schmeckte so gut, daß sie sich vornahmen, keinen Abend im Jahr verstreichen zu lassen, ohne Eis mit Schokoladensoße zu essen.

26.

Der Antiquitätenhändler hieß Alfred Dehner. Er bewohnte ein großes Schlafzimmer im Parterre unmittelbar neben der Küche und schlief in einem Himmelbett mit einem schmutzigen weißen Baldachin. Da sich unten kein Badezimmer befand, benutzte er das in der ersten Etage und verwahrte seine Zahnbürste und sein Zahnpulver, die Seifenschale, den Pinsel und das Messer seiner viktorianischen Rasiergarnitur, ein Stück Olivenölseife, Jod und doppeltkohlensaures Natron in dem Medizinschränkchen über dem Waschtisch. Obwohl sich die Jungen dauernd untereinander bestahlen, rührte keiner jemals seine Toilettengegenstände an.

Eine Woche nachdem sie eingezogen waren, kamen Lymie und Spud dahinter, daß Mr. Dehner die Miete erhöht hatte – ihr Zimmer war im vergangenen Jahr ebenfalls von zwei Jungen bewohnt worden, nicht von einem, wie er gesagt hatte, und sie hatten beide zusammen nur fünfzehn Dollar im Monat bezahlt. Was Mr. Dehner ihnen jedoch über den Krach berichtet hatte, erwies sich als zutreffend. Die vornehme Atmosphäre, die durch die alten Möbel hervorgerufen wurde, endete an der Treppe. Im ersten Stock liefen die Jungen völlig nackt oder mit einem Handtuch um die Hüften zwischen dem Badezimmer und ihren Zimmern hin und her, und wer gerade zum Singen aufgelegt war, sang aus voller Kehle. Die Jungen hielten sich selten für längere Zeit in ihren Zimmern auf, sondern wanderten den ganzen Abend ziellos von einem ins andere, auf der Suche nach jemandem, der sie seinen Aufsatz abschreiben ließ, ihnen bis zum Freitag einen Dollar pumpte, mit dem sie Jiu-Jitsu üben oder dem sie auf die Nerven gehen konnten. Sechs oder sieben hockten meistens in irgendeinem der Zimmer zusammengedrängt auf dem Fußboden und unterhielten sich über Football, Baseball oder Mädchen. Manchmal, wenn es allzu laut wurde, sah einer der Jungen von dem Magazin auf, das er gerade las, und brüllte: »Ruhe! Arbeits- und Lesestunde!« Aber das hatte nie auch nur die geringste Wirkung. Es war auch kaum ernst gemeint, sondern mehr im Spaß dahingesagt oder auch nur ein Vorwand, um mit jemandem Streit anzufangen.

Streitigkeiten entwickelten sich dauernd aus den geringfügigsten Anlässen – wegen eines Füllfederhalters, den sich einer geborgt und leer wieder zurückgegeben hatte, wegen der Punkte, die man im Schlußrennen gegen die Universität von Illinois vor zwei Jahren gewonnen hatte, oder weil einer an dem Tennisschläger, der zum Haus gehörte, die Bespannung beschädigt hatte. Es war ganz normal, daß man beim Nachhausekommen in der oberen Etage oft auf zwei Gestalten stieß, die sich grunzend herumwälzten, einander an die Kehle gingen und mit den Hacken auf den Fußboden trommelten. Meistens waren es harmlose Katzbalgereien, aber manchmal war es auch ernst. Es stand jedem frei, stehenzubleiben und zuzuschauen. Wer kein Interesse daran hatte, schritt über die Körper hinweg und ging auf sein Zimmer.

Im Winter wurden die Heizkörper um zehn Uhr abgestellt. Je kälter es in den Studentenbuden wurde, um so mehr Kleidungsstücke legten die Jungen an – Sweater, Bademäntel, Mäntel und Halstücher, bis sie trotzdem ins Bett kriechen mußten, um sich aufzuwärmen. Der Schlafsaal befand sich auf dem Boden unter dem Mansardendach. Er hatte keine Heizung, und die Fenster standen vom September bis spät in den Juni hinein sperrangelweit offen.

Des Nachts, wenn bereits tiefe Stille eingetreten war, hörte man manchmal nackte Füße über den Fußboden tapsen und bald darauf eine unten angefangene Unterhaltung neu aufleben, die immer lauter wurde, bis jedermann im Schlafsaal wach war und daran teilnahm. Manchmal spazierten zwei oder drei zwischen den Betten auf und ab, und wenn sie an Lymies Bett kamen, schüttelten sie ihn an der Schulter und flüsterten »Mußt du pissen, Lymie...? Mußt du nicht pissen?« Manchmal wurde eine Tür aufgestoßen, und eine Stimme rief »Feuer! Feuer! Steve Rush brennt!«, und gleich darauf sprangen zehn oder elf Jungen aus ihren Betten und stürmten die Treppe hinunter nach Wasser. Wenn das Feuer sich auszubreiten drohte, mußten auch Freeman und Pownell gelöscht werden. Aber gewöhnlich war das Bett von Rush das einzige, das gründlich durchweicht wurde. Er hatte einen tiefen Schlaf und war als Schläger bekannt, und man konnte sich darauf verlassen, daß er brüllend und fluchend durch das Haus stürzen würde, bereit, jeden umzubringen, den er erwischte.

Spud, der an Ruhe während des Arbeitens gewöhnt war, fühlte sich durch den Lärm und das Durcheinander gestört, während Lymie sich von dem Augenblick an, da er sich hinsetzte und all seine Bücher mit der Eintragung versah: »Lymon Peters jr., 302 South Street«, in dem Mietshaus wie zu Hause fühlte. Sein Pult stand vor dem einen Fenster, Spuds vor dem anderen. Wenn er arbeitete, bemerkte er die Jungen kaum, die fortwährend durch das Zimmer liefen. Nur wenn einer über die Schwelle stolperte und anfing zu fluchen, schaute er manchmal auf und lächelte.

Kehrte wirklich einmal für fünf Minuten Stille in der ersten Etage ein, konnte man darauf gefaßt sein, daß sich jemand fand, der dem Hund so lange Gesichter schnitt, bis das Tier anfing zu winseln und zu bellen und wie wild umherzurasen und Mr. Dehner schließlich zur Treppe gelaufen kam.

»Quält ihr das arme Tier schon wieder?« schrie er dann, indem er sich mit der Hand auf das Geländer stützte. »Was ist denn das für eine Grausamkeit, was für ein Mangel an einfachem menschlichen Anstand! Wenn das nicht sofort aufhört, werde ich beim Rektor anrufen, mein Wort drauf! Ich werde in seinem Büro anrufen und den Rektor persönlich verlangen!«

Mr. Dehner hatte eine schrille und durchdringende Stimme. Sein Akzent war nicht der eines Mannes aus dem Mittelwesten. Seine R waren unrein. Die A waren breit und schienen volltönender als die dünnen, flachen. Jedesmal, wenn Mr. Dehner anfing laut zu sprechen, legte Lymie sein Buch aus der Hand und lauschte. Mr. Dehner war fast immer über irgend etwas erregt – oder vielmehr über nichts, wie es sich später meistens herausstellte. Seine Stimme schraubte sich gewöhnlich höher und höher empor, als stünden außergewöhnliche Dinge zur Debatte, und wenn Lymie sich dann auf den Zehenspitzen an die Treppe schlich und sich über das Geländer beugte, entdeckte er meistens, daß Mr. Dehner sich mit einigen Professorenfrauen über Paul-Revere-Silber unterhielt oder ihnen Ratschläge erteilte, wie man mit Kampfer Alkoholflecken von Tischplatten entfernen konnte.

Die Jungen nannten ihn hinter seinem Rücken »Maggie«, aber sie mochten ihn. Sie mochten alles, was seltsam oder ungewöhnlich war. Sie fanden es ganz in Ordnung, daß Colter mit Schweinen umzugehen verstand; daß Fred Howard fromm war und seine Freizeit in der Wesley-Stiftung verbrachte; daß Amslers Mutter wöchentlich einmal mit dem Auto aus Evansville herüberfuhr, nur um sich zu überzeugen, daß er genügend zu essen bekam; und daß Freeman hin und wieder während des Essens seine sechs Vorderzähne herausnahm und sie in die Wasserkaraffe warf.

Sie machten Lymie keinen Vorwurf daraus, daß er so mager war, sondern prahlten Fremden gegenüber damit. Geraghty, der Medizin studierte, kam oft abends in Lymies Zimmer und veranlaßte ihn, sich das Hemd auszuziehen.

Lymies Körper sei ebensogut wie das Skelett in der Anatomie, sagte er. Er war imstande, an ihm jeden Knochen zu finden und zu benennen.

Spud war so lange nicht besonders gern gelitten, bis er eines Nachmittags Reinhart und Pownell dazu überredete, mit ihm in der Turnhalle zu boxen. Von da an hieß er »der Totschläger« und hatte seinen Platz in ihrem Kuriositätenkabinett und gehörte dazu.

Die meisten Jungen aßen in einer Mensa etwa drei Straßenzüge von ihrer Unterkunft entfernt. Die wöchentlichen Essenskarten kosteten fünf Dollar, und wenn man sich zu einem Stelldichein verabreden wollte, fand man dort leicht Gelegenheit dazu. Die Jungen aus »302« nahmen ihr Frühstück, ihren Lunch und ihr Abendessen stets an denselben beiden Tischen ein. Manchmal, wenn an jedem Tisch nur noch ein Stuhl frei war, wurden Lymie und Spud getrennt, aber gewöhnlich aßen sie zusammen.

In einem Heim wäre das sofort aufgefallen, und irgend jemand hätte gesagt: »Höchste Zeit, die beiden auseinanderzubringen.« Man hätte Spud und Lymie nicht einmal gestattet, den Weg zum Campus zusammen zurückzulegen, jemand wäre dazwischengetreten und hätte sie getrennt. Auf »302« scherte sich keiner darum.

Spud brachte allabendlich mindestens eine Stunde damit zu, das Zimmer aufzuräumen. Seine eigenen und Lymies Schuhe mußten in Reih und Glied im Schrank stehen. Dann hängte er einige Hosen so auf, daß die Bügelfalten nicht zerdrückt wurden, und vergewisserte sich, ob Lymie nicht die zu einem bestimmten Anzug gehörende Weste mit einem anderen Jackett zusammengehängt hatte. Die Gegenstände auf seinem Pult – seine Bleistifte, sein Löscher, sein Füllfederhalter, sein Lineal und die Tintenflasche – mußten in einer bestimmten Reihenfolge liegen, und auf dem Pult und in den Schubfächern mußte Ordnung herrschen, sonst war er nicht imstande, sich auf eine mathematische Aufgabe oder die deutsche Grammatik zu konzentrieren.

Dieser Aufräumungswut lag keineswegs Ordnungsliebe zugrunde. Spuds Gewissen verbot ihm, an einem Wochentag ins Kino zu gehen oder Detektivgeschichten zu lesen, deswegen war er nicht aufs College gegangen. Aber er schob gern andere Dinge vor, um der geistigen Arbeit aus dem Weg zu gehen. Und so kam er oft vor lauter Besuchern, Herumspielen mit dem Hund und anderen unvorhergesehenen Unterbrechungen kaum zum Arbeiten und fing, nachdem er knapp zwei, drei Seiten gelesen hatte, an zu gähnen und stellte fest, daß es bereits zehn Uhr und damit Zeit sei, das Buch aus der Hand zu legen und ans Schlafengehen zu denken.

Er und Lymie waren immer die ersten, die sich hinauf in den Schlafsaal begaben. In dem großen, eiskalten Bett drängten sie sich zitternd wie junge Hunde eng aneinander, bis die Körperwärme ihre Schlafanzüge aus Flanell und die schweren wollenen Bademäntel durchdrang. Lymie hatte die Angewohnheit, auf der rechten Seite zu liegen, und Spud, die Fäuste in seinen Rücken gestemmt, kuschelte sich an ihn. In fünf Minuten war das Bett wohlig durchwärmt, und Spud war eingeschlafen. Lymie brauchte gewöhnlich etwas länger dazu. Entspannt und schläfrig lag er da und spürte, daß es draußen kalt war und daß Spud Wärme und einen Geruch ausströmte, der nicht schweißig und abgestanden war wie der Körpergeruch anderer Leute. Dann bewegte er den Fuß, bis er mit dem Spann Spuds nackte Zehen berührte, und aus dieser letzten Berührung mit der Wirklichkeit ließ er sich beruhigt in die Finsternis abgleiten und hatte an nichts mehr teil.

27.

Als Sally an einem Nachmittag Lymie das erstemal mit zu sich nach Hause brachte, führte sie ihn hinauf in Professor Forbes' Studierzimmer, in dem ihre Eltern mit Professor Severance saßen. Mrs. Forbes stopfte Strümpfe. Eine mit Schildpatt eingefaßte Brille hing unsicher auf ihrer Nase. Sie hatte Sallys Augen und ihren Teint, war aber selbstbeherrschter als ihre Tochter. Ihr Haar war in der Mitte gescheitelt und bedeckte ihre Schläfen. Ihr Lächeln war einnehmend, aber gleichzeitig ein wenig zweideutig.

»Ich freue mich, Lymie, daß Sie sich endlich entschlossen haben, sich sehen zu lassen«, sagte sie. »Ich hatte schon angefangen, mir Gedanken zu machen. Manche Leute, von denen Sally erzählt, existieren nämlich gar nicht, davon bin ich überzeugt. Sie können das auch gar nicht... Das ist Mr. Severance.«

»Mr. Peters und ich kennen uns bereits«, sagte Professor Severance und nickte. »Wir sehen uns jeden Montag, Mittwoch und Freitag um zwei.«

»Und das ist mein Papa«, sagte Sally.

Professor Forbes erhob sich und streckte die Hand aus. Er war ein hochgewachsener Mann mit schwarzem Haar, schwarzen Augen und aufgeworfenen Lippen, die man durch seinen Bart schimmern sah. Er bot Zigaretten an, aber Lymie schüttelte den Kopf.

»Ist euch an dem Baum nichts aufgefallen, als ihr hereingekommen seid?« fragte Mrs. Forbes.

»An welchem Baum?« sagte Sally.

»Nun, an dem zwischen Randstein und Trottoir.«

»Nein«, sagte Sally, »was ist damit?«

»Dein Vater hat ihn heute fast umgefahren.«

»Nicht möglich!« rief Sally. »Wie hat er denn das fertiggebracht? Der Baum steht doch mindestens vier Fuß von der Einfahrt entfernt?«

»Es ist ihm trotzdem gelungen«, sagte Mrs. Forbes triumphierend. »Wie, weiß ich auch nicht... Mein Mann lernt nämlich fahren«, wandte sie sich erläuternd an Lymie. »Er hat schon ein paar Stunden gehabt, und heute nach dem Lunch ist er allein ausgefahren, und als er zurückkam, hat er fast die ganze Rinde von der einen Seite dieses riesigen Baumes mitgenommen.«

»Du übertreibst«, sagte Professor Forbes, ohne die Zigarette aus dem Mund zu nehmen. »Die ganze Geschichte ist maßlos übertrieben.« Die Asche fiel von der Zigarette auf sein Jackett.

»Ich übertreibe gar nicht«, sagte Mrs. Forbes. »Ich bin hinausgegangen und hab's mir angesehen.«

»Hat das Erkerfenster der Albrechts etwas abbekommen?« fragte Sally.

»Nein, es ist heil geblieben«, sagte Mrs. Forbes.

Professor Severance wollte sich ausschütten vor Lachen.

»Können wir nicht das Thema wechseln?« fragte Professor Forbes gereizt.

Mrs. Forbes schaute ihn über ihre Brille hinweg an. »Es ist sicher besser«, sagte sie, indem sie die Augenbrauen hochzog.

»Wie geht es Mrs. Sevvy?« fragte Sally.

»Danke, besser.« Professor Severance war plötzlich wieder ernst geworden. »Sie liegt aber noch immer im Bett. Der Arzt meinte, noch ein paar Tage könnten ihr nicht schaden.«

»Mr. Severances Mutter ist eine bemerkenswerte Frau«, sagte Mrs. Forbes, zu Lymie gewendet. »Sie ist dreiundsiebzig und gibt die lustigsten Gesellschaften und kocht das beste Essen von allen Frauen in der Stadt. Ich hoffe, daß Sie sie noch kennenlernen werden.«

»Sobald es meiner Mutter wieder bessergeht, müssen Sie zum Essen zu uns kommen«, sagte Professor Severance. »Ich habe Ihnen schon längst sagen wollen, wie sehr mir Ihre Prüfungsarbeit gefallen hat.«

Lymie errötete.

»Nichts ist entmutigender, als wenn man seine eigenen Worte zwanzig- oder dreißigmal an den Kopf geworfen bekommt«, fuhr Professor Severance fort. »Manchmal kommt es mir so vor, als redete ich zu einer Klasse von Papageien. Schuld daran sind nur diese elenden Notizhefte. Eines Tages werde ich alle einsammeln und zum Fenster hinauswerfen.«

»Da können Sie die Studenten gleich hinterherwerfen«, sagte Professor Forbes.

»Manche sind zu groß dazu«, sagte Professor Severance, »und zu kräftig.«

»Und *meine* Prüfungsarbeit?« sagte Sally und warf ihm einen Seitenblick zu. »War sie nicht originell, Sevvy?«

Professor Severance räusperte sich und strahlte sie dann wohlwollend an. »Doch, meine Liebe, recht originell«, sagte er. »Das einzige, was ich – hm – auszusetzen hätte, wäre, daß sie nur eine ungenügende Bekanntschaft mit dem gestellten Thema verriet.«

»Da hörst du es«, sagte Sally zu ihrer Mutter.

»Nur allzu deutlich, fürchte ich«, sagte Mrs. Forbes. Sie entschuldigte sich und verließ das Zimmer.

Eine bedrückende Stille trat ein. Sally war von der Bemerkung ihrer Mutter peinlich berührt, und Professor Forbes hatte sich so daran gewöhnt, daß seine Frau die Lücken im Gespräch überbrückte, daß ihm nichts einfiel. Die Höflichkeit hinderte Professor Severance daran, das Thema fortzusetzen, das sie erörtert hatten, bevor Sally und Lymie ins Zimmer gekommen waren – Spensers Beeinflussung durch den *Orlando Furioso* –, da es sie wahrscheinlich kaum interessieren würde.

Lymies Augen schweiften durch das Zimmer. Die Decke war niedrig und über den langen Bücherregalen an den Seiten gewölbt. Holbeindrucke und ein farbiger Stadtplan von Paris hingen an den Wänden. Professor Forbes' Schreibtisch stand in der Nähe von zwei kleinen, nach vorn hinaus liegenden Fenstern neben einem großen, mit Büchern vollgepackten Tisch, die so nachlässig aufgestapelt waren, daß sie herunterzufallen drohten. Lymies Augen blieben auf einem großen lackierten chinesischen Wandschirm haften.

»Schön, nicht wahr?« sagte Professor Severance. »Es ist ja gut und richtig, daß man nicht begehren soll seines Nachbarn Weib, Eselinnen und Kamele, aber wenn es sich um *objets d'art* handelt, werde ich doch manchmal wankelmütig.« Er stand auf und durchquerte das Zimmer, um sich den Wandschirm genauer anzusehen. »Modern?« fragte er über seine Schultern hinweg.

»Mein Schwager hat ihn uns geschickt«, sagte Professor Forbes ausweichend.

»Der, der immer auf Reisen ist?« fragte Professor Severance.

Professor Forbes nickte. »Er hat ihn in einem Trödlerladen in Manila erstanden.«

»Er ist sehr schön«, sagte Professor Severance.

Der Lackschirm war dreiteilig. Auf dem Teil, das dem Zimmer zugekehrt war, erblickte man weiße Blumen, die wie Rosen, nur größer und steifer aussahen. Wie Pfingstrosen etwa, dachte Lymie. Die Blumen standen in rechteckigen blauen Vasen, und die Vasen ruhten auf Ständern aus geschnitztem Teakholz und hoben sich von einem gelben Hintergrund ab. Professor Severance faltete den Schirm zusammen, drehte ihn um und öffnete ihn wieder. Auf der Innenseite sah man auf allen drei Teilen eine Schar chinesischer Reiter, die eine Attacke ritten.

Die fetten Reitergestalten ritten über rosa emporzüngelnde Flammen und gekräuselte blaue Linien, die den Rauch darstellten. Ihre langen, lose sitzenden Ärmel schlotterten um ihre Ellenbogen. Ihre Kittel blähten sich, und man erkannte, daß ihre Beine gepanzert und ihre Füße nackt waren. Die Luft war schwarz von Pfeilen. Einige von den Reitern ritten mit eingelegten Lanzen, die Schultern in Erwartung des Zusammenpralls gestrafft, andere schwangen Dolche und gruben ihre Knie tief in die Flanken ihrer Pferde. Hier und da krümmte einer sich im Sattel zusammen oder richtete sich auf, und einer, der von einem aus seinem Rücken hervorragenden Speer durchbohrt war, wurde in den Steigbügel geschleift. Ihre Gesichter waren ziegelrot oder totenbleich. Alle hatten die gleichen dünnen Schnurrbärte und Kinnbärte, und ihre Gesichter drückten Wildheit, Grausamkeit und List aus. Einzig das Gesicht eines abgeschlagenen Kopfes, der unter die Füße der Pferde gerollt war, spiegelte eine tiefe Ruhe und blickte heiter und still zum Himmel. Die Pferde waren von der gleichen Raserei besessen wie ihre Reiter. Es waren fette Schimmel, Schecken und Goldfüchse mit Drachenköpfen, elfenbeinfarbige Tiere mit goldenen Mähnen, Hufen und Schwänzen, blaue und rote Pferde und Pferde mit Schuppen und wilden, fischähnlichen Gesichtern.

»Ich hätte den Mann gern gekannt, der das gemacht hat«, sagte Professor Severance. »Der Mann, der zum erstenmal auf diese Idee gekommen ist und den Einfall gehabt hat, auf der einen Seite stilles, pflanzliches Leben – diese wunderbar ruhigen Blumen – und auf der anderen Seite Krieger darzustellen.«

»Ich nehme an, es handelt sich um eine traditionelle Gegenüberstellung«, sagte Professor Forbes.

»Ohne Zweifel, aber jemand muß zum erstenmal darauf gekommen sein. Auf die gegenseitige Anziehung von Sanftheit und Gewalt, verstehen Sie, Mr. Peters? Der gewalttätige Körper und der gelassene philosophische Kopf.«

»Verschonen Sie mich mit philosophischen Köpfen«, sagte Mrs. Forbes. Sie kam mit einem Tablett herein, auf dem eine silberne Teekanne stand. Außerdem befanden sich Tassen, eine silberne Zuckerdose, ein Milchkännchen, Zitronenscheiben und hauchdünn geschnittene Butterbrote darauf. »Wenn ich jemals wieder heiraten sollte, werde ich mir einen Klempner nehmen. Seit zwei Tagen versuche ich jemand zu finden, der unseren Heißwasserboiler im Keller in Ordnung bringt.«

»Die ganze Klempnerei«, sagte Professor Severance vorwurfsvoll, »ist doch weiter nichts als reine Deduktion.«

»Mit einem Loch darin«, sagte Mrs. Forbes.

Er drehte den Schirm herum, so daß die Blumen wieder zu sehen waren. Dann nahm er Platz und verfolgte aufmerksam und gespannt, wie Mrs. Forbes Tassen und Untertassen auf dem Tablett zurechtstellte.

»Zucker?« wandte sie sich an Lymie. »Zitrone?«

»Nein danke«, sagte er beide Male.

»Ein Purist«, sagte Mrs. Forbes. Professor Severance bekam seinen Tee, ohne daß er gefragt wurde, wie er ihn wünsche.

28.

Am Abend des Tanzvergnügens im Studentinnenheim brauchte Spud über eine Stunde, um sich anzuziehen. Er und Lymie stellten sich abwechselnd unter die Brause, seiften sich von oben bis unten ein und spülten den Seifenschaum wieder ab, als hofften sie, sich durch diese symbolische Handlung von ihren jungenhaften Ängsten vor den Frauen zu befreien. Spud reichte Lymie die Seife und die Handbürste und beugte sich mit auf die Knie gestützten Händen nach vorn. Lymie wußte, was von ihm erwartet wurde. Er bearbeitete Spuds Rücken so lange mit der Bürste, bis sich die Haut rot färbte und glühte. Danach drehte er sich um und unterwarf seinen Rücken der gleichen Behandlung.

Als sie halb angezogen waren, holte Spud die Schuhwichse und einen Lappen, und Lymie mußte zuerst das eine Bein auf einen Stuhl stellen und dann das andere. Spuds Schuhe, die bereits geputzt waren, standen mit hölzernen Schuhspannern versehen im Schrank. Er zog sie an, nachdem die von Lymie blank waren, und machte einen Doppelknoten in die Schnürsenkel. Dann versuchte er, seine kräftigen harten Fingernägel zu schneiden. Mit den Nägeln an der linken Hand wurde er ohne große Schwierigkeiten fertig, doch als er umwechselte, hatte er keine rechte Gewalt mehr über die Schere. Er machte ein ungeduldiges Gesicht, und Lymie nahm ihm die Schere aus der Hand und beendete die Arbeit.

Fünf volle Minuten gingen drauf, um einen Schlips für Spud auszuwählen, der über eine beträchtliche Anzahl verfügte, und er hatte alle gleich gern. Zur engeren Auswahl standen zuletzt nur noch eine blaue, weißgepunktete Schleife und ein gestrickter Binder. Lymie mußte entscheiden, welchen Spud tragen sollte. Er wählte den Binder. Spud nahm jedoch die Schleife, nachdem er Lymie des langen und breiten darüber belehrt hatte, warum es schicklicher sei, zu diesem Anlaß, zum Tanzen, eine Schleife zu tragen statt eines Binders. Die Schleife mußte dreimal gebunden werden, ehe das Ergebnis befriedigend war, und zwischen dem zweiten und dem dritten Versuch stellte Spud fest, daß sein Kragen zerdrückt war, und zog ein anderes weißes Hemd an. Um neun Uhr hatte er endlich die richtige Form für sein Einstecktuch gefunden und war befriedigt oder fast befriedigt von dem Anblick, der sich ihm in dem fleckigen Spiegel über der Kommode bot. Lymie, der schon seit zwanzig Minuten auf ihn wartete, sagte: »Los, gehn wir.« Eine plötzliche Welle der Erregung trug sie die Treppe hinunter, durch das Gerümpel in der Halle und ins Freie. Die Nachtluft war scharf und kalt, der Novemberhimmel über und über mit Sternen besät.

Das Studentinnenheim lag auf der anderen Seite des Campus. Der kürzeste Weg führte durch den Universitätspark, einen schmalen Waldstreifen, durch den Wege gezogen waren, die nachts von Lampen erleuchtet waren, die in regelmäßigen Abständen standen. Als die beiden jungen Männer aus dem Park heraustraten, befanden sie sich auf dem Campus. Ihr Weg führte sie zu einer Reihe von neuen Backsteingebäuden im georgianischen Stil, von denen jedes mit Dutzenden von Schornsteinattrappen versehen war, die sich vom sternbedeckten Nachthimmel abhoben. Auf der anderen Seite des Campus gingen sie an einem großen, unfertigen Bau vorbei, der noch eingerüstet war – dem neuen Wohnheim für Jungen. Als sie sich dem Studentinnenheim näherten, klang ihnen Musik entgegen.

»In Wisconsin«, sagte Spud, »ging meine Schwester häufig zum Tanzen in den Seeklub. Sie war damals fünfzehn, und ich war erst neun oder zehn. Jeden Sonnabend war Tanz. Manchmal fuhren meine Eltern im Wagen hin, um sich die Sache anzusehen, aber ich mußte zu Bett gehen, weil es erst nach neun anfing. Oft lag ich auf der offenen Veranda und hörte die Tanzmusik herüberklingen. Und immer wünschte ich, älter zu sein, um wie meine Schwester drüben auf der anderen Seite des Sees sein zu können. Manchmal konnte ich mir kaum vorstellen, daß ich je alt genug sein würde, um die Seeklub-Tanzabende zu besuchen. Die Zeit verging damals so langsam. Ein Tag war länger als jetzt eine Woche.« Lymie schob seine rechte Hand in Spuds Tasche, wie er es häufig tat, wenn sie zusammen spazierengingen. Spuds Finger verflochten sich mit seinen.

»Als ich dann gerade alt genug für den Seeklub war, zogen wir nach Chicago«, fuhr Spud fort. »Ich weiß nicht, ob dort noch immer getanzt wird. Wahrscheinlich ist es noch wie früher. Es war immer sehr nett. Das Klubhaus war mit japanischen Lampions erleuchtet, man konnte es durch die Bäume sehen. Die Musik, die Tanzmusik, kam über das Wasser. Man hörte sie ganz deutlich. Ich habe immer wachgelegen und gelauscht.«

An sämtlichen Fenstern des Studentinnenheims im Parterre und im ersten Stock waren die Vorhänge herabgelassen. Die beiden kleinen Lampen rechts und links der Haustür schienen heller zu leuchten als sonst. Als Lymie und Spud sich dem Eingang näherten, spielte das Orchester gerade »Oh, Katharina«. Während sie vor der Haustür standen und überlegten, ob sie klingeln sollten, weil dies schließlich kein gewöhnlicher Abend war, kam ein junger Mann pfeifend den Weg herauf und öffnete die Tür. Sie gingen hinter ihm hinein.

Im Flur standen etwa ein Dutzend junger Männer, unter ihnen Armstrong. Lymie war ihm bisher nur in der Turnhalle begegnet, und er fragte sich, was geschehen würde, wenn Armstrong in seinem doppelreihigen dunkelblauen Anzug plötzlich einen Handstand auf dem glattpolierten Fußboden ausführen würde. Man sah ihm jedoch an, daß er gar nicht daran dachte. Er schaute unbefangen und lässig drein, seiner selbst sehr sicher. Er erkannte Spud und hatte dabei ein Flackern der Überraschung in den Augen. Spud nickte, als er von ihm angesprochen wurde, und ging, von Lymie gefolgt, in die Garderobe.

Alle Haken in der Garderobe waren schon voll, und auf dem Fußboden lagen ganze Berge von Mänteln. Spud nahm zwei Mäntel von einem Haken, warf sie auf den Boden und hängte seinen und Lymies dorthin. Dann kämmte er sich vor dem Spiegel im Waschraum, rückte seine Schleife zurecht und streckte die Schultern, bis der Rockkragen sein Genick berührte. Seine Hand auf Lymies Rükken, schob er ihn vor sich her und trat wieder auf den Flur.

Auf der der Garderobe gegenüberliegenden Seite befand sich ein ungefähr gleich großer Raum mit dem Haustelefon und einer elektrischen Klingelanlage, die mit den oben gelegenen Arbeitszimmern verbunden war. Lymie drückte auf die Knöpfe mit der Aufschrift *Davison: zweimal lang, einmal kurz* und *Forbes: einmal kurz, einmal lang*. Dann ging er wieder auf den Flur hinaus und stellte sich neben Spud. Er hatte sich auf dem Weg über den Campus die Schuhe schon wieder schmutzig gemacht. Seine langen dünnen Handgelenke baumelten aus den Ärmeln, und sein glattgekämmtes Haar, auf das er soviel Mühe verwendet hatte, stand schon wieder zu Berge. Er stand in steifer Haltung gegen den vergoldeten Spiegel gelehnt und merkte nichts von diesen Mängeln seiner Erscheinung.

Armstrong war schon gegangen. Seine Freundin, ganz in Weiß, kam die Treppe herunter, und er tanzte mit ihr in dem langen Aufenthaltsraum, aus dem man Möbel und

Teppiche hinausgeräumt hatte. Das Licht war in den unteren Räumen überall gedämpft. Auf dem weißen Kaminsims standen gelbe Chrysanthemen und brennende Kerzen. Eichenblätter umgaben die Kandelaber. Mit halbgeschlossenen Augen glitten die tanzenden Paare, verwickelte Schritte ausführend, aneinander vorbei, ihre Köpfe berührten sich fast.

Um die Wartezeit zu überbrücken, zogen die Jungen, die im Flur warteten, Taschentücher aus ihren Hosentaschen und fuhren sich damit über die Stirn oder brachten silberne Zigarettenetuis zum Vorschein, mit gelangweilter, verächtlicher Miene.

Lymie erwartete, Hope und Sally würden zusammen die Treppe herunterkommen, aber Hope erschien zuerst und war allein. Sie trug ein braungeblümtes Chiffonkleid, und Lymie, obwohl er nichts von Frauenkleidung verstand, erkannte sofort, daß es nicht das richtige für sie war. Es war ganz anders als die Kleider der übrigen Mädchen.

Spud zog Lymies Hosenbein ein paar Zentimeter hoch, um ihn in Verlegenheit zu bringen, und obwohl er Erfolg damit hatte, nahm es Hope gar nicht wahr. Sie überreichte Lymie eine kleine Puderdose, einen Lippenstift, ein winziges Spitzentaschentuch und sagte mit todernster Miene: »Steck das in deine Tasche.« Während sie auf den Eingang des Aufenthaltsraums zugingen, brach die Musik ab. Die Paare hörten auf zu tanzen und warteten in dem gedämpften Licht. Die Mädchen lächelten mit ihren Augen oder schwatzten. Die Jungen griffen in ihre Jacken und zogen die Hemdsärmel hoch. Dann, als sie sich erinnerten, wo sie waren, schauten sie wieder gelangweilt drein. Die Anstandsdamen saßen in einem sich an das Zimmer anschließenden Alkoven und spielten Bridge. Das Orchester – ein Klavier, ein Schlagzeug, Saxophon, Klarinette, Trompete und Posaune – befand sich in einem anderen, zum Teil durch Topfpalmen verdeckten Alkoven. Die Musiker machten ein paar einstimmende Geräusche mit ihren Instrumenten und verstummten dann wieder. Die Tänzer bewegten sich über das Parkett ins Eßzimmer, wo unter der Aufsicht von Mrs. Sisson, der Hausmutter, Punsch gereicht wurde. Bis jetzt hatte er noch nie Alkohol enthalten. Lymie und Hope zogen sich in eine Ecke zurück, um unbeobachtet zu sein.

»Die Menschen sollten sich öfter hübsch anziehen«, sagte Hope. »Das ist mir gerade gekommen. Es macht sie umgänglicher. Ich stand oben im Korridor und sah die Mädchen hinuntergehen.« Sie meinte jene Mädchen, deren Väter sich noch nicht aus dem Geschäftsleben zurückgezogen hatten, jene Mädchen, die so oft, wie sie es wünschten, neue Kleider haben konnten. Laut sagte sie: »Sie sehen so reizend aus, gar nicht wie sonst«, und hob ein wenig ihr Kinn, denn sie wußte, wie sie aussah. Sie hatte sich in voller Größe in Bernice Crawfords Ankleidespiegel gesehen. Bernice hatte gesagt: »Du kannst das nicht tragen, Davison, es paßt nicht zu dir« und hatte sich erboten, ihr ein schwarzes Kleid mit Goldborte und einem schmalen goldenen Gürtel zu leihen, aber das schwarze Kleid war ihr zu eng gewesen. Als Hope es sich über den Kopf zog, hatte sie gebetet, daß Lymie, der immer etwas zerstreut war, vergessen würde zu kommen; daß sie selbst plötzlich eine Blinddarmentzündung bekommen und sofort in ein Krankenhaus gebracht würde; daß etwas, irgendein gnädiger Zwischenfall, sie davor bewahrte, die Treppe hinuntergehen zu müssen. Sie hatte daran gedacht, einen Zettel für Lymie zurückzulassen, sich über die Feuerleiter aus dem Hause zu stehlen und den Rest des Abends in der »Schiffslaterne« zu verbringen, aber es war schon zu spät. Gerade als sie in den Schrank nach ihrem Mantel langte, läutete es; zweimal lang und einmal kurz.

»*Du* siehst aber gut aus heute abend«, sagte sie zu Lymie, und ehe er etwas erwidern mußte, setzte das Orchester mit »Blue Skies« ein. Er legte seinen Arm um sie, und sie begannen zu tanzen. Bald waren sie von anderen Paaren um-

geben, und gleich darauf tanzten Spud und Sally an ihnen
vorbei. Spud tanzte ausgezeichnet und sah gut aus, dachte
Lymie. Spud bemerkte sie nicht. Wenn er tanzte, war sein
Gesicht eine verschlossene Maske. Aber Sally wandte den
Kopf und rief: »Hallo, Lymie, altes Haus!« Sie trug ein pfirsichfarbenes Satinkleid, und ihr dunkles Haar war hoch auf-
getürmt, so daß die Form ihres Gesichts verändert war; sie
erschien älter, ihre Backenknochen traten hervor, und ihre
wundervollen dunkelbraunen Samtaugen wurden noch be-
tont. Lymie trat Hope auf den Fuß und entschuldigte sich.

»Ist Forbes nicht ganz große Klasse!« rief Hope.

Lymie nickte, ohne zu hören, was sie sagte. Hier in diesem länglichen, in gedämpftes Licht getauchten Raum, wo
jeder gewissermaßen mit einem Preisschild versehen war,
erkannte er zum erstenmal Sallys Wert.

29.

Lymie kam früher nach Hause als Spud und ging durch
Dick Reinharts Zimmer, um in sein eigenes zu gelangen.
Reinhart saß in einem durchgesessenen Lehnstuhl und
hatte die Füße gegen die Tischkante gestemmt. Er sah auf
aus Steve Rushs Exemplar der *Psychopathia Sexualis* und
sagte: »Na, Don Juan, hast du dich gut amüsiert?«

»Ich denke schon«, sagte Lymie. Sein Kopf war voll von
Bildern, er war in angeregter Stimmung und hätte sich
gern mit jemandem unterhalten, aber nicht mit Reinhart.
»Wie spät ist es?« fragte er.

»Dreiviertel eins«, sagte Reinhart. »Zeit für alle Phi Be-
tas, ins Bett zu gehen.« Seine Augen suchten bereits wieder
nach der Stelle, wo er aufgehört hatte zu lesen: *FALL 138.
Z., sechsunddreißig Jahre alt; Großkaufmann; Eltern sollen
gesund gewesen sein; körperliche und geistige Entwicklung
normal; harmlose Kinderkrankheiten; fing mit vierzehn Jahren aus eigenem Antrieb an zu onanieren; begann...*

Reinhart schaute auf und sah, daß Lymie noch immer dastand. »Du solltest dieses Buch auch mal lesen«, sagte er. »Es ist sehr interessant. Ich habe immer geglaubt, daß ich es ziemlich toll treibe, aber im Vergleich zu manchen von den Kerlen, von denen hier berichtet wird, bin ich fast ein Waisenknabe. Ich könnte in der Sonntagsschule unterrichten, wenn ich wollte.«

Lymie ging in sein Zimmer und zog sich aus. Nachdem er sich in seinen Bademantel gehüllt und den Wintermantel über die Knie gelegt hatte, setzte er sich in Spuds Lehnstuhl und versuchte, *The Eve of St. Agnes* zu lesen, ein Buch, das Professor Severance bis Montag zum Lesen aufgegeben hatte. Er kam bis zu der Stelle, an der die Eule trotz all ihrer Federn erbärmlich friert, dann rannen die Worte wie Wasser zusammen. Als seine Sehschärfe zurückkehrte, waren seine Blicke auf die Anzüge gerichtet – seine und die von Spud –, die im Schrank auf der Stange hingen.

Lymie stand auf, trat an den Schrank und griff nach den beiden Schallplatten, die er unten im Fach unter der Mütze und den Sporen aufbewahrte, die zu Spuds vormilitärischer Ausrüstung gehörten. Er drehte das Licht aus und ging in Pownells Zimmer, das ebenfalls im Dunkeln lag, und legte eine der Schallplatten auf Pownells Grammophon. Es waren die »Geschichten aus dem Wiener Wald«, gespielt vom Philadelphia-Symphonieorchester. In der Regel spielte er seine Platten nur sonntagmorgens, wenn niemand in der Nähe war, der etwas gegen klassische Musik hatte. Er zog einen Stuhl heran, setzte sich und hielt den Kopf dicht an die offenen Flügel des Apparates. Das Zimmer füllte sich mit Walzermelodien und mit Mädchen, die sich im Takt der Musik drehten, und er war in alle verliebt, verliebt in ihre weichen weißen Arme, ihre kleinen Brüste, ihre dunklen Augen und ihr schattenartiges Haar, das sich in Sallys Haar verwandelte, in ihre pechschwarze Mähne. Sie wandte sich um und lächelte ihm verwirrend zu, und ihr pfirsichfarbenes Kleid blähte sich und breitete sich aus wie die Blütenblätter einer Blume.

Lymie spielte die Platte zweimal, dann stellte er den Apparat ab und saß da, die Stirn auf die harte Stuhllehne gestützt. In seiner Brust war ein seltsames, schmerzhaftes Ziehen, an das er sich aus weit zurückliegender Zeit zu erinnern schien. Er seufzte, und ein paar Minuten später seufzte er noch einmal.

Colter und Howard kamen und gingen durch das Zimmer, ohne Licht zu machen und ohne ihn zu bemerken. Dann kam Spud heim. Lymie erkannte seinen Schritt schon auf der Treppe und hob lauschend den Kopf. Spud blieb in Reinharts Zimmer, und Lymie hörte sie miteinander flüstern. Ein Schuh fiel zu Boden. Lymie wollte gerade aufstehen und zu ihnen gehen, als er deutlich hörte, wie Spud in fast klagendem Tonfall sagte: »Ich habe es bei anderen oft erlebt, aber daß es mir selbst mal passieren könnte, hätte ich nie für möglich gehalten.«

»Ja, ja, ich kenne das«, sagte Reinhart.

»Das Seltsame ist, daß ich nicht weiß, was ich dagegen tun soll«, sagte Spud.

»Du mußt überhaupt nichts dagegen tun«, sagte Reinhart. »Es hat dich eben erwischt.«

Lymie verspürte einen doppelten Stich der Eifersucht. Die Worte konnten nur eine Bedeutung haben, man mochte sie drehen und wenden, wie man wollte. Und nachdem es nun schon einmal geschehen war, hätte Spud es zumindest ihm zuerst erzählen können und nicht Dick Reinhart.

Während Spud sich im Badezimmer die Zähne putzte, schlich Lymie die Treppe hinauf. Und als Spud eine Weile darauf zu ihm ins Bett kroch, lag er allem Anschein nach bereits in festem Schlaf.

30.

Dick Reinhart stammte aus Süd-Chicago. Er war als Katholik aufgewachsen und trug um den Hals ein kleines silbernes Kreuz. Es war von Vater Ahrens in Hammond, Indiana, geweiht worden und bot einen vollwertigen Ersatz für fünf heilige und wundertätige Medaillons. Am oberen Ende des Kreuzes waren Kopf und Schultern des Herrn in Reliefarbeit herausgetrieben, die rechte Hand zum Segen erhoben, und die linke zeigte auf das Heilige Herz. Das gleiche Symbol wiederholte sich in der Mitte des Kreuzes noch einmal in vergrößerter Form. Auf der linken Seite sah man den heiligen Josef und das Jesuskind, auf der rechten den heiligen Christophorus mit Gefolge und dem Jesuskind auf seinen Schultern. Am unteren Ende des Kreuzes sah man die Gestalt der Heiligen Jungfrau, die auf der Rückseite noch einmal erschien, auf den Wolken schwebend, das Jesuskind in den Armen und von einer siebensternigen Gloriole umgeben.

Als Dick zwei Jahre alt war, starb sein Vater, und ungefähr ein Jahr darauf heiratete seine Mutter wieder. Dicks Stiefvater mochte Kinder nicht leiden, und so kam er in das Haus seiner Großmutter, einer frommen Deutschen, die sich noch, als er diesem Alter längst entwachsen war, neben ihn an den Tisch zu setzen und ihn mit einem großen Löffel zu füttern pflegte. Obwohl sie seit vielen Jahren tot war, konnte er sich jederzeit ihre Stimme und die deutschen Worte ins Gedächtnis rufen, die sie immer gesprochen hatte: *Mund auf... Mund zu... kauen...* Mit siebzehn geriet er in den Kreis einer Bande von jugendlichen Einbrechern, die eines Nachts bei dem Versuch, einen Güterwagen auszurauben, erwischt wurde. Die anderen Jungen gaben Fersengeld und entkamen, aber Dick war nicht schnell genug, und der Richter schickte ihn für sechs Monate in die staatliche Erziehungsanstalt in St. Charles in Illinois. Er gab sich keine Mühe, diese Tatsache zu verschweigen, aber wenn die Jungen aus »302« ihn fragten, wie es in einer Erziehungsanstalt zugehe, gab er keine Antwort. Er schien nicht darüber sprechen zu wollen.

Nach Beendigung der High-School trat er bei einer Baufirma in Cicero in Illinois ein und wurde Vorarbeiter eines Kanalisationstrupps. Bei dieser Arbeit schwebten die Männer dauernd in der Gefahr, verschüttet zu werden. Sie waren mürrisch und nicht leicht zu behandeln. Er getraute sich nie, ihnen den Rücken zuzuwenden, aus Furcht, daß man ihm eine Schaufel über den Schädel schlagen könnte, aber er mochte seine Arbeit und freundete sich mit einer italienischen Familie aus der Nachbarschaft an. Nach Feierabend saß er oft bei ihnen in der Küche und trank hausgemachten Wein mit ihnen.

Nachdem er sechs Monate gearbeitet hatte, entdeckte ein Mann namens Warner, der im Büro der Baufirma saß, seine Sympathie für ihn und brachte ihm die Anfangsgründe des Vermessungswesens bei. Warner war in den späten Vierzigern und zweimal geschieden. Seine zweite Frau war eine Fallschirmspringerin gewesen, und Warner war noch immer in sie verliebt, wie er Reinhart erzählte, aber sie hatte versucht, ihn zu hintergehen, und so hatte er sich von ihr getrennt. Als Warner herausbekam, daß Reinhart gern trank, nahm er ihn auf seinen nächtlichen Streifzügen mit. Warner konnte eine Menge vertragen, ohne daß man ihm etwas anmerkte, und kannte sämtliche Speakeasies in Chicago und Umgebung, und die Weiber waren verrückt nach ihm. Ganz gleich, wohin sie gingen, immer waren sie zu dritt – Reinhart auf der einen, eine Frau auf der anderen Seite von Warner. Er pflegte Reinhart als seinen Sohn vorzustellen und sprach sogar davon, daß er ihn adoptieren wolle, aber Reinhart glaubte nicht daran.

Reinhart erzählte Spud aus dieser Zeit seines Lebens eines Nachts, als sie sich für eine Prüfung vorbereiteten. Spud bewältigte zwar nicht viel von dem Pensum, das er sich vorgenommen hatte, aber das machte ihm nichts aus, dafür erfuhr er etwas über das Leben.

Eines Tages, so erzählte Reinhart, rief Warner ihn zu sich ins Büro und fragte, ob er nicht Lust habe, wieder zur Schule zu gehen. Wenn er das nicht tue, biete ihm das Baufach keine Zukunft. Er brauche mathematische Kenntnisse und eine allgemeine fachliche Grundlage. Warner habe sich angeboten, Bücher, Schulgeld und Miete für ihn zu bezahlen. Für seinen Lebensunterhalt, hatte er gesagt, müsse Reinhart selbst sorgen. Die Unterstützung war als zinsloses Darlehen gedacht, und Reinhart konnte das Geld nach Beendigung seiner Studien zurückerstatten.

Im selben Herbst noch kam er aufs College und suchte sich eine Stellung als Mixer in einem Drugstore. Er verdiente so gut wie nichts und arbeitete fünf Stunden täglich nur für seine Mahlzeiten. Innerhalb einer Woche war er bereits Mitglied einer Burschenschaft. Sie nannte sich Beta Theta Pi oder so ähnlich und hatte ihre Räume in einem neuen Backsteingebäude mit einem Vorbau, der auf weißen Säulen ruhte. Der Architekt war zu einem Kompromiß gelangt zwischen der georgianischen Bauweise, wie sie auf der Südseite des Campus vorherrschend war, und einem Herrenhaus im Mississippistil. Es lag draußen in der Nähe des Stadions, wo Grundstücke billiger waren. Das bedeutete für Reinhart einen Weg von zehn Minuten von seiner Wohnung bis zum Campus. Die älteren Burschenschaftsheime lagen sämtlich in der nächsten Umgebung der Universität. Sie waren zwanzig Jahre zuvor gebaut worden und von außen nicht sehr ansehnlich, aber damals legte man darauf weiter keinen Wert.

Reinhart hatte nicht die Absicht gehabt, einer Burschenschaft beizutreten. Aber es ergab sich, daß ein Junge, der mit ihm hinter der Theke arbeitete, ihn eines Tages in das Heim seiner Burschenschaft zum Essen einlud. Das Essen war gut, es war eine schöne warme Nacht, und in jener Woche war gerade Vollmond. Nach dem Essen spielte ein

Junge aus Terre Haute auf dem Banjo, ein anderer spielte Klavier, und die übrigen standen draußen auf der Terrasse herum und sangen. Es war genau so, wie sich Reinhart das Leben im College immer vorgestellt hatte, und nach drei Tagen Arbeit hinter der Theke füllten sich seine Augen nun mit Tränen.

Eine Gruppe von Jungen nahm ihn später mit hinein und führte ihn zu einem Ledersofa vor einem großen Kamin, wo ihm vor allem die Trophäen auf dem Sims in die Augen fallen mußten. Als man ihm ein Abzeichen der Verbindung unter die Nase hielt und fragte, ob er einer der ihren werden wolle, sagte er sofort zu. Er fürchtete, wenn er zögerte, würden sie es sich noch einmal überlegen. Hinterher fiel ihm ein, daß er zuerst Warner hätte fragen sollen. Warner war nämlich während seiner Studienzeit ein Phi Gamma gewesen, und da er dieses schöne Haus nie gesehen hatte und von den Mitgliedern niemand kannte, würde er sicherlich denken, Reinhart habe einen Fehler begangen.

Sobald die Studentenfestlichkeiten vorüber waren, die damals gerade stattfanden, zog der Junge mit dem Banjo aus. Ebenso einige andere. Sie hatten, wie es schien, ihre Hochschulreife bereits im Vorjahr erlangt, aber das wurde jetzt erst offenbar. Diejenigen, die wohnen blieben, gehörten nicht zu denen, für die Reinhart eine besondere Zuneigung empfand. Die meisten waren Sportler, die sich in der High-School so hervorgetan hatten, daß ihre Namen und manchmal auch ihre Bilder in den Zeitungen erschienen waren, aber nachdem sie die Hochschule bezogen hatten, litten sie plötzlich an Sehnenzerrungen oder hatten Wasser im Knie oder konnten wegen ihrer schlechten Leistungen nicht mehr gewählt werden. Jahr um Jahr verging, ohne daß sie wieder wahlfähig wurden, und die meiste Zeit schliefen sie. Jedesmal, wenn Reinhart durch den Tagesraum ging, fand er mindestens einen von ihnen ausgestreckt auf dem Ledersofa, tief schlafend und ohne im geringsten durch das Radio gestört zu werden, das mit voller Lautstärke lief.

Reinhart hauste mit einem Studenten älteren Semesters zusammen, der jede Nacht wie ein Kater hinter den Mädchen herschlich. Reinhart bekam ihn fast nie zu Gesicht, nur seine Kleider, die unordentlich über das ganze Zimmer verstreut lagen, wenn Reinhart morgens herunterkam. Die Kleidungsstücke mußten selbstverständlich aufgehoben werden, und außerdem gab es satzungsmäßig festgelegte Pflichten. Obwohl Reinhart arbeitete und längst nicht über soviel Freizeit verfügte wie die andern, mußte er in der einen Woche den Eingang fegen und in der folgenden darauf achten, daß das Feuer im Tagesraum nicht ausging, oder die Post nachts um halb zwölf zur Bahn bringen oder um sechs aufstehen, durch den Schlafraum gehen und die andern in Abständen von fünfzehn Minuten bis um halb acht wecken. Sonnabends mußte er Fenster putzen und mit den übrigen Neulingen den Fußboden bohnern und die Zimmer saubermachen. Der Inhaber des Drugstores verlängerte seine Arbeitszeit über das ursprünglich vereinbarte Pensum hinaus, und die Folge war, daß er so wenig Schlaf bekam, daß ihm die Lider zufielen, sobald er die Augen öffnete. Er blieb in seinem Ingenieurstudium immer mehr hinter den andern zurück.

Außerdem war da einer, der schon im zweiten Semester stand und der ihnen das Leben schwermachte und genau aufpaßte, ob sie alle Vorschriften erfüllten. Wenn sie nach dem Essen auf ihren Zimmern saßen, steckte er oft den Kopf zur Tür herein, um nachzusehen, ob sie etwa hinausgegangen wären, ohne das Licht auszumachen; oder sie mußten Besorgungen für ihn machen. Er ließ sich mehr Pflichten für sie einfallen und gab ihnen mehr schwarze Punkte als irgendein anderer von den Älteren. Auf Reinhart schien er es besonders abgesehen zu haben. Eines Nachts kam er auf Reinharts Zimmer. Reinhart mußte sich gegen die Wand stellen und eine Strafpredigt über sich er-

gehen lassen: »Reinhart, du bist ein prima Kerl, oder du
könntest es wenigstens sein, wenn du nur nicht so gottver-
dammt faul wärst. Du bist der faulste Mensch – ich nehme
an, du bist ein Mensch –, dem ich je begegnet bin. Du bist
so faul…« In dieser Tonart ging es weiter, und Reinhart
nahm alles geduldig hin. Nachdem der Ältere ausgeredet
hatte, zog er Reinhart durch die Halle in sein eigenes Zimmer und befahl ihm, es sauberzumachen. Reinhart stellte
voller Wut fest, daß er mindestens zwei Stunden dazu brauchen würde. Das Zimmer war am Sonnabend sauberge-
macht worden, aber jetzt konnte man kaum hindurchwa-
ten. Er weigerte sich, das Zimmer zu putzen, und sagte, daß
er lernen müsse. Dafür bekam er fünf weitere schwarze
Punkte wegen Ungehorsams. Als Reinhart dann sagte:
»Du dreckiger Hurensohn, mach es selbst!«, versetzte ihm
der Ältere einen Schlag, worauf Reinhart ihn flachlegte.

An dieser Stelle der Geschichte rollte Spud die Augen
und bog sich vor Lachen.

Eine halbe Stunde danach, erzählte Reinhart weiter, traten die älteren Studenten zu einer Beratung in dem Keller-
raum zusammen, wo sonst die Versammlungen abgehalten
wurden. Nachdem die Beratung zu Ende war, kamen zwei
Mann auf sein Zimmer und befahlen ihm, sich um dreiviertel elf vor dem Kamin zur Entgegennahme seiner
Strafe einzufinden. Er riß das Abzeichen von seinem Rockaufschlag und gab es ihnen zurück, und am nächsten Tag
siedelte er in das Haus von Mr. Dehner über, wo es keine
satzungsmäßig festgelegten Pflichten zu erfüllen gab und
wo einer, der im zweiten Semester stand, nicht mehr wert
war als irgend jemand anders.

Während des ersten Jahres schickte Warner ihm regelmäßig Geld, und als die Sommerferien begannen, nahm
Reinhart seine alte Arbeit in der Firma wieder auf. Warner
verheiratete sich plötzlich wieder, die Hochzeit fand am
vierten Juli statt, und seine Frau, eine magere, ziemlich
nervöse Blondine, mochte Reinhart nicht leiden. Sie

glaubte, er übe einen schlechten Einfluß auf Warner aus. In einem Augenblick der Vertraulichkeit machte er Reinhart davon Mitteilung, aber das war verkehrt, denn Reinhart mochte Warners neue Frau auch nicht leiden, und je öfter er sie sah, desto weniger gefiel sie ihm. Als Warner ihn eines Sonnabends aufforderte, mit ihnen auszugehen, brachte Reinhart eine Ausrede vor, und es kam so weit, daß Warner ihn nicht mehr fragte.

Gegen Ende des Sommers bemerkte Reinhart, oder glaubte zu bemerken, daß sich Warners Einstellung ihm gegenüber geändert habe. Eines Tages unterlief ihm bei seiner Arbeit ein geringfügiges Versehen, etwas, was leicht wiedergutzumachen gewesen wäre und worüber Warner sonst kaum ein Wort verloren hätte. Es gab eine Auseinandersetzung darüber, und Reinhart wurde ausfällig. Er entschuldigte sich am nächsten Tag, und Warner sagte, er solle den Vorfall vergessen, aber in seinen Augen war ein forschender Blick, den Reinhart auch später noch verschiedentlich an ihm bemerkte. Anscheinend glaubte er, Reinhart verschweige ihm etwas.

Noch vor Reinharts Rückkehr auf die Universität teilte Warner ihm mit, daß seine Frau ein Kind erwarte. Das Kind kam Anfang April zur Welt. Es war ein Junge, und Reinhart freute sich darüber. Er schickte ein Telegramm an Warner, auf das er erst nach etwa zehn Tagen eine Antwort erhielt. Der Brief war mit Maschine geschrieben und einer Stenotypistin im Büro diktiert worden. Er trug eine mit Tinte geschriebene Nachschrift von Warner: Es tue ihm leid, aber er habe jetzt so viele andere Ausgaben, daß er ihm kein Geld mehr schicken könne.

In diesem April war es außergewöhnlich heiß, und der dritte Stock glich einem Backofen. Die Jungen schleppten ihre Matratzen auf die Veranda im zweiten Stock und schliefen dort, bis Reinhart eines Nachts vollkommen betrunken von der Veranda hinunterrollte und sich den Arm brach. Er hatte sein Medaillon um den Hals, als er hinunterfiel, aber er hätte sich ebensogut das Genick brechen können. Schon am nächsten Tag war sein Unfall überall auf dem Campus bekannt, und eine Menge Autos mit Neugierigen fuhren vorbei. Die anderen Jungen waren natürlich sehr stolz. Der Unfall verlieh ihrem Hause einen gewissen Nimbus. Als Reinhart das erstemal mit dem Arm in der Binde ausging, gaben ihm fünf andere Jungen eine Art Ehrengeleit. Noch lange danach gab es Leute, die, wenn sie an »302« vorbeigingen, sagten: »Das ist die Stelle, wo der Junge vom Dach gefallen ist.«

Ohne Warners Unterstützung und nicht mehr in der Lage, im Drugstore zu arbeiten, war Reinhart in Gefahr, aus der Schule zu fliegen, aber Mr. Dehner traf – offenbar aus Gutmütigkeit – eine Vereinbarung mit ihm. Reinhart ging der Sache nicht allzugenau auf den Grund. Als sein Arm wieder heil war, putzte er Fenster und polierte Möbel für Mr. Dehner, machte die Betten im Schlafsaal und verrichtete alle anfallenden Arbeiten. Als Entschädigung bekam er freies Logis und genug Geld für Verpflegung.

Die Arbeit nahm nicht viel Zeit in Anspruch, aber dafür mußte er sich Mr. Dehners Ergüsse anhören, der zwischen den Spinnrädern und Glashennen im Flur auf der Lauer lag und auf ihn wartete.

»Dick«, begann er meistens in einem durchdringenden Flüsterton, »könnte ich dich für einen Augenblick sprechen? Steve Rush ist – ich weiß, du kennst die Geschichte schon, aber er schuldet mir zwei Monate Miete, und irgendwas muß jetzt geschehen. Du weißt, wie gern ich ihn habe und wie leid es mir täte, wenn er von der Schule fliegt, andererseits habe ich feste Ausgaben – Licht, Heizung, meine Mahlzeiten, Hundefutter für Poo-Bah und die Zinsen, die ich jeden Monat an die Bank zahlen muß, der dieses Haus gehört, es gehört mir ja nicht, und ich möchte es nicht mal geschenkt. Es ist zu groß, und es wäre zuviel Verantwortung für mich. Wenn ich jünger wäre, vielleicht, aber jetzt nicht mehr. Nicht in meinem Alter. Ich glaube ja nicht, daß die Bank so leicht einen Käufer finden würde, aber man will es wohl auch gar nicht verkaufen. Es ist viel einträglicher, es an einen leichtgläubigen Kerl wie mich zu vermieten. Du kennst doch die Bank, die ich meine? Nicht die gegenüber dem Co-op-Laden. Die andere unten in der Stadt. Die tun da nichts anderes als herumsitzen, Kupons schneiden und den Leuten zwei Prozent Zinsen für dasselbe Geld geben, das sie zu viereinhalb und fünf Prozent wieder ausleihen. Es ist schon eine Schweinerei, muß ich sagen, und gar nicht wie der Antiquitätenhandel. Aber was soll ich dagegen tun? Ich muß ja schließlich ein Dach über dem Kopf haben und muß essen... Wovon sprachen wir eigentlich? Meine Güte, ich hab's vergessen. Nun, jedenfalls will ich dich nicht aufhalten. Bist du auch warm genug angezogen? Es ist nämlich ziemlich kalt draußen. Viel kälter, als es aussieht. Du solltest noch einen Pullover unter deinem Mantel anziehen bei so einem Wetter. Gerade so kräftige und gesunde junge Leute wie du sterben an Rippenfellentzündung und Lungenentzündung...«

Schon zweieinhalb Jahre lang hörte sich Reinhart Mr. Dehners Monologe an, der gern mit ihm sprach, weil er älter als die übrigen Jungen und geduldiger war. Dick war jetzt dreiundzwanzig, und sein Haar lichtete sich bereits. Wenn er sich, über die Waschschüssel gebeugt, kämmte, zählte er manchmal die Haare, die in der Schüssel schwammen, und schüttelte wehmütig den Kopf, aber er unternahm nichts dagegen und rieb seine Kopfhaut nicht ein einziges Mal mit Öl ein.

Jeden Sonntag ging er zur Messe, aber ebenso regelmäßig besuchte er ein gewisses Haus in der South Maple Street. Das Auge Gottes war nicht immer wachsam, und Dick schien genau zu wissen, wann dies der Fall war. Als er einmal in der Stadt auf die Straßenbahn wartete, kam eine Frau in einem kastanienbraunen Roadster vorbeigefahren und nahm ihn mit. Sie fuhren in ein etwa dreißig Meilen entfernt gelegenes Städtchen und verbrachten die Nacht in einem Hotel. Die Frau war verheiratet, und Dick war sich klar darüber, daß er eine Sünde mit ihr begangen hatte, aber nachdem er zur Beichte gegangen war, bedrückte ihn seine Sünde nicht länger.

Häufig kam er betrunken heim und nahm, aufrecht im Bett sitzend, sich selbst und die anderen ins Verhör. »Geraghty«, sagte er dann, »glaub nur nicht, daß du uns was vormachen kannst. Ich hab' dich gestern beobachtet, als du nach Hause kamst, und hab' den pfiffigen, zufriedenen Ausdruck auf deinem Gesicht gesehen. Ich weiß, was du getrieben hast. Aber eh' du dich's versiehst, ist das arme Mädchen in anderen Umständen, und dann wirst du schön dastehen. Wo willst du denn das Geld hernehmen, um die Sache in Ordnung bringen zu lassen...? Und Howard, du verdammter Frömmler, wird's nicht bald Zeit, daß du beim Schlafen die Hände auf die Decke legst...? Du brauchst gar nicht zu lachen, Colter. Meinst du, ich wüßte nicht, wie du durchs Examen gekommen bist...? Was dir fehlt, Peters, ist ein geheimes Laster... Und du, Latham, du wirst noch einmal jemand totschlagen, hörst du? Mit deinen bloßen Händen wirst du eines Tages jemand umbringen und in der Hölle dafür schmoren... Und du, Amsler, solltest deiner Mutter raten, zu Hause zu bleiben. Aber du getraust dich nicht, weil du dich vor ihr fürchtest, du verdammter Scheißkerl, du kleiner Feigling... Nehmt's mir nicht übel, Jungs. Es tut mir leid. Ich glaube, ich hab' zuviel getrunken. Das Trinken... Reinhart, du bist betrunken, du bist stinkvoll. Du bist so betrunken, daß sich das Bett dreht. Und ob du's glaubst oder nicht... aber es ist manchmal so schön, es ist eine so herrliche Erleichterung...«

Die Jungen trugen ihm nichts nach, wohl hauptsächlich deswegen, weil er am nächsten Tag stets mit dem Kopf in den Händen vergraben herumsaß und so grau und elend aussah, daß er ihnen leid tat. Und wohl auch, weil er in seinem Suff jeden einzelnen heruntermachte und so für eine Weile die Atmosphäre reinigte.

31

Weder Spud noch Sally schien es zu stören, daß Lymie die meiste Zeit mit ihnen zusammen war. Sie fühlten, daß sie ihm ihr Glück in einem gewissen Sinne zu verdanken hatten, und ließen ihn daran teilnehmen. Er fügte sich in die Rolle des getreuen Freundes, des ergebenen, selbstlosen Vermittlers. Und als solcher war er auf vielerlei Arten nützlich. Wenn Sally ihn in den Pausen traf, nahm sie ihm sämtliche Bücher ab und schüttelte sie durch. Wenn nichts herausfiel, traf die Schuld Lymie; dann hatte er den Zettel eben irgendwo verloren oder ihn in das falsche Buch gesteckt, oder er hielt ihn absichtlich versteckt. Wenn Spud seinen Gefühlen Luft machen und unbedingt mit jemandem über Sally sprechen mußte, war Lymie stets bei der Hand, hörte zu und sprach ihm Mut zu und nahm (bis zu einem gewissen Grad) sogar an seinem Entzücken teil und an seinem Staunen über das, was ihm widerfahren war, und über die unglaubliche Veränderung, die über die Welt gekommen war.

Manchmal saßen sie zu dritt in einer der hintersten Nischen der »Schiffslaterne«, und Spud und Sally unterhielten sich über das Haus, das sie zu bauen gedachten, wenn sie erst verheiratet wären. Spud wünschte sich ein Wohnzimmer mit einem Balkon. Sally war mit dem Balkon einverstanden, legte aber mehr Wert auf einen Kamin. Er sollte aus Stein und sehr groß sein. Neben Eßzimmer, Küche und der üblichen Anzahl oben gelegener Schlafzimmer wollten sie noch eine Bibliothek, ein Jagdzimmer, ein Billardzimmer und eine Garage für fünf Wagen haben. Darüber hinaus sollte das Haus in der Nähe des Wassers liegen, damit sie sich ein Segelboot halten könnten. Sie entwarfen Pläne und Zeichnungen auf Papierservietten oder in Spuds Ringbuch. Soweit Lymie, aus dessen Sicht die Pläne auf dem Kopf standen, die Sache beurteilen konnte, hatte das Haus keinen bestimmten Stil, es war nur ungeheuer groß.

Wenn sie des Pläneschmiedens überdrüssig waren, maß Spud seine Hand mit der Sallys (sie hatte aufgehört, an ihren Fingernägeln zu kauen) und war jedesmal von neuem erstaunt, wie groß der Unterschied zwischen einer Männerhand und einer Frauenhand ist. Oder sie saßen einfach da und schauten sich lächelnd an und waren glücklich über die Stille oder unterbrachen sie durch eine sinnlose Sprache, die sie sich ausgedacht hatten. Da sie gewohnt waren, in Lymies Gegenwart alles auszusprechen, vergaßen sie manchmal völlig, daß er neben ihnen saß. Doch sobald er aufstand, um zu gehen, standen sie ebenfalls auf und schlossen sich ihm an.

Bei schönem Wetter gingen sie manchmal am Styx spazieren, einem Flüßchen, das durch das Universitätsgelände floß, durch die Stadt, draußen am Country Club vorbei und dann, zu beiden Seiten von einem schmalen Waldstreifen gesäumt, hinaus in offenes Farmerland, wo Roggen und Weizen angebaut wurde. Bisweilen machten sie an einem sonnigen Plätzchen Rast, und Spud legte seinen Kopf in Sallys Schoß. Lymie legte sich in einiger Entfernung von ihnen hin, verschränkte die Arme unter dem Kopf und blickte in den Himmel. Wenn Sally Spud einen Kuß geben wollte, zierte sie sich nicht lange, sondern tat es. Und einmal, als sie sich besonders glücklich fühlte, beugte sie sich über Lymie und küßte ihn. Er zog sein Taschentuch heraus und wischte sich den Mund ab, als wäre ihm etwas höchst Unangenehmes widerfahren.

Sally schnitt ihm eine Grimasse: »Lymie ist ein alter Frauenhasser«, sagte sie. »Einen größeren gibt es auf der ganzen Welt nicht. Aber wie sollten wir ohne ihn auskommen?«

»Großartig«, sagte Spud. »Wir würden ohne ihn gar keine Schwierigkeiten haben. Wir brauchen ihn genauso dringend wie eine Katze zwei Schwänze.« Er richtete sich auf, ergriff einen Halm, der sich in seiner Hose festgehakt hatte, kitzelte Lymie damit und sagte: »Erzähl uns eine Geschichte, alter Freund.«

»Ich weiß keine Geschichten«, sagte Lymie.

»Doch, du weißt welche«, sagte Spud. »Erzähl uns die Geschichte, die du mir vergangenen Sommer am Strand erzählt hast. Die von dem Jungen, der seinen Schlitten an einen großen Schlitten angebunden hatte und ihn nicht losbekommen konnte.«

»Du meinst, ›Die Schneekönigin‹«, sagte Lymie. »Die ist zu lang. Und außerdem hab' ich die Hälfte vergessen.« Er legte die Hand über die Augen, um sie vor der Sonne zu schützen. »Neulich bin ich in der Bibliothek auf eine Geschichte gestoßen. Sie stand in einem Buch mit deutschen Legenden, aber es ist kein Märchen. Sie handelt von einem Mann, der einen Mantel besaß, den er sehr gern hatte. Dabei mußte ich an dich denken, Sally, obwohl es mit deinem Mantel eigentlich nichts zu tun hat.«

»Egal, was für ein Mantel es war«, sagte Spud. »Erzähl uns die Geschichte.«

Lymie wartete noch einen Augenblick, dann begann er: »Es war einmal ein Mann, der hatte einen nach dem Muster der Schlangenhaut gewebten Mantel, der aber weicher war als Samt. Er lebte in einem kalten Land, aber wenn er den Mantel anhatte, wußte er nicht, ob es draußen Sommer oder Winter war, und nachts, wenn er sich schlafen legte, breitete er den Mantel über seine Decke, so daß er es in seinem ungeheizten Zimmer so warm hatte wie seine Nachbarn, die auf ihren Kachelöfen schliefen. Aber er war trotzdem nicht glücklich. Dauernd untersuchte er seine Ellenbogen, um festzustellen, ob sie noch heil wären. Tag und Nacht verfolgte ihn der Gedanke, daß sein wunderschöner Schlangenhautmantel, wenn auch nicht in diesem oder im nächsten Jahr, aber doch mit Sicherheit eines Tages verschleißen würde und daß er dann wieder frieren müßte.«

Ohne die Hand von den Augen zu nehmen, wandte Lymie den Kopf ein wenig und bemerkte, daß Spud einen Stecken aufgehoben hatte und damit Figuren in den Sand zeichnete. Sally sah ihm zu. Als sie merkten, daß er schwieg, warf Spud den Stecken beiseite und ergriff statt dessen Sallys Hand. »Erzähl nur weiter«, sagte er. »Wir hören schon zu.«

»Eines Nachts«, fuhr Lymie fort, »träumte der Mann, daß er seinen Mantel einem Bettler geschenkt hätte, und der Traum wirkte so klar und so tief in ihm nach, daß er erkannte, daß er den Mantel weggeben sollte. Er setzte sich mit dem Mantel auf den Knien vor seine Haustür und wartete. Und obwohl er in einem Viertel wohnte, das viele Bettler beherbergte, und obwohl selten ein Tag verging, ohne daß einer an seine Tür kam und um ein Almosen bat, erschien an diesem Tag kein einziger.

Gegen Abend, als er sein Vorhaben schon aufgeben wollte, vernahm er draußen Schritte und eilte hinaus und sah einen reichen Mann, der ein Pferd und zwei Diener mit sich führte und gerade eintreten wollte. Daß der Mann reich sein müsse, schloß er daraus, daß sein Kragen mit Pelz gesäumt und sein Zaumzeug und seine Sporen aus Silber waren. Ohne sich erst das Anliegen des reichen Mannes anzuhören, drückte er ihm seinen Mantel in die Arme, lief in sein Haus zurück und verschloß die Tür. Unmittelbar darauf sah er ein, daß er einen Fehler begangen und in Verwirrung gehandelt hatte, aber inzwischen waren der Reiche und seine beiden Diener schon fast außer Sicht, und er schämte sich, hinter ihnen herzulaufen.

Statt eines Mantels, in den er sich nachts hüllen konnte, eines Mantels, der nach dem Muster der Schlangenhaut gewebt und weicher war als Samt, hatte er nur noch die Hoffnung, daß der Reiche trotz seines pelzbesetzten Kragens, seines silbernen Zaumzeuges und seiner silbernen Sporen den Wert des Geschenkes würdigen und die richtige Verwendung dafür finden werde. Und so schlief er trotz allem ruhiger und besser, als er seit langem geschlafen hatte.«

Nachdem Lymie geendet hatte, nahm er die Hand von den Augen. Es entstand eine lange Pause. Endlich sagte

Sally: »Die Geschichte gefällt mir nicht besonders. Sie ist zu traurig. Und ich weiß auch nicht recht, was sie bedeuten soll.«

»Es war nur eine Geschichte, die ich in dem Buch gelesen habe, von dem ich euch erzählte. Ich habe mehrere von den Geschichten gelesen. Wollt ihr noch eine hören?«

»Nein«, sagte Spud. »Eine genügt. Ich werde jetzt meine ganze Aufmerksamkeit Miss Forbes zuwenden. Sind Sie glücklich, Miss Forbes?«

»So glücklich, wie ich nur sein kann«, erwiderte Sally. »Und Sie, Mr. Latham?«

»Leidlich glücklich«, sagte Spud. »Gerade nur leidlich.« Er schnalzte mit der Zunge und stieß einen tiefen Seufzer aus, als Sally seinen Kopf wieder in ihren Schoß bettete.

Nach einer Weile kam eine Unruhe über Lymie. Er stand auf und entfernte sich, aber es dauerte nicht lange, so kamen sie ihm nach und stöberten ihn auf. Es gibt eben eine Katzenart, die ohne zwei Schwänze nicht existieren kann.

32.

Eines Nachmittags, als Sally und Spud wieder einmal in einer Nische der »Schiffslaterne« saßen, kam Armstrong mit seiner Freundin herein. Das Mädchen hieß Eunice. Sie hatte flaumiges hellbraunes Haar und haselnußfarbene Augen und war mit ihren neunzehn Jahren auf eine verschlagene, selbstsüchtige Weise hübsch. Sie bemerkte Sally und Spud und setzte sich, ohne eine Aufforderung abzuwarten, zu ihnen. Armstrong rückte neben Sally. Als Lymie erschien, war kein Platz mehr für ihn. Spud wollte zwar weiterrücken, so daß er sich noch mit auf die Bank zwängen konnte, aber Lymie behauptete, eine Verabredung mit seinem Deutschlehrer zu haben, und machte sich aus dem Staub.

Armstrongs Freundin trug seine mit Diamanten besetzte

Burschenschaftsnadel auf ihrem korallenroten Kaschmir-pullover. Sie löste die Nadel, damit Sally sie bewundern konnte, und Sally, die sie umdrehte, um den Sicherheitsver-schluß zu untersuchen, ließ sie zu Boden fallen.

»Das sieht dir ähnlich, Forbes!« rief das andere Mädchen aus.

»Es war wirklich nicht meine Absicht«, sagte Sally und versuchte, unter den Tisch zu schauen. »Sie ist mir aus der...«

»Daß nur niemand drauftritt«, sagte Armstrong. »Haltet die Füße für eine Weile still.«

Er und Spud zwängten sich hinaus, ließen sich vor der Nische auf die Knie nieder und suchten.

»Wenn dir die Nadel soviel bedeuten würde wie mir, Sally Forbes...« sagte das Mädchen gekränkt. Spud steckte den Kopf über den Tischrand. »Hast du sie gefunden?« fragte sie besorgt.

Er hatte die Nadel in der Hand und legte sie auf den Tisch. Sally griff sofort wieder danach, als übe die Nadel eine magische Anziehungskraft auf sie aus. Das andere Mädchen entriß sie ihr und heftete sie sich auf den Sweater, oberhalb des Herzens. In ihrer Freude, die Nadel wiederzu-haben, vergaß sie, Spud zu danken.

Die beiden Jungen erhoben sich, staubten ihre Knie ab und nahmen wieder Platz. Spuds Handflächen waren schmutzig vom Herumfingern unter dem Tisch. Er ver-suchte, sie mit dem Tischtuch zu säubern. Armstrongs Hände waren sauber geblieben. Er ließ eine Packung Ca-mels herumgehen. Spud schüttelte den Kopf, aber die bei-den Mädchen nahmen sich eine. Armstrong setzte mit dem Daumennagel ein Streichholz in Brand und gab zuerst Eu-nice und danach Sally Feuer. Er hielt das Zündholz wie ein erwachsener Mann in der hohlen Hand und schien Übung darin zu haben.

Armstrong war in seinem letzten Studienjahr und ein gu-ter Campuspolitiker. Im vergangenen Semester wäre er fast

Klassenvorsitzender geworden. In Anzügen sah er gut aus, und er war (der Vorfall damals in der Turnhalle zählte nicht) für gewöhnlich seiner selbst sicher und von ausgeglichenem Wesen. Wenn Menschen jedoch allzu offensichtlich mit allzu vielen Vorzügen ausgestattet sind, stellt sich alsbald ein natürliches Verlangen ein, einen Makel an ihnen zu entdecken. Das einzige, was man an Armstrong aussetzen konnte, war, daß sein volles, derbes Gesicht, obwohl nicht häßlich, nichts Persönliches hatte. Aus einiger Entfernung war er leicht mit irgendeinem anderen Studenten zu verwechseln. Und dieselben Eigenschaften, durch die er sich im College hervorhob, würden ihn wahrscheinlich im späteren Leben zu einem Durchschnittsbürger machen, obwohl das nicht notwendigerweise der Fall sein mußte. Er kannte Hunderte von Leuten und konnte sie ohne Schwierigkeiten auseinanderhalten. Die Jungen, die mit ihren Freundinnen in die »Schiffslaterne« kamen oder sie verließen, nickten ihm zu, und er redete sie mit Namen an. Er sprach auch zu den Mädchen.

Ein langaufgeschossener Junge mit einem Crewcut ließ sein Mädchen vorangehen, blieb stehen und fragte: »Wie geht's, Kumpel?«

»Nicht schlecht«, erwiderte Armstrong.

»Was hast du in der Psychologieprüfung am Freitag bekommen?«

»B minus«, sagte Armstrong. »Und du?«

»Du lügst. Aus Lovat schindet keiner so leicht ein B minus heraus. C ist bei ihm das höchste der Gefühle. Ehrlich, Army, was hast du bekommen?«

»B minus, ehrlich.«

Der langaufgeschossene Junge streckte die Hand aus. »Laß mich mal fühlen. Ich muß den Kerl angefaßt haben, der ein B minus von Lovat gekriegt hat.«

»Ich habe ein A bekommen«, sagte Armstrongs Freundin.

»Das will gar nichts heißen«, sagte der langaufgeschos-

178

sene Junge. »Als Mädchen braucht man bei ihm nur in der vordersten Reihe zu sitzen und ab und zu die Beine übereinanderzuschlagen.«

»Kennst du Spud Latham?« fragte Armstrong. »Das ist Bill Shearer.«

»Freut mich, dich kennenzulernen, Latham«, sagte der langaufgeschossene Junge und hielt ihm die Hand hin. »Gesehen hab' ich dich schon.«

Da Spud nicht zeigen mochte, daß er schmutzige Hände hatte, nickte er nur steif, behielt die Hände unter dem Tisch und zog sich auf diese Art einen Feind für den Rest seiner Collegezeit zu. Der langaufgeschossene Junge errötete leicht und wandte sich wieder an Armstrong.

»Wie steht's mit der Rechenaufgabe für morgen?« erkundigte er sich. »Hast du sie schon gelöst? Wir könnten sie sonst zusammen machen.«

»Mir recht«, sagte Armstrong.

»Komm gleich nach dem Essen.«

»Kann nicht«, sagte Armstrong. »Wir haben noch ein Spiel mit den A.T.O.s.«

»Wer spielt in ihrer Mannschaft?«

»Short und Harrigan und...«

»Harrigan hat was drauf.«

»Wem sagst du das? Außerdem haben sie Safford, Rains—«

»Ist Rains ein A.T.O.? Ich dachte, er wäre ein Delta?«

»Du verwechselst ihn mit seinem Bruder. Sein Bruder ist ein Delta. Der andere ist ein A.T.O.«

»Ich möchte wissen, warum er nicht Delta Tau Delta geworden ist?«

»Er hätte es werden können«, sagte Armstrong. »Aber du weißt ja, wie Brüder sind. Er wollte wohl beweisen, daß er unabhängig ist, und so ist er ein A.T.O. geworden. Jedenfalls ist er gut.«

»Verflucht gut«, sagte der langaufgeschossene Junge. »Herb Porter erwähnte ihn neulich. Du kennst doch Herb Porter?«

»Delta Chi?«

»Chi Psi.«

»Ich wollte auch Chi Psi sagen. Ja, den kenne ich.«

»Also viel Glück.«

»Keine Sorge, wir werden's ihnen schon zeigen«, sagte Armstrong.

Der langaufgeschossene Junge schüttelte voller Bewunderung den Kopf. »Allzu bescheiden seid ihr nicht gerade, das muß man euch lassen.«

Armstrong lächelte. »Warum läßt du dir eigentlich nicht die Haare schneiden, Shearer?« sagte er.

»Mein Mädchen wird ungeduldig. Sie wird mir die Hölle heiß machen, wenn ich nicht... Bis dann, Kumpel.«

»Bis dann, Alter«, sagte Armstrong.

Innerhalb einer Viertelstunde fanden drei derartige Unterhaltungen statt. Spud beteiligte sich nicht daran. Die Mädchen schwatzten miteinander, während er mit verschlossenem Gesicht danebensaß – mit dem gleichen Gesichtsausdruck, den seine Mutter manchmal hatte, wenn sie mit Frauen zusammen war, deren Männer erfolgreicher waren als Mr. Latham und die auffälligere Diamantringe trugen als sie. Um vier brach Spud auf. Armstrong nahm die Rechnung und begleitete ihn. Sobald sie gegangen waren, lehnte sich Armstrongs Freundin über den Tisch, als hätte sie eine Mitteilung zu machen, die niemand mithören dürfe. »Army hat Spud auf unserem Hausball gesehen.«

»So?« sagte Sally.

»Er mag Spud leiden. Er hat es mir selbst gesagt. Er hält viel von Spud. Ich übrigens auch, Sally. Es ist nur schade, daß er in keiner Burschenschaft ist. Ich glaube, das wäre gut für ihn.«

Mit leicht gekräuselten Lippen erwiderte Sally: »Und gut für die Burschenschaft.«

Spud und Armstrong boxten, als Lymie an diesem Nachmittag in der Turnhalle erschien. Sie strengten sich nicht

weiter an, und nach einigen Minuten erklärte Army, daß er
genug habe, und ging wieder zu seinen Ringen. Spud bearbeitete den Punchingball für eine Weile, dann trat er an
Lymie heran, nahm ihm das Seil weg und hielt ihm die
Handschuhe hin, die Armstrong getragen hatte. »Hier«,
sagte er, »zieh sie an.«

»Bist du verrückt?« fragte Lymie.

»Mach schon.« Spud schnürte einen der Handschuhe
auf. »Zieh ihn über und halt's Maul!«

»Ich will nicht mit dir boxen.«

»Warum nicht?«

»Weil ich nicht will.«

Als Lymie den Handschuh anhatte, wickelte Spud die
Bänder zweimal um Lymies dünnes Gelenk und band sie
zu. »Gib die andre Hand her«, sagte er.

»Du wirst dich vergessen«, sagte Lymie, »und das erste,
was du wieder wahrnehmen wirst, ist der Krankenwagen.«

»Keine Bange, Lymie. Ich vergess' mich schon nicht. Ich
versprech' dir, sanft wie ein Lamm zu sein. Ich brauche nur
einen, mit dem ich ein bißchen trainieren kann.«

»Na, schön, aber treib's nur nicht zu toll«, sagte Lymie
und sah mit Abscheu auf die Handschuhe hinunter. Spud
legte das andere Paar an und ging hinüber zum Barren, um
einen Jungen namens Hughes zu bitten, sie festzuschnü-
ren.

»Also paß auf«, sagte er, als er zurückkam. »Du mußt mit
dem einen Fuß leicht auftreten und dein Gewicht auf den
Ballen des anderen Fußes verlagern, verstanden? Oder du
kannst hin und her tänzeln – der Zweck der Sache ist, daß
du deinen Standpunkt rasch verändern kannst.«

»Na gut, hab' ich begriffen«, sagte Lymie ernsthaft und
trat mit dem einen bestrumpften Fuß leicht auf und verlagerte sein Gewicht auf den Ballen des anderen.

»Ich mach's dir erst mal vor«, sagte Spud. »So mußt du
die Arme halten, und vergiß nicht, du mußt die Deckung
halten, egal, was passiert.« Er ging aus seiner Stellung und

brachte Lymies verkrampfte Arme in die richtige Lage, so daß die Ellbogen am Körper lagen und die Handschuhe einer vor dem anderen.

»Ich hab' das Gefühl, daß ich da nicht lebend herauskomme«, sagte Lymie.

»Gar nichts wird dir passieren. Mach dir keine Sorgen.«

»Na schön«, sagte Lymie und ließ einen Rechten fliegen, kam mit der Linken nach und traf Spud fast, aber nicht gänzlich unvorbereitet.

»Großartig. Wenn es irgend geht, immer versuchen, selbst den ersten Schlag zu setzen, schon wegen der psychologischen Wirkung... Nein, du mußt in Deckung gehen... So, ja... nein... Meine Deckung ist völlig offen, Lymie... Ich hätte dir den Kopf runterschlagen können, wenn ich gewollt hätte. Ich hätte dich k.o. schlagen können. Immer in Deckung bleiben... sehr gut... sehr gut...«

Unter vergeblichen Versuchen, sich gegen die unaufhörlich auf ihn niederprasselnden Schläge zu wehren, wich Lymie immer weiter zurück. Er stolperte über seine eigenen Füße und fiel hin.

»Hast du dir weh getan?« fragte Spud.

Lymie schüttelte den Kopf und stand auf.

»Das kommt davon, daß du vergessen hast, auf den Fußballen zu gehen. Immer in Bewegung bleiben, wie beim Tanzen.«

Als sie eine Ruhepause einlegten, lehnte sich Lymie keuchend gegen die Wand. Sein Gesicht war vor Anstrengung rot angelaufen. Spud wandte sich dem Punchingball zu und bearbeitete ihn mit all der Kraft, die er so vorsichtig zurückgehalten hatte. Einen Moment lang sah es aus, als würde der Ball sich unter den Schlägen aus seinen Vertauungen lösen und quer durch die Turnhalle fliegen.

»Pause beendet«, sagte Spud.

Lymie ging ihm von der Wand aus entgegen. In der zweiten Runde versetzte Spud ihm einen etwas kräftigeren Nasenstüber, als er beabsichtigt hatte. Er ließ die Arme sofort sinken und sagte: »O Gott, Lymie, hab' ich dir weh getan?«

Lymie jedoch, plötzlich kopflos geworden, ließ sich gar keine Zeit, darüber nachzudenken, sondern drang mit solchem Ungestüm auf Spud ein, daß dieser bis an die Mauer zurückwich. Lymies Augen glitzerten in unverhüllter Mordlust. Spud machte keine Anstrengungen, sich zu verteidigen, und nach einigen Minuten hielt Lymie, durch das Ausbleiben jeglichen Widerstands verwirrt, von selbst inne. »Was ist denn los?« fragte er.

Spud drehte sich um, lehnte sich gegen die Wand und lachte, bis er nicht mehr konnte. Als er sich wieder beruhigt hatte, ging ihm auf, daß er nicht Lymies Nase, sondern seine Gefühle verletzt hatte. Spud schloß ihn in die Arme und sagte: »Laß schon gut sein, Lymie, altes Haus, ich wollte dich nicht auslachen, glaub mir. Es kam nur plötzlich über mich. Dein Gesicht war zu komisch. Aber du hast deine Sache fein gemacht. Wirklich gut. Wenn du so weitermachst, wirst du der nächste Weltmeister im Federgewicht sein. Du brauchst nur ein wenig Unterricht.«

Aber Lymie hatte genug. Er riß sich die Handschuhe herunter, ohne sich die Mühe zu machen, sie aufzuschnüren, und kehrte zu seinem Springseil zurück. Später, als Spud angekleidet war und sie die Turnhalle verließen, holte Armstrong, dessen Spind auf der anderen Seite des Schwimmbads lag, sie ein und begann über die Weihnachtsferien zu sprechen, die in drei Wochen beginnen sollten. Seine Bemerkungen waren ausschließlich an Spud gerichtet, obwohl er Lymie genausooft oben gesehen hatte und wußte, daß sie zusammenwohnten. Spud antwortete einsilbig, und Lymie lief nebenher, die Hände in den Taschen, den Blick abgewandt – als wäre er stumm, blind, taub oder gar nicht vorhanden.

Zwei Tage vergingen, ehe Spud ihm gegenüber auf Armstrongs Aufmerksamkeit reagierte. Der Hinweis darauf war mehr ein versteckter Wink, aber daran war Lymie gewöhnt. Es war nach dem Abendessen, sie lernten auf ihrem Zimmer, und obwohl Spud den Kopf über sein Deutschlesebuch gebeugt hielt, hatte er seit einer geraumen Weile keine Seite mehr umgeblättert. Man merkte ihm sofort an, ob er ernsthaft lernte oder nicht. Seine Blicke schweiften unaufhörlich zwischen dem Zettel mit dem Tagespensum und dem Wörterbuch hin und her.

»Was meinst du«, begann er mit einer Stimme, die von weither zu kommen schien, »meinst du, daß Sally mich lieber hätte, wenn ich in einer Burschenschaft wäre?«

33.

In den Weihnachtsferien kam Mr. Peters Kusine, Miss Georgiana Binkerd, eine sehr wohlhabende Frau, auf der Durchreise nach Chicago. Sie hatte sich bereit erklärt, Lymies Studium zur Hälfte zu bezahlen (die andere Hälfte zahlte Mr. Peters), und glaubte nun, eine Art Besitzanspruch an ihn zu haben. Die dreieinhalb Stunden, die sie mit Mr. Peters und Lymie beim Lunch verbrachte, waren reichlich lang, aber trotzdem gelang es ihr nicht, viel aus ihnen herauszubekommen. Aus der Tatsache, daß sie ihren Hut aufhatte und schon in der Vorhalle des Apartmentgebäudes wartete, als der Taxichauffeur klingelte, konnte man schließen, daß Miss Binkerd mit bereits vorgefaßten Überzeugungen (Mr. Peters sei das schwarze Schaf in der Familie) nach Chicago gekommen war und sie unbeschädigt wieder mitnehmen wollte.

Miss Binkerd war in den späten Vierzigern, und nichts an ihr deutete darauf hin, daß sie jemals jünger gewesen war, aber Mr. Peters konnte sich noch an sie erinnern, als sie neun war und eine Schiene am rechten Bein hatte. Georgiana Binkerd und seine Mutter waren Halbschwestern, und als Kind wurde er jeden Sommer auf Besuch zu den Verwandten in Ohio mitgenommen. Seine beiden kleinen

Kusinen hatten ihn immer damit aufgezogen, daß er stotterte, und da sie älter als er und außerdem Mädchen waren (die er nicht ohne weiteres verdreschen konnte, wenn er Lust dazu hatte), zog er bei Streitereien stets den kürzeren. Damals wohnten sie in einem Vorort von Cincinnati in einem großen, gelben, quadratischen Bauernhaus aus Backstein mit einer Kuppel auf dem Dach und einer Doppelreihe von Kiefern, die den Weg von der Straße zur Veranda säumten. Am deutlichsten erinnerte sich Mr. Peters an ein längliches Zimmer, das das halbe Erdgeschoß einnahm und einen Parkettfußboden hatte. Es war ursprünglich als Empfangszimmer gedacht, aber sein Onkel benutzte es als Lagerraum für Futtermittel. Nachts rannten die Ratten hinter den Wänden durch das ganze Haus. Als Junge hatte Mr. Peters oft lauschend wach gelegen und sich vorgestellt, er habe eine Schrotflinte in den Händen.

Seine Tante hatte er gern gemocht, vor seinem Onkel aber, der einen Bart hatte und sonntags einen goldenen Kragenknopf in seinem Hemd trug und Kinder nicht mochte, hatte er sich gefürchtet. Während dieser Zeit war sein Onkel Landwirt gewesen. Später hatte er durch Spekulation mit Eisenbahnaktien ein Vermögen gemacht, das er wieder verloren hatte, aber durch die Erfindung eines Allheilmittels, das noch immer in den Drogerien, mit Namensaufschrift und dem Bild seines Onkels versehen, erhältlich war, hatte er es noch einmal zu Reichtum gebracht. Jetzt wohnten sie – seine Tante, Georgiana und ihre Schwester Carrie – in einem großen häßlichen Haus im vornehmsten Viertel von Cincinnati. Mr. Peters hatte sie dort auch noch besucht, als er schon erwachsen war. Zu dieser Zeit hatte der Alte aber seine einstige Autorität längst eingebüßt. Was er auch sagte, stets wurde er von seiner Frau oder seinen Töchtern korrigiert. Unter dem Vorwand, für seine Gesundheit zu sorgen, hatten sie vollkommene Macht über sein Denken gewonnen, über seine Gewohnheiten, die Art, sich zu kleiden, das, was er aß, über sein ganzes Leben.

Als es dem Alten dämmerte, daß er keinen dieser Bereiche jemals zurückerobern würde, starb er. Die Frauen waren jedoch noch immer obenauf.

Georgiana Binkerd sah ihrem Vater ähnlich, nur daß er ein großer, grobknochiger Mann gewesen war, sie dagegen eine kleine, unscheinbare Frau mit blaßblauen selbstsüchtigen Augen, die hinter ihren randlosen Brillengläsern ein wenig hervorquollen. Sie hatte als kleines Mädchen Kinderlähmung gehabt, und ein Bein war um einige Zentimeter kürzer als das andere und bestand nur aus Haut und Knochen. Bei jedem Schritt kam sie aus dem Gleichgewicht und schlingerte nervös hin und her. Sowohl Lymie als auch sein Vater sahen darüber hinweg, wenn sie ihr die Tür aufhielten. Vor dem Taxi drehte sie sich um, legte ihre klauenartigen Hände auf Lymies Schultern und küßte ihn.

»Gehab dich wohl, mein Liebling. Ich wünschte, du wärst mein eigenes Kind«, sagte sie und bugsierte umständlich ihren verwachsenen Körper ins Taxi.

Mr. Peters stieg nach ihr ein und schloß von innen die Tür. »Zur Union Station«, sagte er zu dem Fahrer, indem er sich nach vorne lehnte. Seinem Ton nach hätte man denken können, er wäre derjenige, der den Zug erreichen müßte, nicht Miss Binkerd. Sie nahm es hin.

»Auf Wiedersehen! Gott segne dich!« rief sie Lymie zu. »Auf Wiedersehen, Tante Georgiana«, rief er vom Bürgersteig her zurück. Obwohl er winkte, bis das Taxi um die Ecke bog, dachte er nicht an sie, sondern an ihren Pelzkragen, der sehr lebendig wirkte. Das Taxi bog nach Süden ab und fuhr die Sheridan Road entlang bis zur Devon Avenue, wo es nach Osten abdrehte und zwei Straßenzüge weiter wieder nach Süden einschwenkte. Mr. Peters' Gedanken waren bei dem dicken Bündel American-Express-Reiseschecks, die, wie er wußte, in Miss Binkers schwarzer Lederhandtasche steckten.

»Ich kann dir gar nicht sagen, wie gut es mir bei euch gefallen hat, Lymon«, sagte sie und schwankte bei jeder Bewegung des Wagens hin und her.

»Es war sehr nett, daß du uns besucht hast«, sagte Mr. Peters. Er griff nach der Tasche, in der seine Zigaretten steckten, besann sich aber rechtzeitig. »Ich habe jede Minute genossen«, sagte er. »Und Lymie auch.«

»Er sieht aus wie seine Mutter«, sagte Miss Binkerd.

Mr. Peters nickte.

»Ich habe Alma leider nur ein einziges Mal gesehen, und zwar beim Begräbnis deiner Mutter«, sagte Miss Binkerd. »Aber ich erinnere mich an sie. Sie war eine wunderbare Frau.«

»Das war sie allerdings«, sagte Mr. Peters. »Würde es dir etwas ausmachen, wenn ich rauche?«

»Ich bekomme Hustenreiz davon«, sagte Miss Binkerd.

Mr. Peters zog seine Hand aus der Tasche.

»Eines möchte ich dir gern noch sagen«, ließ sich Miss Binkerd mit Nachdruck vernehmen. »Und das ist, daß man dir Hochachtung zollen muß für die Art, wie du deinen Sohn ganz allein ohne jede Hilfe erzogen hast.«

»Danke«, sagte Mr. Peters.

»Ich habe ihn während des Essens beobachtet. Er hat sehr gute Manieren. Wo er auch hinkäme, er wüßte sich zu benehmen. Das einzige, woran ich etwas auszusetzen hätte, ist seine Haltung.«

»Ich weiß«, sagte Mr. Peters mit düsterer Stimme. »Ich mache ihn immer wieder darauf aufmerksam, aber es hilft nichts. Er hält sich einfach nicht gerade. Er ist auch nicht besonders kräftig, wie du vielleicht bemerkt hast. Er müßte mehr im Freien sein. Wenn ich die Mittel hätte, würde ich einem Country Club beitreten. Golf ist sehr gesund, und es ließe sich vielleicht einrichten, daß ich in den Sommermonaten wöchentlich einmal mit ihm spielen könnte. Es würde ihm außerordentlich guttun, aber ich weiß nicht, wie ich es bewerkstelligen soll.«

Der Ausdruck von Härte, der plötzlich in Miss Binkerds

Augen erschien, war keine Täuschung, hervorgerufen vom Spiegeln ihrer Brille. Solche Andeutungen waren ihr nichts Neues, und sie wußte, daß sie meistens auf eine direkte Bitte um finanzielle Unterstützung hinausliefen.

»Lymie ist ein sehr netter Junge, so wie er ist«, sagte sie. »Ich würde ihn an deiner Stelle nicht umzukrempeln versuchen.«

»Das will ich gar nicht«, sagte Mr. Peters hastig. »Ich dachte nur –«

»Ich habe für Country Clubs noch nie viel übrig gehabt. Mein Vetter Will Binkerd gehört einem an, und wie ich höre, trinken die Männer in den Umkleideräumen.«

»Lymie würde das bestimmt nicht mitmachen«, sagte Mr. Peters. »Es liegt nicht in seiner Art.«

»Das glaube ich auch«, sagte Miss Binkerd. »Aber trotzdem. Bei Jungen kann man nie sicher sein. Gerade die ruhigen, wohlerzogenen bereiten ihren Eltern oft das größte Elend und Herzeleid, bevor sie da hindurch sind.«

Mr. Peters wurde das Gefühl nicht los, daß dieser Seitenhieb ihm galt, obwohl er als Junge weder besonders ruhig gewesen noch sich tadellos betragen hatte.

»Als Lymie klein war«, sagte er, »hatte er oft ziemliche Wutanfälle, und außerdem war er sehr eifersüchtig. Besonders auf seine Mutter. Wenn er glaubte, daß sie irgendeinem anderen Kind zuviel Aufmerksamkeit schenkte, geriet er außer sich, und sie konnte nichts dagegen tun. Jetzt, da er erwachsen ist, hat sich das gelegt, und alles wäre gut, wenn ich ihm nur einen Begriff vom Wert des Geldes beibringen könnte. Es rinnt ihm einfach durch die Finger.«

»Er verdient es auf ehrliche Weise«, sagte Miss Binkerd. Diesmal bestand kein Zweifel darüber, gegen wen sich diese Bemerkung richtete. Sie schaute aus dem Fenster des Taxis und sagte: »Ist dies das Edgewater Strandhotel?«

Mr. Peters bejahte es.

Eine Pause entstand, die vielleicht anderthalb Minuten dauerte und Miss Binkerd anscheinend nicht im geringsten störte. Mr. Peters, der sich den Kopf darüber zerbrach, wie er die Unterhaltung am besten abschließen könnte, sagte: »Ich wünschte, wir hätten mehr von dir gehabt – nicht nur zwischen zwei Zügen.«

»Ich weiß«, sagte sie. »Das nächstemal werde ich euch einen richtigen Besuch abstatten, Lymon. Aber es ist jedesmal eine weite Reise, und ich bin auch nicht mehr die Jüngste, und es fällt mir immer schwerer. Ich hätte im Schlafwagen von Kansas City bis nach St. Louis durchfahren können, ohne umsteigen zu müssen. Aber ich habe Lymie nicht mehr gesehen, seit er ein Jahr alt war, und außerdem war Mutter gespannt, wie es euch geht.«

»Sag ihr, daß wir ganz gut zurechtkommen«, sagte Mr. Peters.

»Das werde ich tun«, sagte Miss Binkerd nickend. »Ich werde es ausrichten. Sie wird mich wahrscheinlich fragen, ob du noch immer der hübsche Kerl von früher bist. In diesem Fall kann ich ruhig ein bißchen flunkern.«

Sie lachte und lehnte sich zurück, glücklich darüber, ihm endlich heimgezahlt zu haben, daß er sie als Kind Spinne genannt hatte, damals vor fünfunddreißig Jahren.

34.

Es waren gesunde, hübsche und kluge, wenn auch nicht allzu kluge Gesichter, von denen Spud sich umgeben sah. In Armstrongs Burschenschaft gab es keine ausgefallenen Erscheinungen, niemanden, dessen man sich zu schämen brauchte.

Die Wände des Speisesaals waren mit solider Eiche getäfelt. Die Vorhänge waren in einfacher dunkelroter Farbe gehalten. Es gab sechs Tische, und am oberen Ende eines dieser Tische saß Armstrong, Spud zu seiner Rechten. Außer ihnen saßen zwei Jungen aus Chicago, einer aus Bloomington, ein anderer aus Gallup in Neumexiko und noch ein Junge aus Marietta am Tisch. Die beiden Jungen aus Chicago unterhielten sich über die neue Tanzkapelle im Hotel Drake, wo sie Silvester gefeiert hatten. Vielleicht übertrieben sie ein wenig, als sie erzählten, wie betrunken sie damals waren, auf jeden Fall schämten sie sich deshalb nicht. Sie sprachen leicht und natürlich, in der selbstsicheren Art von Leuten, die sich zur besten Gesellschaft rechnen und wissen, daß, wo sie auch hingehen, selbstverständlich das Beste für sie reserviert ist. Ihre Einstellung Spud gegenüber konnte man daran ermessen, daß sie ihn jedesmal mit Namen anredeten, ihm höflich zuhörten, als er vom Winterkarneval in seinem Heimatort in Wisconsin erzählte, und ihm die Brötchen reichten, ehe sie sich selbst bedienten. Für sie bestand kein Zweifel, daß er ebenfalls zur besten Gesellschaft gehörte, da Armstrong ihn sonst niemals zum Essen eingeladen hätte.

Während vier Studentenkellner nach dem Hauptgang den Tisch abräumten, wurde gesungen. Zuerst die Universitätshymne, dann ein Footballerlied, dann die Liebesserenade der Burschenschaft, die sehr schmalzig war und die man stellenweise summen mußte. Spud hätte gern eingestimmt, aber er kannte den Text nicht und hatte außerdem das Gefühl, daß es sich für ihn als Gast nicht schickte. Die Hände im Schoß, saß er ziemlich steif da.

Zwischen Salat und Nachtisch wurde wieder gesungen. Diesmal eine schmutzige Ballade, bei der jedes Wort in die Länge gezogen wurde und die folgendermaßen anfing:

Oh, der alte schwarze Bulle kam herunter vom Berge...
Houston... John Houston...

und die damit endete, daß der alte schwarze Bulle endlich völlig erschöpft wieder den Berg hinaufstieg. Und danach kam ein Lied an die Reihe, das jemand auf die Melodie »Die Schlachthymne der Republik« gemacht hatte.

Mary Ann McCarthy, sie... ging Muscheln suchen
Mary Ann McCarthy, sie... ging Muscheln suchen
Mary Ann McCarthy, SIE... ging Muscheln suchen
Aber sie fand keine...

Einundvierzig Löffel schlugen gleichzeitig zweimal gegen einundvierzig Biergläser.

... Muschel.

GLO-ry, glo-ry, hal-le-lu-jah

Die Stimmen grölten den Refrain:

Glo-ry, glo-ry, hal-le-lu-jah
Glo-ry, glo-ry, hal-le-lu-jah
Denn sie fand keine...
(kling, kling)
... Muschel.

Der Nachtisch bestand aus Pfirsicheis mit Schokoladentorte. Für Spud sah sie aus wie die, die seine Mutter zu bakken pflegte, und er biß erwartungsvoll hinein. Er war enttäuscht, aß das Stück aber dennoch auf.

Auf ein Zeichen von Armstrong wurden einundvierzig Stühle gleichzeitig vom Tisch abgerückt. Die Jungen lehnten sich an die Wand zurück, bis Spud und er den Speisesaal verlassen hatten, und folgten ihnen dann nach. Anstatt mit Spud in den Aufenthaltsraum zurückzukehren, nahm Armstrong ihn auf einen Rundgang durch das Haus mit. Besonderen Eindruck machten auf Spud die beiden Waschräume, von denen jeder eine lange Reihe von Waschbecken enthielt, die es unwahrscheinlich erscheinen ließen, daß beim Rasieren je einer auf den anderen warten mußte. Auch die einzelnen Zimmer beeindruckten ihn. Sie gingen sämtlich auf einen langen Flur, und man brauchte nicht durch das eine hindurchzugehen, um in das nächste zu gelangen wie in »302«. Jedes Zimmer war mit einem Vorhängeschloß versehen. Die Lieblingskrawatten Spuds kamen bei ihm zu Hause dauernd abhanden. Sie waren nicht immer in bestem Zustand, wenn er sie wiederfand, und zwei oder drei hatte er nie wieder ausfindig machen können, obwohl sein Verdacht sich gegen Howard richtete. Vorhängeschlösser waren anscheinend die einzige Lösung des Problems und in Spuds Augen keineswegs unvereinbar mit brüderlicher Liebe.

Auch fiel ihm auf, daß im Schlafsaal, der sich im dritten Stock befand, die gleiche oder fast die gleiche Temperatur herrschte wie in den übrigen Räumen des Hauses. Bei Tag, erläuterte Armstrong, hielt man die Fenster geschlossen, und mehrere Heizkörper spendeten Wärme. Nachts, wenn die Fenster offenstanden, war es zwar kalt, aber nicht eisig. Spud nickte beifällig, als er die zweistöckigen Bettgestelle mit sauber überzogenen Decken sah, in denen jeweils nur eine Person schlief. Auch er zog es vor, allein zu schlafen.

Die Arbeitsstunden begannen um halb acht. Die Neulinge verließen den Aufenthaltsraum, und viele von den Älteren schlossen sich an. Die Wurfpfeile im Keller und das Tischtennis blieben verlassen zurück. Auf den Fluren wurde es still. Innerhalb von fünf Minuten herrschte eine solche Ruhe im Hause, wie das in »302« vor Mitternacht selten der Fall war.

Spud und Armstrong und zwei ältere Studenten saßen im Aufenthaltsraum vor dem Feuer und unterhielten sich. Es war die Jahreszeit, wo hauptsächlich über Basketball diskutiert wurde. Spud tat, als wäre er interessiert, aber in Wirklichkeit dachte er daran, wie er sich im zweiten Stock in einem großen Eckzimmer einrichten würde. Lymies Pult mußte neben seinem stehen. Er war eben dabei zu überlegen, ob es nicht besser sei, Lymie irgendwo anders unterzubringen – auf dem unteren Flur vielleicht, der Abwechslung halber mit einem anderen Zimmergenossen zusammen (das würde für Lymie besser sein) –, als die Uhr auf dem Kaminsims acht schlug. Er erhob sich, zog sich draußen auf dem Flur den Mantel an, band sich den Schal um, schüttelte allen die Hände und entfernte sich, außerordentlich befriedigt von dem Haus und der Atmosphäre von Brüderlichkeit, die darin herrschte, und in ziemlich selbstzufriedener Stimmung.

Eine Woche später wurde er wiederum zum Essen eingeladen, und diesmal drehte sich das Gespräch im Aufenthaltsraum nicht um Basketball, sondern man kam direkt zur Sache. Nach Ablauf von fünf Minuten brachte Armstrong eine dreieckige Burschenschaftsnadel zum Vorschein. Obwohl Spud darauf gefaßt war, wurde er rot vor Verlegenheit. Es war nicht leicht, vier Leuten, die einen anstarrten, zu erklären, daß man nicht das Geld hatte, einer Burschenschaft beizutreten.

»Dieser Schwierigkeit könnten wir leicht abhelfen, wenn du einverstanden wärst, als Kellner oder Tellerwäscher zu arbeiten«, sagte Armstrong und fügte, da er den Ausdruck auf Spuds Gesicht richtig gedeutet hatte, hinzu: »Das würde selbstverständlich deine Stellung hier im Hause in keiner Weise beeinträchtigen. Es hielte dich auch kaum von der Arbeit ab. Du würdest ja doch nach den Mahlzeiten nur herumhocken und die Zeit totschlagen. Das einzige, worüber du dir Gedanken machen müßtest, wären die hundert Dollar Aufnahmegebühr.«

Spud nickte.

»Meinst du, daß du sie aufbringen kannst?«

»Ich muß es mir überlegen«, sagte Spud.

Armstrong versuchte zu drängen, aber Spud lehnte es ab, sich irgendwie festzulegen, und blieb hartnäckig, so daß Armstrong nachgab. »Es ist nicht unsere Art, lange zu bitten«, sagte er. »Und obwohl wir in deinem Fall bereit sind, eine Ausnahme zu machen, solltest du dir doch darüber im Klaren sein, daß es genug Leute gibt – Leute, die etwas darstellen –, die sofort mit beiden Händen zugreifen würden.«

Spud war sich durchaus klar darüber, griff aber trotzdem

nicht sofort mit beiden Händen zu. Er verließ das Haus, ohne daß eine Nadel in seinem Rockaufschlag steckte, und ging in die »Schiffslaterne«, wo Lymie und Sally ihn erwarteten. Während er über den Verlauf des Abends berichtete, schauten sie sich, wie Spud bemerkte, ein paarmal lächelnd an. Dieses Lächeln hatte wahrscheinlich nichts weiter zu bedeuten, als daß sie stolz auf ihn waren, weil er so ganz er selbst und so gar nicht wie andere Leute war. Er vermutete jedoch, daß irgendein geheimes Einverständnis zwischen ihnen herrschte, von dem er ausgeschlossen war.

»Wenn du beitreten willst«, sagte Sally, »nur zu. Die Burschenschaft ist recht gut. Die beste, die es gibt, glaube ich. Aber auch das ändert sich. Was in einem Jahr gut ist, braucht nicht notwendigerweise auch im nächsten gut zu sein. Und ich bin gar nicht so sicher, was man überhaupt unter ›gut‹ zu verstehen hat.«

»Würdest du nicht stolz auf mich sein?« fragte Spud.

»Das bin ich sowieso«, sagte Sally. »Oder meinst du, ich würde dich mehr lieben, bloß weil du was Glitzerndes an deiner Weste trägst?«

»Du könntest die Nadel tragen«, schlug Spud vor.

»Das habe ich gar nicht nötig«, sagte Sally. »Es weiß sowieso jeder, daß ich dich dort habe, wo ich dich haben will.«

»Au weh«, sagte Spud. Worauf er hinauswollte, war, daß Lymie, der bei der Sache alles zu verlieren, und Sally, die nichts dabei zu gewinnen hatte, ihm zureden sollten, daß es zu seinem Besten sei, wenn er einer Burschenschaft beitrete. Dann hätte er ihnen widersprechen und seinen Plan aufgeben können. Als Lymie jedoch sagte: »Das ist deine eigene Angelegenheit«, war er auf beide ziemlich wütend.

»Es handelt sich dabei nicht nur um mich«, rief er aus. »Ich weiß nicht, warum du das ständig behauptest. Ich kann mich nicht einfach aus dem Staub machen und dich mit dem Doppelzimmer sitzenlassen. Wenn ich gehe, mußt du auch gehen.«

»Bis jetzt«, sagte Lymie, »hat mich noch niemand aufgefordert, einer Burschenschaft beizutreten.«

»Man wird dich auffordern«, sagte Spud.

Sally schwieg. Sie hatte schon seit etwa einer Minute nichts mehr gesagt, aber ihr Schweigen fiel Lymie erst jetzt auf. Ihre Schweigsamkeit war anderer Art als sonst. Er lächelte ihr zu, um ihr begreiflich zu machen, daß sie nicht taktvoll zu sein brauche. Er hatte von Anfang an gewußt, daß ihn niemand auffordern würde, einer Burschenschaft beizutreten. Zu Spud sagte er: »Mir macht es nichts aus, wo ich wohne, aber dir. Entscheide dich also.«

»Erstens...« fing Spud an.

Lymie unterbrach ihn. »Ich schlage vor, diese Versammlung zu vertagen. Wer dafür ist, antworte mit ›Ja‹.«

»Ja«, sagte Sally und besah sich im Spiegel ihrer Puderdose.

»Antrag angenommen«, sagte Lymie und griff nach der Rechnung. »Forbes, du schuldest mir einen Fünfer... Latham, zwanzig Cents, bitte.«

»Fünfzehn«, sagte Spud. »Mein Eis kostet nur fünfzehn.«

»Zwanzig mit Nüssen«, sagte Lymie.

Spud hielt mit der rechten Hand seine Hosentasche zu und sagte: »Du könntest mich eigentlich freihalten.«

»Was hätte denn das für einen Zweck?« frage Lymie.

»Ich weiß nicht«, sagte Spud. »Ich dachte nur, es würde dir Spaß machen.«

»Her mit dem Geld!« sagte Lymie.

»Du bist der größte Geizkragen, der mir je begegnet ist«, sagte Spud entrüstet. »Du übertriffst alle.« Er fing an, seine Taschen systematisch zu leeren. Aber es kam auch nicht ein Penny zum Vorschein.

35

Als Reinhart sich anbot, Spud hundert Dollar zu leihen, war Spud derart überrascht, daß es ihm gar nicht in den Sinn kam, Fragen zu stellen. Trotzdem hielt Reinhart ein paar erläuternde Worte für angebracht. »Meine Tante hat mir das Geld geschickt«, sagte er. »Sie schickt mir manchmal was. Ich brauche es im Augenblick nicht und dachte, du könntest vielleicht Verwendung dafür haben.« Reinhart, der sich seit drei Jahren keinen neuen Anzug mehr gekauft hatte, der gar keine Tante besaß und der mehr Schulden hatte, als es Sand am Meer gibt.

»Ich hätte tatsächlich Verwendung dafür«, sagte Spud und konnte es gar nicht fassen, daß einem Dinge, die man gerade dringend brauchte (wie die hundert Dollar), gewissermaßen in den Schoß fielen. Genau die Summe. Er wollte Reinhart schon alles erzählen, aber dann entsann er sich, daß Reinhart nicht die besten Erfahrungen mit Burschenschaften gemacht hatte und wahrscheinlich alle Häuser nach dem einen beurteilen würde, in das er geraten war. »Verdammt nett von dir«, sagte er und tat die Sache mit einem Wort des Dankes statt mit Erklärungen ab.

Reinhart zuckte die Schultern. »Es ist kein Geschenk, sondern ein Darlehen«, sagte er und drehte ein Büschel Haare zwischen Daumen und Zeigefinger.

»Wenn schon«, sagte Spud. Er sah das Mietshaus, dessen er sich so lange geschämt hatte, und Reinhart, der zusammengekrümmt in seinem Polstersessel saß, jetzt mit anderen Augen. Es ist dumm zu bestreiten, daß Geld keinen Unterschied mache. Mit hundert Dollar, den Mitteln zur Flucht, in knisternden, sauberen Scheinen in seiner Rechten, war Spud gar nicht mehr scharf darauf, wegzugehen. Schließlich hatte er anderthalb Jahre hier gewohnt, und diese Kerle waren seine Freunde. Wenn er Hilfe brauchte, sprangen sie ein, ohne daß er sie erst dazu auffordern mußte. Solche Kerle verdienten, daß man zu ihnen hielt.

Aus einem Gefühl der Verpflichtung blieb Spud noch eine Weile in Reinharts Zimmer und ging dann auf schnellstem Wege zu dem Studentinnenheim, in dem Sally wohnte. Sie hatte ihm zwar gesagt, daß sie diesen Nachmittag nach Hause gehen würde, um ein paar Kleidungsstücke zu holen, aber die hundert Dollar hatten alles andere aus seinem Hirn gefegt. Er hatte nicht die Absicht, Sally von dem Darlehen zu erzählen, dabei würden nur Dinge zur Sprache kommen, über die er sich keine Gedanken machen wollte, zum Beispiel wie und wann er das Geld zurückbezahlen würde. Aber er wollte sie zu einer klaren Stellungnahme wegen der Burschenschaft bewegen. Er war sich gewiß, obwohl sie sich bisher jeder Einflußnahme auf seine Entscheidung enthalten hatte, daß sie ihn gern als Burschenschafter sehen würde. Nachdem sie das zugegeben hätte, würde er ihr erklären, weshalb er das Angebot abzulehnen beabsichtige.

Er betrat das Heim, ging in die Telefonkabine und drückte ihren Knopf. Es meldete sich niemand. Er klingelte ein zweites Mal: *einmal kurz, einmal lang.*

»Nicht zu Hause«, rief eine Stimme von oben.

Spud verließ die Kabine und blieb am Fuß der Treppe stehen. »Wissen Sie, wo sie hingegangen ist?« fragte er.

Hope Davison, das Haar in Lockenwicklern aufgedreht, lehnte sich über das Geländer. »Ach, du bist's, Spud. Seh' ich nicht fürchterlich aus? Forbes ist ausgegangen. Mir ist, als hätte ich ihre Klingel vor einem Weilchen gehört, und kurz danach muß sie das Haus verlassen haben. Im Augenblick ist sie jedenfalls nicht hier.«

»War sie mit Lymie zusammen?« rief Spud hinauf.

»Ich weiß nicht«, sagte Hope. »Wenn sie nicht mit dir ausgegangen ist, wird sie wohl mit ihm weggegangen sein. Sie ist ja ständig mit einem von euch beiden zusammen.«

»Danke«, sagte Spud, und eine Sekunde darauf hörte Hope, wie die Haustür zugeschlagen wurde.

Auf dem Weg zur nächsten Straßenecke, während er ruhig dahinschlenderte, schlug er Lymie dreimal zu Brei. Mit bloßen Fäusten schlug er ihm die Nase ein und ein paar Zähne aus, daß er Blut spuckte und nicht mehr aus den Augen schauen konnte. An der zweiten Straßenecke versetzte er ihm einen Schlag in den Magen, daß es ihm den Atem verschlug. Lymie sackte zusammen, und während er zu Boden sank, schlug Spud erneut auf ihn ein. Lymie schrie und flehte um Gnade, aber Spud zerrte ihn wieder hoch und betrachtete den Kerl, dem er sein Vertrauen geschenkt und von dem er geglaubt hatte, er wäre wirklich sein Freund. Mit den nackten Knöcheln versetzte er ihm einen Kinnhaken und blieb völlig kalt dabei. Er war sich nur der Verwandlung bewußt, die mit Lymies Gesicht vor sich ging. Lymies Augen wurden plötzlich starr, und er schien zu wanken. An der nächsten Straßenecke kam Lymie stöhnend zu sich. Spud schlug ihn noch viermal zu Boden und zwang ihn dann, täglich mit ihm zu trainieren. Er zwang ihn, eine Unmenge Milch und Fruchtsäfte zu trinken, frisches Gemüse zu essen, viel zu schlafen und Freiübungen zu machen, und bald darauf begann Lymie zuzunehmen. Sein Brustkasten weitete sich, seine Arme setzten Muskeln an, und eh' man sich's versah, war aus Lymie ein tüchtiger Boxer geworden, beweglich und intelligent. Er mußte zwar noch etwas dazulernen, aber schon bald war er so groß wie Spud. Als es soweit war, nahm Spud ihn sich eines Tages vor und machte Hackfleisch aus ihm ...

Als Spud in der Turnhalle erschien, wartete Lymie bereits auf ihn. Beim Anblick seiner Figur sah Spud ein, daß es keinen Zweck hatte. Wie lange Lymie auch trainieren mochte, er würde niemals stark genug sein, um richtig auszuholen und zuzuschlagen.

36

Professor Severance wohnte mit seiner Mutter in einem großen, weißen, mit Schindeln gedeckten Haus, das aus den achtziger Jahren stammte und nicht weit vom Haus der Forbes lag. Als Lymie an jenem Abend um halb sieben dort klingelte, wurde ihm von einer Farbigen in der Tracht eines Hausmädchens geöffnet, die ihm Mantel und Schal abnahm. Professor Severance erschien und schüttelte ihm herzlich die Hand. Während der ersten Sekunden vermißte Lymie die hölzerne Bank und das niedrige Vortragspult. Weil er Professor Severance nicht direkt in die Augen schauen konnte, fühlte er sich schüchtern und wie einem Fremden gegenüber. Durch die Doppeltür konnte er in das lange, hell erleuchtete Wohnzimmer blicken, wo eine alte Frau auf einem Roßhaarsofa mit hoher Lehne wartete.

Es war ein schöner Raum, geschmackvoll und teuer eingerichtet. Die alten Sofas und Stühle und die kleinen Rosenholztischchen waren seidig glatt poliert. An der Wand stand ein großer Konzertflügel mit geschlossenem Deckel. Darauf waren Dutzende von winzigen bemalten Tonfigürchen aufgestellt, einen chinesischen Hochzeitszug darstellend. Die Männer trugen Fahnen, Laternen und Speere, und hinter dem Bräutigam und der Braut, die auf Tragsesseln saßen, kamen Männer zu Pferde. Japanische Drucke hingen überall an den Wänden: eine Schneelandschaft von Hiroshige, die mächtige, blau-weiß schäumende Welle des Hokusai, zwei Porträts von japanischen Schauspielern aus dem achtzehnten Jahrhundert, ein Mädchen, das mit hochgeschürztem Rock durch blaues Wasser watete, und eine Gruppe von Frauen in einem zerbrechlichen schwarzen Boot. In der Fensternische war ein Kartentisch aufgestellt, und eine Tischlampe warf ihr Licht auf die zu einer Patience ausgelegten Karten.

Trotz all seiner Ruhe und Vornehmheit war das Zimmer ein Schlachtfeld. Der Kartentisch, an dem Professor Severance gesessen hatte, bis Lymie kam, und das Exemplar von *Mansfield Park*, das auf dem Tisch neben dem Sofa lag und in welchem ein geschnitzter hölzerner Brieföffner steckte, waren die Waffen, mit denen Professor Severance und seine Mutter sich zuweilen angriffen, oder die Befestigungen, hinter denen sie sich verschanzten, wenn einer von ihnen vorübergehend gesiegt hatte. Die Luft war gesättigt mit den Ausdünstungen von vergangenem Zwist. Professor Severance führte Lymie zu dem Roßhaarsofa und sagte: »Mutter, dies ist Mr. Peters.«

»Ich freue mich«, sagte die alte Frau mit einer Stimme, die klarer und kräftiger klang, als Lymie erwartet hatte. Indem er auf sie niederschaute und ihren plumpen Schädel mit dem gelblichweißen Haar und den farblosen Lippen sah, kam ihm der Gedanke, daß sie Ähnlichkeit mit einem Bernhardiner habe, mit dem einen Unterschied, daß ihre Augen nicht nur traurig, sondern auch kränklich in die Welt blickten. Trotzdem leuchteten sie plötzlich gelblich auf und zogen ihn in ihren Bann. Mrs. Severance saß in einem grauen Seidenkleid groß und unförmig da, und ihr Seidenschal mit langen Fransen fiel über die Schultern. Ein geschnitzter Stock lehnte gegen die Sofaecke.

»Setzen Sie sich hier neben mich«, sagte sie und klopfte auf die Roßhaarpolsterung. »Ich möchte mich mit Ihnen unterhalten. Mein Sohn erzählte mir, daß Sie mit Sally Forbes befreundet sind. Sie sind verliebt in sie, nicht wahr? Das ist ganz in Ordnung. Deswegen brauchen Sie nicht rot zu werden. Sie ist ein liebes Mädchen. Ich kenne sie seit ihrer Geburt. Sie wird Ihnen eine gute Frau sein, da bin ich mir sicher, obwohl sie nicht so hübsch ist, wie ihre Mutter einmal war. Ihre Mutter war eine wirkliche Schönheit. Wenn es nach mir gegangen wäre, hätte sie William heiraten müssen. Ich habe ihr nie verziehen, daß sie statt dessen Professor Forbes geheiratet hat.«

»Meine Mutter ist der Ansicht, daß alle Leute heiraten

sollten«, erläuterte Professor Severance lächelnd. »Je früher, desto besser.«

»Je früher, desto besser«, wiederholte Mrs. Severance nickend. »Schauen Sie sich William an. Er wird im nächsten Juni dreiundvierzig, und es wird von Tag zu Tag schwieriger, mit ihm zusammenzuleben.«

»Das stimmt wohl nicht ganz«, sagte Professor Severance sanft. »Die Sache ist vielmehr so, daß ich ziemlich rücksichtsvoll und ausgeglichen bin und in Wirklichkeit niemandem das Leben schwermache.«

Statt ihm zu antworten, erkundigte sich Mrs. Severance, wie alt Lymie sei, und er sagte es ihr.

»Neunzehn... denk mal an!« rief sie. »Ich hätte ihn auf höchstens fünfzehn geschätzt, du nicht auch, William?«

»Nein, seinem Aussehen nach würde ich sagen, zwischen achtzehn und neunzehn.«

»Höchstens fünfzehn«, wiederholte Mrs. Severance. Dann schien sie plötzlich Lymies Gegenwart völlig vergessen zu haben und sagte, zu ihrem Sohn gewendet: »Deine Schüler werden immer jünger. Als wir herkamen, gab es keine, die erst fünfzehn waren. Ich kann mich jedenfalls nicht entsinnen.«

»Aber Mr. Peters ist gar nicht mehr so jung, Mutter«, sagte Professor Severance geduldig. »Er hat dir doch gesagt, daß er schon neunzehn ist.«

»Jedenfalls sind Sie noch zu jung, um von zu Hause fort zu sein«, sagte Mrs. Severance und begleitete ihre Worte mit einem Kopfschütteln. »Da bin ich mir ganz sicher. Ich wage zu behaupten, daß auch Ihre Mutter dieser Meinung ist.«

»Meine Mutter ist tot«, sagte Lymie.

Das Gesicht der alten Frau nahm einen Ausdruck fast vollkommener Leere an, als lausche sie irgendwelchen Schritten auf dem oberen Flur oder auf irgendwelchen leeren Korridoren ihres Geistes. Dann blickte sie Lymie an und lächelte. »Wie bedauerlich!« rief sie und streckte ihre

Arme nach ihm aus. »Es tut mir sehr leid!« Ihr Griff war warm und wohltuend.

»Was für schlanke Hände er hat«, sagte sie zu ihrem Sohn. »Sie sind so schlank und zart wie die eines Mädchens.«

Professor Severance legte den Kopf an die Rückenlehne seines Stuhls, kniff die Augen halb zu und sagte: »Ich habe den größten Teil meines Lebens damit zugebracht, meine Mutter davon zu überzeugen oder ihr vielmehr anzudeuten – denn schon eine Andeutung müßte eigentlich genügen –, daß es unhöflich ist, persönliche Bemerkungen zu machen.«

»Ach was!« rief Mrs. Severance. »Mr. Peters nimmt es mir bestimmt nicht übel, oder doch, Mr. Peters?«

Lymie schüttelte den Kopf.

»Außerdem«, fuhr die alte Dame fort, »sage ich nur, was ich denke, und das ist ein Kompliment.«

Professor Severance räusperte sich und wich damit einer Stellungnahme zu den Worten seiner Mutter aus.

»William erzählte mir, daß Sie Gedichte lieben«, sagte sie. »Warum werden Sie nicht Professor? Das ist ein sehr angenehmes Leben. So gesichert. Man ist sein Leben lang aller Sorgen enthoben. Es bringt zwar nicht viel Geld ein, aber ich sehe Ihnen an, daß Sie sowieso nie viel Geld verdienen werden. Sie sind nicht der Typ dazu. Ich an Ihrer Stelle würde es gar nicht erst versuchen. Lassen Sie sich hier als Lehrkraft nieder. William wird Ihnen mit Rat und Tat zur Seite stehen.«

»Ja«, sagte Professor Severance nickend. »Es ist sehr einfach. Und ich bin überzeugt, daß Mr. Peters einen ausgezeichneten, vielleicht sogar inspirierten Lehrer abgeben würde. Aber vielleicht zieht er es vor, Dichter zu werden.«

»Unfug«, sagte Mrs. Severance. Sie rückte gereizt auf ihrem Sitz hin und her, verflocht die Fransen ihres Schals ineinander und legte sie über ihre Knie. »Heutzutage kann man nicht mehr in einer Dachkammer verhungern. Es gibt keine mehr. Man hat Wohnungen daraus gemacht, die fünfunddreißig Dollar im Monat kosten. Außerdem, achten Sie nicht darauf, was William sagt. Seine Schüler haben zwar alle einen gewissen Respekt vor ihm, weil er soviel gelesen hat, aber er ist nur ein Kind, versichere ich Ihnen, trotz all der Bücher in seinem Arbeitszimmer. Ich bin überzeugt, daß Sie in vielerlei Hinsicht älter sind als er, Mr. Peters, viel älter.«

Sie blickte auf die große, rosafarbene Brosche nieder, die vorn an ihrem Kleid angebracht war, und rückte sie zurecht. »Falls aus Ihnen und Sally Forbes nichts werden sollte«, sagte sie plötzlich, »wäre ich Ihnen für einen Hinweis dankbar. Ich habe nämlich eine heranwachsende Enkeltocher, ein liebes, süßes Kind, das Ihnen vielleicht noch besser gefallen würde. Sie ist gerade fünfzehn, genauso alt wie Sie.«

Professor Severance zog die Augenbrauen hoch, glättete aber die Stirne sofort wieder.

»Meine Nichte lebt in Virginia«, sagte er. »Vorläufig sind Sie also sicher vor ihr, Mr. Peters.«

»Ich werde Ihnen ihr Bild zeigen«, sagte Mrs. Severance. Sie langte über *Mansfield Park* hinweg und ergriff eine kleine eingerahmte Photographie und reichte sie Lymie. Die Photographie war leicht fleckig, und Kopf und Schultern von Mrs. Severances Enkeltochter verrieten ihm, daß das Mädchen damals vielleicht dreizehn gewesen sein mochte. Verglichen mit Sally sah sie ziemlich langweilig aus.

»Es ist sehr hübsch«, sagte er, als wäre von ihm verlangt worden, ein altes, goldenes Armband oder einen Amethystring zu bewundern.

»Sie wohnt in der Umgebung von Charlotteville in einem schönen alten Haus, das Williams Bruder dort gekauft hat und das von Buchsbaumhecken und Stechpalmen umgeben ist, und ich weiß gar nicht – ich habe vergessen, wie viele Zimmer mit Kamin es hat. Aber wie dem auch sei, jedenfalls kommt sie im Frühjahr zu Besuch. Ich werde dafür sorgen, daß Sie ihre Bekanntschaft machen.«

Das farbige Mädchen erschien in der Tür zum Speisezimmer und verkündete: »Das Essen ist aufgetragen.«

»Gut, Hattie«, sagte Professor Severance nickend.

Mrs. Severance stellte das Bild auf den Tisch zurück und griff nach ihrem Stock. Mit einiger Anstrengung hob sie ihre schwere Masse vom Sofa. Auf den Stock gestützt, Lymie mit der anderen Hand unterhakend, humpelte sie langsam ins Speisezimmer.

Das Speisezimmer war groß genug für acht Personen. Aber nur drei Gedecke waren, weit voneinander entfernt, auf dem weißen Damasttuch ausgelegt, dessen Zipfel fast bis auf den Fußboden hinabreichten. Zwischen den beiden silbernen Leuchtern in der Mitte des Tisches stand eine Kristallvase mit gelben und lavendelfarbenen Levkojen. Die Luft war schwer vom Duft der Blumen, und als Lymie für die alte Dame den Stuhl wegrückte und ihr behilflich war, den Stock unterzubringen, hatte er das beklemmende Gefühl, daß außer ihnen noch andere Leute im Raum anwesend wären. Selbst nachdem er Platz genommen hatte, wich dieses Gefühl nicht von ihm. (Spürte er die Todesfurcht, die geduldig hinter dem Stuhl von Mrs. Severance stand? Und hinter dem Stuhl des Sohnes die Furcht, mit dem Kartenspiel und der unbeendeten Patience allein zu bleiben?) Erst als die Tür zur Anrichte aufgestoßen wurde und das farbige Mädchen mit einem vierzehnpfündigen Truthahn auf einer riesigen blauen Porzellanplatte erschien, verflüchtigte sich dieses Gefühl.

»Hoffentlich haben Sie ordentlichen Hunger«, sagte Mrs. Severance. »Es macht mich wütend, wenn die Leute nicht ordentlich zulangen.«

Niemand sah die Gestalt hinter Lymies Stuhl oder war sich ihrer bewußt.

37

Als Spud am selben Abend im »302« auftauchte, trug er ein
Abzeichen auf seinem Rockaufschlag. Freeman und Amsler bemerkten es und wichen vor ihm zurück, als wäre er
mit einer ansteckenden Krankheit behaftet. Sie erzählten
es Reinhart, der sich mit verwirrtem Gesichtsausdruck in
Spuds Zimmer begab und zusah, wie Spud seine Sachen
packte. Er hatte die Schubfächer der Kommode ausgeleert,
und beide Pulte lagen voll von Kleidungsstücken, die ihm
gehörten. Reinhart reichte ihm einen Stoß Hemden und
danach eine Handvoll Socken, die eiförmig zusammengerollt waren. Spud hatte absolut keinen Grund, Reinharts
Blicken auszuweichen. Wenn Reinhart nicht gerade betrunken war, machte er nie irgendwelche Bemerkungen
über etwas und enthielt sich aller Ratschläge. Dennoch
nahm Spud ihm die Sachen ab, ohne ihn anzuschauen.

Ein großer Koffer und ein Segeltuchsack faßten alles,
was Spud an irdischer Habe besaß. Nachdem er fertigge-
packt hatte, war das Zimmer aufgeräumt, aber es wirkte
anders als sonst und größer. Reinhart nahm den Koffer und
Spud den mit Büchern und schmutziger Wäsche vollge-
stopften Sack, der sehr schwer war. Sie gingen an verschiedenen offenstehenden Türen vorbei, aber niemand richtete
ein Wort an sie, keiner hob den Kopf. Auf der Veranda am
Eingang des Burschenschaftsheimes blieb Reinhart stehen
und setzte den Koffer ab. Als Spud ihn aufforderte, mit hin-
einzukommen, schüttelte er den Kopf. »Wir sehen uns ein
andermal«, sagte er und ging.

Die Burschenschaftler erwarteten Spud, nahmen ihn an
der Tür in Empfang und umdrängten ihn. »Wir gratulie-
ren, alter Junge«, sagten sie. »Wir freuen uns, dich in unserer Mitte zu haben.« Der Reihe nach drückten sie ihm die
Hand, ihre kleinen Finger verhakten sich dabei in seinen
und verpflichteten ihn damit.

Armstrong war nicht anwesend. Er war mit seiner Freundin ins Kino gegangen, und einer von den anderen Jungen führte Spud nach oben auf sein Zimmer. Es war nicht das Eckzimmer, von dem er geträumt hatte, sondern ein großer, rechteckiger Raum mit drei Fenstern, einem bequemen Lesestuhl, zwei Arbeitstischen, zwei Kommoden, grünen Vorhängen und gelblich gestrichenen Wänden. Sein Zimmergenosse war, wie sich herausstellte, ein Junge namens Shorty Stevenson, der Volkswirtschaft studierte und eine Brille trug.

Um zehn Uhr hatte Spud seine Sachen ausgepackt und verstaut und setzte sich an sein neues Pult. Seine Bleistifte, sein Radiergummi, die Füllfeder, das Lineal und die Tinte – alles lag in der alten, genau abgestuften Reihenfolge da. Sein Chemiebuch war an der Stelle aufgeschlagen, die für den nächsten Tag zu lernen war. Das einzige, was ihn störte und seinen Ordnungssinn verletzte, war der Junge, der in einer Entfernung von etwa vier Fuß ruhig über seinen Büchern saß. Shorty Stevenson trug einen kastanienfarbenen Bademantel über einem grün und gelb gestreiften Schlafanzug. Lymies Bademantel war blau, und er trug stets einen weißen Schlafanzug.

In einem plötzlichen Umschwung der Gefühle wollte Spud sämtliche Schubfächer ausräumen und wieder anfangen zu packen. Das ist alles nicht, wie es sein sollte, sagte er sich.

Er mußte an Lymie denken, wie er beim Nachhausekommen das häßliche Zimmer auf der anderen Seite der Stadt halb leer vorfinden würde. Er stellte sich vor, wie man ihn oben an der Treppe empfangen – Reinhart, Colter oder Howard, vielleicht auch Freeman – und ihm mitteilen würde, was sich zugetragen hatte. Er wußte, daß Lymie so tun würde, als mache es ihm nichts aus und als beträfe ihn die ganze Angelegenheit weiter nicht, und daß er sich ein paar Minuten später stillschweigend auskleiden und allein nach oben gehen würde, um sich hinzulegen.

Zum erstenmal kam Spud der Gedanke, daß er übereilt

gehandelt haben könnte. Er hätte warten sollen, bis Lymie von seinem Besuch bei Professor Severance zurückgekehrt war, oder zum mindesten eine Nachricht für ihn hinterlassen sollen. Das war es, wie ihm plötzlich aufging, was ihm Unbehagen verursachte. Und in der nächsten Sekunde sah er ein, daß es sich gar nicht um Lymie, sondern um ihn selbst handelte, daß er Angst hatte. Er konnte Fremde nicht leiden, hatte sie nie leiden können.

Er brauchte nur seine Sachen wieder zu packen. Aber was würde Shorty Stevenson von ihm denken, wenn er plötzlich aufstand und Hemden, Socken und Unterwäsche aus der Kommode nähme und alles wieder in seinen Koffer packte?

Von schleichender Panik ergriffen, band er seine Uhr ab, zog sie auf und legte sie auf das Pult neben sein Chemiebuch. Dann drehte er die wie einen Gänsehals gebogene Schreibtischlampe an und begann zu lesen. Zuweilen bewegten sich seine Lippen und bildeten Worte und Formeln nach. Und zuweilen schweiften seine Gedanken ab zu Dingen, die mit Chemie nicht zu tun hatten: *Warum war er hier, wo er gar nicht sein wollte? Wer hatte ihn dazu bewogen?*

Das waren zwei vernünftige Fragen.

38.

Als Lymie durch Reinhart Spud die hundert Dollar zukommen ließ, damit er der Burschenschaft beitreten könnte, hatte Lymie geglaubt, aus völlig selbstlosen Beweggründen zu handeln. Aber wenn das zutraf, warum war Spud dann nicht glücklich darüber? Warum bewirkte die selbstlose Haltung (Lymie hatte sich das Geld mühevoll zwei Sommer hindurch zusammengespart) nichts Gutes? Wirklich Gutes sollte wiederum nur Gutes erzeugen und nicht zu Kummer und Mißverständnissen führen.

Als Spud am anderen Morgen aufwachte, war er noch

immer unschlüssig und wußte nicht, was er tun sollte. Er fürchtete sich, Armstrong mitzuteilen, daß er es sich anders überlegt habe. Armstrong würde ihn für verrückt halten. Man hatte ihm genügend Zeit gelassen, sich zu entscheiden, und würde nie begreifen, daß er trotzdem übereilt gehandelt hatte. So kam er endlich zu dem Entschluß, daß es das Beste wäre, Lymie so schnell wie möglich in die Burschenschaft zu bekommen.

Er forderte Lymie auf, am Gästeabend zum Essen zu kommen, und Lymie kam. Er hatte sich in Schale geworfen, nur seine Schuhe waren, wie gewöhnlich, nicht ganz blank, und das Hemd, das er anhatte, war nicht ganz sauber. Es war schade, daß Lymie nie begreifen würde, wie nachteilig sich solche Kleinigkeiten für ihn auswirken konnten, dachte Spud, als er ihn am Tisch sitzen sah. Lymie war tief verletzt, wie der Blick seiner Augen verriet und wie aus seinen Bemühungen hervorging, so zu tun, als wäre zwischen ihnen alles in bester Ordnung. Das jedoch, nahm sich Spud vor, würde später wieder eingerenkt werden, wenn Lymie erst im Heim wohnte. Spud wußte nicht recht, wie er Armstrong das beibringen sollte, er rechnete jedoch damit, daß Armstrong und die übrigen Jungen, sobald sie merkten, daß Lymie ein aufgeweckter Bursche war, ihn ganz von selbst in den Aufenthaltsraum führen und ihn in die Verbindung aufnehmen würden.

Nach dem Essen zeigte Spud Lymie das Haus. Lymie bewunderte Spuds Zimmer und bat, ihm zu zeigen, wo sein Platz im Schlafraum war. Als Spud ein Wort der Anerkennung von ihm hören wollte, sagte er nur, daß er das Heim recht hübsch und die Jungen nett finde. Spud teilte ihm seine Pläne mit, doch Lymie schüttelte den Kopf. Es sei gut gemeint, erwiderte er, aber er wisse genau, daß man ihn niemals auffordern würde, der Burschenschaft beizutreten.

Er wurde an zwei aufeinanderfolgenden Gästeabenden eingeladen, und später kam und ging er, wie es sich gerade ergab. Manchmal nahm er an den Mahlzeiten im Heim teil und lernte die Bewohner unter alltäglichen Umständen kennen. In wildem Durcheinander stürmten sie in den Speisesaal, manche ohne Schlips und mit offenstehenden Hemdkragen, es gab Streit darüber, wer noch eine zweite Portion bekommen sollte, und manche sangen mit Absicht falsch. Zuweilen arbeiteten er und Spud abends gemeinsam auf Spuds Zimmer. Die Jungen begegneten Lymie freundlich und akzeptierten ihn, aber als Außenseiter, als Fremden, der alle Formalitäten erfüllt. Die Haltung, die man ihm gegenüber einnahm, war ein ziemlich genauer Gradmesser dafür, was ihn in gesellschaftlicher Hinsicht in seinem späteren Leben erwartete. Wenn er zu der Sorte von Menschen gehört hätte, die leicht überall Anschluß findet und auf Anhieb einen guten Eindruck macht, wäre er schon vor Jahren, als er noch die High-School besuchte, am Schaufenster von LeClercs Konditorei nicht einfach vorbeigegangen. Auch hätte er als Kind nicht das Verlangen gehabt, durch ein eigenes Loch im Gartenzaun seines Elternhauses zu kriechen. Er hätte den Vordereingang benützt wie andere Leute auch.

39.

Mit dem Augenblick, als Spud aus »302« auszog, schien der Schrank in seinem und Lymies Zimmer, in dem immer genügend Platz gewesen war, zusammengeschrumpft zu sein. Er faßte nicht einmal mehr Lymies Sachen. Eine ziemliche Unordnung herrschte darin. Lymie bemühte sich, gelegentlich darin aufzuräumen, obwohl er eine andere Vorstellung von Ordnung hatte als Spud. Ihm machte das Durcheinander nichts aus, aber er fürchtete, daß Spud eines Tages auftauchen und sich darüber aufregen könnte, daß sich der Schrank nicht mehr in dem früheren Zustand befand. Doch Tag um Tag verging, ohne daß Spud kam.

Der Schrank wurde zur Rumpelkammer. Schuhe, Hausschuhe, Überschuhe, ein verbeulter Filzhut, der niemandem gehörte, Drahtbügel, Hemden, Unterwäsche, Socken, Taschentücher, ein Koffer, ein zerknitterter Schlips... alles wurde unterschiedslos hineingestopft. Der Schrank war von all den anderen Schränken auf dem Flur nicht mehr zu unterscheiden. Wenn Lymie sich abends auszog, klemmte er seine Hosen verkehrt herum zwischen die Schubfächer der Kommode. Morgens ließ er den Schlafanzug liegen, wo er ihn abgestreift hatte.

Er traf Spud jeden Nachmittag in der Turnhalle. Eines Tages jedoch, als Spud einen Partner fand, mit dem er boxen konnte, trat er an Lymie nur heran, damit dieser ihm wie immer die Handschuhe festband, blickte aber an ihm vorbei zum Trapeznetz hinüber. Lymie bemerkte, daß ein kaltes Glänzen in seinen Augen lag. Nachdem er ihm die Handschuhe zugebunden hatte, ließ Spud ihn stehen und entfernte sich. Zuerst vermutete Lymie, Spud wäre wütend auf jemand anders, da er selbst ihm nichts getan hatte. Aber von jenem Augenblick an vermied Spud, ihn anzuschauen oder mit ihm zu sprechen. Obwohl Lymie bestürzt darüber war, ging er trotzdem Tag für Tag in die Turnhalle. Die Tatsache, daß er Spuds Hände noch immer ergreifen konnte, gewährte ihm Trost. Es war wenigstens etwas. Wenn Spud danach im Duschraum verschwand, wartete er vor dem offenen Spind auf ihn. Sobald Spud fertig angekleidet war, gab er zu verstehen, ohne Lymie anzublicken oder ein Wort an ihn zu richten, daß er zum Aufbruch bereit war. Es wäre ein leichtes für ihn gewesen, Armstrong aufzustöbern und mit ihm den Heimweg anzutreten anstatt mit Lymie. Aber das tat er nicht. Am Ausgang wogen sie sich, und wenn sie dann die Straße entlanggingen, machte Lymie gewöhnlich eine vorsichtige, fast unbefangen klingende Bemerkung, auf die Spud nicht antwortete.

Lymie ging wie gewöhnlich um zehn zu Bett, aber er hatte Schwierigkeiten einzuschlafen. Er war sich der Kälte bewußt, die rings um das Bett auf ihn lauerte. Nach welcher Richtung er auch die Hand oder den Fuß ausstreckte, überall war und blieb es eiskalt.

Wenn man aus einem Wurf junger Hunde einen herausnimmt, kann man ihn davon abhalten, nachts zu winseln, wenn man ihn zusammen mit einer Wärmflasche und einem Wecker schlafen legt. Durch die Wärme getäuscht, verwechselt er das Ticken der Uhr mit den Herzschlägen seiner Mutter. Lymie griff zu ähnlichen traurigen Selbsttäuschungen. Er stopfte sich das Kissen, auf dem Spud geschlafen hatte, in den Rücken, und es durchwärmte ihn ebenso schnell wie ein lebendiger Körper. Indem er sich einbildete, sein eigener, leicht über die Brust gekreuzter Arm sei Spuds Arm, vermochte er einzuschlafen.

Aber es war eine andere Art von Schlaf, unruhig und schwer. Die Träume, die er hatte, selbst diejenigen, die glücklich und gut begannen, quälten ihn. Beim Erwachen erinnerte er sich gewöhnlich nur noch an Einzelheiten – Bruchstücke dessen, was ihn geängstigt hatte. Ein Traum jedoch blieb unzerstört in seinem Gedächtnis haften. Er stand mit Mrs. Latham an einer Straßenecke. Sie schauten sich den Reklameumzug eines Zirkus an und rannten, als die Hauptattraktionen vorüber waren, zur nächsten Ecke, wo sie rechtzeitig genug ankamen, um den Zug auf seinem Rückweg noch einmal zu sehen. Doch diesmal wichen die Tiere von der Straße ab und marschierten hinauf auf den Bürgersteig, so daß er selbst gegen ein hohes Drahtnetz gedrängt wurde, das zwischen Straße und Bürgersteig ausgespannt war. Er ließ Mrs. Latham dort stehen, trat in ein großes Hotel und ging hinunter auf die Männertoilette, wo er urinierte. Als er zurückkam, war der Umzug vorüber, und Mrs. Latham war verschwunden. Er erkundigte sich bei verschiedenen Leuten nach ihrem Verbleib, und ein Mann deutete auf einen Eisenbahndamm, auf dem fünfstöckige Gebäude standen, auf denen die Züge fuhren. Dort oben stand sie. Irgendwer, ein Mann, ein Mann mit einem bösen

Gesicht, hatte sie ergriffen und verschleppt, während er im Hotel war, und nun war sie in Not, und er trug die Schuld. Er hätte sie nicht allein an der Straßenecke zurücklassen dürfen, während die Zirkusleute vorüberzogen.

Er glaubte, sie an einem Fenster hoch oben zu entdek-ken, aber das konnte auch eine Täuschung sein. Es gab viele Fenster, und überall schauten finstere Gesichter her-aus. Die Frau, die er erblickte und die sich in Not zu befin-den schien, konnte auch jemand anders sein. Doch die Frau, der er später auf der Straße begegnete, *war* Mrs. La-tham. Sie hatte sich verkleidet und eine rote Perücke aufge-setzt, so daß sie viel jünger aussah und einer jener Frauen glich, die seinen Vater zu besuchen pflegten, die stets lauter sprachen als nötig und deren Röcke dauernd über ihre Knie hinaufrutschten. Er erkannte sie trotzdem, vermochte aber nicht, an sie heranzutreten. Sie näherte sich einem äl-teren Mann, der mit seiner Frau spazierenging, legte ihre Arme um ihn und flehte ihn an, sie zu retten. Der Mann be-griff jedoch nicht, was sie von ihm wollte, seine Frau mischte sich ein, ein Menschenauflauf entstand, und alles war hoffnungslos, noch ehe der Mann mit dem bösen Ge-sicht wieder von dem hohen Damm herunterstieg.

Lymie wußte nicht, ob der Mann sie erneut verschlepte oder was sonst geschah. Er fand sich plötzlich auf einem Ge-röllfeld wieder. Dieses Feld erstreckte sich, so weit sein Blick reichte, und er tappte noch immer auf den endlosen Geröll-halden herum, als die Morgendämmerung ihn weckte.

40.

Während der letzten Februartage sank das Thermometer nach heftigem Schneefall nachts bis minus fünfzehn und stieg tagsüber nur um wenige Grade. Ein kalter Nordwind blies, und nichts, nicht einmal ein Mantel aus Waschbärfell, vermochte dagegen zu schützen.

Die Jungen in »302« deckten sich mit ihren Mänteln zu und wachten trotzdem nachts vor Kälte auf. Amsler, der bisher allein geschlafen hatte, kroch zu Lymie ins Bett. Obwohl Lymie allen Grund hatte, für etwas menschliche Wärme dankbar zu sein, wartete er, bis Amsler eingeschlafen war, und rückte dann von ihm ab. So lag er etwa anderthalb Stunden zitternd am äußersten Rand des Bettes und wagte nicht, sich zu rühren. Dann ließ er sich aus dem Bett gleiten, schlich nach unten und verbrachte den Rest der Nacht, mit zwei Mänteln zugedeckt, in Reinharts Lehnstuhl. Gegen sechs Uhr stand er auf, steif vor Kälte und benommen aus Mangel an Schlaf, ging in sein eigenes Zimmer und setzte sich an den Schreibtisch. *Ich weiß nicht, was Dich von mir fernhält, schrieb er, und warum wir nicht mehr miteinander sprechen können, wie wir das früher getan haben, aber ich glaube, es ist Zeit, daß wir wieder miteinander ins reine kommen. Wenn ich irgend etwas getan habe, was dich verletzt hat, dann tut es mir leid. Du hast mir nichts getan. Und selbst wenn Du mir etwas getan hättest, würde das nichts ausmachen. Seit dem Tod meiner Mutter bist Du der einzige Mensch, der mir viel bedeutet hat...*

Als Professor Severance an diesem Nachmittag anfing, Fragen an die Wandtafel zu schreiben, waren die beiden Plätze links und rechts neben Lymie noch immer leer. Zwanzig Minuten, nachdem die Prüfung begonnen hatte, ging die Tür zum Klassenzimmer auf, auf Zehenspitzen kam Sally hereingeschlichen und nahm ihren Platz in der zweiten Reihe neben Lymie ein. Ihre Wangen waren von der Kälte gerötet. Sie las die Fragen an der Wandtafel durch und schaute dann, leicht verwirrt, auf das leere Blatt, das auf der Armlehne ihres Sitzes lag.

Für Lymie hatte sie kaum ein Kopfnicken übrig. »Das altenglische Madrigal«, schrieb sie, »war ein Liebesgedicht, das drei- und mehrstimmig zum Vortrag gebracht wurde.« Man müsse diese Verflechtung mit dem Musikalischen im Auge behalten, hatte Professor Severance einmal gesagt. Glücklicherweise hatte sie sie im Auge behalten.

Eine geraume Weile verging, ehe Sally das große Fragezeichen auf Lymies Löschblatt entdeckte. Sie schüttelte ihren silbernen Füllhalter, der sich verstopft hatte, und schrieb »Hope« auf den Rand ihres eigenen Löschblattes. Lymie mußte sich gedulden, bis sie das Prüfungszimmer verlassen durften, ehe er weitere Aufklärung erhielt.

»Eine ganz verrückte Geschichte«, rief Sally, als sie die Tür hinter sich zumachte. »Hope sollte heute früh eine Prüfung in Botanik ablegen, war aber nicht vorbereitet. Zum Essen war ich gestern abend noch im Heim, aber dann bin ich nach Hause gegangen, um zu arbeiten. Sie erzählte mir, daß sie Mrs. Sisson einreden wolle, sie habe Blinddarmentzündung, um den Vormittag im Bett bleiben zu können. Und als ich heute in der Mittagsstunde Bernice Crawford traf, erfuhr ich von ihr, daß Mrs. Sisson Dr. Rogers benachrichtigt hatte – du weißt schon, den kleinen Glatzkopf mit dem Ziegenbart, der die Leute immer kneift. Mädchen, meine ich, ich habe noch nie gehört, daß er einen Jungen gekniffen hätte. Jedenfalls hat er Hope sofort ins Krankenhaus überführen lassen und ihr noch am Vormittag den Blinddarm herausgenommen. Deswegen bin ich auch zu spät gekommen. Ich habe sie besucht. Sie war noch halb unter Narkose, aber man sagte mir, daß kein Anlaß zu Besorgnis bestehe. Dabei war sie gar nicht krank, und sie kann sich so eine Operation gar nicht leisten. Mein Gott, Lymie, in was für Situationen sich doch die Menschen bringen!«

»Vielleicht hatte sie wirklich Blinddarmentzündung«, sagte Lymie.

»Quatsch!«

Die Tür ging auf, und Lymie trat zur Seite, um zwei Mädchen vorbeizulassen.

»Du machst ein Gesicht, als ob du in den Dreck gefallen wärst«, sagte Sally.

»Wer? Ich?« fragte Lymie. »Mir geht's gut.«

»So siehst du aber nicht aus. Du solltest dir vielleicht auch den Blinddarm herausnehmen lassen.«

»Das kann ich nicht«, sagte Lymie. »Ich habe vergessen, eine Krankenversicherung abzuschließen.«

»Na ja, dann läßt du's vielleicht besser«, sagte Sally.

Lymie zog den Zettel, den er am Morgen geschrieben hatte, aus der Tasche. »Könntest du das Spud geben?«

»Triffst du ihn denn nicht in der Turnhalle?«

Lymie zögerte etwas mit der Antwort und schüttelte dann den Kopf. »Heute nachmittag nicht«, sagte er. »Ich hab' was anderes vor. Muß mich auf eine Prüfung vorbereiten.«

»Habt ihr euch gestritten?«

»Nein«, sagte Lymie.

Sie seufzte und steckte den Umschlag ein. »Ich werde ihn wahrscheinlich erst am Abend sehen. Weißt du, Lymie, als ich dich kennenlernte, warst du ganz anders als jetzt.«

»Wieso anders?«

»Nun ja«, sagte sie langsam, »zum Beispiel hast du nicht gelogen.«

41.

An diesem Abend ging Lymie frühzeitig in den Schlafsaal hinauf. Er wußte, wenn Spud käme, müßte er jetzt schon dasein, denn die Neuverpflichteten durften an Wochentagen nach halb acht Uhr abends nicht aus dem Haus gehen. Er hatte gehofft, sofort einschlafen zu können und von Amslers Kommen nichts mehr zu hören, aber er drehte sich in dem kalten Bett hin und her, ohne die richtige Lage finden zu können. Nach einer Weile vernahm er Schritte auf der Treppe. Die Tür ging auf, und Howard und Geraghty kamen herein.

»Dieses Gequengel«, sagte Geraghty, als die Tür hinter ihnen zugefallen war, »wenn es nicht wegen dieses Gequengels wäre, könnte ich es ja ertragen, aber dieses Immer-wissen-Wollen, wo man gewesen ist und mit wem man zusammen war und warum man nicht angerufen hat, kann einen verrückt machen.«

Eine Bettstelle knarrte, und Howard sagte: »Gott, ist das kalt!«

»Irgend jemand muß ihr die Sache mit Louise gesteckt haben«, sagte Geragthy klagend. »Sie hat zwar noch kein Wort darüber verloren, aber ich bin mir ziemlich sicher, daß sie was weiß.«

Howard gähnte. »Geh schlafen«, sagte er.

Geraghty hat also eine neue Freundin, ging es Lymie durch den Kopf. Und seiner früheren Freundin hatte er trotz Reinharts Prophezeiungen kein Kind angehängt. Oder vielleicht gerade deswegen nicht. Aber weshalb war Geraghty des Mädchens überdrüssig geworden? Sie war hübsch, und sie liebte ihn. War es ihm nur um Abwechslung zu tun? Und was würde geschehen, wenn er seiner neuen Freundin überdrüssig wäre?

Lymie interessierte sich eigentlich weder für Geraghty noch für seine Freundin; er stopfte sich das zweite Kissen in den Rücken und wartete. Nach einigen Minuten wurde die Tür wiederum aufgestoßen. Diesmal war es Steve Rush. Kurz danach kam Freeman. Dann Pownell und hinter ihm Reinhart. Die Bettgestelle quietschten und die Laken raschelten, als sie unter die Mäntel und die anderen Kleidungsstücke krochen. Der Wind riß an den Hausecken, als hätte er eine persönliche Wut auf das Haus und alle Leute, die wach oder schlafend unter dem Mansardendach lagen. Der Fußboden knarrte. Lymie dachte an Hope, die drüben in der Universitätsklinik lag. Er hörte die Glocken am Gerichtsgebäude Mitternacht schlagen und wunderte sich, wo Amsler blieb.

Lymie war gerade am Einschlafen, als er Schritte auf der Treppe vernahm. Er hatte sich das in der vergangenen Woche so oft vorgestellt, daß er an eine Täuschung glaubte, bis die Tür aufgestoßen wurde und die Schritte (die keinem anderen gehören konnten) immer näher kamen. Lymie wartete. Er spürte, wie die Decken angehoben wurden und wie die Matratze dann auf der anderen Seite nachgab, genau wie er es sich vorgestellt hatte. Von einer mächtigen Welle ungläubiger Freude getragen, drehte er sich um. Spud lag an seiner Seite.

Spud war in Unterhosen und zitterte. »Mein Gott, ist das kalt«, sagte er. Er schob das Kissen beiseite und vergrub sein Kinn in Lymies Schulter.

Jeder außer Spud, dachte Lymie, hätte etwas gesagt oder zumindest erklärt, daß es ihm leid tue. Aber Spud haßte Erklärungen, und außerdem brauchte es keine. Es genügte, daß Spud da war, gleichgültig, ob für immer oder nur für diese Nacht, und daß es Spuds Arm war, den er quer über seine Brust fühlte.

Lymie überließ sich seinem Glück, das ihn wie eine Welle trug. Im Bett war es ganz warm geworden. Spuds Atemzüge wurden tiefer und langsamer. Ruhig hob und senkte sich seine Brust, hob und senkte sich im Atem des Schlafs. Lymie streckte sich der Länge nach neben ihm aus. In diesem Zustand, für den es keine Worte gab und nie welche geben würde, hätte er freudigen Herzens sterben mögen. Alles, was er jemals ersehnt hatte, war in Erfüllung gegangen. Alles, was er verloren hatte, war ihm wiedergeschenkt worden, bloß weil er geduldig gewartet hatte.

Er hörte, wie Amsler kam und sich in sein eigenes Bett legte. Indem er es so einrichtete, daß er mit Spuds warmem Fuß in Berührung blieb, drehte er sich auf den Rücken, so daß Spuds Arm ihn noch mehr umschließen konnte. Er machte keine Anstrengungen, den Schlaf herbeizuzwingen, vielmehr überkam ihn der Schlaf urplötzlich. Eben noch war er hellwach gewesen und hatte sich seinen Gedanken hingegeben, nun lag er plötzlich ohne Bewußtsein da, auf dem Rücken, als wäre er durch einen kräftigen Stoß niedergestreckt worden.

VIERTES BUCH

Ein Abglanz vom Himmel

42.

Obwohl es aus menschlichen Kehlen kam, war das Gebrüll tierisch. Einzelne Stimmen übertönten den Radau und riefen

Los, Schwarzer,

aber die beiden Kämpfer, die sich Stoß auf Stoß versetzten, hörten nichts. Abgesehen von den Augenblicken, in denen der Schiedsrichter sie voneinander trennte und sagte

Auseinander, auseinander,

waren sie unter dem rauchigen weißen Licht der Scheinwerfer allein. Sie waren in einer Welt der Stille, und einer von beiden war erschöpft.

Uppercut, Francis... Uppercut... den Kopf... höher... höher.

Er ist auch fertig, Rudy.

Den Kopf, nicht da unten... höher... höher... knall ihm ins Gesicht.

Oooh, dieser dreckige Nigger.

Der Speiseeisverkäufer bewegte sich durch die lärmende Menge und hielt Ausschau nach erhobenen Armen oder nach einer raschen Kopfbewegung. In diesem Augenblick hatte aber niemand einen Blick für ihn übrig, alle Augen waren auf den Ring gerichtet. Eine Art Ächzen ging durch die Menge, als der weiße Junge an den Seilen auf die Matte sank. Hinten auf der Galerie fing ein Säugling an zu schreien. Der Schiedsrichter wies den Neger in eine neutrale Ecke. Als er sieben zählte, erhob sich der weiße Junge auf die Knie. Bei neun stand er wieder auf den Füßen, war aber noch ziemlich taumelig.

Mach ihn fertig, Francis.

Nicht dorthin... höher... höher... so ist's richtig... noch ein bißchen höher, und er ist fertig.

Los, Francis... mach schon... höher... so... ausgezeichnet... mehr.

Gute Nacht, Rudy.

Wo hat er ihn getroffen?

Leg dich schon nieder, Rudy, du bist ja doch erledigt.

Aufhören.

Los, Francis... gib ihm den Rest.

In den Bauch.

Ja... tiefer, Rudy.

Er weiß nicht, wo es herkam... er weiß es noch immer nicht.

In den Bauch, Francis.

Er gehört dir, Francis.

Wie sich herausstellte, gehörte der Sieg jedoch nicht hundertprozentig Francis. Am Ende der dritten Runde trennten sich die Kämpfer. Der Neger tänzelte so lange herum, bis das Ergebnis angesagt wurde. Dann krochen die Sekundanten mit Bademänteln und Handtüchern durch die Seile. Rudys Sekundanten beglückwünschten ihn. Von der Galerie riefen einige Stimmen Francis zu, daß er betrogen worden sei, aber es wurde nichts dagegen unternommen. Er und der weiße Junge verschwanden in der Dunkelheit, in dem dicken Nebel aus Zigarrenrauch, und zwei andere Kämpfer traten auf.

Der Ansager begab sich an das Mikrophon.

Meine Damen und Herren... dieses Treffen drei Runden.

Einer der Boxer war ein stiernackiger Kerl mit sehr weißer Haut. Sein Gewicht war in Klumpen über seinen Körper verteilt, was seinem Rücken und seinen Schultern, seinen Schenkeln und den Waden seiner ziemlich kurzen Beine eine kistenartige Eckigkeit verlieh.

Aus Chicago West... in schwarzen Hosen... wiegt hundertsiebenundvierzig ... Larry Brannigan junior.

Mit dem einsetzenden Beifall klappte der stiernackige

Boxer wie ein Taschenmesser zusammen, als habe er einen Magenkrampf, und drehte sich, den einen Arm steif ausgestreckt, nach hinten im Kreis herum – der Liebling des Publikums, der die Huldigungen seiner Bewunderer entgegennimmt.

Von der Universität von... in purpurfarbenen Hosen... wiegt einhundertsechsundvierzigdreiviertel... Spud Latham.

Neuer Beifall, Spud erhob die behandschuhte Faust als Gruß für seinen Vater, der ihn, an der Tür zu den Umkleideräumen stehend, nicht aus den Augen ließ. Mr. Latham sah zwar die Bewegung, kam aber nicht darauf, daß er damit gemeint war. Während der vergangenen vier Abende hatte Spud alle Herausforderer angenommen und dadurch die Fehlschläge, die sein Vater erlitten hatte, so gut wie wettgemacht. Seitdem war Mr. Latham ein anderer Mensch.

Die beiden Boxer, ihre Sekundanten und der Schiedsrichter standen in der Mitte des Ringes in dem grellen weißen Licht. Der Schiedsrichter war untersetzt und hatte buschige schwarze Augenbrauen. Er trug graue Hosen, weißes Hemd, schwarze Schleife, einen schwarzen Ledergürtel und Boxschuhe. Es war nicht ersichtlich, welcher Nationalität er angehörte. Weder Brannigan noch Spud achteten auf seine Instruktionen. Sie maßen sich gegenseitig. Über Spuds linkem Auge lief ein dreifach geklammerter Riß. Bannigans Augen kamen nicht los davon, er lächelte. Wenn er diese Stelle traf, konnte er die Klammern tief in Spuds Schädel jagen. Der Schiedsrichter sah sich den Riß an, ehe er ihre Hände und Handschuhe prüfte.

Während Spud in seiner Ecke auf den Beginn des Kampfes wartete, fühlte er sich plötzlich ganz matt. Seine Sekundanten neigten sich über ihn und gaben ihm den Rat, sich in der ersten Runde darauf zu beschränken, Brannigans Schwächen ausfindig zu machen. Spud nickte und überlegte, was sie sagen würden, wenn er sich vornüberneigen und ihnen gestehen würde, daß er keine Lust habe. Seine

Knie bewegten sich aus eigenem Antrieb, und er hatte das Gefühl, als wären seine umwickelten Hände weich wie Glaserkitt. Es pfiff. Er stand auf und trat zuerst mit dem einen, dann mit dem anderen Fuß in den Kolophoniumkasten. Dann stützte er sich mit den Handschuhen auf die Seile und wartete. Das Gummimundstück wurde ihm zwischen die Lippen geschoben. Es war feucht und schmeckte wunderbar. Beim Ertönen des Gongs fuhr er herum und sah Brannigan schnell auf sich zukommen. Spud duckte sich und versetzte Brannigan einen linken Haken in die Herzgegend. Die Menge ächzte. Brannigan verfehlte einen wilden Linken und kam sofort links und rechts auf das Kinn nach. Sie gingen in einen Clinch, und der Schiedsrichter trennte sie.

Gut, Brannigan, gib's ihm... schlag ihm das Auge auf.

Links, Latham!

Immer feste auf das Auge.

Da... das hat gesessen.

So ist's gut... Junior läßt sich Zeit... der verliert nicht den Kopf.

Stoß zu... mehr mit der Linken, Latham, nicht mit der Rechten... die linke Hand... mit der Linken in sein Gesicht.

Gib acht auf dein Kinn, lieber Freund.

Achtung, ausweichen.

Nicht nervös werden, Junior... immer mit der Ruhe... drei Runden.

Ooh.

Das hat gesessen... das ist der einzige, der wirklich gesessen hat.

Er kriegt bestimmt Kopfschmerzen.

Was ist denn los... was ist los.

Ran, Latham... ran.

Die Linke... schlag ihm mit der Linken ins Gesicht, das bringt ihn zu Boden.

Die Linke genügt nicht... der Knabe ist zäh und muß mindestens noch einen mit der Rechten kriegen.

Was ist los... nichts... keine Bange, Brannigan.

Er ist ein Mörder.

Gib ihm einen mit dem nassen Handschuh... einen richtigen... einen nassen...

Spud drängte Brannigan gegen die Seile und schlug zweimal auf ihn ein, ehe der Schiedsrichter aus nicht ganz ersichtlichen Gründen dazwischentrat. Die Menge zischte und äußerte ihr Mißfallen.

Los... weg da.

Mach, daß du fortkommst.

Er hatte kein Recht, ihn zu stoppen... beide waren auf den Beinen.

Rechts... rechts... so ist's richtig.

Er soll ihn lassen... er hing schon in den Seilen.

Vielleicht hat der Schiedsrichter auf ihn gesetzt.

Nimm die Linke.

Weg von den Seilen, Junior.

Den Schiedsrichter haben sie im letzten Augenblick aus der Halsted Street geholt.

Bleib von den Seilen weg, du Idiot.

Halt's Maul.

Warum soll ich das Maul halten? Ich hab' mein Eintrittsgeld bezahlt, oder etwa nicht...? Es war seine Runde, und da tritt der Schiedsrichter dazwischen.

Immer mit der Linken ins Gesicht, Latham.

He, Brannigan... was hast du denn?

Zwischen der ersten und der zweiten Runde lehnte sich Spud mit gespreizten Beinen zurück und versuchte, sich zu entspannen. Man goß ihm kaltes Wasser über den Kopf, und er fühlte es über seine Brust rinnen. Seine behandschuhten Fäuste wurden von den Seilen genommen und auf seine Knie gelegt. Einer der Sekundanten dehnte das Gummiband seiner Hose aus, damit sein Bauch Luft bekam, und massierte ihm Brust und Bauch. Der andere beugte sich über ihn und redete ernsthaft auf ihn ein. Spud war zu angespannt, um ihm irgendwelche Beachtung zu schenken. Er wollte nur so schnell wie möglich wieder in die Mitte des Ringes. Diesen Kampf und dann noch einen, und er würde die Goldenen Handschuhe haben. Ein Pfiff ertönte. Spud schob sich mit dem Handschuh das Mundstück in den Mund und stand auf. Der Schemel wurde zurückgeschoben. Die Sekundanten krochen durch die Seile und redeten von draußen weiter auf ihn ein. Dann ertönte der Gong. Und dann kämpfte er.

Es machte dem Schiedsrichter anscheinend nichts aus, daß er bei den Zuschauern unbeliebt war. In weiten Kreisen bewegte er sich schnellfüßig um die beiden Boxer herum, trat häufig zwischen sie und trennte sie. Es schien fast, als belustige ihn die Sache und als wisse er vorher, wie jeder Kampf ende. Er sah, wie Brannigan mit der Verschnürung seines Handschuhs Spuds Kinn streifte, und verwarnte ihn, aber meistens hingen seine Blicke an Spud, und der Ausdruck seiner Augen hatte etwas Trauriges.

Spud war überzeugt, daß die beiden ersten Runden ihm gehörten. Er ging in die dritte, entschlossen, durch einen Knockout zu gewinnen. Er merkte, daß Brannigans Kräfte erschöpft waren und daß er gerade noch die Arme heben konnte. Er selbst fühlte sich frisch wie ein Gänseblümchen. Als Brannigan sich immer mehr Blößen gab, war Spud auf den letzten, entscheidenden Schlag vorbereitet, Brannigan ging in die Knie, und ehe Spud es sich versah, hatte er ihm in seiner Erregung und seinem Eifer einen zweiten Hieb versetzt.

Nachdem der Schiedsrichter den Kampf für beendet erklärt hatte, stand Spud allein in der Mitte des Rings und hörte zum erstenmal die Menge. Er brauchte einige Sekunden, bis ihm bewußt wurde, daß man ihn ausbuhte.

43

Zwei Gestalten erhoben sich von ihren Plätzen und bahn-
ten sich einen Weg durch die Gänge. Sie hatten hinter einer
Säule gesessen, durch die ihnen der Blick auf den Ring
zum Teil verdeckt worden war. Eine der beiden war ein
Mädchen. Auf dem Kragen ihres offenstehenden Mantels
trug sie ein Veilchensträußchen. Der junge Mann an ihrer
Seite mochte neunzehn Jahre alt sein. Er trug seinen Mantel und einen schottischen Wollschal über dem einen Arm,
und dieselbe Qual, die sich im Gesicht des Mädchens spiegelte, lag auch auf seinen Zügen, wie ein Abglanz vom
Himmel.

Um aus der Arena zu den Umkleideräumen zu gelangen,
mußte man durch ein Vestibül gehen, in dem rosa Korbmö-
bel standen. An den grünen Wänden hingen mit Autogram-
men versehene, gerahmte Fotos von Boxern und Ring-
kämpfern. Von der Tür zu diesem Raum aus hatte Mr. Latham Spud auf seinem Weg zum Ring beobachtet. Als
Spud, in einen blauen Bademantel gehüllt, dessen Ärmel
leer an den Seiten baumelten, zurückkehrte, wartete Mr.
Latham dort auf ihn.

Pech war etwas, wogegen Mr. Latham sein Leben lang
hatte ankämpfen müssen. Er wunderte sich nicht mehr
darüber. Aber als er jetzt mit einer erloschenen Zigarre im
Mund an der Tür stand, tat es ihm leid, daß auch für Spud
eine Pechsträhne zu beginnen schien. Als sich Spuds Blicke
für einen Augenblick mit denen seines Vaters trafen, schüttelte Mr. Latham den Kopf aus Mitleid und Verständnis.

Spud setzte sich auf einen Korbhocker. Sein Haar war
durchweicht. Der Schweiß lief ihm über die Stirn, über die
Brust und innen an den Armen und Beinen hinunter. Er
hatte Kopfschmerzen und einen Geschmack, als wäre sein
Mund mit Watte gefüllt. Zusammengekrümmt, die Hände
unter dem Bademantel übereinandergelegt, als wären ihm
durch sein Mißgeschick Handschellen angelegt, saß er da.

Die unförmigen Boxhandschuhe ruhten auf seinen nackten Knien. In der Arena war bereits ein neuer Kampf im
Gang, aber Spud war noch immer mit dem letzten beschäftigt. Er konnte den Augenblick nicht vergessen, da Brannigan sich die Blöße gegeben hatte. Von da an war alles verkehrt gegangen. *Er hieb auf Brannigan ein, und dann
wartete er ab.* So hätte er sich verhalten sollen, und so ließ
er den Augenblick immer wieder vor seinem inneren Auge
erstehen.

Obwohl Mr. Latham den Kampf draußen zu verfolgen
schien, war sein Blick nach innen gerichtet. Lymie und
Sally waren fast bis auf Reichweite herangekommen, ehe
er sie wahrnahm und den Eingang freigab, so daß sie
durchgehen konnten. Als Spud sie auf sich zukommen sah,
erhob er sich, bereit, sich gegen beide bis zum letzten Bluts-
tropfen zu verteidigen. *Sie waren da. Beide hatten alles mit
angesehen.* Aber im nächsten Augenblick fühlte er sich von
Sally umarmt, er schaute ihr in die Augen, und danach war
alles wieder in Ordnung. Daß er gegen Brannigan verloren
hatte, spielte keine Rolle mehr.

Lymie jedoch war empört darüber. »Dieser Schiedsrichter, dieser dreckige Gauner«, sagte er. »Du hattest den
Kampf schon in der ersten Runde gewonnen.«

Spud drehte sich zu ihm um und lächelte. »Ihr seid mit
dem Schnellzug gekommen?«

»Wir haben uns ganz plötzlich entschlossen«, sagte Sally.
»Heute früh hab' ich es nicht mehr ausgehalten. Du hast ja
keine Ahnung, was es heißt, auf die Sportnachrichten zu
warten, die erst am nächsten Tag in der Zeitung erscheinen.
Länger als zwei Minuten konnte ich mich auf nichts mehr
konzentrieren. Ich glaubte, ich werde verrückt. Und so haben
Lymie und ich uns heute morgen die Fahrpläne angesehen
und Unterricht Unterricht sein lassen und sind gefahren.«

»Was hat denn deine Mutter gesagt?«

»Gar nichts. Sie wußte nichts davon. Ich habe Hope gebeten, sie nach Abfahrt des Zuges anzurufen.«

Während Sally redete, warf Spud einen Seitenblick auf seinen Vater. Als sie fertig war, sagte er. »Vater, das ist Sally Forbes.«

Sally entzog Spud ihre Hand und reichte sie ihm. Sie lächelten sich an und waren sofort Freunde.

»Was hast du denn mit deinem Auge gemacht?« fragte Lymie.

»Eins draufgekriegt«, sagte Spud.

»Wann?«

»Gestern abend. Die ganze letzte Runde hat es stark geblutet. Hinterher wurde der Riß geklammert.«

»Ich bin froh, daß ich nicht dabei war«, sagte Sally.

»Ich wäre auch gern anderswo gewesen«, sagte Spud. »Dieser Brannigan versuchte immer wieder, die Wunde aufzureißen, aber er ist auch nicht ein einziges Mal drangekommen.« Sein Gesicht wurde länger. Schon wieder hatte der Augenblick, da Brannigan sich die Blöße gegeben hatte, ihn in der Gewalt. Aber jetzt war keine Eile vonnöten.

»Denk nicht mehr daran«, sagte Sally und legte ihre Wange an seine, »vergiß es.«

Spud nahm die Arme unter dem Bademantel hervor und umarmte sie.

»Mir ist, als wärst du Jahre weg gewesen«, sagte sie traurig.

»Fünf Tage«, sagte Spud. »Aber auch mir kommt's wie eine Ewigkeit vor.« Er kam mit etwas Weichem in Berührung und trat zurück. Es waren die Veilchen. Sie hatten seine nackte Brust berührt. »Wo hast du die Blumen her?«

»Lymie hat sie mir geschenkt«, sagte Sally. »Er meinte, ich müßte unbedingt ein paar Veilchen haben. Ich versuchte ihm klarzumachen, daß wir nicht in ein Symphoniekonzert gingen, aber er hat sie trotzdem gekauft. Und gegessen haben wir in einem Lokal, das Tip-Top hieß. An den Wänden hingen Texte von Kinderliedern, eine Kapelle war auch da – alles für achtzig Cents.«

»Das Lokal liegt der Kunstschule gerade gegenüber«, erklärte Lymie.

Spud entließ Sally aus seiner Umarmung und schien völlig in der Betrachtung seiner Handschuhe aufzugehen. »Ich muß wieder hinein«, sagte er mit einer Kopfbewegung zur Arena. »Sobald dieser Kampf zu Ende ist.«

Sally schaute ihn fassungslos an, aber er wich ihren Blicken aus.

»Irgend etwas muß ich noch für mich herausholen«, sagte er. »Und wenn ich nur Dritter werde. Ihr geht am besten wieder auf eure Plätze.« Er sprach in einem groben Ton. Es war, als spräche er mit Fremden.

»Wir werden hierbleiben«, sagte Sally ruhig.

Lymie, der aus längerem Umgang mit Spud hätte wissen müssen, wie leicht seine Stimmung umschlug, hatte keine Ahnung, was in ihm vorging. Der beobachtende und denkende Mensch kann nicht gleichzeitig ahnungslos sein. Er kann das nur anderen und manchmal sich selbst vormachen. Da Lymie nicht merkte, daß Spud etwas in die falsche Kehle geraten war, muß man annehmen, daß er es nicht merken wollte. Irgendeine unbewußte Regung, über die er sich selbst keine Rechenschaft geben mochte, mußte ihn dazu bewogen haben, Sally die Veilchen zu schenken. Diese Veilchen rissen eine alte Wunde auf, eine Wunde, die schmerzhafter war als der Riß über Spuds Auge und die sich nicht klammern ließ.

Als der Gong ertönte, entfernte sich Spud und tauchte in der Menge unter. Nach einigen Augenblicken trat er mit einem anderen Gegner in das weiße Scheinwerferlicht. Wie in einem Film, der das zweitemal läuft, wiederholte sich alles, was sich vorher abgespielt hatte, nur ging es diesmal rascher. Schon in der ersten Runde beging Spud derartige Dummheiten, daß Lymie, der ihn von der Tür aus beobachtete, die Schultern zusammenzog und sich voller Verzweiflung abwandte.

Spuds Gegner war ein Italiener mit schwarzem Haar,

schwarzen Augen und weichen Muskeln. Spud machte, was er wollte. Als der Schiedsrichter sie gerade getrennt hatte und der Italiener auf ihn zukam, bückte sich Spud, stieß dem Italiener die Schultern in die Magengrube und richtete sich mit einem plötzlichen Ruck auf. Es war plötzlich kein Boxkampf mehr, sondern ein Ringkampf, und der Italiener flog über Spud hinweg und landete flach auf dem Rücken.

Für einige Sekunden war es totenstill, und man hörte nur die Stimme des Eisverkäufers.

Eis… Speiseeis

Der Schiedsrichter pfiff. Dann begannen die Schmährufe und der Lärm. Bierdosen flogen durch die Luft, und die Mißfallenskundgebungen des Publikums rollten wie Wellen durch den Saal.

44.

Nachdem das Radio abgeschaltet worden war, herrschte eine unnatürliche Stille im Wohnzimmer der Lathams. Mrs. Latham saß im grellen Licht der Deckenbeleuchtung auf dem Sofa. Ihr Gesicht war grau und aufgedunsen vor Kummer, und vor ihren weitgeöffneten Augen erschien immer wieder das Bild ihres Sohnes, ihres prächtigen Jungen, wie man ihn ihr blutend und übel zugerichtet ins Haus gebracht hatte.

Helen ging zu ihr hin und kniete neben ihr nieder. »Hör, Mutter«, sagte sie, »es ist alles gut, alles ist vorbei, und du darfst nicht mehr daran denken. Die Verletzung über seinem Auge ist kaum der Rede wert. In spätestens einer Woche wird sie ausgeheilt sein, und niemand wird merken, daß er dort jemals etwas hatte.« Sie nahm die Hände ihrer Mutter zwischen ihre eigenen und rieb sie, als wären sie erstarrt.

»Jetzt ist er auf den Geschmack gekommen«, sagte Mrs.

Latham leise. »Und niemand wird imstande sein, ihn davon wieder abzubringen. Er wird sich sein Leben ruinieren.«

»Soll er doch«, sagte Helen erbittert.

Mrs. Latham machte eine schwache, abwehrende Geste, die von ihrer Tochter wahrgenommen und verstanden wurde. Die Geste besagte, daß sie Spud keine Vorwürfe machen sollte. Eifersucht stieg in ihr hoch. Nie war ihr so deutlich geworden, daß ihre Mutter Spud mehr liebte als sie, ihn immer mehr geliebt hatte und stets mehr lieben würde. Aber das änderte nichts. Sie würde sich doch weiter um ihre Mutter kümmern und ihr das Leben erleichtern und eines Tages vielleicht...

»Laß ihn nur mit dem Kopf durch die Wand rennen und sein Leben ruinieren«, sagte sie laut. »Soll er boxen, bis man ihm die Nase entzweischlägt und er Blumenkohlohren hat und aussieht wie ein halber Mörder. Er ist sowieso einer, warum soll er da nicht wie einer aussehen.«

Mrs. Latham schüttelte den Kopf.

»Er hat am Montag abend, als er hier war, ganz genau gesehen, in welchem Zustand du dich befindest«, sagte Helen. »Und wenn er es trotzdem fertigbringt, Abend für Abend im Ring zu kämpfen, gleichgültig dagegen, was er dir damit zufügt, dann ist es mir egal, was ihm passiert. Ich hätte im Augenblick für jeden Fremden, der von der Straße hereinkäme, mehr übrig als für ihn. Es ist furchtbar, daß ich das sagen muß, aber es ist wahr.«

Mrs. Latham suchte in den Falten ihres Kleides nach ihrem Taschentuch. Noch ehe sie es fand, begannen ihr die Tränen über die Backen zu strömen.

»Es tut mir leid«, rief Helen, »es tut mir wirklich leid, du weißt, daß es nicht so gemeint war.« Mit ihrem eigenen Taschentuch trocknete sie ihrer Mutter die Tränen ab, die nicht aufhören wollten zu fließen. »Warum willst du noch länger aufbleiben?« sagte sie. »Du bist erschöpft und solltest dich hinlegen. Komm, zieh dich aus. Ich werde das Bett abdecken, du brauchst nur hineinzukriechen. Ich werde aufbleiben und auf sie warten.«

Mrs. Latham drückte sich das Taschentuch gegen das Gesicht und schüttelte schluchzend den Kopf. Helen umarmte sie und preßte sie an sich. Auch sie weinte. Sie hatte immer geglaubt, ihre Mutter sei durch nichts zu erschüttern, und sie jetzt derart hilflos und niedergeschlagen zu sehen ging über ihre Kraft. Es flößte ihr Furcht ein.

»Ich werde uns einen Kaffee machen«, sagte sie. »Bleib du nur ruhig hier sitzen.«

Sie ging ins Badezimmer und hielt einen Waschlappen unter den Kaltwasserhahn, drückte ihn aus, ging in das Wohnzimmer zurück und kühlte ihrer Mutter Gesicht, Stirn und Augen. Sie tat dies mehrere Male, ehe sie hinaus in die Küche ging, die Kaffeebüchse aus dem Schrank nahm und das Pulver mit einem Eßlöffel in den Filter schüttete.

Alles, was *sie* in ihrer Mutter sahen, war ein Wesen, das für ihre Bequemlichkeit sorgte, ihre Kleidung in Ordnung hielt, für sie kochte und ihnen ein Heim bereitete, das sie aufsuchen konnten, wenn es ihnen paßte.

Als Spud klein war, hatte sie ihn geliebt, aber jetzt war es ihr nicht mehr möglich. Niemand konnte ihn lieben. Er war nicht mehr derselbe, war undankbar, schlecht gelaunt und eigensinnig. Es hatte keinen Zweck, ihre Mutter davon abzubringen für Spud zu sorgen, denn er würde immer einen Platz in ihrem Herzen einnehmen, aber früher oder später würde ihre Mutter einsehen müssen, daß ihm nicht zu helfen war, und erst dann würde sie es aufgeben.

Wenn ihrem Vater etwas zustoßen würde, müßten sie wahrscheinlich die Wohnung aufgeben. Sie und ihre Mutter könnten dann eine kleinere Wohnung nehmen, die durchaus nicht luxuriös zu sein brauchte. Nur ein paar Zimmer, gerade groß genug, um sich nicht gegenseitig auf die Zehen zu treten. Sie würde arbeiten und den Unterhalt für beide bestreiten, und sie würden ruhig und in Frieden zusammenleben.

Dieser Gedanke beschäftigte Helen seit der Zeit, da aus Wisconsin keine Post mehr gekommen war. Für Mrs. Latham war Helen ein kleines Mädchen geblieben, ein gutes, gehorsames Kind. Daran hätte sich auch nichts geändert, wenn jemand sie in den Plan der Tochter eingeweiht hätte, obwohl sie überrascht gewesen wäre, so wie man überrascht ist über das, was Kinder manchmal sagen oder tun. Der Plan selbst hätte ihr aber nicht gefallen. Sie hatte die Absicht, ihre Familie fest und für immer zusammenzuhalten. Als Helen den Kaffee aufgebrüht und ihr gebracht hatte, konnte sie ihn nicht trinken, und Helen stellte Tasse und Untertasse auf den Tisch neben dem Sofa. Dort wurde der Kaffee langsam kalt.

Es war bereits nach Mitternacht, als ein Auto vor dem Hause vorfuhr. Die Fenster im zweiten Stock waren noch erleuchtet, aber niemand lugte hinter den Wohnzimmer-Gardinen hervor, und die Straßenlampen, die in gleichen Abständen voneinander im Park hingen, zeigten nur, wie verlassen er um diese Nachtzeit war.

Mr. Latham stellte den Motor ab und sagte: »Nun, da wären wir also wieder zu Hause.«

Widerstrebend, als hätten sie sich bereits darauf eingerichtet, die Nacht im Wagen mit einem Mantel über den Knien zu verbringen, kletterten sie heraus, zuerst Lymie und danach Spud und Sally. Sally zog an ihrem Rock und schob ihr Haar unter den Hut. »Seh' ich einigermaßen anständig aus?« fragte sie.

»Gut siehst du aus«, sagte Spud. Der Klang seiner Stimme verriet, daß er ein Gähnen unterdrückte. Sie sah, daß er sie überhaupt nicht anschaute und daß er viel zu müde war, um sich Gedanken darüber zu machen, wie sie aussehe. Die Ulmen am Parkrand schwankten im feuchten Märzwind. Der Himmel war bewölkt.

»Ich bin überhaupt nicht müde«, bemerkte sie, als sie den beiden Jungen über den kurzen Weg zum Eingang folgte.

Spud hatte den Schlüssel vergessen. Sie blieben im Vestibül stehen und warteten auf Mr. Latham, der zurückgeblieben war, um die Wagentüren abzuschließen. Auf dem zweiten Treppenabsatz blieben sie erneut stehen. Lymie warf einen Seitenblick auf die Veilchen an Sallys Mantel. Sie fingen an, die Köpfe hängen zu lassen. Es war das erstemal, daß er einem Mädchen Blumen geschenkt hatte. Während er die Blumen betrachtete und dann Spud, der gegen die Wand gelehnt dastand, dachte er: *Wenn ihm etwas zustoßen sollte, wenn er bei einem Unglücksfall ums Leben kommen sollte, würde Sally wahrscheinlich mich heiraten, weil ich sein bester Freund bin, und ich würde sein Andenken in Ehren halten...* Daß dieser Gedanke einem Wunsch entsprungen sein könnte, kam ihm nicht in den Sinn. Er hielt ihn für einen jener verworrenen Einfälle, wie sie ihm manchmal kamen, wenn er müde war. Er verbannte den Gedanken aus seinem Kopf und erinnerte sich schon bald nicht mehr daran.

Als Mr. Latham aufgeschlossen hatte, sah Lymie, daß noch alles so stand wie in den Weihnachtstagen, als er zum letztenmal hiergewesen war. Das war einer der Gründe, warum er gern herkam. Nichts veränderte sich je. Er legte Mantel und Schal ab, warf die Sachen über einen im Korridor stehenden Stuhl und ging in das Wohnzimmer. Mit weitgeöffneten Augen blieb er auf der Schwelle stehen. Die anderen mußten ihn beiseite drängen, um in das Zimmer gelangen zu können.

Mrs. Latham saß noch immer auf dem Sofa, sie war kaum wiederzuerkennen, und Lymie fühlte, daß eine jener Veränderungen mit ihr vorgegangen sein mußte, wie sie, soweit er das beurteilen konnte, nur bei Frauen möglich sind. Seine Mutter, so zärtlich und lieb sie auch manchmal zu ihm gewesen war, hatte sich zuzeiten von ihm zurückgezogen und ihn, allen Halts beraubt, in einer großen Leere zurückgelassen. Wenn sie von ihren Kopfschmerzen geplagt wurde, was in den letzten Jahren ihres Lebens, nachdem sein Vater angefangen hatte zu trinken, ziemlich häufig vorkam, hatte sie sich in ein verdunkeltes Zimmer zurückgezogen und, ein feuchtes Tuch über den Augen, regungslos auf dem Bett gelegen, ohne sich um Lymie zu kümmern. Wenn er aus der Schule nach Hause kam, war er stets erst für eine Weile um das Haus herumgestrichen, ehe er hineinging. Wenn die Vorhänge in ihrem Schlafzimmer heruntergelassen waren, wußte er Bescheid.

Helen beugte sich voller Besorgnis über ihre Mutter, und als die anderen hintereinander hereinkamen, musterte sie sie unterschiedslos mit haßerfüllten Blicken. Ihr Haß richtete sich gegen alle. Spud ging auf seine Mutter zu und sagte: »Es ist alles vorüber jetzt.« Deutlicher vermochte er sein Bedauern nicht ausdrücken. Als sie keine Antwort gab, wandte er sich ab und ging auf den Korridor hinaus. Helen beugte sich erneut über ihre Mutter, als wären die anderen (einschließlich des Mädchens, das sie mitgebracht hatten, wer immer *sie* auch sein mochte) nicht vorhanden oder hätten kein Recht, dazusein, und würden das bald merken und gehen.

Sally blickte über ihre Schultern nach Spud, aber der schien völlig damit beschäftigt, seinen Mantel in den Schrank zu hängen. Und Lymie, auf den sie sich unter normalen Umständen stets hatte verlassen können, schaute angsterfüllt drein und schien ratlos. Es war eine Szene wie aus einem Hause, an dessen Tür ein Trauerflor hängt und in dessen Innern irgendwo ein Sarg steht und das mit dem Duft zu vieler Blumen angefüllt ist. Als sie gerade daran dachte zu flüchten, fühlte sie, wie eine Hand ihren Arm mit festem Griff umschloß. Die Hand dirigierte sie wider ihren Willen zum Sofa. Sie vernahm eine Stimme, die sie als die Mr. Lathams erkannte und die laut und eindringlich sagte: »Wir haben eine Freundin von Spud mitgebracht, Mutter. Dies ist Sally Forbes.«

Mrs. Latham schien einen Augenblick ihren Kummer zu vergessen und blickte Sally an. Sie hob mühsam den Kopf und streckte Sally eine zerbrechliche Hand entgegen. Sally ergriff die Hand und lächelte. Die Augen, die zu ihr aufschauten, waren vom Weinen gerötet und blickten hoffnungslos. Aber etwas – sei es Höflichkeit, Pflichtgefühl, Verantwortung dem Gast gegenüber – verlieh Mrs. Latham die Kraft, die Dinge wieder in die Hand zu nehmen und für ihre Familie zu sorgen.

»Legen Sie doch ab«, sagte sie, und dann zu Helen gewendet: »Sie kann in deinem Zimmer schlafen, und du schläfst hier.«

Die Atmosphäre im Wohnzimmer veränderte sich sofort. Mr. Lathams Gesicht hellte sich auf. Er griff in seine Brusttasche und nahm eine Zigarre heraus. Lymie trat an Mrs. Latham heran und küßte sie auf die Wange. Sie reagierte zwar nicht wie sonst darauf, aber das erwartete er auch gar nicht, und er war nicht im geringsten bestürzt, als sie ihn einfach mit den Worten »Guten Abend, Lymie« begrüßte.

Spud kam vom Korridor herein und zupfte an seinem Ärmel. »Du kannst bei mir schlafen«, sagte er.

Sie waren schon fast auf dem Korridor, als die Axt niedersauste.

»Ich glaube, es ist besser, wenn Lymie nach Hause geht«, sagte Mrs. Latham.

»Das Bett ist groß genug«, sagte Spud. »Wir haben schon oft zusammen darin geschlafen.«

»Du brauchst deine Ruhe«, sagte Mrs. Latham.

Lymie zögerte nicht lange und nahm Mantel und Schal auf. Spud schaute ihn an, als wollte er sich entschuldigen, und Lymie sagte: »Ich ruf' dich morgen früh an. Gute Nacht allerseits.« Dann machte er die Tür hinter sich zu.

Als er die Treppe hinunterging, erinnerte er sich an das Gefühl, das er gehabt hatte, als Spud ihn das erstemal mit zu sich nach Hause genommen hatte. Es kam ihm zum Bewußtsein, daß es eine Art Vorwarnung gewesen war. Alles, was er damals erwartet hatte, geschah jetzt. Er hatte sich nur in der Zeit geirrt.

45

In der ersten Aprilhälfte herrschte eine Woche lang unzweifelhaftes Frühlingswetter. Obwohl es draußen noch ziemlich winterlich aussah, lag etwas in der Luft, das die Menschen vergeßlich machte, so daß sie Verabredungen versäumten und sich nicht mehr erinnern konnten, was sie gerade hatten sagen wollen. Neben dem Bund, den Erde und Sonne schlossen, waren andere seltsame Kräfte am Werk – das Gras sproß wieder, die Vögel zogen nordwärts, und an den Bäumen schwollen die Knospen.

Hörsaalfenster wurden geöffnet, und Volkswirtschaftler, Bakteriologen und Staatswissenschaftler mußten versuchen, die großen motorisierten Rasenmäher zu übertönen. Sie sprachen zu leeren Plätzen, zu einer Sammlung von Gestalten, die zwar aussahen, als wären sie lebendig, in Wirklichkeit aber aus buntem Papier bestanden, das auf Rahmen aufgeklebt war, zu tauben Ohren, zu Gefühlen, die, in Laub und Blumen verkleidet, gerade in den Wald, in die Berge, ans Meer unterwegs waren, wo nach einem alten Brauch gewisse Kulthandlungen vorgenommen werden mußten, damit die Erde fruchtbar und grün würde.

Die Tennisplätze der Universität wurden vom Unkraut befreit, glatt gewalzt und neu abgesteckt. Den ganzen Vormittag und Nachmittag flogen Tennisbälle über die Netze und wurden zurückgeschlagen. Die Ansage der Punktzahl vermischte sich mit den übrigen Frühlingsgeräuschen.

Die Männerturnhalle, in die das Sonnenlicht durch sämtliche offenstehende Fenster hineinströmte, glich einem Pavillon. Die Trapezturner hatten ihr Gerät draußen auf dem Rasen aufgebaut, und die Spikes an den Schuhen der Baseballspieler, die in dem Gebäude ein und aus gingen, verursachten ein dauerndes Geklapper. In dem leeren Fußballstadion (das siebzigtausend Menschen faßte) tummelten sich magere, angespannt aussehende Läufer, Hürden- und Hochspringer. Studenten der Botanik kamen in

Doppelreihen aus ihren Unterrichtsräumen und traten den Weg zum Stadtrand an, wo man in dem kalten, fließenden Wasser des Entwässerungsgrabens Schraubenalgen und Cladophora finden konnte. Die Mädchen trugen die grünen Laboratoriumsgläser. Die Jungen zogen Schuhe und Strümpfe aus, rollten die Hosen über die Knie, wateten langsam hinein und tasteten den Grund mit ihren nackten Füßen nach weichen Stellen ab. Mit schleimigen Proben in den Händen kamen sie heraus, und in ihren Augen lag ein Abglanz der traurigen Erkenntnis all dessen, was sie verloren hatten, als sie als Sechsjährige in die Schule gekommen waren.

An der Südseite des Campus reinigten zwei Gärtner den Boden des Teiches mit den Wasserlilien und beobachteten, als sie fertig waren, wie er sich mit sauberem Wasser füllte. Die Apfelbäume in den Universitätsgärten wurden nach den neuesten Methoden gespritzt. Lämmer, die im März in den großen Universitätsstallungen geboren worden waren, wurden auf die Weide hinausgelassen. Hunde trieben sich paarweise vor dem Hauptgebäude umher, und einer von ihnen schien es sich in den Kopf gesetzt zu haben, an der Vorlesung von Professor Forbes über St. Anselm und seinen logischen Beweis für die Existenz Gottes teilzunehmen.

Die Nächte mit ihren tropischen Düften, die aus den taufrischen Getreidefeldern vor der Stadt stiegen, hatten etwas Weiches und Ermattendes. Niemand vermochte zu arbeiten. Noch lange nach dem Essen sah man die Jungen auf den Ziegelsteinterrassen der im Tudor- oder Kolonialstil gehaltenen Burschenschaftsheime sitzen und nach dem Mond schauen. Manche von ihnen zogen unter den Einwirkungen dieses Gestirns los und tranken Starkbier. Obwohl die Universitätsbehörde verboten hatte, zwischen halb elf und sieben Uhr Ständchen zu bringen, trafen sich schattenartige Gestalten in den Büschen vor den Studentinnenheimen. Ein Campuspolizist machte zwar die Runde, aber er konnte nicht überall zugleich sein. Jünglingsstimmen, die nicht immer ganz den Ton trafen, schwangen sich zu verdunkelten Fenstern empor. Man sang die Universitätshymne »Wenn das Tagwerk vollbracht ist« und verschiedene Fassungen von »Das Liebchen der Sigma Chi«. Dann hörte man, wie sie sich, von Beifall verfolgt, unbehelligt aus dem Staub machten. Um Mitternacht wurden Matratzen, Decken und Kissen auf flache Dächer hinausgeschleppt. Wer so glücklich war, einer Burschenschaft anzugehören, schlief ein, während der Mond ihm ins Gesicht schien. Die Jungen, die in gemieteten Studentenbuden wohnen mußten, wachten Morgen für Morgen mit Sonne in den Augen auf.

Im Englischen Seminar waren am Abend des alljährlichen Frühlingsfestes nur fünf Personen anwesend. Der Luftzug, der durch die offenstehenden Fenster hereinwehte, war zu sanft, um Papier herumflattern zu lassen, aber die Gemüter waren selbstverständlich nicht immun dagegen. Von den fünf Anwesenden standen vier vor einer mündlichen Abschlußprüfung und hatten keine Zeit, den Mond zu bewundern oder im feuchten Gras Liebeserklärungen zu machen. Der fünfte war Lymie Peters. Das verbitterte, mürrische Gesicht Dr. Johnsons schaute von der Wand auf sie nieder und lobte ihren Fleiß, die Büste Shakespeares jedoch zeigte keinerlei Gemütsregung.

Kurz nach neun Uhr hörte man aus der Ferne ein leises Geräusch. Es war nicht auszumachen, ob es sich um Hochrufe handelte oder etwas anderes. Einer der Studenten schaute von den Büchern auf, hinter die er sich verschanzt hatte, nahm seine Brille ab und gab den wahren Grund der Störung bekannt. Die andern hörten ihm für einen Augenblick zu und vertieften sich dann wieder in ihre Lektüre. Von Zeit zu Zeit machten sie sich kaum leserliche Notizen über *Tottels Vermischte Schriften* oder den übermäßigen Gebrauch von Gleichnissen in *Euphues und sein England*. Die Rufe wurden lauter und deutlicher.

Lymie, der gerade den Abschnitt in Dorothy Wordsworths

Tagebüchern beendet hatte, den Professor Severance ihnen empfohlen hatte, klappte das Buch zu und stellte es ins Regal zurück. Er wollte zu Hause noch trennbare und untrennbare deutsche Vorsilben wiederholen. Als er ins Freie trat, bemerkte er, daß der Himmel im Süden vom Schein eines riesigen Freudenfeuers rot war. Seine Wohnung lag in anderer Richtung, aber von jener Seite her lockte das Abenteuer. Lymie ging ein paar Schritte in der üblichen Richtung, aber dann machte er plötzlich kehrt, zögerte und lief zurück. Noch ehe er die nächste Ecke erreicht hatte, fing er an zu rennen.

Das Freudenfeuer brannte auf einem schlammigen, nördlich des Stadions gelegenen Acker, und der Acker selbst war von dunklen Gestalten bevölkert. Die Jungen, die dicht am Feuer standen, hoben sich deutlich davon ab. Der Feuerschein zuckte über ihre Gesichter und Hände. Andere traten aus der Dunkelheit hervor, brachten Brennmaterial und verschwanden wieder. Hinter ihren Bewegungen schien eine unausgesprochene Absicht zu lauern, irgendein Akt der Gewalttätigkeit, der urplötzlich ausbrechen wollte und angesichts dessen die Flammen erblassen würden.

Lymie stand am äußersten Rand der Menge, wo keine Gefahr bestand, in die Vorgänge verwickelt zu werden. Im Vorjahr hatte er an derselben Stelle ein gutes Jackett eingebüßt, und das Hemd war ihm in einer Schlammschlacht zwischen Neulingen und Älteren vom Leib gerissen worden.

Nachdem die Flammen hoch emporgelodert waren, sanken sie aus Mangel an frischer Nahrung in sich zusammen, und allmählich schloß die Dunkelheit den Acker ein. Eine Stimme in der Nähe des Feuers rief: »Auf zum Campus!«, worauf sofort unter Gebrüll ein allgemeiner Aufbruch einsetzte. Lymie wurde vom Strom der Vorwärtsdrängenden mitgerissen, ehe er sich zurückziehen konnte. Er wehrte sich kaum, seine Beine rannten los mit all den anderen, die plötzlich in Bewegung geraten waren. An der zweiten Straßenecke ging das wilde Rennen in eine ruhigere Gangart über, und alle, die sich aus der Menge heraushalten wollten, verdrückten sich. Die übrigen trabten in einem fast geordneten Zug zwischen den Burschenschaftshäusern weiter, füllten Straßen und Bürgersteige und trampelten über junges Gras.

Als man das Unionsgebäude erreichte, erschien auf den Stufen der Redakteur der Studentenzeitung, ein magerer, hohlwangiger blonder Jüngling, und hielt eine Rede. »Das ist albern«, schrie er. »Was soll das? Wozu wertvolles Eigentum zerstören und sich Unannehmlichkeiten machen und vielleicht sogar deswegen relegiert werden?«

Die Menge, die bis dahin noch nichts zerstört hatte, antwortete mit den Rufen: »Ertränkt ihn!« »Schmeißt den Hund in den Styx!«

»Warum?« fragte der Jüngling mit dem mageren Gesicht rhetorisch. »Bloß weil ihr euren Spaß haben wollt, der die Universität in einen schlechten Ruf bringen wird? Wenn ihr durchaus etwas tun müßt, dann etwas Konstruktives.«

Die Menge drängte nach vorn, und der junge Mensch schlüpfte hastig in das Büro der Druckerei und verschloß die Tür.

»Laßt ihm das nicht durchgehen!« rief eine Stimme, und eine andere Stimme schrie: »Schlagt die Tür ein!« Aber niemand wollte als erster Hand anlegen. Die Menge war ohne Führer. Man hörte viele Stimmen, die jedoch zu keiner besonderen Person zu gehören schienen, wenigstens nicht zu jemandem, der gewillt war, hervorzutreten und die Führung zu übernehmen. Die Menge verhielt sich abwartend und wogte vor dem Unionsgebäude auf und ab. Einzelnen wurde es langweilig, sie gingen nach Hause. Der Rest machte sich nach der etwa drei Kilometer entfernten Innenstadt auf den Weg. Ihr Ziel war das Orpheum-Theater, wo sie zweifellos das Auftreten einiger japanischer Akrobaten gestört hätten, wenn sie nicht aufgehalten worden wären.

Unterwegs begegnete ihnen in einem kleinen Park ein Student, der mit seiner Freundin aus dem Kino kam. Sie umringten das Pärchen und trennten es. Als sich der Junge heftig zur Wehr setzte, packten ihn Dutzende von Händen, rissen ihm das Hemd vom Leib, schlugen ihm ein Auge blau und den Mund blutig. Dem Mädchen zogen sie den Rock hoch und banden ihn über dem Kopf zusammen. Irgendwer stieß den Jungen, der noch immer um sich schlug, und als er fiel, schubsten sie das Mädchen auf ihn. Dieser kleine Zwischenfall, diese symbolische Vergewaltigung, schien die Menge zu neuen Taten anzustacheln.

Als eine Straßenbahn um die Ecke bog, stürzten zwanzig Burschen auf sie, und einer brachte es fertig, den Stromabnehmer aus der Oberleitung zu reißen. Sämtliche Lampen im Wagen gingen aus. Noch ehe die Bahn zum Stillstand kam, wurde sie von hundert Händen in den Schienen hin und her geschaukelt. Der Fahrer stieg fluchend aus und brachte den Stromabnehmer wieder mit der Oberleitung in Verbindung. Die Jungen standen beiseite, sahen zu und schienen nicht daran zu denken, sich einzumischen. Die Lampen flammten auf, der Fahrer kletterte auf den Wagen und klingelte wie wild. Er war kaum angefahren, als die Lampen wieder erloschen.

Das wiederholte sich noch dreimal, und beim letzten Mal schoben sie brennendes Papier unter den Wagen. Es entwickelte eine Menge Qualm und versetzte die Fahrgäste in Schrecken. Doch inzwischen hatte man genug davon und ließ den Fahrer die Fahrt fortsetzen. Man hätte wahrscheinlich noch andere Dummheiten angestellt, wenn nicht plötzlich der Rektor, wie durch ein Wunder, in ihrer Mitte aufgetaucht wäre. Er war ein etwas unscheinbarer, fast knabenhaft aussehender Mann von zweiundsechzig Jahren. Sein Haar und sein Bart waren schlohweiß. Er sah gütig, humorvoll und väterlich aus, aber sein Erscheinen wirkte auf die jungen Menschen, als ob plötzlich eine Klapperschlange aus dem Straßenbahnwagen gekommen wäre.

Während man vor ihm zurückwich, griff er sich einzelne aus der Menge und redete sie mit Namen an. »Hallo, Johnston... Sie auch hier, Feldcamp...? Wenn mir die Naturkunde so große Schwierigkeiten bereitete wie Ihnen, Morrison, hätte ich mich heute abend lieber hinter die Bücher gesetzt... Peters, wollen Sie nicht lieber machen, daß Sie nach Hause kommen...«

Der Meinung war Lymie auch.

Sein Weg führte ihn an dem Heim vorbei, in dem Spud wohnte. Er ging hinein. Es war schon fast elf Uhr, Spud hatte soeben aufgehört zu arbeiten und räumte vor dem Zubettgehen sein Pult auf. Nach dem Wettkampf um die Goldenen Handschuhe hatte er sich zwei Töpfe mit Farbe gekauft, der eine feuerrot, der andere schwarz, und alles in seinem Zimmer, was Farbe annahm – die Tür, die Fensterrahmen, die Verschalungen, die beiden Stühle, die Tische, die beiden wie Gänsehälse gebogenen Lampen, die Vorhangstange am Schrank, die Deckenbeleuchtung und sogar der Aschenbecher aus Glas –, war schwarz oder rot angestrichen. Spud musterte Lymie vom Kopf bis zu den Füßen. Lymies Gesicht glühte, und seine Schuhe waren beschmutzt. »Wo zum Teufel hast du dich herumgetrieben?«

»Beim Frühlingsfest«, sagte Lymie. Er schob sich den Hut ins Genick und ließ sich auf einen Stuhl nieder.

»Ich dachte, du müßtest die Nase von diesen Dingen voll haben, nach allem, was dir beim Mützenverbrennen passiert ist«, sagte Spud.

»Diesmal war's anders«, sagte Lymie.

»Was war denn los? Wo warst du?«

Während Lymie ihm von dem Tumult berichtete, zog Spud sich aus und zog den Bademantel über.

»Das verstehe ich nicht«, sagte er, nachdem Lymie ausgeredet hatte. »Wenn man in die Studentinnenheime eingebrochen wäre und die Möbel zum Fenster rausgeworfen hätte wie schon einmal, hättest du dich ganz schön in die Nesseln setzen können.«

»Daran habe ich auch gedacht«, sagte Lymie.

»Und warum hast du dich dann hineinziehen lassen?« fragte Spud gereizt.

»Ich weiß nicht«, sagte Lymie. »Ich weiß wirklich nicht. Warum starrst du mich so an?«

»Weil du nicht ganz richtig im Kopf zu sein scheinst.«

»Ich sah das Feuer«, sagte Lymie. »Und war halt neugierig.«

»Du bist verrückt, weiter nichts«, meinte Spud. »Oder aber du hast den Frühlingskoller.«

»Vielleicht auch was anderes«, sagte Lymie. Er stand auf, und während er seine Jacke zuknöpfte, nieste er dreimal heftig.

46.

Lymie hatte eine starke Erkältung, die etwa zehn Tage anhielt. In dieser Zeit schlug das Wetter um, und der Boden wurde noch einmal mit schmutzigem Schnee bedeckt. Lymie blieb im Bett und nahm verschiedene Mittel ein, um sich zu kurieren. Doch davon wurde es nur schlimmer. Die Jungen brachten ihm das Essen ans Bett, aber tagsüber lag er allein im Schlafsaal. Da er sich mit niemandem unterhalten konnte, schlief er viel. Eines Nachts wachte er auf mit dem Gefühl, daß er sich in namenloser Gefahr befände. Irgend etwas, ein Mensch, ein Wesen (von dem er keine rechte Vorstellung hatte, das ihn aber genau kannte), lauerte ihm vor der Tür auf. Seine Unruhe wuchs, er stand auf, ging hinunter und zog sich an. Da er durch das Liegen im Bett geschwächt war, brauchte er dazu länger als sonst, aber von diesem Augenblick an ließ seine Erkältung nach.

Im April ist nichts von Dauer. Keine Macht des Himmels, und erst recht keine irdische, hält den Wind in einer Richtung. Er blies aus Osten, aus Westen und schließlich aus dem Süden. Regenwolken wurden zusammengetrieben,

Gewitter entluden sich. Bei diesem unbeständigen Wetter war es kein Wunder, daß Spud wieder unausgeglichen war. Lymie bemerkte das zum erstenmal, als Spud achtlos an ihm vorbeiging und Armstrong bat, ihm die Boxhandschuhe zuzuschnüren.

Lymie wußte nicht, was los war, aber er war nicht beunruhigt. Er hatte Spud schon einmal zur Vernunft gebracht und war überzeugt, daß es ihm wieder gelingen würde. Täglich zwischen viertel und halb fünf fand er sich in der Turnhalle ein und hielt sich in der Nähe des Punchingballs auf, um Spud beim Zuschnüren der Handschuhe behilflich sein zu können oder ihm andere kleine Dienste zu erweisen. Wenn Spud vom Duschen kam, wartete Lymie wie ein treuer Hund vor dem Spind auf ihn. Er vermied es, den Spind zu öffnen oder Spuds Sachen zu berühren. Während Spud sich ankleidete oder später auf dem Heimweg, sprach Lymie ihn gelegentlich an, war aber stets darauf bedacht, seine Bemerkungen nicht in Form einer Frage vorzubringen, so daß Spud nicht unbedingt etwas erwidern mußte.

Eines Tages kam Lymie auf den Gedanken, es könnte sich etwas ändern, wenn auch er schweigen würde, wenn er Spud einfach Gelegenheit ließe, sich zu äußern. Dazu kam es dann auch, aber anders, als er es erwartet hatte. Nachdem er einmal dazu übergegangen war, wie Spud hartnäckig zu schweigen, konnte er aus seinem Schweigen nicht mehr heraus. Er lief neben Spud her, hörte, wie seine Absätze unfreundlich auf das Pflaster knallten, und beobachtete seinen Gang. Ein- oder zweimal wagte er, Spuds fest geschlossenen Mund mit einem Seitenblick zu streifen. Mehr brauchte Lymie nicht zu sehen. Sobald sie die Ecke erreichten, wo Spud abbiegen mußte, um in sein Heim zu gelangen, hob Lymie die Hand zu einem halben Gruß, der das Schweigen nicht zu brechen vermochte, aber beredt genug war. Spud nickte nur und ging seines Weges.

In den Deutschstunden saßen Lymie und er viermal wöchentlich Seite an Seite, ohne miteinander zu sprechen.

246

Wenn Spud kein Papier hatte, riß Lymie ein Blatt aus seinem Heft und schob es ihm hin. Wenn Spud das Angebot ausgeschlagen und lieber auf die nackte Pultplatte geschrieben hätte, hätte er es wieder zurückgenommen. In solchen Augenblicken überkam ihn das Verlangen, sich hinüberzulehnen und ihm zuzuflüstern: »Was ist bloß passiert, du bist doch mein bester Freund? Der einzige, wenn's drauf ankommt. Sally ist etwas ganz anderes...« Aber er war noch nie imstande gewesen, derartige Dinge auszusprechen, und außerdem stand Miss Blaiser vor der Wandtafel und schrieb: (I) Wann verändern starke Verben ihren Stammvokal? (II) Nennen Sie die Grundformen und die Bedeutung von *beginnen, beißen, binden, bleiben, finden, gefallen, laufen, lesen, nehmen, ruhen, schlafen, schließen, schreiben, sehen...*

Es gab aber auch Augenblicke, in denen Spud bereit gewesen wäre, das Heim zu verlassen und wieder mit Lymie zusammenzuziehen, wenn die Kameraden ihm nur den geringsten Anlaß dazu gegeben hätten. Aber statt ihn wie einen Neuling zu behandeln, verhielten sie sich ihm gegenüber so, als gehöre er schon lange zu ihnen. Man bürdete ihm keinen Stubendienst auf, nie zitierte man ihn an den Montagabenden vor den Kamin und hechelte ihn durch, und nie wurde sein Benehmen oder seine Einstellung zur Burschenschaft beanstandet. Ohne Grund zu einer Beschwerde konnte er nichts unternehmen, und die Kameraden boten ihm keinen. Er hielt überall Umschau, aber der einzige Feind, den er entdecken konnte, war Lymie, der zugleich sein einziger Freund war.

Eines Nachmittags schwänzte Spud seine Chemie-Vorlesung und lief quer über das Universitätsgelände zu dem Mietshaus. Er hatte das Verlangen, sich mit jemandem auszusprechen, und beschloß, Reinhart zu seinem Vertrauten zu machen. Als er in »302« ankam, fand er Reinharts Zimmer leer. Spud warf einen Blick auf den Stundenplan, der über Reinharts Schreibtisch an der Wand angebracht war, und stellte fest, daß Reinhart am Nachmittag keine Vorlesungen hatte. Er setzte sich in den abgewetzten Polsterstuhl und wartete.

Als er eine Zeitlang dort gesessen hatte, kam der Spaniel von Mr. Dehner, der Witterung von ihm bekommen hatte, plötzlich die Treppe heraufgerast und stürzte sich auf Spud. Spud hob ihn auf und warf ihn fast bis an die Decke und spielte Fangball mit ihm. Der Hund wand sich in seinen Händen, rollte vor Verzückung die blutunterlaufenen Augen und wedelte mit dem Stummelschwänzchen. Als Spud ihn auf den Boden setzte, wich er mit leicht zur Seite geneigtem Kopf zurück und gab seltsame Laute von sich, halb Jaulen, halb Gebell.

»Sieh da!« sagte eine bekannte durchdringende Stimme. »Wenn das nicht Mr. Latham ist! Wenn Sie wüßten, wie sehr der arme Hund Sie vermißt.«

Spud drehte sich um und erblickte Mr. Dehner, der mit einem Staubwedel in der Hand an der Tür stand.

»Sind Sie wieder zu uns zurückgekommen? Erst neulich habe ich zu Colter oder zu Geraghty, ich weiß nicht mehr genau, wer von beiden es war, gesagt: ›Mr. Latham‹, habe ich gesagt, ›Mr. Latham kommt bestimmt eines Tages zurück. Wartet nur ab. Er ist nicht der Typ eines Burschenschaftlers. Und wenn er wüßte, wie es im Zimmer von Mr. Peters aussieht –‹ Das müßten Sie sich einmal ansehen, mein lieber Junge. Wie auf einem Schuttabladeplatz. Ich habe Mr. Peters schrecklich gern. Er hat ein so weiches Gemüt, aber ich weiß wirklich nicht, wie er sich unter seinen Büchern zurechtfindet, wenn er arbeiten will. Er muß so etwas wie einen sechsten Sinn haben... Ruhig, Poo-Bah!... Ich hatte eine Cousine, eigentlich war sie die Cousine meiner Mutter, die immer zum heiligen Antonius betete, wenn sie etwas verloren hatte. Sie wohnte gleich hinter der Kirche, es war also sehr bequem für sie. Auf diese Art fand sie alles wieder. Eine Brosche, den Schlüssel zu ihrer Geldkassette und die Perlen meiner Mutter. Wenn etwas fehlte, rannten wir zu ihr, und ich muß sagen, sie hatte immer Erfolg, wenn es auch purer Aberglaube war. Mr. Peters ist nicht gläubig, oder doch? Heutzutage ist niemand mehr fromm. Es scheint nicht mehr Mode zu sein. Aber eines Tages wird es wieder Mode werden wie viktorianische Nußbaummöbel. Und dann werden die Kirchen den Zustrom nicht fassen können. Die Intellektuellen werden sich von Spengler und Einstein abwenden und ihre Zuflucht zu Thomas von Aquin nehmen. Vielleicht sind sie bereits bei ihm angelangt. Ich muß mich einmal bei Mr. Peters erkundigen. Hier im Hause ist er der einzige, der über solche Dinge Bescheid weiß. Er sieht richtig gelehrt aus, nicht wahr? So flachbrüstig. Ich würde mich gar nicht wundern, wenn er schwindsüchtig wäre. Sie glauben doch nicht, daß er irgendein ernsthaftes Leiden hat, Mr. Latham? Ich möchte nicht gern jemanden im Hause haben, der – na, Sie wissen schon. Aber wahrscheinlich ist er gesund wie ein Fisch im Wasser und überlebt uns alle. Früher habe ich Sie beide immer beobachtet, wenn Sie zusammen den Gang heraufkamen. Ein komisches Paar. Der eine ganz Gehirn und keine Muskeln und der andere ganz Muskeln und – aber auf gute Zeugnisse allein kommt es ja nicht an, nicht wahr, Mr. Latham? Und meistens bringen es die klugen Leute auch nicht weiter als bis zum Schulmeister. So wird es auch mit Mr. Peters gehen – er ist neuerdings so zerstreut –, wenn ihn nicht ein gütiges Geschick davor bewahrt. Haben Sie je bei dem alten Professor Larkin gehört? Nein, selbstverständlich nicht. Der arme Kerl ist schon gestorben, als Sie noch in den Windeln lagen. Er war ein großer Milton- oder Chaucer-Kenner, so genau kann ich das nicht mehr sagen, und furchtbar zerstreut. Er war bekannt dafür. Einmal wollte er einen Brief einwerfen, aber er ließ ihn auf dem Tisch liegen und ging statt dessen mit der Lampe zum Briefkasten. Das soll sich tatsächlich ereignet haben, wie man behauptet. Ich weiß nicht, woher es kommt, daß Zerstreutheit und Lehrerberuf fast immer

Hand in Hand gehen, aber anscheinend besteht da ein Zusammenhang. Lehrer üben ihren Beruf vielleicht ebenso unfreiwillig aus, wie ich Zimmer vermiete. Die Sache scheint so zu sein, daß sie sich, wenn sie eines Tages aufwachen, auf einem Vortragspult wiederfinden und über Amenhotep III. oder Vererbung oder Milieu reden. Ich will nicht hoffen, daß auch Sie etwas Derartiges anstreben. Sie eignen sich nicht dafür, wissen Sie. Sie haben Poo-Bah zwar das Männchenmachen beigebracht und ihn so weit abgerichtet, daß er bellt, wenn er etwas haben will. Auf Ihren Befehl schlägt er sogar Purzelbäume, was er für mich nicht tut. Aber ich habe trotzdem das Gefühl, daß Sie sich nicht für den Lehrberuf eignen, und selbst wenn es der Fall wäre, möchte ich Sie nicht als Lehrer sehen. Es ist ein sehr fragwürdiges Dasein. Es ist zwar bis zu einem gewissen Grade gesichert, aber es wird zuviel Wert auf Äußerlichkeiten gelegt. Und außer einigen Professoren mit reichen Verwandten, die ihnen bei ihrem Tode etwas hinterlassen, sind die meisten arm. Um Mr. Peters mache ich mir keine Sorgen. Er sieht aus wie einer, dem eines Tages eine kleine Erbschaft zufallen wird. Aber Sie, mein Junge, Sie gehören in die schlechtere Welt. Machen Sie sich nur weiter keine Gedanken, wenn Sie auf Leute stoßen, die klüger sind als Sie. Auch diese Leute werden nie so hoch hinaufkommen, wie sie gern möchten, immer wird jemand, der bessere Verbindungen hat, über ihnen stehen. In den vergangenen fünftausend Jahren hat der menschliche Geist jede nur mögliche Gelegenheit gehabt, etwas aus sich zu machen, und bis jetzt –« Mr. Dehner durchquerte das Zimmer, riß das Fenster auf und schüttelte den Staubwedel kräftig aus. »Bis jetzt«, wiederholte er und wandte den Kopf ab, um den Fusseln auszuweichen, die vom Winde zurückgetrieben wurden, »ist alles danebengegangen.« Er knallte das Fenster zu. »Schauen Sie mich nicht so an, mein lieber Junge. Ich sehe Ihnen an, was Sie denken. ›Was versteht der alte Narr schon davon.‹ Und damit haben Sie recht. Die Antwort lautet: nichts. Nichts, als was ich täglich in meinem kleinen Umkreis sich abspielen sehe.«

Er entfernte sich, fuhr mit dem Staubwedel unter Pulte und Stühle und summte die Anfangszeilen einer Strophe aus »Alt-Heidelberg« vor sich hin.

47.

Als Professor Severance zu seiner Vorlesung über romantische Poesie nicht erschien, warteten seine Hörer die üblichen fünf Minuten auf einen Vertreter und verließen dann den Hörsaal. Lymie, Sally und Hope trennten sich erst draußen, nach einem längeren Disput. Lymie trug einen wunderlichen schwarzen Filzhut – von der Art, die plötzlich unter den Studenten Mode geworden war – und zog sich diesen Hut, der ihm viel zu klein war, tief ins Gesicht, schlug die Krempe hoch und sagte:

»Und wohin gehen wir jetzt?«

»Um drei Uhr habe ich Turnunterricht«, sagte Hope. »Ich muß nach Hause und mich umziehen. Wenn du mich in Turnhosen sehen willst, kannst du unten warten. Ich werde mich beeilen.«

»Ich gehe lieber ins Englische Seminar.«

»Wie du willst.«

»Nun, ja«, sagte er zögernd. »Um zu wissen, wie du in Turnhosen aussiehst, brauche ich nicht zu warten, bis du umgezogen bist. Ich kann es mir auch so vorstellen.«

»Das denkst du«, sagte Hope. »Für mich war es jedenfalls die größte Überraschung meines Lebens, als ich mich zum erstenmal darin sah. Kommst du mit, Forbes?«

»Ich muß nach Hause«, sagte Sally. »Mutter macht mir ein neues Kleid, und ich habe ihr versprochen –«

»Muß das heute sein?« fragte Hope. »Falls ihr in die ›Schiffslaterne‹ geht, wollte ich eigentlich vor der Turnstunde mit euch Französisch machen.«

»Ich hätte schon Lust dazu«, sagte Sally, »aber meine Mutter erwartet mich. Und außerdem bin ich scharf auf das Kleid.«

»Selbstsüchtiges, widerwärtiges Volk!« sagte Hope lachend und ging.

Hope hatte nach ihrer Operation ihr Studium nicht abbrechen müssen, da man ihr gegen ein bescheidenes Gehalt die Haushaltungsangelegenheiten im Heim übertragen hatte. Sobald sie etwas hatte, das sie von den anderen abhob, wurde sie umgänglicher. Ihre herabsetzenden Bemerkungen waren seitdem fast nur noch gegen sich selbst gerichtet, und sie war nicht mehr so anmaßend wie früher. Wenn sie wirklich einmal mit jemandem Krach anfing, war es offensichtlich, daß sie in Gedanken mit unbezahlten Heimrechnungen beschäftigt war und überhaupt nicht sah, daß jemand vor ihr stand.

An der Hauptstraße wandte sich Sally an Lymie und sagte: »Was ist mit dir? Warum – ach so, du mußt ja ins Seminar.«

»Ich muß nicht«, sagte Lymie.

»Schön, dann bring mich nach Hause.«

»Abgemacht.«

Schweigend gingen Sally und Lymie etwa einen Häuserblock weit. Plötzlich hob Sally den Kopf und sagte: »Spud hat wieder seine verrückten Tage.«

Lymie nickte.

»Ich weiß nicht, wann es anfing und was der Anlaß war«, sagte Sally. »Aber ab und zu ertappe ich ihn dabei, daß er mich anschaut, als wären wir uns völlig fremd. Als ob er mich anfallen wollte. Gestern abend hatten wir eine fürchterliche Auseinandersetzung, einen richtigen Krach. Und als wir uns dann draußen auf der Veranda verabschiedeten, sagte er plötzlich: ›Leg deine Arme um mich, Sally, und halt mich fest, ganz fest!‹ Die Art, wie er das sagte, war furchtbar. Wir saßen etwa eine halbe Stunde lang eng aneinandergelehnt auf der Treppe, und ich preßte ihn mit aller Kraft an mich, und als er dann heimging, schien er sich etwas beruhigt zu haben. Er war wieder der alte, aber ich bin mir immer noch nicht klar darüber, was ihn so gequält hat.«

Lymie ließ sie reden. Vor dem Forbesschen Hause angekommen, legte sie die Hand auf seinen Ärmel und sagte: »Irgendwie kann ich mich zu dir über Spud aussprechen, weil du ihn fast ebenso gern hast wie ich.«

Sie winkte ihm von der Veranda aus zu und verschwand ins Haus. Lymie setzte seinen Heimweg fort. Um in sein Zimmer zu gelangen, mußte er durch Reinharts Zimmer gehen.

Als Lymie an der Tür erschien, waren Spud und auch Reinhart anwesend. Spud hörte unvermittelt auf zu reden. Lymies Anblick, seine glückstrahlenden Augen, waren eine allzu demütigende Widerlegung alles dessen, was er gerade behauptet hatte. Es konnte jetzt kein Zweifel mehr darüber bestehen, wer schuld hatte. Selbst Reinhart, der tief in seinen Sessel gelehnt dasaß und sich ein Haarbüschel um seinen Finger drehte, mußte es merken.

Das Schweigen wuchs wie eine Seifenblase; es wuchs und dehnte sich aus und drückte gegen die Wände, den Fußboden und die Decke. Es kam Spud wie eine Ewigkeit vor, ehe der Glanz in Lymies Augen erlosch und der Ausdruck seines Gesichtes sich änderte und bis er, steif lächelnd, in das anschließende Zimmer ging.

48.

An diesem Nachmittag brauchte Spud länger als gewöhnlich, um seine Handgelenke zu bandagieren. Es war, als suche er eine Art, die all seine Schwierigkeiten von selbst aus der Welt schaffen würde. Die Gymnastikstunden waren gerade zu Ende, und rings um ihn wimmelte der Gang von Jungen, die ihre Spinde öffneten, sich Sweatshirts überden Kopf streiften, aus Jochstrapsen stiegen, miteinander stritten, sangen und sich mit Handtüchern gegenseitig auf die nackten Hinterbacken klatschten. Das alles war ihm so vertraut, daß er es kaum wahrnahm. Er verschloß seinen Spind, nahm das Springseil und die Boxhandschuhe und schlängelte sich durch den überfüllten Gang, ohne jemanden zu berühren oder zur Seite zu stoßen.

Als er die Treppe hinaufging, fühlte er, obwohl er in der Nacht zuvor genug geschlafen hatte, eine lastende Schwere in seinen Beinen. Als er oben ankam, wollte er fast umkehren, unterdrückte diese Regung jedoch. Bisher hatte Spud nur mit den Fäusten gekämpft, und er wußte nicht, wie er hartnäckige, unnachgiebige Widerstände, die nicht körperlicher Natur waren, brechen sollte. Er versuchte sich einzureden, daß dieser Nachmittag sich durch nichts von anderen Nachmittagen unterscheide, daß er sich bezähmen müsse und vor allem nicht nach Lymie Ausschau halten dürfe.

Trotz seines sehnigen, durchtrainierten Körpers, trotz seiner Arm- und Beinmuskeln waren Spuds Kraft Grenzen gesetzt. Er hatte diese Grenzen an jenem Abend gespürt, als er über dem Auge verletzt worden war. Die Wunde war längst verheilt, aber eine Narbe war zurückgeblieben, zog sich durch seine linke Augenbraue. An jenem Abend hatte er mit einem Litauer kämpfen müssen, der kein Recht hatte, an der Amateur-Veranstaltung teilzunehmen, da er bereits fünfundzwanzig Jahre alt war und schon seit mehreren Jahren beruflich boxte. Er war ein großer, knochiger Kerl mit langen Armen. Sein bloßer Anblick genügte, um Spud eine Heidenangst einzuflößen. Diese Furcht war durchaus begründet. Der Litauer schlug um sich wie ein Stier, aber weder Spud noch der Ringrichter konnten etwas dagegen tun. Er kam an diesen Fäusten nicht vorbei. Die ersten drei Minuten kamen ihm wie drei Stunden vor. Es war der schlimmste Kampf, den er je erlebt hatte. In der zweiten Runde war Spud zu Boden geschlagen und war klug genug, so lange unten zu bleiben, bis der Ringrichter neun zählte. Dann sprang er auf, und das Glockenzeichen war seine Rettung. Zu Beginn der dritten Runde bekam er den Schlag, der ihm die linke Augenbraue aufriß. Das Blut lief ihm über das Gesicht und ins Auge, so daß er alles wie durch einen roten Schleier sah. Der Fußboden unter ihm schien zu schwanken, und er mußte alle Kräfte aufbieten, seine Fäuste zu heben. Während dieses Kampfes machte Spud die Entdeckung, daß man auf einen Gegner einschlagen kann, wie man will, und wenn er immer noch dasteht, immer weiter schlagen kann, bis er zu Boden geht oder man selbst fertig ist. Glücklicherweise ging der Litauer zu Boden. Es war einer jener glücklichen Zufallstreffer, mit dem er ihn k. o. schlug. Wäre er ihm nicht gelungen, hätte sich Spud einfach hingesetzt, wo er gerade eben stand. Er konnte nicht mehr. Und Lymie, der viel schlimmere Schläge eingesteckt hatte, stand noch immer aufrecht, er stand da (aber nicht zu nahe) neben dem Punchingball an die Wand gelehnt.

Ich will ihm nicht mehr weh tun, sagte sich Spud. Ich will ihm einfach nicht mehr weh tun... Anscheinend hatte er keine Wahl. Es war kein Schiedsrichter da, den er dafür hätte verantwortlich machen können, daß er den Kampf nicht unterbrochen hatte. Er konnte zu Lymie hingehen und zu ihm sagen: Um Himmels willen, mach, daß du wegkommst!, und Lymie würde gehen. Aber am nächsten Nachmittag würde er wieder dasein. Und wenn er Lymie das Betreten der Turnhalle untersagte, würde Lymie auch diesen Befehl befolgen. Aber dann würde er draußen auf ihn warten, um ihn nach Hause zu begleiten. Und wenn er ihm auch das verböte, würde er in einiger Entfernung hinterdreintrotten. Und selbst wenn er der Turnhalle gänzlich fernbliebe, würde er dennoch irgendwo auf ihn warten. Da muß es etwas geben, was ich vor langer Zeit getan habe, dachte Spud plötzlich – und woran ich mich nicht mehr erinnere. Vielleicht ist es mir auch damals gar nicht bewußt geworden, aber ich muß ihm etwas zugefügt haben, sonst würde er es mir nicht auf diese Art vergelten.

Als Spud zehn Minuten darauf, gar nicht wie sonst bei der Sache, den Punchingball bearbeitete, verspürte er in seinem rechten Handgelenk einen scharfen, stechenden Schmerz, der sich bis in die Fingerknöchel zog. Er hielt inne und befühlte seine Hand durch die fingerlosen Handschuhe. Solange die Hand offen und entspannt war, hatte er keine Beschwerden, aber sobald er die Finger bewegte, schmerzte es. In dem Glauben, daß ihm etwas Derartiges einfach nicht zustoßen könne, holte er mit der geballten Faust aus und schlug mit aller Kraft zu. Ihm wurde schwarz vor den Augen, er krümmte sich und preßte die gekreuzten Arme auf den Magen. Von den zwölf Jungen, die sich an diesem Nachmittag in der Turnhalle aufhielten, merkte nur ein einziger, daß mit Spud etwas nicht in Ordnung war, und kam zu ihm. Wie durch einen Vorhang aus Schmerz erkannte Spud Lymies Gesicht. Lymie starrte ihn mit offenem Mund und besorgniserfüllten Augen an. Und das gerade war es, was er sich wünschte: jemanden, der besorgt um ihn war, jemanden, der ihm nachfühlen konnte, was es hieß, nie wieder boxen zu können.

Zum erstenmal seit Wochen schaute er Lymie in die Augen und sagte ruhig: »Ich habe mir die Hand verletzt.«

49.

Der blanke neue Chrysler vor dem Haus von Professor Severance gehörte Dr. Rogers, der Hope Davisons Blinddarm herausgenommen hatte (unnötigerweise vielleicht) und der mit Vorliebe junge Mädchen kniff. Er war im Haus, im oberen, nach der Straße gelegenen Schlafzimmer. Man hatte ihn gerufen, daß er nach Mrs. Severance schaue, die einen Schlaganfall erlitten hatte und in ihrem riesigen

Nußbaumbett lag. Er hätte Mrs. Serverance kneifen können, bis sie grün und blau gewesen wäre, sie hätte nichts davon gemerkt. Ihr Gesicht war aschgrau, und die Art, wie sie Luft holte, hörte sich fürchterlich an. Ihr Atem ging in einem ansteigend-abfallenden Rhythmus, als setzte jemand seinen Fuß auf die zweite Sprosse einer Leiter, dann auf die erste, dann zwei Sprossen höher und wieder eine hinunter. Wenn sie das obere Ende der Leiter erreicht hatte, kletterte sie wieder herab. Unten angekommen, wartete sie etwa zwanzig Sekunden, ehe sie den Aufstieg von neuem begann.

Dr. Rogers beugte sich über das Bett und hob das eine Augenlid der Kranken mit dem Daumen an. Der Augapfel war starr. Er ließ seine Hand hinuntergleiten und ergriff ihr Handgelenk, das auf dem Deckbett ruhte. Seine heiteren blauen Augen schweiften durch das Zimmer und blieben abwechselnd auf verschiedenen Gegenständen haften: Nähkasten, Strickbeutel, Bürste, Kamm, Handspiegel und ein Bild mit silbernem Rahmen, auf dem der achtjährige William Severance in einem weißen Matrosenanzug am Strand zu sehen war. Neben diesem Bild stand ein größeres, mit einem gutaussehenden, vornehmen, aber streng dreinblickenden Mann in mittleren Jahren. Das Gesicht wies unverkennbare Ähnlichkeit mit Professor Severance auf – besonders was Form und Länge der Nase betraf. Es war sein Vater. Von diesen beiden Bildern wanderten Dr. Rogers' Augen weiter zu dem großen grünen Kontobuch, in dem Mrs. Severance, an ihrem Schreibtisch sitzend, abzurechnen versucht hatte, als sie der Anfall ereilte. Durch den täglichen Gebrauch schienen alle Dinge, die Mrs. Severance persönlich gehörten, etwas von ihrer Herzenswärme, ihrer Unnachgiebigkeit, Verrücktheit und ihrem bezaubernden Wesen angenommen zu haben.

Die Pflegerin, die Dr. Rogers mitgebracht hatte, stand in einem gestärkten Kittel und mit einer Haube auf dem Kopf abwartend auf der anderen Seite des Bettes. Professor

Severance stand schüchtern an der Tür. Als er fünf Jahre alt gewesen war, hatte ihn seine Mutter mit nach New York genommen. Sie hatten sich den Zoo im Central-Park und das Aquarium angesehen. Auch eine Hafenrundfahrt hatten sie gemacht und von einem kleinen Boot aus die Freiheitsstatue betrachtet. Sie waren auf der Hochbahn gefahren. Er hatte gelernt, im Fahrstuhl der großen Gebäude, in die seine Mutter ihn führte, den Hut abzunehmen, und als Krönung des Ganzen war sie mit ihm in die Spielwarenabteilung eines der großen Warenhäuser gegangen, wo er all die Spielsachen sah, von denen er immer geträumt hatte. Seine Mutter hatte ein Stockwerk höher noch Besorgungen zu machen und geglaubt, er habe ihr Weggehen bemerkt, aber er war völlig in den Anblick eines kleinen Klaviers mit richtigen Tasten vertieft gewesen und hatte plötzlich zu seinem Schrecken entdeckt, daß er allein war, daß seine Mutter ihn im Stich gelassen hatte. Sie war nur etwa fünf Minuten fort gewesen, und die Verkäuferinnen hatten sich um ihn geschart und versucht, ihn zu trösten, aber ein verlorenes Kind läßt sich nicht so leicht beruhigen, und seine Tränen fließen bis ans Ende der Zeit.

Die Spätnachmittagssonne strömte durch das offenstehende Fenster und lag in Streifen auf der weißen Holzverschalung, dem blanken Fußboden und einem Teil der Tapete. Die kleinen gelben Rosen, die sich an der Wand emporrankten, sahen fast aus, als wären sie echt. »Wie die Dinge liegen«, sagte Dr. Rogers endlich, »bleibt uns nichts anderes übrig, als abzuwarten.«

Er hob seine schwarze Tasche auf und verließ das Zimmer. Die Pflegerin blieb zurück. Professor Severance ging hinter ihm her die Treppe hinunter, und die beiden Männer standen etwa fünf Minuten auf der Veranda und redeten miteinander. Sie sprachen mit gedämpfter Stimme, nicht so sehr aus Furcht, daß die Kranke ihre Worte hören könnte, sondern aus Respekt vor ihrem ernsten Zustand.

Der Arzt stieg in seinen Wagen und fuhr davon, und Professor Severance ging zurück ins Haus. Er nahm eines der Tonfigürchen, die auf dem Flügel im Wohnzimmer standen, in die Hand – die Figur des Bräutigams, der einen roten Umhang mit goldener Schärpe trug und dessen Ärmel grün gesäumt waren. Nach einer Weile stellte Professor Severance die Figur zurück und ging auf den Flur hinaus, um zu telefonieren. Das farbige Mädchen, das den Tisch im Eßzimmer deckte, hörte, wie er sagte: »Anscheinend gibt es nichts... Ja... Ja... natürlich... Aber im Augenblick kann man nichts machen, man muß abwarten... Ja, Alice...«, und wußte, daß er mit Mrs. Forbes sprach.

Er kehrte ins Wohnzimmer zurück und setzte sich an den Kartentisch auf seinen gewohnten Platz. Seine Blicke schweiften aus Gewohnheit umher, bis sie auf einem Pik-Buben haftenblieben, den er an eine Karo-Dame anlegen konnte, und auf einer Herz-Neun, die zu der Pik-Zehn paßte.

Mitten in der Nacht, etwa zwischen zwei und drei Uhr, gingen im Haus von Professor Severance die Lichter an, zuerst in einem Zimmer, dann in einem anderen, erst oben, dann unten. Die Häuser nebenan und gegenüber und in der weiteren Nachbarschaft waren dunkel, nur das Haus von Professor Severance war wie zu einer Festlichkeit erleuchtet, zu einem jener Feste, für die seine Mutter berühmt war, auf denen Musikanten Lieder aus Virginia spielten und wo man hinterher reichlich und herzhaft bewirtet wurde und keiner von den Gästen so lustig war und sich so ausgezeichnet amüsierte wie die alte Dame selbst.

50.

Wer tapfer genug ist, sich mitten in eine Gefahr zu begeben, geht oft genug unversehrt daraus hervor. Die meisten sind natürlich nicht tapfer und halten es für besser, einer

Gefahr aus dem Weg zu gehen, als sich ihr auszusetzen. Dummerweise nützt das aber nichts, denn wenn man nicht durch sie hindurchgeht, gerät man nur später in einen Hinterhalt, und dann hat man keine Möglichkeit zu entkommen. Aber das Seltsame ist, daß man auch mit der indirekten, vorsichtigen Methode, der Gefahr auszuweichen und den offenen Konflikt zu vermeiden, für eine Weile Erfolg haben kann. Nachdem sich Spud an jenem Nachmittag in der Turnhalle die Hand gebrochen hatte, setzte eine glückliche Zeit für ihn wie für Lymie und Sally ein, jene Art von Glück, die man manchmal mit der Redensart »Wie in alten Zeiten« umschreibt. Diese Redensart schließt die Erkenntnis ein, daß das Glück meistens nicht von langer Dauer ist, auch wenn es auf den ersten Blick so ausgesehen hatte.

Spud war noch immer eifersüchtig. Um ihn aus dem seelischen Gleichgewicht zu bringen, genügte es, daß Sally und Lymie ihm Seite an Seite entgegenkamen und daß er mit eigenen Augen sah, wie gut sie sich unterhielten, bevor sie aufsahen und ihn bemerkten. Aber da er seine Eifersucht nicht zu unterdrücken versuchte, war sie meistens nicht von langer Dauer. Manchmal hielt sie nur für einige Minuten an. War Spud still, so hörte Lymie auf zu reden. Doch sobald Spuds Gesicht sich aufhellte, sprudelte alles, was sich in Lymie angesammelt hatte, aus ihm hervor. Seit seine rechte Hand geschient war, hatte es für Spud keinen Sinn mehr, die Turnhalle aufzusuchen. Er, Lymie und Sally saßen jetzt bis zum Abendessen in der »Schiffslaterne«. Wenn Sally etwas anderes vorhatte, ging Spud mit Lymie nach Hause. Einmal blieb er sogar die Nacht über da. Am Morgen wurde Lymie dadurch geweckt, daß eine Hand an seiner Schulter rüttelte, und für einen Augenblick wußte er nicht, wessen Hand es war. Doch dann schlug er die Augen auf und sah Spud im Bett sitzen, und ein Glücksgefühl durchströmte ihn, wie Sonnenlicht ein Zimmer durchflutet.

Spud wollte zum Frühstück in seinem Heim sein. Ohne

Lärm zu machen und jemanden zu wecken, standen sie auf und gingen nach unten.

Lymie saß im Bademantel und in Hausschuhen mit angezogenen Knien da und sah zu, wie Spud sich anzog. Jede seiner Bewegungen entzückte Lymie. Die Art, wie er sich mit der unverletzten Hand den Schlaf aus den Augen rieb, die großartige Geste, mit welcher er erst den einen Fuß und dann den anderen auf den Stuhl stellte, damit Lymie ihm die Schuhe zuschnüren konnte, waren altvertraute und lang entbehrte Vergnügen. Als Spud ins Badezimmer ging, folgte Lymie ihm nach, klappte den Deckel der Toilette herunter und setzte sich darauf. Die Heftigkeit, mit der Spud sein Gesicht mit Seife und Wasser bearbeitete, machte ihm Spaß, und er freute sich auf den Augenblick, da Spud, den Kopf über das Waschbecken gebeugt, blindlings seinen Arm nach dem Handtuch ausstrecken würde, das Lymie ihm, wie er wußte, hinhielt.

Das Waschen und Anziehen nahm nur einige Minuten in Anspruch, und selbst noch so hingebungsvolles Zuschauen und Entzücken vermochten es nicht zu verlängern. Als sie wieder in Lymies Zimmer waren, drehte sich Spud nach dem Schrank um und schüttelte den Kopf.

»Ein ziemlicher Saustall«, gab Lymie zu.

»Ich verstehe nicht, wie du das aushältst«, sagte Spud.

»Ich auch nicht«, sagte Lymie. »Ich glaube, mir fehlt manchmal der Blick dafür. Ich habe heute morgen keine Vorlesungen und werde ihn gleich nach dem Frühstück aufräumen.«

Spud warf einen Blick des Bedauerns auf den Schrank – er hätte ihn am liebsten selbst aufgeräumt – und schaute dann auf seine Uhr.

»Ich muß gehen«, sagte er.

Lymie begleitete ihn bis an die Treppe, lehnte sich über das Geländer und beobachtete, wie Spud sich heldenhaft seinen Weg durch die Klapptische bahnte. Lymie wartete, bis er die Haustür ins Schloß fallen hörte, und ging dann in sein Zimmer zurück. Er war eigentlich froh, nochmals ins Bett gehen zu können, es war ohnehin viel zu früh, um sich anzuziehen. Aber er lief auf und ab, die Hände fest aneinandergepreßt, und dachte nach. Er war weniger Spud als vielmehr dem Leben dankbar. Du wirst geboren, dachte er, du lernst zu essen und zu laufen und zu sprechen, und du gehst zur Schule und glaubst, daß das schon alles ist, und dann ist plötzlich alles voller Bedeutung, und du erkennst, daß du nicht nur geboren wurdest, um erwachsen zu werden und deinen Lebensunterhalt zu verdienen. Du wurdest geboren, um...

Auf der Lehne eines Stuhles sah er einen Pullover. Er hob ihn hoch, hielt ihn vor sich hin und lächelte. Seine Form und seine Größe sagten ihm ohne allen Zweifel, wem er gehörte, unter allen marineblauen Pullovern der Welt. In einer plötzlichen Gefühlsaufwallung begrub er sein Gesicht in ihm. Um den Schrank kümmerte er sich nicht mehr.

Am selben Abend nach dem Essen trafen sie sich vor dem Forbesschen Haus und spielten im Schein einer Straßenlaterne Football.

Weder Sally noch Lymie vermochten Spud aufzuhalten, so daß sie sich beide gemeinsam auf ihn stürzten. Sally hängte sich an seinen Oberkörper, während Lymie sich seiner Beine bemächtigte. Doch selbst dann, und trotz seiner verletzten Hand, gelang es Spud oft genug, sie abzuschütteln.

Nachdem sie sich ausgetobt hatten, gingen sie auf die Veranda, setzten sich in die Hängematte und sprachen von Ländern, die sie gerne aufgesucht hätten, wenn sie genügend Geld und keine Sorgen gehabt hätten wie zum Beispiel Schule oder Lebensunterhalt. Sally hätte es herrlich gefunden, eine lange Seereise nach Indien oder China zu machen. Eine Fahrt von Boston nach New York auf dem Nachtdampfer, der Boston an einem Sommernachmittag verlassen hatte, war alles, was sich für sie von diesem Plan bisher verwirklicht hatte. Sie war in Begleitung ihrer Eltern gewesen, hatte jedoch eine Kabine für sich allein gehabt. Gegen ein Uhr nachts war sie aufgewacht, nachdem sie ein paar Stunden fest geschlafen hatte. Sie hatte den Eindruck, daß das Schiff ziemlich schlingere und hin und her geworfen werde. Wenn man seekrank wurde (und in diesem Augenblick war ihr sehr merkwürdig zumute gewesen), stand man am besten auf und ging an Deck. Als sie ins Freie getreten war, hatte sie gemerkt, daß sie sich noch gar nicht auf hoher See befanden. Sie fuhren durch den Cape-Cod-Kanal, und das Schiff glitt stetig und ruhig wie auf einem Mühlteich dahin. Damals war sie zwölf Jahre alt gewesen, und sie konnte sich deutlich an die kratzenden Geräusche am Schiffsboden erinnern und an die kleinen Hütten längs des Ufers. Diese Hütten waren so nahe gewesen, daß man fast die Geranien abpflücken konnte, die in den Blumenkästen vor den Fenstern standen. Männer mit Laternen hatten ihr vom Ufer aus etwas zugerufen, der Kapitän auf der Brücke hatte etwas geschrien, ein bellendes Hündchen war dagewesen und ein Mädchen mit einem Kind auf dem Arm – einem wundervollen Kind, das mitten in der Nacht hellwach gewesen war.

Diese Fahrt durch den Cape-Cod-Kanal war Sallys erstes wirklich romantisches Erlebnis. Bis zu diesem Zeitpunkt war ihre Seele langsam in einer Welt verkümmert, in welcher alles übermäßig wohlerzogen und vernünftig gewesen war. Jetzt lag ihr daran, Spud und Lymie, ihren beiden nächsten Freunden, einen Begriff von dieser Reise zu vermitteln, aber leider läßt sich der Kern solcher Erlebnisse anderen nicht mitteilen. Und obwohl Spud nur allzugern für sie Blut gespendet hätte oder kilometerweit durch tiefe Schneewehen für sie gelaufen wäre und Lymie nur allzu willig tagelang an ihrem Bett gesessen und ihr vorgelesen hätte – in diesem Augenblick war keiner von beiden geneigt, still zu sein und ihr zuzuhören. Spud gähnte unverhüllt, und Lymie spielte mit den Stricken, an denen die

Hängematte befestigt war, stieß gegen einen Korbstuhl, um die Hängematte in Schwingungen zu versetzen. Seine Augen glänzten fiebrig, doch das fiel in der Dunkelheit niemandem auf, aber sobald er den Mund auftat, lag in seiner Stimme eine innere Erregung, die es ihm unmöglich machte, jemandem längere Zeit zuzuhören, ohne ihn zu unterbrechen. Diese Unruhe, dieses Verlangen, daß sich dauernd etwas ereignen sollte, hatten ihn seit jenem Nachmittag, an dem sich Spud die Hand verletzt hatte, nicht mehr verlassen. Schon morgens, wenn er aufwachte, wurde er davon gequält, und abends warf ihn diese Unruhe erschöpft ins Bett. Er war schmaler im Gesicht geworden, und zwischen Mund und Nase machten sich bereits jene Falten bemerkbar, die eines Tages nicht mehr verschwinden würden.

Er war es auch, der den Anlaß zu der Balgerei gab, die Mrs. Forbes das Licht einschalten und erstaunt auf die Masse ineinander verknäuelter Arme und Beine auf dem Fußboden der Veranda starren ließ.

»Lymie«, rief sie, »sind Sie das?«

Über das, was Spud oder Sally trieben, schien sie sich nie zu verwundern.

51.

Die Konzerte der Universitätskapelle im Freien begannen Ende April. Klappstühle wurden auf den Stufen des Auditoriums verteilt, und Punkt sieben öffneten sich die Bronzetüren, und die etwa siebzig blau uniformierte Mitglieder umfassende Kapelle marschierte im Gänsemarsch auf und nahm ihre Plätze ein. Nach einer Weile erschien der Kapellmeister, von höflichem Beifall begrüßt. In dem Augenblick, da er den Taktstock hob, wurde es still. Die ersten leisen Takte erklangen. Das Programm umfaßte volkstümliche und bekannte Stücke wie Bizets »Suite Arlésienne Nr. 2«, die Ouvertüre zu »Wilhelm Tell« und die Ballettmusik aus »Rosamunde«. Die Zuhörer saßen im Gras, gingen einzeln umher oder standen in Gruppen zusammen. Man hörte zu oder hörte nicht zu, wie man gerade gelaunt war, und wenn der Wind ein paar Takte davontrug, war es auch nicht weiter schlimm.

Lymie ging zusammen mit Reinhart gleich am ersten Abend zum Frühlingskonzert. In der Menge erblickte er hier und da jemanden, den er kannte – einen Jungen, der im Vorjahr in Botanik neben ihm gesessen hatte; zwei Mädchen, die dieselbe Deutschvorlesung hörten wie er; seinen Physiklehrer. Ford und de Fresne waren auch da. Beide hatten ein Mädchen bei sich. Niemand kümmerte sich um Frenchie. Er trug sein Haar jetzt in der Mitte gescheitelt statt an der Seite und hatte helle Flanellhosen, ein braunes Jackett, ein schneeweißes Hemd an und dazu einen gelben Schlips um, und niemand wäre bei seinem Anblick auf den Gedanken gekommen, daß er einst durch ein Inferno hatte gehen müssen, bloß weil ihm kein Wort mit neun Buchstaben eingefallen war, das mit S anfing und mit N endete. Und als das Mädchen, das Ford untergehakt hatte, ihn »Taucher« nannte, redete sie nur etwas nach, was sie von den Jungen in seinem Heim aufgeschnappt hatte, die selbst nicht wußten, wie er zu diesem Namen gekommen war.

Bob Edwards war zum Konzert in Begleitung der Leiterin der Rhetorikkurse gekommen, einer Frau, die offensichtlich zu alt für ihn war; auch Geraghty war da, aber allein. Seine neue Freundin hatte einem Alpha Delta mit einem Packard-Roadster den Vorzug gegeben.

Mrs. Forbes stand unter dem tief herabhängenden Zweig einer Ulme dicht am Hauptweg. Professor Forbes war an ihrer Seite, ebenso Professor Severance. Sie winkte Lymie zu, die beiden Männer waren jedoch so in ihr Gespräch vertieft, daß sie ihn nicht bemerkten. Professor Severance hatte darauf verzichtet, einen schwarzen Trauerflor auf seinem linken Rockärmel zu tragen oder durch irgendein anderes äußerliches Zeichen seine Trauer öffentlich zu dokumentieren, so daß viele seiner Hörer gar nicht wußten, daß seine Mutter plötzlich über Nacht verschieden war. Mrs. Lieberman jedoch las es ihm schon am ersten Tag, als er seine Vorlesungen wiederaufnahm, vom Gesicht ab. Professor Severance sah nicht nur älter, sondern auch kleiner aus. Sie wagte es nicht, ihn anzusprechen. Nun können sie ihre eigentliche Vorlesung halten, hätte sie ihm sagen wollen. Sie haben es hinter sich. Und ich würde gerne hören, was sie über Matthew Arnold oder Swinburne zu sagen haben oder über sich selbst...

Sie war mit ihren beiden Söhnen zum Konzert gekommen. Sie lächelte Lymie zu, und er lächelte zurück, er erkannte sie kaum. Der rothaarige Junge an ihrer Seite war der Junge, dem Spud an jenem Tag im vergangenen Herbst eine Boxstunde gegeben hatte. Auch Hope war beim Konzert, zusammen mit Bernice Crawford. Lymie blieb bei ihnen stehen und sprach kurz mit ihnen, dann schlenderten er und Reinhart weiter.

Da Sally nicht bei ihren Eltern war, nahm Lymie an, daß sie mit Spud zusammen wäre. Er hielt Ausschau nach ihnen unter der Menge und entdeckte manches Paar, das ihnen fast bis aufs Haar glich. Während der Hinterkopf eines Mädchens oder die Schultern eines Jungen ihm vertraut vorkamen, erkannte er doch bald an der Haltung, daß es nicht Spud war, und wenn sich das betreffende Mädchen umdrehte, sah er, was er von Anfang an gewußt hatte – daß das Mädchen nicht Sally war, ja nicht einmal Ähnlichkeit mit Sally hatte.

Im Vorbeigehen bemerkte er seinen Physiklehrer, einen Walliser mit welligem Haar, und später begegnete ihm sein vorjähriger Rhetoriklehrer in Begleitung eines weiblichen Wesens, das aussah, als wäre es seine Frau. Obwohl das Mitbringen von Hunden verboten war, tummelten sich einige Köter verschiedener Größe und Rasse zwischen den Beinen der Menge.

Die Musik im Freien war wie ein Teil des Wetters. Bald schwoll sie an und drang in die Herzen derjenigen, die zuhörten, bald ging sie unter und verlor sich in der Weite des Abends. Lymie hatte Reinharts Gegenwart fast vergessen. Erst als eine Bemerkung durch den Lärm der Blechinstrumente und die Klarinettentöne an sein Ohr drang, wandte er sich um und fragte: »Was kannst du nicht länger mit ansehen?«

»Ich weiß nicht, ob ich's dir sagen soll«, wich Reinhart aus.

»Warum denn nicht?« fragte Lymie, den Blick auf eine Schar von Zugvögeln gerichtet, die in großer Höhe flogen.

Reinhart schüttelte den Kopf. »Es könnte Ärger geben.«

»Wenn es sich um etwas handelt, das ich wissen sollte –« sagte Lymie.

»Ich kann einfach nicht länger mit ansehen, wie du hinter Latham herläufst und wie er dir einen Tritt nach dem anderen versetzt, wenn ihm gerade danach zumute ist.«

Lymie schaute Reinhart befremdet an, erwiderte jedoch nichts.

»Was zum Teufel findest du eigentlich an ihm?«

»Eine ganze Menge«, sagte Lymie.

»Das ist anzunehmen«, sagte Reinhart. »Aber wenn es so steht, sollte dir jemand reinen Wein einschenken und dir sagen, was los ist.«

»Was denn?« fragte Lymie.

»Willst du's wirklich wissen?«

Lymie nickte.

»Er ist eifersüchtig auf dich. Er ist so eifersüchtig auf dich, daß er deinen Anblick nicht ertragen kann. Er kommt manchmal, wenn du in der Bibliothek bist, zu uns und setzt sich zu mir aufs Zimmer und redet eine ganze Stunde lang von nichts anderem als von seinem Haß auf dich.«

Gewöhnlich verriet Lymies Gesicht, was in ihm vorging. Wenn er verlegen war, errötete er bis an die Haarwurzeln. Wenn er Angst hatte, war es ihm anzusehen. Jetzt war ihm nichts anzusehen. »Ich hätte es eigentlich merken müssen«, sagte er und schlug ein anderes Thema an.

Um acht war das Konzert aus. Zum Abschluß wurde die Universitätshymne gespielt. Die Menge trieb den Straßen zu, die in die Stadt führten, und Reinhart versuchte Lymie zu überreden, mit ihm in ein Kino zu gehen, aber Lymie sagte, er müsse sich noch präparieren, und so kehrten sie nach «302« zurück. Lymie ging direkt auf sein Zimmer. Er war gerade dabei, seinen Schlips zu lockern, als Reinhart hereinkam, sich in den Schaukelstuhl setzte und sich eine Zigarette ansteckte. Reinhart hatte die Angewohnheit, abends von Zimmer zu Zimmer zu gehen, und da es im Hause nicht üblich war, Höflichkeit vorzutäuschen, traf Lymie keine Anstalten, seinen Gast zu unterhalten. Er setzte sich an seinen ungeordneten Schreibtisch und schob einige Sachen beiseite, um sich Platz zu schaffen. Er wußte, daß Reinhart nur auf den Augenblick wartete, da er sich umwenden würde, doch statt dessen schlug er ein Buch auf und tat, als lese er. Reinhart rauchte seine Zigarette zu Ende, dann stand er auf und ging in Pownells Zimmer. Fünf Minuten später war er wieder da.

»Bist du mir etwa böse?« fragte er zögernd.

»Warum sollte ich?« sagte Lymie.

»Weil ich dir das über Spud gesagt habe.«

»Nein«, sagte Lymie. »Du hast mir damit nur einen Gefallen getan. Außerdem wäre ich früher oder später doch selbst dahintergekommen.«

»Das habe ich mir auch gesagt«, erwiderte Reinhart und verschwand wieder in Pownells Zimmer.

Nach ein paar Minuten kam er noch einmal zurück. Diesmal blieb er an der Tür stehen. »Schau her«, sagte er. »Mir tut die ganze Geschichte leid. Ich hätte dir nichts davon sagen sollen. Ich weiß ganz gut, daß es besser gewesen wäre, das Maul zu halten. Jetzt habe ich Unfrieden zwischen euch gestiftet, und mir bleibt nichts weiter übrig, als auszugehen und mich zu besaufen.« Er ging ein paar

Schritte und kam noch ein letztes Mal zurück. »Warum kommst du nicht mit?« fragte er. »Du brauchst ja nichts zu trinken, wenn du nicht willst. Bleib nüchtern und paß auf mich auf, ich werde es nötig haben.« Der Ausdruck auf Lymies Gesicht verriet Reinhart, daß Lymie nach einer Entschuldigung suchte, und ehe er noch den Mund auftun konnte, sagte er: »Laß gut sein« und verschwand. In der Zeit zwischen neun und halb zehn gingen zuerst Colter und dann Howard, ohne sich aufzuhalten, durch Lymies Zimmer. Zwanzig Minuten vor zehn erschien Freeman und durchwühlte Lymies Schrank nach einem Trenchcoat, den er zum Konzert hatte tragen wollen. Er hatte in sämtliche Schränke auf dem oberen Stockwerk geschaut und keinen gefunden, und jetzt wollte er noch in Lymies Schrank nachschauen, Lymie drehte sich um und beobachtete ihn. Es war kein Trenchcoat darin.

Um zehn zog Lymie sich aus und ging hinauf, um sich hinzulegen. Spud wollte er später aufsuchen. Darüber hinaus hatte er keinen Plan, er tat jedoch, als hätte er einen und als wäre es für diesen Plan wichtig, daß die übrigen Hausbewohner sich im Bett befänden, ehe er ihn ausführte. Die Tür ging immer wieder auf und fiel wieder zu. Er glaubte, jeden, der hereinkam und sich hinlegte, im Auge zu haben, aber er verzählte sich dennoch. Reinhart und Pownell waren kurz nach zehn zusammen ausgegangen, und als Lymie gegen Mitternacht aufstand und nach unten schlich, waren sie noch nicht da.

Statt sich anzukleiden, zog er einen sauberen Schlafanzug an und nahm seinen Wintermantel aus dem Schrank. Nachdem er sich vor dem Spiegel gekämmt hatte, zog er den Mantel an, knöpfte ihn zu und verließ das Haus. Es war eine milde Frühlingsnacht; der abnehmende Mond hing tief am Himmel. Die Häuser, an denen Lymie vorüberging, waren fast alle dunkel. Hier und dort brannte grelles Licht in hochgelegenen Zimmern. In irgendeiner anderen Stadt hätte ein Lichtschein, der um diese Zeit aus einem Zimmer in einem oberen Stockwerk fiel, darauf hingedeutet, daß jemand schlaflos lag oder krank war. Hier jedoch hieß es, daß noch ein Kopf über ein Buch gebeugt war oder daß eine Hand langsam schrieb. Der Campus war menschenleer und verlassen. Die großen Gebäude schienen die nächtliche Stille und den Frieden auf den Gängen, die am Tage niemals herrschten, zu genießen. Die Haustür von Spuds Heim war offen. Man schien dort keine Einbrecher zu fürchten. In der Halle brannte Licht. Der Aufenthaltsraum und der Speisesaal lagen im Dunkeln. Die Hausbewohner waren entweder ausgegangen oder hatten sich bereits zur Ruhe begeben, den Geruch kalten Zigarettenrauches zurücklassend.

Lymie tastete sich an den Wänden entlang die Treppe hinauf. Die Tür zum Schlafsaal war mit einer Milchglasscheibe versehen und knarrte, als Lymie sie aufstieß. Er blieb mit klopfendem Herzen regungslos stehen, aber niemand schien aufmerksam geworden zu sein, keine Bettfeder quietschte verdächtig. Vor Monaten hatte Spud ihm gezeigt, wo er schlief, und sobald seine Augen sich an die Dunkelheit gewöhnt hatten, schlängelte Lymie sich zwischen den Betten hindurch, zu dem Einzelbett hin, in welchem Spud dicht bei dem offenstehenden Fenster schlafend lag.

Zum erstenmal beobachtete Lymie, der stets die anderen beobachtet hatte, die ins Wasser glitten, wenn er eigentlich an der Reihe gewesen wäre, und der nie an ihrem Geschrei und Geplantsche teilgenommen hatte, sich selbst. Endlich stand er mitten auf der Bühne und hatte eine wichtige Rolle zu spielen: die Rolle des ergebenen Freundes, dem man schweres Unrecht zugefügt hat.

52

Spud erhob sich, stützte sich auf einen Ellenbogen und schaute Lymie schweigend an. Eine Sekunde lang hatte Lymie das Gefühl, daß er im nächsten Augenblick wieder auf das Bett zurückfallen und vergessen würde, daß jemand ihn geweckt habe. Statt dessen stand er jedoch geräuschlos auf und folgte Lymie nach unten. Vor der Tür zu Spuds Zimmer trat Lymie beiseite. Das Sicherheitschloß an der Tür war verschlossen, und er wußte nicht, wie es zu öffnen war.

Als sie eingetreten waren, machte Spud die Tür zu und holte einen Bademantel aus dem Schrank; er hatte nackt geschlafen. Lymie zog seinen Mantel aus, und dabei schoß es ihm zum erstenmal durch den Sinn, daß Reinhart sich geirrt haben könnte. Das Ganze konnte auf einer Einbildung Reinharts beruhen, und der Ausdruck in Spuds Augen, der verschleierte Blick, mochten darauf zurückzuführen sein, daß er aus dem Schlaf gerissen worden war. Lymie starrte auf die graue Regenbogenhaut, die dunkle Pupille und dann auf die Rundung der Augenlider. Es bestand kein Zweifel, der Ausdruck war Haß.

»Ich muß dir etwas sagen«, begann er.

Spud nickte.

»Ich war mit Dick Reinhart im Konzert. Er erzählte mir, daß du wegen Sally auf mich eifersüchtig wärst.«

Spuds Ausdruck änderte sich nicht.

»Ich bin hergekommen, um dir etwas zu sagen, was du mir glauben mußt«, sagte Lymie. »Ich bin nicht verliebt in Sally, und sie ist nicht verliebt in mich. Sie liebt nur dich und hat nie einen anderen geliebt.«

Spud nickte wieder, aber nicht so, wie man nickt, wenn man seine Zustimmung bekunden will.

»Du glaubst mir doch, oder nicht?« fragte Lymie. »Du mußt mir glauben, denn ich sage die Wahrheit.«

Zu seinem Entsetzen sah er, daß Spud lächelte.

In der Szene, die Lymie sich ausgedacht hatte, als er wach im Bett gelegen war, hatte Spud zu ihm gesagt: *Ich hasse dich nicht, Lymie, alter Bursche. Ich könnte dich gar nicht hassen.* Die Wirklichkeit sieht jedoch meistens anders aus als das Bild, das unsere Phantasie uns von ihr vorspiegelt; die meisten Menschen wollen das nicht wahrhaben, oder zumindest nicht wirklich. So hatte auch Lymie nicht damit gerechnet, daß Spud, anstatt zu ihm zu reden, sich von ihm abwenden, sich auf einen Stuhl setzen und die Beine übereinanderschlagen würde, so daß einer seiner fellbesetzten Hausschuhe von seinem Fuß baumelte. Spud war inzwischen völlig wach geworden und schaute nachdenklich drein, aber was er denken mochte, war nicht zu erraten.

Lymie sah ein, daß Worte nicht genügten. Er würde handeln, zu irgendeinem verzweifelten Mittel greifen müssen, von dem er noch keine rechte Vorstellung hatte. In einer plötzlichen Gefühlswallung ging er auf ihn zu, kniete nieder und umklammerte seine Knie. Es war eine völlig natürliche Bewegung, aber auch eine der ältesten menschlichen Gebärden.

»Du mußt mich anhören, bitte«, sagte Lymie. »Du wirst es bereuen, wenn du es nicht tust.«

Spud hatte die *Ilias* nie gelesen und war weder durch Lymies Händedruck noch durch die Tränen in seinen Augen gerührt. Tränen waren ihm nichts Unbekanntes, er selbst jedoch vergoß nie welche.

Als Spud die Augen senkte und seine Hände betrachtete, folgte Lymie seinem Blick. Er sah den straffen Verband und die beiden Schienen an Spuds rechter Hand und die fünf aus der Umwicklung hervorragenden Finger. Sobald Spud wieder imstande wäre, zu boxen, würde ein anderer ihm die Handschuhe zuschnüren, dachte Lymie. Ihm würde alles, was Spud anging, verschlossen sein.

Ein seltsames, aber nicht sehr langes Schweigen herrschte zwischen ihnen. Endlich stand Lymie auf, zog seinen Mantel an und schlug den Kragen hoch. Als er auf die Tür zuging, stand Spud ebenfalls auf und folgte ihm hinaus auf den Korridor. Seite an Seite, als wäre zwischen ihnen alles in bester Ordnung, gingen sie den Gang entlang.

Eine Tür öffnete sich, und Armstrong in Schlafanzug und Bademantel trat heraus. Sein Haar war zerwühlt. Er hatte bis spät gearbeitet und sah abgespannt und müde aus. Er warf einen interessierten Seitenblick zuerst auf Spud, dann auf Lymie. Es hatte eine Zeit gegeben, wo Lymie über jedes Zeichen, daß Armstrong seine Existenz zur Kenntnis nahm, froh gewesen wäre. Als Armstrong jedoch jetzt fragte: »Was treibt ihr denn noch so spät in der Nacht?«, würdigte er ihn nicht einmal einer Antwort.

Spud begleitete ihn die Treppen hinunter und hinaus auf die Veranda. Der Mond ging hinter dem Ziegelbau des gegenüberliegenden Heimes unter. Spuds Gesicht hatte sich entspannt, er sah fast gütig aus. Von dieser Güte spürte Lymie nichts. Es schien so unnatürlich, so traurig, zum letzten Mal auseinanderzugehen. Am Fuß der Treppe drehte er sich um und sagte: »Ich verzeihe dir alles.« Und kam sich dann so töricht vor und wünschte, er hätte es nicht gesagt. Es war nicht in Ordnung. Es war nicht einmal wahr. Der Ton seiner Stimme hatte es deutlich gemacht, daß er Spud nichts verzieh.

53.

Mr. Peters saß wartend im Vorraum zum Rektorat. Sein Überzieher lag ordentlich zusammengelegt auf dem Stuhl neben ihm, sein grauer Hut auf dem Mantel. Seine Augen waren blutunterlaufen, und er sah aus, als ob er schlecht geschlafen hätte. Obwohl er sich Mühe gab, keine Aufmerksamkeit zu erregen, flüsterte die Sekretärin, der er seine Karte gegeben hatte, ihrer Nachbarin seinen Namen zu. Das Mädchen stand vor dem Aktenregal, und als der

Vertreter des Rektors aus seinem Zimmer kam, um in den Akten etwas nachzuschlagen, flüsterte sie ihm den Namen ihrerseits zu. Alle drei musterten Mr. Peters aus den Augenwinkeln. Sie hätten ihn ruhig offen anstarren können. Er wußte, worüber sie flüsterten.

Er warf einen Blick auf die Wanduhr, die viertel vier zeigte, und verglich seine eigene goldene Taschenuhr mit ihr. Die Wanduhr ging eine Minute vor. An diesem Morgen war er zwanzig Minuten vor zehn in sein schäbiges kleines Büro gekommen, hatte sich, ohne den Hut abzunehmen, hingesetzt, in das oberste Schubfach seines Schreibtisches gegriffen, wo er das Aspirin aufbewahrte, und zwei Tabletten ohne Wasser geschluckt. Er hatte sich eine Zigarette angesteckt, um einen anderen Geschmack in den Mund zu bekommen, und gerade als er sie auf den Rand des Schreibtisches ablegte, hatte das Telefon geklingelt. Er hatte den Hörer ergriffen, ohne die geringste Vorahnung dessen, was ihn erwartete. »Mr. Lymon Peters?« hatte sich das Fräulein vom Amt erkundigt, und er hatte erwidert: »Ja, hier spricht Lymon Peters.« »Einen Augenblick, bitte«, hatte das Fräulein vom Amt gesagt, und dann war eine andere Stimme an sein Ohr gedrungen: »Mr. Peters? Hier Calkins. George S. Calkins. Rektor der Universität von... Können Sie mich hören?«

»Ja«, hatte Mr. Peters in das Mundstück gesprochen und gemerkt, wie ihm kalter Schweiß auf der Stirn ausbrach. Lymie war gewiß in irgendwelche Händel verwickelt worden... Mr. Peters hatte inbrünstig gehofft, daß es keine Weibergeschichten sein möchten. Wenn Lymie irgendein nettes Mädchen geschwängert hatte...

»Kann Sie kaum verstehen«, hatte die Stimme gesagt. »Verbindung scheint miserabel... Fräulein?« Die Verbindung war für etwa dreißig Sekunden völlig unterbrochen gewesen, und als Mr. Peters die Stimme wieder vernommen hatte, war sie viel lauter gewesen. »Mr. Peters, ich muß Ihnen leider eine ziemlich unangenehme Mitteilung machen. Es handelt sich um Ihren Sohn.«

»Lymon?« hatte Mr. Peters gefragt, als habe er mehrere Söhne. »Was hat er denn angestellt?«

»Er hat einen Selbstmordversuch unternommen«, hatte die Stimme gesagt. »Können Sie mich jetzt hören?«

Mr. Peters hatte antworten wollen, aber seine Kehle war wie zugeschnürt gewesen, und er hatte keinen Laut hervorgebracht.

»Er liegt in der Klinik«, hatte die Stimme gesagt. »Heute in aller Frühe ist er dort eingeliefert worden. Und ich habe mir gestattet, sowohl eine Nachtschwester als auch eine Tagschwester zu engagieren. Ich hoffe, daß Sie damit einverstanden sind. Nicht, daß die Abteilungsschwester nicht alles Nötige veranlaßt hätte. Aber bei derartigen Fällen besteht immer die Gefahr, daß sie es noch einmal versuchen. Und um dem vorzubeugen –«

»Nein«, hatte Mr. Peters mit belegter Stimme gesagt. »Ich bin überzeugt, daß Sie das Richtige getan haben.«

»Ich habe den Fahrplan für Sie nachgeschlagen«, hatte die Stimme gesagt. »Da ist ein Zug um...«

Vom Zug aus war Mr. Peters ins Hotel gegangen, hatte sich eingetragen, sich mit einem Schluck Whisky gestärkt und war dann mit einem Taxi in die Universitätsklinik gefahren. Der Rektor hatte vergessen, ihn auf die Verbände um Lymies Hals und Handgelenke vorzubereiten, und bei ihrem Anblick nahm der junge Mann, der in Mr. Peters steckte, seine Melone und verschwand.

Lymie hatte geschlafen. Der Arzt hatte ihm ein Schlafmittel gegeben, und er hatte seit fast acht Stunden kein Glied gerührt. Mr. Peters war neben das Bett getreten und hatte in Lymies Gesicht geschaut. Es war von einem fürchterlichen, wächsernen Weiß gewesen, die dünne Haut vor Erschöpfung über den Backenknochen gespannt, die geheime Form des Schädels enthüllend. Mr. Peters war weich in den Knien geworden und hatte sich auf den Bettpfosten stützen müssen. Es gibt nur eines, wofür man dankbar sein muß, hatte er, leicht hin und her schwankend, gedacht, und das ist, daß seine Mutter nicht mehr am Leben ist. Es wäre zuviel für sie gewesen. Sie hätte es nicht ertragen... er hatte sein Taschentuch herausgenommen und sich geräuschlos die Nase geschneuzt. Dann hatte er sich an die Schwester gewandt und gesagt: »Es hat wohl keinen Zweck, daß ich mich noch länger hier aufhalte. Ich wohne im Hotel, falls es sich als notwendig erweisen sollte, daß Sie sich mit mir in Verbindung setzen. Ich werde morgen früh wieder dasein.«

Er war noch nie auf dem Campus gewesen, und was er auf dem Weg von der Klinik zum Büro des Rektors sah, hatte kaum Wirklichkeit für ihn. Die Sonne und die weit in die Straßen hineinhängenden Bäume, die Gehsteige voll von Jungen und Mädchen in Lymies Alter, die mit Büchern unter dem Arm unbeteiligt dahinschritten, als ob in der Welt alles in schönster Ordnung wäre. Der ganze Tag war völlig unwirklich für ihn.

Es vergingen volle zehn Minuten, ehe Mr. Peters in das Zimmer des Rektors geführt wurde, der hinter einem schweren Nußbaumschreibtisch saß, unter einem Porträt, das ein berühmter amerikanischer Künstler von ihm gemalt hatte. Die Summe für den Ankauf dieses Bildes war teils durch Subskription unter den Studenten, teils durch Spenden wohlhabender Alumnaten aufgebracht worden. Der Rektor erhob sich und kam mit ausgestreckter Hand hinter dem Schreibtisch hervor. Sein Händedruck war, wie bei den meisten im öffentlichen Leben stehenden Männern, kraftlos und unpersönlich, der Ausdruck seines Gesichts jedoch, so schien es Mr. Peters, verriet aufrichtiges Mitgefühl.

»Ich freue mich, Ihre Bekanntschaft zu machen«, sagte der Rektor, »wenn ich auch die – äh – Umstände bedauere, unter denen – Wollen Sie nicht Platz nehmen?« Noch mehr bedauerte er, daß Mr. Peters stark nach Alkohol roch. Der Rektor war Abstinenzler.

Mr. Peters ließ sich auf dem Stuhl neben dem Schreibtisch nieder und erwartete nichts anderes, als daß der Rektor ihm einen Brief überreichen würde, den Lymie für ihn hinterlassen hatte.

»Dies ist nicht der erste Fall dieser Art, der bei uns vorgekommen ist«, sagte der Rektor. »Sie wissen ja, mit neunzehn erscheint einem das Leben oft unerträglich. Ich könnte Ihnen an Hand von Statistiken nachweisen – aber Statistiken werden Sie kaum interessieren. Ihr Sohn befindet sich in besten Händen, Mr. Peters. Wir haben allen Grund, stolz auf unsere Ärzte zu sein. Dr. Hart ist zwar nicht mein Hausarzt, aber ich kenne ihn gut und würde keinen Augenblick zögern, ihn im Falle einer eigenen Erkrankung zu Rate zu ziehen. Er ist sowohl gewissenhaft als auch gründlich. Wenn Sie erst mit ihm gesprochen haben, werden Sie –«

»Womit hat er es getan?« unterbrach Mr. Peters.

»Mit einem Rasiermesser«, sagte der Rektor. Nach einer kurzen Pause fügte er hinzu: »Es muß schrecklich für Sie sein. Ich weiß, wie mir an Ihrer Stelle zumute wäre.«

Mr. Peters schaute ihn an und stellte fest, daß der Rektor nicht die blasseste Ahnung hatte, wie ihm zumute war; höchstens, daß es sein Sensationsbedürfnis befriedigte, wie es das der Leute im Vorzimmer befriedigt hatte.

»Ich habe mit einigen Jungen aus dem Haus gesprochen, in welchem Ihr Sohn gewohnt hat, auch mit verschiedenen von seinen Lehrern und seinen beiden besten Freunden – einem gewissen Charles Latham und einem Jungen namens Geraghty. Sie kennen die beiden wahrscheinlich?«

Mrs. Peters nickte. Er wußte, daß Lymie während seiner High-School-Zeit mit einem Jungen namens Latham Umgang gehabt und daß die beiden später eine Zeitlang zusammen gewohnt hatten. »Latham habe ich kennengelernt«, sage er, »aber den anderen Jungen nicht.«

»Auch ein Mädchen ist in die Geschichte verwickelt«, sagte der Rektor. »Ihr Vater ist einer der bekanntesten Männer an unserer Universität. Aus diesem Latham habe ich nicht viel herausbekommen. Er verhielt sich mürrisch und mißtrauisch. Geraghty jedoch hat mir eine ganze Menge gestanden, ebenso das Mädchen, ohne daß es ihm recht zu Bewußtsein gekommen ist. Sie ist sehr offenherzig und ehrlich. Ich kenne sie schon von Kind an. Sie sagte mir, daß sie die Lage nicht klar genug erkannt habe, aber es ist offensichtlich, daß Ihr Sohn in sie verliebt war und daß er den Selbstmordversuch unternommen hat, als er dahinterkam, daß sie diesen Latham liebt. Ich habe jetzt im ganzen genommen seit fünfunddreißig Jahren mit jungen Menschen zu tun, und ich bin allmählich zu der Überzeugung gelangt, daß ihre Probleme und inneren Schwierigkeiten sich nicht wesentlich von den Schwierigkeiten Erwachsener unterscheiden, wenn sie uns – und besonders ihren Eltern – auch wie Kinder vorkommen. Das Mädchen war ziemlich unglücklich nach der Unterhaltung, die wir heute früh hatten. Als sie aufbrach, weinte sie, und dann ging sie in die Klinik und versuchte, sich mit Gewalt Einlaß zu verschaffen. Aus Gründen, die ich Ihnen wohl nicht näher auseinanderzusetzen brauche, haben wir eine Bestimmung, durch die gemischter Besuch in der Universitätsklinik untersagt wird. Außerdem wünscht der Arzt nicht, daß Lymie jetzt schon Besuche empfängt – das trifft natürlich nicht auf Sie zu. Mit einigen Leuten muß ich noch sprechen – zum Beispiel mit dem Präsidenten der Burschenschaft, der Charles Latham angehört, einem Jungen namens Armstrong; ebenso mit dem Vermieter des Hauses, in welchem Ihr Sohn gewohnt hat. Ich glaube jedoch nicht, daß wir von ihnen noch etwas erfahren werden, was uns nicht schon bekannt ist.«

Mr. Peters konnte seinen Blick nicht von den Papieren abwenden, die in Stößen auf dem Schreibtisch lagen. »Hat Lymie keine Nachricht für mich hinterlassen?« fragte er.

Der Rektor schüttelte den Kopf. »Für niemanden auch nur ein Wort.«

54.

Die Statistiken, die der Rektor sich enthalten hatte anzu-
führen, beweisen, daß die Zahl der Selbstmorde im Frühling höher ist als zu irgendeiner anderen Jahreszeit, daß
sich mehr alleinstehende Personen das Leben nehmen als
verheiratete, daß Selbstmorde in Friedenszeiten häufiger
sind als im Krieg und unter Protestanten weiter verbreitet
als unter Katholiken.

Wenn man die Gesamtsumme menschlichen Elends in
Betracht zieht, erscheint es nicht unbegründet, daß dann
und wann irgendein unglücklicher Mensch den Wunsch
empfindet, seinem Leben ein Ende zu bereiten. Aber gewisse Bräuche und Gewohnheiten, die jetzt aus der Mode
gekommen sind – die Beschlagnahme des Eigentums von
Selbstmördern, die brutale Art, wie mit ihrem Leichnam
verfahren wurde, die Verweigerung eines christlichen Be-
gräbnisses und die seltsame Sitte, den Selbstmörder an einem Kreuzweg einzuscharren und sein Herz mit einem
Pfahl zu durchbohren –, bezeugen den Abscheu, den eine
solche Tat hervorrief. Dieser Abscheu mag auf die Tatsache
zurückzuführen sein, daß allen Menschen, bis zu einem
gewissen Grad, ein Hang zu Selbstvernichtung innewohnt;
und wenn jemand diesem Hang nachgibt, setzt er alle anderen der gemeinsamen Gefahr aus. Aber vielleicht gibt es
für den Abscheu auch einen anderen, weniger komplizierten Grund: der Selbstmörder geht nicht alleine, er nimmt
alle mit.

In der Mitte des vergangenen Jahrhunderts erhängte
sich ein französischer Soldat an einem Türstock im Hôtel
des Invalides in Paris. In diesem Gebäude hatte sich seit
zwei Jahren kein Selbstmord ereignet, doch in den darauf-
folgenden vierzehn Tagen benützten fünf andere Männer
denselben Balken, um aus dem Leben zu scheiden. Der
Durchgang wurde geschlossen, und die Selbstmorde in
diesem Hôtel hörten auf, obwohl Männer und Frauen sich

weiterhin von der Waterloo-Brücke (auch vom Highgate Archway und der Clifton-Brücke) stürzten, Arsen schluckten, Revolver an die Stirn drückten und sich vor fahrende Züge warfen.

Nachdem Lymie an jenem Morgen in die Klinik überführt worden war, wurde es auf dem ersten Stock des Mietshauses still, und für fast eine Woche gab es weder Schlägereien noch Ringkämpfe oben an der Treppe. In irgendeiner Weise war jeder der Jungen von dem Vorfall berührt. Niemand überschritt die Schwelle zu Lymies Zimmer. Der Ausdruck von etwas Fürchterlichem, den Colter und Fred Howard an jenem Abend auf Lymies Gesicht bemerkt haben, als sie durch dieses Zimmer gegangen waren, existierte selbstverständlich nur in ihrer Einbildung. Freeman erinnerte sich, daß Lymie sich traurig herumgedreht und ihm zugeschaut habe, als er seinen Schrank durchwühlte – und schämte sich. Pownell war an jenem Abend gegen halb zwei nach Hause gekommen und hatte im Badezimmer jemanden stöhnen hören. Er hatte geglaubt, es wäre Reinhart, der bereits vor einer Stunde, als er sich von ihm getrennt hatte, stinkbesoffen gewesen war. Er wollte schon hineingehen, um Reinhart den Kopf zu halten, als ihm eingefallen war, daß Reinhart ihm noch drei Dollars schuldete, an die er ihn schon wiederholt gemahnt hatte, und so war er die Treppe hinauf in sein Bett gegangen. Zwei Tage lang sprach er zu keinem Menschen von diesem Zwischenfall, aber endlich brach er zusammen und gestand, daß er voll und ganz für das verantwortlich sei, was Lymie getan habe, und niemand vermochte es ihm auszureden.

Amsler, der über einen Monat nicht mehr zu Hause gewesen war und seiner Mutter auch nicht erlaubt hatte, ihn zu besuchen, setzte sich hin und schrieb ihr eine Postkarte: sie könne ihn irgendwann in den Abendstunden des Freitags erwarten. Mr. Dehner reagierte vielleicht am eigenartigsten und sinnlosesten. Als das Telefon läutete und es ihm endlich aufging, daß er mit dem Rektor sprach, war er derart verwirrt, daß er sich nicht entsinnen konnte, mit welchem aus dem Dutzend Jungen, die in seinem Haus wohnten, Lymie befreundet gewesen war. Geraghty kam in diesem Augenblick gerade die Treppe herunter, und so nannte er dem Rektor seinen Namen. Mr. Dehner hatte eine ganze Menge durchgemacht. Er hatte daneben gestanden, als der Klempner und sein Gehilfe die Badewanne und das Waschbecken wieder in gebrauchsfähigen Zustand versetzt hatten, ein Anblick, bei dem auch ein weniger nervöser Mensch leicht weiche Knie bekommen hätte. Als das Telefongespräch beendet war, ging er in sein Schlafzimmer, verschloß die Tür, vergrub den Kopf in seinem vierpfostigen Bett und weinte; nicht über Lymie, sondern über sich selbst, weil alles schiefging bei ihm. Was er auch unternahm oder zu unternehmen versuchte, das Ergebnis war immer das gleiche.

Nachdem Geraghty aus dem Büro des Rektors gekommen war, ging er in eine Telefonzelle und rief seine frühere Freundin an, und sie trafen sich in der »Schiffslaterne« und feierten Versöhnung. Geraghty machte die Entdeckung, daß er viel mehr für sie übrig hatte, als ihm bewußt gewesen war. Und wegen seiner Freundschaft mit Lymie hatte er den Rektor nicht belogen. Er hatte Lymie immer gern gehabt und hätte sich gern mit ihm angefreundet, aber es war nie dazu gekommen. Vielleicht würde es in Zukunft dazu kommen, hatte er dem Rektor gesagt – falls Lymie am Leben blieb. Auf dem Nachhauseweg von der »Schiffslaterne« ging er auf einen Sprung zu seiner neuen Freundin hinauf, in der Absicht, ihr mitzuteilen, daß zwischen ihnen alles aus sei. Aber sie schien sich gerade an diesem Tage zum erstenmal seit fast einem Monat über sein Kommen richtig zu freuen, und er brachte es nicht fertig, ihr die Freude zu verderben und ihr zu sagen, daß er sie nie wieder treffen wollte.

Der einzige von Mr. Dehners Mietern, der seine Ruhe bewahrte und den Kopf nicht verlor, war Reinhart, obwohl er es gewesen war, der Lymie um fünf Uhr früh aufgefunden hatte, als er von einem Besuch in dem Haus an der South Maple Street heimgekehrt war. Er zwang Lymie, sich auf dem Fußboden in seinem Zimmer auszustrecken, deckte ihn mit einem Mantel zu und rannte hinunter und rief einen Arzt an, der im nächsten Straßenblock wohnte. Zwanzig Minuten später war der Krankenwagen zur Stelle. Zwei Krankenträger brachten eine Tragbahre die Treppe hinauf. Als sie Lymie aus dem Hause trugen, begann es gerade zu dämmern. Die beiden Krankenträger fuhren vorn beim Fahrer, während Reinhart hinten bei Lymie saß, der bei vollem Bewußtsein war, jedoch keinen Versuch unternahm, etwas zu sagen. Er schien weder besorgt über sein Befinden zu sein noch sich seiner Tat irgendwie zu schämen. Gewöhnliche Besorgnisse, die Furcht vor dem Gerede der Leute, all das schien keine Rolle für ihn zu spielen. Reinhart ergriff Lymies Hand und hielt sie, bis man in der Klinik angelangt war. An der Tür zum Operationssaal gaben die Träger Reinhart zu verstehen, daß er sich entfernen solle, aber Lymie bat darum, daß er dableiben dürfe, und schließlich zog man ihm einen sterilisierten Kittel an und setzte ihm eine Maske auf, und so stand er an der Tür, während die Ärzte Lymie wegen des Jods ausfragten, das er geschluckt hatte, und festzustellen suchten, ob die Luftröhre in Mitleidenschaft gezogen sei. Das war offenbar nicht der Fall. Es dauerte eine ganze Weile, ehe der Arzt die Wunden gereinigt, genäht und verbunden hatte, und anschließend gab er Lymie eine Tetanusspritze in den Unterleib. Die Nadel war fast drei Zentimeter lang, und Reinhart mußte den Blick abwenden. Ihm wurde abwechselnd heiß und kalt, und er fühlte sich einer Ohnmacht nahe. Als Lymie hinausgefahren wurde, verließ Reinhart die Klinik und begab sich auf die Suche nach Spud. Inzwischen war es halb sieben geworden. Spud war in seinem Zimmer und zog sich an.

»Lymie?« sagte Spud. »Bist du sicher?«

»Ja, ich bin mir sicher«, antwortete Reinhart.

»Aber warum denn?« sagte Spud. »Wie kommt er dazu, so was zu tun?«

»Ich habe ihn nicht gefragt«, antwortete Reinhart, »und er hat es mir nicht gesagt.«

Beide hatten es vermieden, sich in die Augen zu schauen. Spud sagte: »Ich hatte nicht geglaubt, daß Menschen – ich meine, ich hatte geglaubt, er –«

Shorty Stevenson kam herein, im Pyjama, er rieb sich die Augen und gähnte. Sie warteten schweigend, während er seine Brille aufsetzte, sie fröhlich ansah und sich kratzte. »Hab' ich was unterbrochen?« fragte er, und als sie immer noch schwiegen, zog er sich seine Pyjamajacke über den Kopf, griff sich ein Handtuch und ging hinaus über den Gang zum Badezimmer.

»Wo ist er jetzt?« fragte Spud.

»In der Klinik. Ich bin gerade von dort gekommen.«

»Ich kann das gar nicht begreifen«, sagte Spud, »ich hatte doch geglaubt – Erzähl mir, was passiert ist.«

Er hörte aufmerksam zu und hielt seine Blicke, solange Reinhart redete, zu Boden gerichtet. Es war fast, als hielte er das alles für Angabe, für einen Aprilscherz, und als wolle er sich keinen Bären aufbinden lassen. Aber als Reinhart seinen Bericht beendet hatte, sagte Spud: »Einen Augenblick.« Während Reinhart dastand, zog er sich fertig an, ergriff einige Bücher, legte sie wieder hin, schaute sich im Zimmer um, als sähe er es zum letztenmal und sagte dann: »Gehen wir.«

Auf dem Weg nach »302« hielten sie an einem Kiosk und frühstückten. Reinhart zündete sich zum Kaffee eine Zigarette an, und Spud bat ihn um eine. Reinhart hatte Spud noch nie rauchen sehen, und als er ein Streichholz ansteckte und es an das Ende von Spuds Zigarette hielt, dachte er: *Dies ist das Seltsamste von allem.*

Reinhart hatte eine Acht-Uhr-Vorlesung, aber er hatte einen solchen Brummkopf von all dem mit Schnaps durchsetzten Bier, das er am Abend vorher getrunken hatte, daß

er wußte, es habe keinen Zweck, sich auf irgend etwas konzentrieren zu wollen. Am besten war es wohl, etwas Schlaf
nachzuholen, falls er einschlafen konnte. Aber auch diesen
Gedanken verwarf er wieder, als sie die Treppe hinaufgin-
gen und Spud ihn plötzlich mit dem Gesicht eines Ertrin-
kenden anschaute.

Reinhart blieb den ganzen Morgen mit Spud zusammen,
begleitete ihn in das Büro des Rektors und wartete, bis
Spuds Befragung beendet war. Es war mittlerweile zwölf
Uhr geworden, und sie machten sich auf den Weg nach der
Speisewirtschaft. Reinhart bog jedoch plötzlich ab, da er
Spud nicht den neugierigen Blicken der Jungen aus »302«
aussetzen wollte. Sie aßen dann in einem Drugstore. Spud
schien sich inzwischen wieder gefaßt zu haben. Als sie nach
Hause kamen, ging Reinhart in den Schlafsaal hinauf,
streckte sich angekleidet auf sein Bett und schlief sofort
ein.

Als er am Spätnachmittag erwachte und herunterkam,
war sein Zimmer leer, und er nahm an, Spud sei in sein Bur-
schenschaftsheim zurückgekehrt. Doch dann vernahm er
plötzlich Geräusche im Nebenzimmer. Er ging an die Tür,
um nachzuschauen. Lymies Pult und das andere, an dem
Spud früher gearbeitet hatte, und ebenso der Schrank waren zum erstenmal, seit Spud aus »302« ausgezogen war,
tadellos aufgeräumt. Es muß Stunden in Anspruch genommen haben, dachte Reinhart. Er schaute Spud an, der von
seiner Anwesenheit noch nichts gemerkt hatte. Spud stand
vor Lymies Kommode und las einen Brief. Reinhart schlich
sich geräuschlos davon.

Ein paar Minuten darauf erschien Spud in der Tür zu
Reinharts Zimmer. Reinhart saß, den Kopf in die Hände
gestützt, in seine Arbeit vertieft an seinem Pult. Er schaute
nicht sogleich auf. Als er sich umdrehte, saß Spud in dem
großen Polstersessel. Seine Augen waren geschlossen, und
ein Zittern lief über seinen Körper, als ob er Schüttelfrost
hätte, als ob er völlig durchfroren wäre.

55

Um halb drei am nächsten Morgen schlug Lymie in einem kahlen Krankenzimmer die Augen auf. Das Licht brannte, durch ein Stück gelbes Papier abgeschattet. Miss Vogel, die Nachtschwester, sah, daß er wach war, kam an sein Bett und maß seine Temperatur. Sie war eine plumpe Frau in mittleren Jahren, mit gefärbtem schwarzem Haar und einem schwarzen Damenbart. Sie nahm das Thermometer unter Lymies Zunge hervor und las es ab. Dann wischte sie ihm mit einem feuchten Waschlappen über die Stirn und glättete sein Bett. Nachdem so die ersten Fäden der Abhängigkeit zwischen ihnen geknüpft waren, beugte sie sich über ihn, so daß ihr Gesicht ihn fast berührte, und sagte: »Warum haben Sie das getan?«

Lymies Augen schlossen sich wie von selbst.

Ich wollte nicht länger leben in einer Welt, in der die Wahrheit nicht die Macht hat, sich durchzusetzen, sagte er, ohne seine Lippen zu bewegen, ohne einen Laut von sich zu geben. *In dem Medizinschränkchen im Badezimmer des ersten Stocks von Mr. Dehners Haus stand ein Fläschchen mit Jod. Ich schraubte die Kapsel ab und trank es aus. Das Jod verbrannte mir fast die Kehle und bildete einen festen, feurigen Klumpen in meinem Magen. Das Brennen wurde immer schlimmer, bis ich plötzlich vor der Kloschüssel in die Knie ging und das schreckliche gelbe Zeug in das Becken erbrach.*

Um diese Zeit kam jemand die Treppe herauf, und ich fürchtete, man würde das Badezimmer benutzen wollen und mich finden, aber nichts geschah. Ich weiß nicht, wer es war, jedenfalls ging er hinauf in den Schlafsaal. Das Brennen hielt noch eine Weile an und verging dann. Ich stand auf, öffnete das Medizinschränkchen noch einmal und nahm Mr. Dehners Rasiermesser heraus. Während das warme Wasser langsam in das Waschbecken lief, versuchte ich, mir das linke Handgelenk aufzuschneiden. Das Fleisch klaffte auseinander, ich verspürte ein stechendes Gefühl, und es fing an zu blu-

ten. In dem lauwarmen Wasser färbte das Blut sich rosa und lief durch die Abflußrohre ab. Ich entsinne mich, daß ich in diesem Moment, innerlich völlig ruhig, aber von einem wundervollen Schwindelgefühl befallen, aufschaute und mein Gesicht im Spiegel betrachtete. Nach einer Weile hörte das Bluten auf. Es kamen nur noch vereinzelte Tropfen, und auch diese Tropfen kamen immer langsamer. Ich schnitt mich noch einmal, diesmal tiefer. Ich machte drei getrennte Einschnitte im linken Handgelenk, und jedesmal gerann das Blut nach einigen Minuten. Dann nahm ich das Rasiermesser in die andere Hand und brachte mir überall dort Schnitte bei, wo die Adern sich unter der Haut abzeichneten.

Es gab Augenblicke, in denen meine Kräfte mich zu verlassen drohten, und in denen die Glühbirne, die an einer langen Schnur von der Decke herabhing, viel zu grell zu leuchten schien. Aber diese Augenblicke vergingen, und ich brachte mir erneut Schnitte bei. Endlich (das alles hatte sehr lange gedauert, und ich war sehr müde) ging ich vom Waschbecken zur Badewanne, kniete davor nieder und setzte das Messer an meine Kehle. Das Blut schoß in Strömen heraus. Der Boden der Wanne war sofort rot. Das Licht wurde schwächer und erlosch, und ich erinnere mich, daß ich überrascht darüber war, daß dieses mir so vertraute Gefühl, diese tröstliche, völlige Dunkelheit, die ich mein Leben lang jede Nacht erfahren hatte, der Tod sein sollte.

Als die Finsternis verging, lag ich noch immer auf den Knien vor der Badewanne. Noch immer hielt ich das Rasiermesser in der rechten Hand. Ich setzte es wieder an, und neues Blut schoß in die Wanne.

Für jeden Menschen gibt es einen Punkt, wo er nicht weiterkann, eine Mauer, vor welcher er stehenbleiben und gestehen muß: »Über diese Mauer kann ich nicht klettern.« Um fünf, als das erste Tageslicht bereits durch das Fenster im Badezimmer sickerte, stand ich auf und gab zu, daß ich fertig war. Als ich anfing, war es mir leicht vorgekommen, aber es hatte sich erwiesen, daß es sehr schwer war. Ich war zu erschöpft, um

mir noch mehr Schnitte beizubringen. Manche Leute sind ge-
wisser Taten, besonders gewisser Gewalttaten nicht fähig.
Selbst wenn man mit aller Macht versucht, sie zu begehen, es
gelingt einfach nicht.
  Mein weißer Schlafanzug war blutdurchtränkt. Ich nahm
ein Handtuch und wand es mir um den Hals und wollte in
mein Zimmer gehen. Ehe ich dorthin gelangte, ging die
Haustür auf, und ich hörte jemand singen. Jemand kam be-
trunken nach Hause und sang »Mary Ann McCarthy ging
Muscheln suchen...« Ich ging zur Treppe und wartete, bis
Reinhart, schwankend und stolpernd und sich an das Gelän-
der klammernd, aufschaute und mich erblickte. »Mußt du
pissen, Lymie?« sagte er. Dann sperrte er den Mund auf und
sagte: »Oh, mein Gott, was hast du nur mit dir gemacht?«

56.

»Ich nehme an, daß Lymie Ihnen von mir erzählt hat«,
sagte Mr. Dehner freundlich. »Mein Name ist Alfred Dehner. Ich führe das Antiquitätengeschäft unten und bin sozu-
sagen sein Vermieter.«
  Lymie hatte Mr. Dehner seinem Vater gegenüber nie er-
wähnt, und Mr. Peters mochte weichliche Männer nicht leiden. Statt ihm die Hand zu schütteln, nickte er nur.
  »Ich wollte Ihnen nur sagen, wie leid es mir tut. Es war
ein ziemlicher Schlag, nicht wahr? Auf solch eine entsetzliche Weise. Gas wäre viel einfacher gewesen, aber daran hat
er wahrscheinlich nicht gedacht. Und wenn er heruntergekommen wäre, um seinen Kopf in den Ofen zu stecken,
hätte ich es bestimmt gehört. Ich habe einen sehr leichten
Schlaf. Schon seit Jahren. Mit dem Einschlafen geht es,
aber so gegen zwei wache ich auf und liege bis zum Morgen
wach. Diesen Morgen habe ich zu Dick Reinhart gesagt:
›Gerade wenn man sich sicher fühlt‹, habe ich gesagt, ›und
meint, es sei einem bereits alles zugestoßen, was einem nur

zustoßen kann, sollte man besonders aufpassen.‹ Lymie machte immer den Eindruck eines netten, ruhigen Jungen. Gar nicht wie einer, der – obwohl ich sagen muß, daß ich gleich bei unserer ersten Begegnung, als ich die Haustür öffnete und er da vor mir stand, ein recht sonderbares Gefühl hatte. Etwas sagte mir, daß er – aber so ist das Leben. Immer das Unerwartete. Mich hat das alles furchtbar aufgeregt. Meine Nerven sind eben nicht sehr widerstandsfähig. Ich habe gerade wieder Luminal genommen. Man gewöhnt es sich nicht an, sagt der Arzt, aber wenn man es lange genug nimmt, kann es wahrscheinlich doch zur Gewohnheit werden. Ich erwarte einige Damen, die sich für einen alten Tisch interessieren, den ich auf dem Boden einer alten Scheune gefunden habe. Er muß selbstverständlich überholt werden, und als ich ihn erstand, stank er nach Schafdreck, aber es ist ein schönes Stück. Sie haben wohl kein Interesse für alte Möbel? Es gibt nur wenige Männer, die sich dafür interessieren. Falls Sie etwas benötigen, brauchen Sie mich nur zu rufen. Ich bin unten... Komm, Poo-Bah.«

Der Spaniel schnupperte mißtrauisch an Mr. Peters' Hosenbein, knurrte einmal und trottete dann hinter seinem Herrn her. Mr. Peters stand, sich selbst überlassen, in der Mitte des Zimmers. Er stellte mit Genugtuung fest, wie sauber alles war. All sein Nörgeln war anscheinend nicht ganz umsonst gewesen. Lymie hatte gelernt, Ordnung unter seinen Sachen zu halten.

Hinten im Schrank, gerade ausgerichtet, standen ein Paar Überschuhe und einige Paare ausgetretener Straßenschuhe, die Lymie gehören mußten. Ich hätte ein besserer Vater sein können, dachte Mr. Peters, indem er die Schuhe betrachtete. *Ich hätte öfter zu Hause bleiben und mehr Geduld mit ihm haben sollen. Ich hätte ihm mehr Zeit widmen und gelegentlich ins Kino oder in ein Konzert oder ins Museum mit ihm gehen sollen.*

Während Mr. Peters sich diese Vorwürfe machte, vernahm er Schritte und wandte sich um.

»Ich muß Ihnen etwas sagen«, ergriff Spud das Wort. »Ich wußte nicht, daß das Geld, das Lymie mir geliehen hat, von ihm selbst stammte.«

Obwohl Mr. Peters Spud nur einmal getroffen hatte, erkannte er ihn sofort wieder.

»Ich hätte es mir denken können, habe es aber nicht wahrhaben wollen.«

»Wieviel war es denn?« fragte Mr. Peters.

»Hundert Dollar.«

Mr. Peters war überrascht. Hundert Dollar war viel Geld. Lymie konnte sie sich unmöglich von seinem Taschengeld abgespart haben. Er mußte seine Ersparnisse angegriffen haben... Der junge Mensch schien auf ein Wort der Ermutigung zu warten, und Mr. Peters sagte: »Davon hat mir Lymie nichts erzählt. Aber wenn er Ihnen das Geld gegeben hat, wird er schon gewußt haben, warum. Erstatten Sie es ihm zurück, sobald Sie dazu in der Lage sind.«

»Das werde ich auch tun«, sagte Spud nickend. Etwas an Mr. Peters – nicht so sehr sein Äußeres als vielmehr die Wahl seiner Worte – erinnerte Spud an seinen eigenen Vater. Das Schweigen zwischen ihnen hatte etwas Tröstliches.

»Mögen Sie eine Zigarre?« fragte Mr. Peters und griff nach seiner Westentasche.

Spud schüttelte den Kopf, war aber angenehm berührt. Noch nie hatte ein erwachsener Mann ihm eine Zigarre angeboten. Er beobachtete, wie Mr. Peters seine Zigarre abbiß und das Ende in den Papierkorb spuckte, und fühlte endlich festen Boden unter den Füßen. Mr. Peters würde nie irgend etwas Furchtbares und Schreckliches tun, ohne einem vorher Bescheid zu sagen.

»Haben Sie ihn besucht?« fragte Spud plötzlich.

»Ich war gestern und heute früh bei ihm«, sagte Mr. Peters und suchte nach seinen Streichhölzern. Spud holte schnell eine Schachtel heraus; als Mitglied der Burschenschaft war er verpflichtet, eine bei sich zu haben. »Danke sehr«, sagte Mr. Peters. »Er schlief beide Male. Der Arzt hat ihm Morphium gegeben. Er ist in einem ziemlich schlechten Zustand und überdies nicht der Stärkste, aber man hofft, ihn durchzubringen. Mir macht seine Gemütsverfassung mehr Sorge als alles andere. Wenn ich die Mittel gehabt hätte, hätte ich ihn schon als Jungen in eine Kadettenschule gegeben. Ich wünschte, ich hätte es dennoch getan. Für ihn wäre es in vielerlei Hinsicht gut gewesen. Schon wegen der Ordnung und der Disziplin. Als Kind war er von einer furchtbaren Unbeherrschtheit. Auf den Gedanken würde man heute gar nicht mehr kommen, nicht wahr? Aber bei der geringsten Kleinigkeit geriet er in Wut. Manchmal war es direkt komisch, mit anzusehen, wie ein so kleiner Kerl so wütend sein konnte. Und manchmal sah er einen so an, daß man ihm einen Mord zutraute. Nachdem seine Mutter gestorben war, hatte ich keine Schwierigkeiten mehr mit ihm, nur daß ich ihm nie den Wert des – Sie wissen auch nicht zufällig, ob er in diesem Jahr in die Krankenversicherung eingetreten ist? Ich möchte es fast annehmen, denn ich habe ihm dazu geraten und ihm das Geld geschickt, aber im Büro des Rektors sagte man, daß keine Belege dafür vorhanden seien.«

»Nein«, sagte Spud. »Es tut mir leid, aber ich weiß es nicht.« Und dann drehte er sich ohne Erklärung plötzlich um und verließ das Zimmer.

Mr. Peters blickte ihm nach und schüttelte den Kopf. Erst die Geschichte mit dem Geld, von welcher der Rektor nichts wußte. Und dann die seltsame Veränderung, die soeben im Gesicht des Jungen vorgegangen war, gerade so, als litte er unter etwas. Und was war mit seiner Hand passiert, daß sie so fest verbunden war? Irgendwo stimmte etwas nicht. Dabei war er ein so netter Junge. Und wahrscheinlich war er gar nicht daran gewöhnt, in solche Dinge verwickelt zu sein, und war nun völlig durcheinander wie alle anderen auch...

Mr. Peters hatte immer das Gefühl gehabt, als wisse er über seinen Sohn genau Bescheid, und jetzt plötzlich schien es, als wisse er gar nichts. Nicht einmal soviel, wie der Rektor oder dieser junge Latham wußte, obwohl es wahrscheinlich Dinge gab, die auch ihnen unbekannt waren... Er warf einen letzten Blick umher, durch dichte Schwaden von Zigarrenrauch. Was für ein Geheimnis da auch sein mochte, dieses Zimmer gab es nicht preis.

Am Fuß der Treppe wartete Mr. Dehner mit einem zusammengefalteten Blatt Papier auf ihn. »Es ist mir unangenehm, daß ich Sie belästigen muß, wo Sie den Kopf schon voll genug haben«, sagte er. »Aber da ist noch eine Kleinigkeit, die ich mit Ihnen besprechen möchte. Durch die Vorfälle vorgestern nacht habe ich ziemliche Unannehmlichkeiten und einige Ausgaben gehabt. Und ich weiß, daß Sie das gern in Ordnung bringen würden.«

Mr. Peters warf einen Blick auf das Blatt und sah, daß es sich um eine Rechnung handelte. »Ich werde das erledigen«, sagte er und steckte die Rechnung in seine innere Brusttasche. Er ging auf die Tür zu, und Mr. Dehner ging hinter ihm her.

»Noch eins. Es wäre vielleicht besser, wenn Lymie sich nach seiner Entlassung aus der Klinik ein anderes Zimmer suchen würde. Ich kann mir solche Vorkommnisse in meinem Hause nicht leisten. Es tut mir leid, aber es geht nicht. Die anderen Mieter würden ausziehen, und das Haus würde in Verruf geraten.«

Mr. Peters wartete, bis sich die Tür hinter ihm geschlossen hatte, dann nahm er die Rechnung aus der Tasche und schaute sie sich an:

An den Klempner lt. Rechnung für verstopfte
Badewanne und Waschbecken .... $ 25,–
Neues Rasiermesser .... $ 10,–
Badezimmer-Läufer .... $ 4,–
Badehandtuch .... $ 2,–
Zusammen .... $ 41,–

Das Jod war nicht berechnet.

57

Als Lymie aufwachte, war es spät am Nachmittag, und er sah seinen Vater in dem Stuhl am Fenster sitzen.

»Na, du —« sagte Mr. Peters ruhig, und Lymie lächelte ihn an. Für einen Augenblick waren beide still. Mr. Peters zog den Stuhl an das Bett heran. Seine Hände zitterten stärker als gewöhnlich.

»Wenn du noch einmal etwas Derartiges tust —« begann er.

»Es wird nicht noch einmal vorkommen«, sagte Lymie mit ziemlich leiser und verschleierter Stimme. Mr. Peters beugte sich nach vorn, damit ihm kein Wort entging, aber Lymie war schon zu Ende. Er lag völlig still, die Hände auf der Decke.

»Also«, sagte Mr. Peters. Als er am offenen Fenster gesessen war, hatte er sich eine Rede zurechtgelegt, und jetzt fühlte er sich verpflichtet, sie zu halten, obwohl sich die Dinge anscheinend schon erledigt hatten. »Ich möchte nur, daß du dich daran erinnerst, daß es auch noch andere Leute auf der Welt gibt, Leute, die dich sehr gern haben, und daß du kein Recht hast, ihnen weh zu tun, hörst du? Du darfst nicht nur ausschließlich an dich denken.«

Lymie, der, soweit er sich erinnern konnte, niemals ausschließlich nur an sich gedacht hatte, sagte gar nichts. Seine Augen richteten sich auf das Fenster. Ein Birnbaum stand davor, der gerade aufblühte.

»Du könntest etwas für mich tun«, sagte er langsam.

»Worum handelt es sich?«

»Ich habe eine Nachtschwester... Ich brauche keine, und du könntest so gut sein und Bescheid sagen, daß man sie nicht mehr hereinläßt.«

»Noch etwas?« fragte Mr. Peters.

»Nein«, sagte Lymie.

Die Tagesschwester kam mit einem Blumenkarton herein. Sie nahm den Deckel ab, und Lymie sah, daß es langstielige Rosen waren. Zwischen den grünen Blättern steckte ein Kärtchen. Die Rosen waren von Mrs. Forbes.

Als die Schwester hinausging, um sie ins Wasser zu stellen, stand Mr. Peters aufbruchbereit am Bett, konnte sich aber noch nicht trennen. Er hatte beschlossen, Lymie nichts wegen der Krankenversicherung zu sagen. Das konnten sie später in Ordnung bringen. Auch nichts über die Rechnung, die unverschämt war, mindestens das Vierfache des Preises, zu dem man die Dinge kaufen konnte. Sobald er nach Hause käme, würde er die Gesamtsumme halbieren und dem Mann einen Scheck schicken.

»Es hätte nichts geschadet, wenn du ein Wort für mich hinterlassen hättest, Junge«, sagte Mr. Peters plötzlich. »Du hättest mir ein oder zwei Zeilen schreiben können, und ich hätte mich nicht gar so elend gefühlt.«

Lymie schaute zu seinem Vater auf. Zu lügen, nach einer Entschuldigung zu suchen, wäre mit Kraftanstrengung verbunden gewesen, und dazu war er noch nicht fähig.

»Warum hast du's nicht getan?« fragte Mr. Peters.

»Ich hab' nicht daran gedacht«, sagte Lymie.

Er sagte einfach die Wahrheit, aber Mr. Peters trug es ihm lange, fast ein Jahr lang, nach. Durch diese eine Bemerkung wuchs die Entfernung, die immer zwischen ihnen gelegen hatte, ins Unermeßliche und wurde zu einer riesigen Fläche, zu einer Wüste.

58.

In der Wüste steht die Luft niemals still. Du erhebst deine Augen und erblickst in einer Entfernung von vielleicht hundert Metern eine Windmühle, die sich im Sonnenlicht dreht, ohne Anfang und auf Jahre hinaus ohne Ende. Manchmal scheint es, als verlangsamten sich ihre Umdrehungen und als käme sie zu einem Stillstand, aber statt dessen läuft sie von neuem an und dreht sich immer schneller, Tag und Nacht, Woche für Woche. Das Ende, auf das sofort wieder ein Anfang folgt, ist weder Ende noch Anfang. Alles Leben ist ein solches fortwährendes Strömen. Es gibt kein Leben, das nicht immer vorwärtsdrängt, selbst das Leben im Wasser und in Steinen tut es. Lausche, und du hörst Kinderstimmen, die leisen, gedämpften Schritte eines Hundes, einen hämmernden Mann, einen Mann, der eine Sense wetzt. Derselbe Laut wiederholt sich, schwillt an und schwillt ab wie die Windmühle.

Von der Stelle aus, wo du stehst, scheint die Windmühle sich geräuschlos zu drehen, und wenn du blind wärst, wäre sie überhaupt nicht vorhanden. Zu einem Mann, der Gras schneidet, gehört das Geräusch einer Mähmaschine, sonst bleibt er unwirklich. Wenn du ihn, durch ein Fernglas schauend, entdeckt hast, dann hast du auch die Entdeckung gemacht, daß die Wirklichkeit niemals nur durch einen einzigen unserer Sinne aufgenommen wird. Setz das Fernglas ab, und wo ist der Mann, der den Rasen schneidet? Seine Wirklichkeit wird dir nur noch durch einen inneren Sinn bestätigt, was wohl auch der Grund für den nach innen gerichteten Ausdruck ist, den man auf den Gesichtern von Blinden sieht; für die angespannten Gesichter der Tauben, die sich immer von Eindrücken zu erholen scheinen, von denen sie zu plötzlich und ohne einen vorherigen warnenden Ton überfallen wurden.

Aber wer ist nicht auf die eine oder andere Weise zeitweilig blind oder taub oder beides zugleich? Mr. Peters ging auf seinem Weg zur Klinik an dem Forbesschen Haus vorbei, und Mrs. Forbes sah ihn durch das Fenster ihres Wohnzimmers vorbeigehen, ohne zu wissen, wer er war. Eine Stunde darauf sah sie ihn zurückkommen und ahnte nichts davon, daß er zum erstenmal in seinem Leben aus seinem innersten Herzen zu sprechen versucht hatte und daß es ihm mißglückt war. Jemand, der wirklich blind gewesen wäre, hätte es vielleicht aus seinen Schritten herausgehört, ein Tauber hätte es aus der Art abgelesen, wie er das Gesicht der Sonne zuwandte. Mrs. Forbes sah weiter nichts als einen Mann, der frühzeitig gealtert war.

Die Wüste ist der natürliche Aufenthaltsort nicht nur von Arabern und Indianern, sondern auch von Menschen, die keine Worte finden, wenn sie gern sprechen möchten, und anderen, die, wie Lymie Peters, nichts mehr zu sagen haben, Menschen, die aufgehört haben, sich zu rechtfertigen oder sich zu erklären, aufgehört haben, über sich und ihre Taten Rechenschaft abzulegen, aufgehört haben zu hoffen, daß jemand des Weges daherkommen, sie lieben und ihrem Leben einen Sinn geben könnte.

In der Wüste gibt es Dinge, die man sonst nirgends findet. Wenn man aus der Tür tritt, kann man nach allen Himmelsrichtungen hundert Meilen weit sehen, und des Nachts leuchten die Sterne noch heller als auf dem Meer. Wenn du drinnen nicht findest, was du finden solltest, dann tritt ans Fenster und schau nach den Bergen, die, nachdem sie zwei Tage lang nur zu ahnen waren, als gäbe es hinter den auslaufenden Hügeln keine Zukunft, aus dem Ungewissen hervortreten und wie ein Gürtel um das Städtchen liegen. Wenn die Kälte nicht zu groß ist, wenn du dich nicht ans Feuer setzen mußt, geh unter allen Umständen hinaus ins Freie, wenn auch die Luft schneidend ist, und du wirst den Wind in den Pappeln, einen Zug, eine Schulglocke, eine Fliege hören – alles Geräusche, die vielleicht nichts Gutes verheißen. Und um das Bangen zu zerstreuen, hörst du gleichzeitig eine Autohupe, einen Spaten, der auf festes Erdreich trifft, einen Hund bellen und einen unbekannten Vogel in der Ulme. Weiteren Trost gewährt dir der Anblick des Gärtners, eines alten Spaniers, der neben dem Nachbarhaus auf dem Boden hockt. Er säubert den Fischteich von den faulenden Blättern und dem Unrat, der sich den Winter über darin angesammelt hat. Während du dich neben ihn hockst, um ihm zuzuschauen, fängt er den großen Goldfisch und die fünf jungen Goldfische ein, die noch keine Farbe haben, und läßt sie in einer weißen Emailleschüssel schwimmen. Tag für Tag besorgt er den Garten für eine Frau, die immer zurückkehren will und niemals eintrifft. Von ihm kann man Geduld lernen. Seine Schwertlilien blühen, seine Rosen welken, seine getopften Geranien schauen aus den Fenstern des verschlossenen Hauses. Es ist möglich, daß er längst nicht mehr an die Rückkehr der Frau glaubt, aber er leert den Goldfischteich trotzdem von Zeit zu Zeit und läßt frisches Wasser ein.

Wenn das Geräusch eines Holzhackers dich durch das Gatter hinaus auf das leere Grundstück an der gegenüberliegenden Straßenseite lockt, wirst du die blauen Bohnen sehen, die dort wachsen, und Decken, die auf einer Wäscheleine zum Lüften aufgehängt sind, und du kannst dich mit dem Mann, der an sein Haus aus luftgetrockneten Ziegeln noch ein Zimmer anbaut, in ein Gespräch einlassen. Von ihm kann man eine Menge lernen. Auch von dem Holzhacker, dem der unruhige Wind in den Pappeln schon jetzt verrät, daß ein Gewittersturm über die Berge braust.

Wenn du deinen Wohnsitz für eine Weile in der Wüste aufschlägst, begegnest du vielleicht einigen spanischen Jungen, barfüßig, in blauen Arbeitshosen aus grobem Tuch. Es ist wichtig, daß du, der du zwar moralische Wertmaßstäbe hast, aber nicht über das Wort verfügst, mit dem man einen Fremden anredet und seiner Zuneigung unmittelbaren Ausdruck verleiht, nicht das Wort, um eine allgemeine Herzlichkeit anzudeuten, daß du, der allein schläft und jede Erinnerung an gemeinsame Mahlzeiten verloren hat und ungeheure Entfernungen zurücklegt, um der Berührung mit anderen Menschen auszuweichen – es ist von großer Wichtigkeit, daß gerade du die kleinen spanischen Jungen kennenlernst.

Wenn du sie zu unvermittelt anredest, laufen sie vielleicht davon oder verwandeln sich sogar in kleine Steinfiguren, und es bleibt dir überlassen, ihnen ihre Freiheit zurückzugeben und die Angst von ihnen zu nehmen. Einer von ihnen hat gewiß einen geflickten Hintern auf den Hosen, die er von älteren Brüdern geerbt hat und in denen noch etwas von ihren animalischen Zauberkräften lebt. Wenn man ihn ausschickt, um Wasser zu holen, sind seine Brüder in der Nähe und beschützen ihn. Den ganzen Tag lang trägt er einen Zauber, und abends sind dann seine Brüder wirklich bei ihm und liegen kreuzweise mit ihm im Bett oder drängen sich auf einem harten Lager auf dem Fußboden gegen ihn.

Aus dem Munde eines dieser kleinen spanischen Jungen hörst du Ausdrücke, wie sie zu der Zeit gebräuchlich waren, als Cervantes noch lebte. Ein anderer trägt ein graues Unterhemd aus Baumwolle mit dem Bild eines glotzäugigen Matrosen auf dem Rücken – von der Welt und ihrer Schäbigkeit gezeichnet, obwohl er von keiner Welt jenseits dieses Wüstentales weiß. Und ein anderer wiederum ist nicht so unschuldig, sondern mit einem Wissen um das Schlimmste geboren, das er noch nicht zu finden weiß. Und zwei andere haben indianisches Blut in den Adern und benehmen sich aus Gründen, die ihnen verborgen, aber dennoch zwingend sind, anders als die übrigen, die reinblütige Spanier oder Mexikaner sind. Selbst der Schlaf der Jungen mit indianischem Blut ist anders (aller Wahrscheinlichkeit nach), voll von Tänzen und Träumen, die sich als prophetisch erweisen werden.

Die kleinen spanischen Jungen haben ein Wort – *primo*, was soviel wie Vetter heißt –, und sie gebrauchen es, um ihre Zuneigung gegen Fremde auszudrücken, ihre Bereitwilligkeit, die Kleider auf ihrem Körper, das Essen auf ihrem Tisch und ihr Feuer, falls sie eins haben, mit ihnen zu teilen. Die gleiche kritiklose Liebe wird ebenso häufig auf Ziegen, Esel, Hunde und Hühner verschwendet, und sie wird auch dir entgegengebracht.

59.

Zwischen Lymies Bett und der Tür stand ein Wandschirm, und so wußte er für einen kurzen Augenblick nicht, wer gekommen war. Er sah zuerst Reinhart und hinter ihm noch jemand. Lymie war zu schwach, um sich aufrichten zu können, machte jedoch eine leichte Handbewegung, die von Reinhart wahrgenommen wurde. Er trat beiseite, um Spud Platz zu machen, und ging rückwärts wieder aus dem Zimmer. Spud trat näher und setzte sich auf den Bettrand. Seine Augen standen voller Tränen. Die Tränen liefen ihm über die Backen, und er traf keine Anstalten, sie abzuwischen. Weder Lymie noch er sprachen ein Wort. Sie schauten sich offen an und waren sich all dessen, was sich zwischen ihnen zugetragen hatte und was sie einander bedeuteten, voll bewußt. Nach einem Weilchen beugte sich Spud vorsichtig über Lymie und küßte ihn auf den Mund. Er hatte das noch nie getan, und er fühlte sich nie wieder dazu bewogen.

60.

Mitten in der Nacht schrie Reinhart plötzlich auf, und es klang so furchtbar, daß sämtliche Jungen im Schlafsaal von »302« erwachten. Sie lagen zitternd im Bett und warteten darauf, daß es sich wiederholte.

Am anderen Ende der Stadt lag Lymie ebenfalls wach. Es war seine achte Nacht in der Klinik, und durch irgend etwas (die Antitetanusspritze?) hatte sich sein ganzer Körper mit einem Ausschlag bedeckt. Seine Haut juckte derart, daß er nicht schlafen konnte. Er konnte nicht einmal stilliegen, sondern scheuerte Arme und Beine an dem Laken, um sich Erleichterung zu verschaffen. Nach einer Weile schaltete er das Licht an und las, und während er las, fiel ihm eine leichte Starrheit in seinem Unterkiefer auf. Er legte das Buch beiseite und wartete, daß sie verginge, aber sie verging nicht. Sie wurde vielmehr schlimmer. Er versuchte, sich nicht aufzuregen; vielleicht war sie, wie der Ausschlag, nur eine Reaktion auf das Serum. Aber der Arzt hatte ihm nichts davon gesagt, daß sein Unterkiefer steif werden würde, und es war ja auch möglich, daß das Serum versagt hatte. Vielleicht hatte man ihm zu wenig gespritzt, vielleicht auch erst, als es bereits zu spät war... Er wollte nicht an Kinnbackenzerrung sterben; er wollte überhaupt nicht sterben. Er lag, das Licht brannte noch, ganz still da; er wollte um Hilfe rufen, wußte aber nicht, von wo Hilfe kommen sollte.

In Wahrheit hatte Lymie nie sterben wollen, damals nicht und heute nicht. Die Wahrheit ist nichts so Einfaches und Geradliniges, wie Lymie dachte. Sie liebt es, sich zu maskieren und in Form von Inversionen und Paradoxien aufzutreten; man kommt ihr leichter mit einer Lüge als mit einer ehrlichen Aussage nahe. Verfolgt man sie, zieht die Wahrheit sich zurück, setzt eine Maske nach der anderen auf und verkriecht sich zuletzt, so daß man nur durch Komplexe, quälende und alberne Träume an sie herankommt.

Als Lymie bei Tagesanbruch erwachte, hatte die Starrheit in seinen Kinnbacken nachzulassen begonnen. Er erinnerte sich, daß er kurz vor dem Erwachen geträumt hatte. Er befand sich in einem Badeort; dort gab es Häuser, und er lief die Straße hinauf und suchte ein bestimmtes Haus, das er aber nicht finden konnte. Er suchte nach der Nummer achtundzwanzig. Er fragte Leute, aber man wies ihm den falschen Weg, und die Nummern veränderten sich vor seinen Augen. Aber dann fand er plötzlich das gesuchte Haus, die Nummer achtundzwanzig, und dann, während er sie las, änderte sich auch diese Nummer.

61

Als um halb sieben die Schwester hereinkam, um Lymie Gesicht und Hände zu waschen, war von der Erstarrung nichts mehr zu spüren. Obwohl er die ganze Nacht nicht geschlafen hatte, war ihm nach Singen zumute. Er lebte, und er wußte, daß er noch lange leben würde. Er wußte, daß es Dinge gab, um die er sich nicht genügend gekümmert hatte, die er als gegeben hingenommen hatte, die er versäumt hätte, wenn er gestorben wäre. Er wollte wieder gesund werden, auf die Schule zurückkehren, studieren und unter den großen Bäumen auf dem Campus spazierengehen. Er wollte Leuten, die er nicht kannte und vielleicht nie wiedersehen würde, offen ins Gesicht schauen, es nachts regnen hören und schlafen und sich im Schlaf herumdrehen und träumen. Gut oder schlecht, das war gleichgültig. Der schlimmste Traum, den man sich denken konnte, war besser als gar nichts, als keine Phantasie mehr zu haben und nie mehr aufzuwachen.

In den Morgenstunden erschien die Schwester plötzlich mit einer Schale voll Feldblumen, purpurnen Waldveilchen, Leberblümchen, Trilium und anderen. Man hatte sie mit den Wurzeln aus dem Erdreich gehoben und sie in eine flache Schale verpflanzt. Sie sahen völlig unberührt und frisch aus, als hätten sie so zusammen auf dem Waldboden gestanden.

»Wer hat mir die gebracht?« erkundigte sich Lymie.

Die Schwester wußte es nicht. Man hatte sie in der Anmeldung abgegeben, es war keine Karte dabeigewesen.

Lymie ließ sich die Schüssel auf das Nachttischchen neben seinem Bett stellen. Während er sie betrachtete, fielen ihm die Lider zu, und er schlief ein. Als er wieder aufwachte, schaute er die wilden Blumen mit großen Augen an, und die enge Welt, in der er so lange gelebt hatte, wurde größer und breiter. Die Welt begann ihre eigene, wahrhafte Größe anzunehmen.

Den ganzen Tag schlief er immer wieder ein und wachte immer wieder auf. Abends, als es dunkel zu werden begann, hörte er rennende Schritte auf dem Korridor vor seinem Zimmer, und dann kam Sallys Kopf hinter dem Wandschirm zum Vorschein. Sie war ganz außer Atem.

»So«, sagte sie keuchend. »Endlich hab' ich's geschafft! Man wollte mich unten in der Anmeldung wieder abweisen, und da hab' ich mich einfach durch die Einfahrt hereingeschlichen, die von den Krankenwagen benutzt wird. Wie geht's dir denn?«

»Gut«, sagte Lymie.

»Du siehst noch ein bißchen spitz aus«, sagte Sally. »Und eigentlich hast du an einem Tag wie heute überhaupt nichts im Bett zu suchen.«

Sie kam näher, setzte sich auf die Bettkante und ergriff seine Hände. Dann wandte sie den Kopf und lauschte. Aber auf dem Gang war nichts zu hören. »Oh, Lymie!« sagte sie und schaute ihn an. Für eine kurze Weile sprachen sie kein Wort. Ihm fiel auf, wie sehr sie doch einem Mädchen aus der Südsee glich, und sie bemühte sich, die Gazeverbände an seinem Handgelenk und an seinem Hals zu übersehen, und sagte sich, daß es Menschen gebe, für die das Leben keineswegs leicht sei, und daß er wahrscheinlich so einer war und sie selbst vielleicht auch.

Sie griff in die Tasche ihres roten Mantels und sagte: »Hier ist ein Brief für dich.«

Lymie nahm den Umschlag, den sie ihm hinhielt. *Für Lymon Peters Jr. Durch Boten* stand darauf. Er zog den Brief heraus und las.

Lieber Lymie, ich komme mir so wichtig vor – ich habe gerade einen Pförtner eingestellt und einen Kellner entlassen. Ich könnte mir denken, daß Du den Standpunkt vertrittst, dem Kellner sei Unrecht geschehen, aber wirklich, Lymie, er war unmöglich – kam, wann es ihm paßte, und dann noch zu spät, tanzte dem Koch auf der Nase herum und gab mir freche Antworten. Es ist also »Schluß« für Mr. D. Evarts. Ich habe soeben einunddreißig Zeilen reimlose Verse für Professor Severance zu Papier gebracht. Sie sind unter aller Kritik, aber es sind reimlose Verse, und ich bin vernarrt in sie wie eine Mutter in ihr Kind. Ich wollte Dich eigentlich fragen, Lymon, ob Du Lust hättest, zu unserem Frühlings-Haustanz zu kommen? Am achtundzwanzigsten Mai. Gib mir durch Boten Bescheid! Herzlichst, Deine Hope.

Als er zu Ende gelesen hatte, wandte er sich ab, runzelte leicht die Stirn und blickte aus dem Fenster. Er würde statt eines weißen Hemdes einen Rollkragenpullover tragen müssen, und alle würden wissen, warum... Doch wenn Hope den Mut hatte, ihn zu bitten, wenn sie wollte, daß er dabei war, obwohl sie wußte, daß er...

Der Birnbaum stand in voller Blüte.

»Ich habe noch eine andere Nachricht für dich«, sagte Sally. »Meine Mutter möchte wissen, ob du nicht für ein oder zwei Wochen bei uns wohnen willst, nachdem du aus dieser Bruchbude raus bist.«

»Das würde ich sehr gerne«, sagte Lymie.

»Also abgemacht.«

»Was ist abgemacht?« fragte eine strenge Stimme, und Sally starrte erschreckt auf den Wandschirm, aber es war nur Spud. Er trat ein und setzte sich auf die andere Seite des Bettes. Er war wieder ins Burschenschafts-Heim gezogen, aber jeden Morgen, bevor er zu seiner ersten Vorlesung ging, kam er im Krankenhaus vorbei. Heute tauchte er plötzlich ein zweites Mal auf. An seiner rechten Hand hatte er keine Bandagen und Schienen mehr, er hielt sie Lymie hin, damit er es sehen konnte. Er bewegte vorsichtig seine Finger und machte dann eine Faust.

»Willst du wissen, warum meine Mutter dich so gerne hat, Lymie?« fragte Sally. »Weil sie überzeugt ist, daß aus dir einmal ein Professor wird. Sie behauptet, das schon bei deinem ersten Besuch bei uns zu Hause gewußt zu haben. Du seist hereingekommen, sagt sie, und hättest nur Augen für die Bücher gehabt.«

»Und deine Mutter glaubt nicht, daß auch ich Professor werde?« fragte Spud.

»Nein«, sagte Sally. »Und es ist auch besser so, wenn du weißt, was für dich gut ist.«

Man hörte Schritte auf dem Gang, aber sie gingen vorüber.

Sally wußte auch, wer die Schale mit den wilden Blumen geschickt hatte. Mrs. Lieberman hatte sie nach dem Unterricht abgefangen und sich nach Lymie erkundigt.

»Sind sie nicht wunderschön?« sagte Sally. »Kennst du Mrs. Lieberman? Weißt du, wer sie ist?«

Er schüttelte den Kopf.

»Sie bat mich, dich mit ihr bekannt zu machen, und ich hab' ihr das versprochen.«

»Das ist sehr nett von ihr«, sagte Lymie und wandte den Kopf, um die Blumen zu betrachten. Die Veilchen hatten sich schon für die Nacht geschlossen.

»Sie scheint eine reizende Frau zu sein«, sagte Sally.

Spud ging hinüber und sah sich die Blumen näher an. »Sie sind genau wie die, die in Wisconsin wachsen«, sagte er.

Er kam zurück und setzte sich wieder auf das Bett, diesmal neben Sally. Sie nahm seine Hand in ihre eine und Lymies Hand in ihre andere und sagte mit einer leichten Bosheit in den Augen: »Da wären wir also alle beieinander!«

»Ihr Kindsköpfe«, sagte Spud herablassend und forderte Lymie auf, seine Knie anzuziehen. Er ließ sich mit Sally hintüber aufs Bett fallen und rollte mit ihr hin und her.

Nach einiger Zeit kam die Krankenschwester herein und machte dieser Kinderei ein Ende.

Inhalt